寻找爱情的邹小姐

上册

匪我思存
著

九州出版社
JIUZHOU PRESS

真正相爱的人，即使失散在人海，即使真的忘记了对方，
一旦重逢，他们仍旧会再次爱上对方。

「你哭什么？」「没什么。」

「没什么你哭什么？」他把手套摘了，冰冷的手指托起我的脸，「别哭了，冻住了。」

目录 CONTENTS

寻找爱情的邹小姐

Chapter 01
寂静

我已经好久没有梦见苏悦生，梦里的他和十年前一模一样，一模一样的浑蛋。

他穿着白衬衣坐在沙发上，修长的两条腿，西裤线缝熨得笔直，好似刀裁出来的两条线。太阳光照在他脸上，他笑的时候嘴角微斜，就像中风似的。当然这是我恶毒的污蔑，其实人人都说苏悦生长得好看，连宝丽都说："哎呀苏先生真是像Tom Cruise……"

这种时候我总是挖苦："原来姓苏的竟然长得像外国人？"

"长得不像，气质像！气质你懂吗？"宝丽斜睨我一眼，"说了你也不懂，你懂什么叫男人？什么叫气质？"

宝丽是一等一的红人儿，赫赫有名的"濯有莲"一姐，无数阔佬豪绅拜倒在她的裙角之下，江湖上盛传她"旺夫"，据说跟她好过的男人都顺风顺水，事业遂心。一时间"汪宝丽"三个字竟然成了身份和地位的象征，越是忙，越是不耐敷衍，男人们偏以能带她出场为

荣，一晚上下来，她各个包厢里停停坐坐，唱两支歌，喝半杯酒，光小费都收到手软。宝丽要是生在古代，包管比李师师更像个花魁。

不过论起男人来，我通常对宝丽嗤之以鼻："你又懂什么叫男人？什么叫长得帅？"

因为全城凡是数得上名号的夜总会，十有八九都是我名下的生意，我见过了太多美人，也见过了太多世事，红尘滚滚，爱恨情仇，痴男怨女，谁能在其间不沾染半分尘埃？最大的一间叫"濯有莲"，会员制，资格审查比高尔夫球会还要严格。外头将濯有莲传得玄之又玄，什么酒池肉林，什么纸醉金迷，其实不过因为是在郊区，自然占了一大片山林，青山绿水间错落开去无数楼台，从外头看起来和寻常度假村一般无二，若要论优点，自然是包厢里音响好，还有就是酒卖得贵一点儿。当初我还挺犹豫，因为管采购的阿满拿来的订单，那些贵得吓死人的著名酒庄里的酒一买就是数千支，好年份的酒都是整年份的大手笔采购，这到底是打算开夜总会呢还是屯酒呢？迟疑的当儿，正巧苏悦生不高兴，看我拿着那张单子发呆没有理他，大少爷就更不高兴了，瞥了一眼我手里的单子，冷笑一声："我还当是什么事，不就是买一点酒，难道你付不起这点钞票？"

苏悦生只有生气的时候才讲上海话，一听他讲上海话我就知趣，满脸谄笑："是是，方才我不过是在想，这些酒买下来自然没问题，不过要卖到猴年马月去？你也知道，那些人虽然有钱，可是真心不懂酒。”

果然大少爷心情好了许多，说：“暴发户，多订些拉菲给他们喝！”

阿满拿着改后的订单咕哝不满，直到我瞥了他一眼，说：“苏先生说，多订些拉菲。”阿满这才收敛些，苏悦生是老虎，人人都怕他，所以我狐假虎威。

濯有莲一开张就生意奇好，越是门槛高资格审得严，外面的说法越是天花乱坠，再加上苏悦生有次正好在本城，恰逢他阳历生日——他们家的人都是过阴历生日的，阳历生日不作数，不过狐朋狗友自然凑趣，怂恿他在濯有莲大摆宴席，一时间满城权贵皆以拿到那张生日宴请柬为荣。濯有莲成了炙手可热的富贵显要之地，连我“邹七巧”三个字也跟着大大地沾了一次光，人人都道素来低调的苏公子如此罕见地高调给我面子，可见我在苏公子心目中非同一般。

濯有莲一举成名，贵是贵，贵得连我自己看到出货单，常常都要咬牙倒抽一口凉气，所以说人都是要虐的，贵成这样，却满城的有钱人都争先恐后地来求一张濯有莲会员卡。

我从梦里醒来，一身冷汗，闹钟指向九点半，窗帘密闭四合，一丝光也透不进来。双层玻璃隔开喧嚣的市声，纵然天早已经亮了，整个城市这时候已经上班上学，但对我而言，时间还早。做我们这行的，都是下午两点才起床。

我躺在床上想了半天，终于明白自己为什么梦见苏悦生，因为今天是妈妈的忌日。

妈妈死了也快十年了，我们老家的规矩，第三年忌日的时候要把死者所有的东西都烧掉，然后才可以在坟前立一块碑，从此后这个人就似乎真正告别尘世，不必要再计算她的生辰死忌，也不必时时刻刻惦着去坟前磕头烧香。

我十分不孝，妈妈走之后的头七甚至七七，都没有去给她磕头烧香，那时候我病得很严重，差一点就死掉。等我从医院里出来，已经是妈妈去世大半年后了。

苏悦生带我去看她的墓地，妈妈就葬在城郊，在非常昂贵的陵园，我妈的墓地占据了特别好的位置，铺着黑白分明的大理石，像钢琴键一般，太阳晒得大理石滚烫，我把玫瑰放下去的时候，心里只在想，别把花烫坏了啊。

妈妈最喜欢玫瑰，花是我在最好的花店里买的，刚刚从保加利亚空运到，包扎的时候店员跟我搭讪："这是要送给谁呢？"

我说："我妈妈。"

店员是个跟我年纪差不多的姑娘，笑得两只眼睛弯弯像月牙，说："那她一定开心极了！这么漂亮的花！"

我也觉得是，如果妈妈真的能看见，她也一定会开心。

放下那束玫瑰的时候我竟然没有哭，我都恍惚听见眼泪滴落滚烫的石板，"噗"的那一声，可是眼角干干的，我真的没有哭。

回去的路上苏悦生给我一套钥匙，说：“你那房子我让人替你卖了，价钱还不错，所以买了一套市中心的公寓，余下的钱存银行了。”

我把胳膊肘放在车窗上，下巴就搁在胳膊上，呼呼的风吹乱了我的头发。我妈留给我的东西其实不多，除了一大衣帽间的名牌衣服手袋，就是那套别墅了。现在房子卖了，衣服手袋都被苏悦生让人当垃圾处理掉了，什么都没有了。

不，银行里还有一笔巨款，那也是我妈留给我的。不过钱不算，钱是什么，不过是户头上的一个数字。我十六岁的时候我妈就这样跟我说过，这世上钱买不到的东西太多，比如快乐。

我妈这一辈子，不快乐。

我从来不想重蹈她的覆辙，可是我认识了程子良。

我妈妈听说我和程子良来往时，气急败坏地打了我一耳光，那是我妈生平第一次动手打我，她说：“你怎么就不学好？”那一种语气里的辛酸绝望，是比那一耳光打在脸上，更令我觉得难受。

那时候我还小，不觉得自己做错事，不知道这世间有人跟人是天差地别。等我明白过来的时候，一切早就已经晚了。

难得这么早醒，我在床上又赖了一会儿才爬起来洗脸刷牙，牙还没刷完就接到小许的电话，小许的声音里透着几许焦虑，劈面就说：“苏先生出了点事。”

我吓得一口牙膏水差点吞下去，赶紧吐出来然后问：“什么？他在哪里？”

“医院，××医院。”小许又赶紧叮嘱一句，“带几件他的睡衣来。”

我挂断电话就去衣帽间找苏悦生的睡衣，心急火燎地拿了袋子装起几件睡衣，想想又将他的浴袍毛巾装进去。苏悦生很容易过敏，毛巾都只用某个牌子，医院的东西，哪怕是新的，他一准用不惯。

我开红色的保时捷出门，大包的衣物搁在副驾座上，天气阴霾，透过墨镜，城市仿佛已经是黄昏。风把我的一头长发吹得乱糟糟，发丝打在脸上生疼，趁着红灯停车，我从包里翻出一条丝巾绑住头发，从后视镜里我发现自己吸引了路上无数其他司机的注目。

换作平日，我大约会绑好头发之后，得意扬扬地转过身子朝围观群众挥手飞吻，不过今天没这种心思，小许说得不明不白，还不知道苏悦生出了什么大事，他要是死了，我可就完蛋了。

紧赶慢赶赶到医院，直到进到病房才松了口气，因为苏悦生正在发脾气，还能有力气训斥旁人，可见性命无碍。

他坚持要出院，医生坚持不肯，我一来正好解围，院长和主任都认得我，对我讪笑：“邹小姐来得正好，劝一劝苏先生。”

“到底是怎么回事？”我含着笑意，说不好奇是假的，苏悦生脸颊上一大块乌青，好像被人揍了一拳。苏悦生竟然会挨揍，这简直是天方夜谭，难道是他爹竟然亲临本地，演了一出闭门教子？又或许，是新女朋友彪悍泼辣，竟然朝苏公子脸上招呼？

不管哪一种情形都让我忍俊不禁。

小许及时打断我的各种联想：“苏先生追劫匪，被劫匪打的。”

“哦……”我忍不住揶揄，“千金之子，坐不垂堂，劫匪抢什么了，还用得着去追？”

几年前我下班的时候，被一个小蟊贼扎破车胎抢包，追上去之后挨了一刀，我举手一挡，结果把胳膊上划了一长道伤口，血流得吓死人，最后还进医院缝针了。苏悦生那会儿正在国外度假，国际长途还不忘幸灾乐祸：“劫匪抢什么了，还用得着去追？”

所以这一次我拿原话奉还，很意外苏悦生竟然没回嘴，反倒若有所思。我想他脑袋一定被劫匪打坏了。

没过几天就有风声传到我耳朵里，原来那天苏悦生追劫匪是英雄救美，有个女孩儿的包包被飞车党抢走，他正好路过追上去，飞车党骑着摩托被他逼进死胡同，他弃车下来跟劫匪徒手肉搏，结果在路人的帮助下把劫匪送进派出所，自己受了伤。

这些都不是重点，重点是被救的女孩儿名叫向晴，××大学研究生在读，身家清白斯文漂亮的好姑娘，父亲是教授母亲是公务员，朋友们提到她的名字与学校，都要装作不经意的样子看一眼我。

我也装作蛮淡定的样子，回应朋友们的好心。

苏悦生这回是认真谈恋爱了，有人说他每个周末都去学校接向晴，还有人常常看到他跟向晴在公园里散步。据说两个人都拿着一支冰激凌，开心得跟孩子似的。

最后连赵昀都忍不住挖苦我：“你倒挺沉得住气啊？”

“您这话说得。”我笑眯眯地把醒酒器中的酒斟进杯子里，“哪桩事我沉得住气了？咱们都认识这么多年了，你难道不知道我的脾气？买件新衣服都要当场穿走，我哪里是沉得住气的人？”

赵昀瞪了我半晌，才悻悻地说：“我看你能装到什么时候。”

赵昀跟苏悦生关系挺好，狐朋狗友里头他们俩走得近，不晓得为什么，苏悦生身边的人都喜欢我，大约是因为我好相处，能说能闹又不需要旁人额外给我面子，每次出了乱子我自己先找台阶下。我又放得开，经得起他们胡说八道，时日久了，没心没肺也是一样好处。人人拿我当兄弟，所以出于义气，赵昀替我担忧。

其实我跟苏悦生也是兄弟义气，没他们想得那么复杂。

苏悦生有事要去趟北美，临走前特意约了我吃饭，我已经好几个月不曾见过他，承蒙召唤受宠若惊，连忙换衣服打扮齐整去赴约。

在席间苏悦生很慎重地介绍向晴给我认识，我捧着向晴那只柔若无骨的白皙小手，脱口说：“久仰久仰！”

向晴是个文静姑娘，不过赧然一笑，苏悦生瞥了我一眼：“胡说什么？”

我正襟危坐，苏大少爷将向晴托付与我，说：“我半个多月才能回来，你就在本地，多照应晴晴一些。”

我拍着胸脯说：“没问题！”

向晴不过莞尔浅笑，苏悦生又细细叮嘱她不可吃辣，否则容易胃痛，又交代有要紧事，一定要给我打电话。

美人如玉，我亦爱。

苏悦生一走，我就当起了超级保姆，派人每天送一份爱心汤去学校，以免向晴吃不惯外头的饮食，每个周末打发司机去接她回家，偶尔她也会发短信给我，大部分内容都是：“邹姐姐，我很好，一直都有课，所以不需要外出。最近也没有胃疼，你送来的汤和零食都已经收到，谢谢！”

我还以为可以平安无事到苏悦生回来，结果有天我还没有起床，就接到赵昀通风报信的电话：“七巧，苏太太要来，今天下午的飞机，你可要提防一下。”

我顿时吓得瞌睡都没了，连忙爬起来，问：“她来干什么？”

赵昀很反常地顿了一下，才告诉我：“你不知道？程子良回国了。”

我大约愣了很久，过了片刻才听见自己干巴巴的笑声：“这样啊，那我回避一下吧。”

这世上有几个人我是不能见的，一是苏太太，二是程子良。尤其是程子良，一听到他的名字，我其实就想落荒而逃。

事实上我也确实落荒而逃了，我赶紧收拾东西住到山里去了。阿满家原来在乡下，阿满后来给父母在山里盖了一幢楼房，前面是清江，后面是青山，院子里种满了枇杷树和龙眼树，别提有多美了。

我从前也跟阿满进山去，摘那满院的枇杷，拉一后备厢的新鲜蔬菜回城来，那是个桃源地，所以一有难，我就逃到桃源去了。

我连阿满都没告诉，自己开车进山。正是一年中最好的季节，高速公路两侧的梯田里，有农夫正在插秧，偶尔闪过一户人家，屋前屋后都是一团团的绿树。一路走一路都是好风景，满山满谷的绿色。

下了高速还有两个小时的山路，开到阿满家的时候，天色已近黄昏，我看着山坳里升起的袅袅炊烟，心情愉悦起来。驾驭着轻巧的跑车行驶在盘山公路上，每过一次急弯，几乎有一种飘移的快感。这样奢侈的愉快很多年都没有了，虽然我是在逃跑，不过逃跑的过程，也尽量让自己觉得愉悦一些。

阿满的父母都认识我，对我的到来并没有太多惊诧，他们都是敦厚的老人，把我当邻人的孩子一样看待，并不因为我是阿满的老板，就会对我卑躬屈膝。阿满的母亲因为我的到来去后院摘菜，说要炒腊肉给我吃。我跟她一起洗菜，然后做饭。

山间极静，尤其是夜晚。满天的星斗灿烂，抬头可见。我们坐在院子里闲话，阿满的妈妈摘了一大盘枇杷给我，絮絮地让我拣绵软的果子吃。

“阿满也快三十了。”阿满妈脸上不无忧色，“总不见他带女朋友回来。邹小姐啊，你是领导，你要帮忙操点心。”

我差点被枇杷噎住，好不容易将果肉咽下去，只好讪笑：“好啊好啊，我会想办法给他介绍一个好姑娘。”

成天被人家邹小姐邹总地叫，连阿满客气的时候都叫我一声“邹姐”，我都忘了我其实年纪比阿满还小。

晚上我睡得出奇的早，也睡得出奇的香，连梦都没有做半个。清晨我被屋后山林里的鸟叫声吵醒，天刚蒙蒙亮，阿满家的窗帘是很简单的纯色棉布，阿满妈是勤劳的主妇，浆洗得干干净净。我从那窗帘的边缘盯着看，看天色一分一分地亮起来，鸟叫声渐渐稀疏下去，换了屋后的公鸡来打鸣，喔喔喔，真的是唤人起床的好闹钟。

苏悦生给我打电话的时候，我正和阿满妈在菜园里摘蚕豆，这季节蚕豆最好吃，炒出来又酥又嫩，简直入口即化，再过几天就老了，只能加调料水煮当五香豆了。我正欢天喜地摘着沾着露水的蚕豆荚，手机响了，苏悦生的国际长途，我不敢不接，好在现在通讯发达，山里信号也满格，通话质量非常不错。苏悦生问我在哪儿，我也不敢不说实话。

苏悦生很诧异：“你一个人跑到山里去做什么？”

我老实告诉他：“你家阿姨来了，我想左右闲着没事，进山来摘点菜也好。”

不可以把苏悦生的继母叫“苏太太”，我牢牢记得这忌讳。

苏悦生挖苦我："原来你就这点出息？那个女人就把你吓成这样？"

我不吭声，苏悦生知道我当年在苏太太手底下很吃过一点苦头，而他最喜欢的事就是跟继母对着干，这也是他当年搭救我的原因，不然我早就不知道烂在哪条阴沟里了。苏家人个个脾气古怪，苏悦生从来不肯承认他继母也算苏家人，但苏太太我也惹不起。

我向苏悦生汇报，向晴很好，虽然我走开了，但我交代过阿满，阿满办事情，苏悦生应该放心。果然，苏悦生很满意我的安排，因为他没有再说旁的话，只说："我大概得下周四才能回来。"

苏悦生难得跟人交代行踪，我都受宠若惊了，过了半秒才反应过来他当然不是向我交代行踪，于是连忙说："我会告诉向晴。"

苏悦生大约心情不错，还跟我多说了几句闲话才挂电话。

我以为自己会在山里住几天，没想到下午就出了乱子，向晴在学校大门口被出租车给撞伤了，阿满打电话告诉我，我连忙开车返回市区。

进城的时候正遇上晚高峰，天气闷热，漫天乌云，乌云压城城欲摧，衬得一大片水泥森林格外压抑。大约是要下暴雨了，才不过六七点钟，天色暗黑得仿佛已经是半夜，车都开着大灯，堵堵停停，高架桥上一条蜿蜒的河流。

我开着敞篷车，连呼吸的尾气都比旁人多，又担心天落雨，一路焦心急虑，好不容易开到了医院，地下车库又全满，没有停车位。我跟保安套了半天近乎，他终于把我偷偷放到医院职工停车区去，指给我看一个车位，告诉我说：“那是主任的车位，这几天他到外地出差开会去了，所以可以暂时让你停一下。”

我连声道谢，然后朝着急诊楼飞奔而去。

苏悦生曾经挖苦我，说我是他见过的唯一一个踩着十厘米高跟鞋还能健步如飞的女人。我笑着说：“能穿十厘米高跟鞋的女人个个都可以健步如飞，不过她们都要在你面前装鹌鹑，我不用装，所以你才看得到。”

一进急诊楼就看到一堆病患在那里排队等电梯，我看了看排队的长度，决心还是自己从安全通道爬上去算了，反正只有五楼。

爬到二楼的时候突然听到“咔嚓”一声，闪电似乎近在咫尺，从楼道的窗子里映进来，把我吓了一跳。暴雨哗啦啦下起来。天早就已经黑了，雷声一阵紧过一阵。这里本来是安全通道，平常很少有人走，这时候空荡荡的更只有我一个人。楼梯间里很远才有一盏声控灯，不过因为雷声隆隆，所有的灯灭了又亮，亮了又灭，每盏灯还是在拐角的地方，好远好远，那灯光亦十分惨淡，总让我想起一部恐怖片。我压抑着心中的恐惧，开始唱歌。我一害怕就唱歌，这大约是小时候落下来的毛病，小时候我妈忙着美容院的事，常常将我一个人反锁在屋里，我睡到半夜醒来，怕得要死，所以常常唱歌哄自己睡觉。到现在我仍旧有这种毛病，怕打雷，怕得要死，于是就唱歌。

我都不知道自己荒腔走板唱了些什么，爬楼爬得我上气不接下气，喘息未定，唱得自然难听，爬到快到四楼的时候，我突然发现楼梯上坐着一个人。恰好这时候雷声渐息，声控灯没有亮，我只看到黑暗中一点模糊的影子，仿佛是个人坐在那里，我壮着胆子咳嗽了一声，声控灯仍旧没有亮。我连拍了两下手，声控灯还是没有亮，大约是坏了。正在这时候，楼外一道闪电划破黑暗，在楼道被闪电映亮的那一瞬间，我模模糊糊看到一个熟悉的脸庞轮廓。

“风是你，雨是你，风雨琳琅都是你。”

当初张爱玲写胡兰成：“他一人坐在沙发上，房里有金沙金粉深埋的宁静，外面风雨琳琅，漫山遍野都是今天。”那时候我还是文艺少女，把这句话念得滚瓜烂熟，有天狂风暴雨，程子良被堵在机场里，航班取消，我们两个隔了一千多公里，不能相见。打完电话又发短信，我把这句话一字字打出来，发给他看，他回复我的短信就是这十三个字。

闪电早已经熄灭，雷声隆隆，灯光仍旧没有亮起，楼道里一团漆黑。我很鄙夷自己，都过去这么久了，还是会觉得有人像程子良。刚和他谈恋爱的时候，如果在大街上看到一个陌生人有点像他，我都会偷偷多看两眼。少女情怀总是诗嘛，何况是对初恋。

有人说初恋难忘，我想这也是因为一种雏鸟情结，第一次谈恋爱，痛是痛，伤是伤，甜是甜，酸是酸。网上有一张照片非常有名，一个老太太卖橘子，旁边纸牌上歪歪扭扭的字，写着“甜过初恋”。

网友都是会心地笑，但有几个人的初恋会是纯粹的甜呢？

这个长得有点像程子良的人也蛮奇怪的，一个人坐在楼梯里，难道有什么伤心事？据说医院里有很多人跳楼，窗子都是焊住的，能打开的弧度非常有限，难道这个人是病人或者家属，有什么想不开的事才坐在这里？

我一边胡思乱想一边继续往上爬，琢磨要不要多事劝劝这个人，楼梯一级级，再爬几十步，就到五楼了。

我又上了几级台阶，那个人突然清清楚楚地叫了一声：“七巧？”

我愣住了。

窗外电闪雷鸣，雨声如注。他也愣在那里，一动也不动。

过了好久，他才说：“真的是你？”

他的声音很轻，夹杂在轰轰烈烈的雨声里，断断续续似的，只有四个字的问句，听着并不真切，我觉得恍惚，像是梦里一般。不，这绝不是梦，我从来不曾梦见程子良。

我跟程子良没什么好说的，自从闹翻之后，也再也没有见过。时间已经过去太久了，现在我想起来都还是一片模糊，当年他也对我放过狠话，我也说过特别狠的话，爱情这个东西很奇怪，也许到最后大家都是拿它做刀，捅得对方奄奄一息。我渐渐回过神来，不，这不是程子良，程子良不会在楼道里抽烟，也不会坐在楼梯上，更不应该出现在这里。他大约是在看我，我有点拿不准，我都没想过跟程子良再见面会是什么情形，我也没打算跟他再见，当初那样决绝地分手，不就是为了从此再也不见吗？

我还在惊疑不定的时候，楼道门突然被人推开，有人问：“程先生？你在吗？”

程子良转头答应的时候，我已经一鼓作气从他身边冲过去了。

我一口气爬上五楼，推开沉重的安全门，慌里慌张地往走廊里跑，不提防就被水泥地面和防静电地板之间几厘米高的落差绊倒。穿着十厘米的高跟鞋，摔得我差点鼻青脸肿。路过的一个护士看见，连忙把我扶起来，我这才觉得自己背心里全是冷汗。刚刚那几分钟简直像梦魇，令我精神恍惚。原来真的是程子良？幸好他没有追上来，不然我这一跤摔倒，他还不知道怎么想呢。

一直走到手术室外，我脚步还是虚的，有点踉跄，可是如果真是程子良，他才不会追上来呢。今时今日，相见何宜？

我见到了阿满，他介绍主治医生给我认识，向晴被撞倒之后被就近送到学校的附属医院，本来向晴自己觉得并无大碍，以为只是皮肤擦伤，后来阿满还是不放心，赶过去办了转院，一转院就检查发现内出血，脾脏破裂，刚刚做手术摘除了，幸好手术非常及时也非常顺利。

我跟主治医生聊了一会儿，看了看时间，北美应该还没有天亮，我决定暂时不要打电话给苏悦生，他一定还没有起床。

向晴麻醉没过还没有苏醒，我把病房什么的安顿好，又打电话给相熟的家政公司，要求安排一个有经验的做饭保姆，至于陪护，问护士长打听就可以了。等一切忙完，已经是晚上九点多，我这才给苏悦生打了个电话，简单地告诉他事情的经过。

苏悦生大约有事正忙着要出门，听完之后很简单地答："知道了。"

真是跟皇帝似的。

这时候我才发现自己扭伤了脚，脚踝已经肿起老高，阿满诧异地询问，我说："出电梯时摔了一跤。"

阿满坚持找了外科医生来帮我诊视，确认只是软组织挫伤，医生开了一些软膏给我，又叮嘱我用冰块冷敷。阿满开车送我回濯有莲，路上他突然问我："邹小姐，您今天晚上怎么了？"

"啊？"

"我看您一晚上心绪不宁似的。"阿满说，"这事苏先生也不能怨您，您把向小姐照顾得很周到，车祸是意外。"

我还以为这些年江湖混下来，自己早就练出了千百层面具，甚至有时候面具戴得久了，还以为早就跟自己的脸皮浑然一体了，没想到身边的人还是一眼可以看透。我干巴巴地笑了两声，说："我不怕，苏悦生又不是老虎。"

阿满大约觉得我欲盖弥彰，我自己都觉得自己语气里透着心虚，干脆闭上了嘴。

濯有莲还是那般热闹，濯有莲的热闹是藏着的，内蕴的。偌大的大厅里，齐齐整整一排咨客迎宾，站在璀璨饱满的水晶灯下，个个都是玲珑剔透的人儿。客人们大多并不在大厅出入，相熟的客人都会提前预订好包厢，有的常常包下一幢小楼，自然而然一进大门就拐进了私密车道，外人通常连客人的车尾灯都见不着。

今晚生意很好，暴雨骤歇，路上交通不便，客人们都到得晚，连主楼的包厢都是全满。

说不自豪是假的，这里是我的王国，每晚流水般的花枝招展的美人们，看着就赏心悦目。

我回到濯有莲，陈规早就接到阿满的电话，远远迎出来，看我一瘸一拐地进来，连忙扶住我，嘴里直抱怨。陈规的抱怨也是亲热的，他应酬惯了客人，对谁说话都带着几分娇嗔的劲儿，对我也习惯成自然，翘着兰花指戳一戳我的额头，差点没把我戳一跟斗，他恨恨地数落我："都伤成这样了，还来干什么？好好歇两天不成吗？幸亏你是老板，不然旁人该怎么看我们濯有莲，还以为我们刻薄到连受伤都不准请假！"

我说："上勤下效嘛，老板才不可以偷懒。"

陈规抿着嘴直笑："哟，幸好我是不偷懒的，不然还以为你这话是敲山震虎呢！"

我顺手在陈规脸上拧了一把："美人儿，我怎么舍得敲你？"

陈规白了我一眼，推开我的手，说："你以为我是山？我是老虎！"

我哈哈大笑，扶着墙拐进办公室。

几天没来，积下一堆工作。我们虽然是捞偏门的，做的却是正当生意，而且沿用的是最现代化的管理，OA系统里一堆我要批复的邮件。

我头昏眼花地回完所有的邮件，正打算在办公室沙发里打个盹，陈规却又踱进来了，往我的办公桌前一坐，一手支颐，怔怔地看了我半晌，突然喟然长叹。

我瞥了他一眼："又怎么了？"

陈规扭着身子，说："七巧，你有没有爱过一个人？"

我心里一跳，陈规说："见不着他的时候吧，心里跟猫抓似的，见着他了吧，心里更像猫抓了。明知道他不属于你，你还是要为他伤心落泪。哭也是因为他，笑也是因为他，好多次都发誓要真的忘掉他，一转眼见了他，又马上欢天喜地。真是前世冤孽。"

我掸了掸胳膊肘上的鸡皮疙瘩，反问："你又爱上谁了？"

陈规白了我一眼，说："什么叫'又'？说得我朝秦暮楚似的！这么多年来，我还爱过谁啊？"

我诚恳地对陈规说："陈规，咱们都认识十来年了，从我出道做生意开始，你跟阿满就和我的左膀右臂似的，离了你们两个，我都不晓得该怎么办。你的感情生活我也十分关心，希望你可以过得好，不过你的这段感情我实在是不看好，还是算了吧！”

陈规又说起齐公子来了。齐公子叫齐全，齐全名字虽然古怪，长得却是一表人才，风流倜傥。齐家是本市著名的富贵人家，也很给苏悦生面子，齐公子常常来照顾我们濯有莲的生意。我问：“齐公子今天跟谁来的？”

“今天说是替一位好朋友接风，好些人都在，加上招呼的小姐们，跟开派对似的，热闹得很。”

我说：“我扭伤了脚，不方便出面，你要是愿意，去替我送瓶红酒得了。”

陈规叹了口气：“那些人都喝醉了，闹腾得很，我也不愿意见。”话虽这么说，还是打电话让人去酒窖里取了一瓶红酒，亲自送过去了。

陈规就是这点好，公是公，私是私，虽然有些儿女情长，但从来不婆婆妈妈，他和阿满一个性子耿直，一个心思细密，所以一个主内，一个主外，一个管人，一个管财，算是我手底下的哼哈二将。

我在办公室里睡了一会儿，突然被敲门声惊醒，一个姓宋的领班怯生生告诉我说，陈规喝醉了，那些人还不依不饶，非吵着一定要陈规把我也叫过去喝两杯，她瞧着情形不对，所以来告诉我。

陈规酒量很好，只是一见着齐公子就三魂丢了两魄，怕是被人灌得不行了，这才没拦住人来找我。我刚睡醒，知道自己一定又是蓬头垢面的模样，没法见人，于是去盥洗间洗了把脸，又重新梳头，描眉画目一番，这才去“听江声”替陈规解围。

听江声是一幢独立的小楼，坐落在离江最近的一侧，背山面江，五个露台全是无敌江景，是濯有莲景致最好的一幢楼。我一进听江声，就看到一楼大厅沙发里睡倒四五个人，看来真是喝大了。

喝大了不要紧，这些公子哥还都有分寸，不会玩得太过分。二楼人声鼎沸，有人在唱歌，也有人在跳舞，陈规坐在沙发上，气色还好，就是眼圈发红——他喝酒从来不红脸，只红眼圈，这样子真是喝高了。

我一眼就看到齐全，今天齐公子也喝太多，神情都跟平日里不一样，一见着我就笑嘻嘻地说：“老板娘来了……七巧唱歌是一绝，快过来，给大家唱一首！”

我本来扶着一个“公主”的肩膀，借着那几分力，笑吟吟地说：“齐总饶了我吧，您瞧我这脚，肿成这样还来给您敬杯酒，就惦着是您在这里不是旁的客人。您看在我这份诚意，就饶过我这伤残人士吧。”

齐全摇头晃脑地说：“不行！又没让你跳舞，我们这里有著名的男中音，来来，唱一首《因为爱情》！子良！子良呢？”

有人答说去洗手间了，我笑得牙龈发酸，说：“齐总唱歌就挺好呀，要不我们俩唱一首？”

“不行！”齐全头摇得像拨浪鼓似的，说，“我得介绍一位新朋友给你认识，程子良！程子良！你肾亏啊？进了洗手间就半天不出来！”

有人远远答应了一声，齐全兴奋地向他招手：“快来快来，我介绍老板娘给你认识，子良，这就是濯有莲的老板，邹七巧邹小姐！”

没想到我这辈子还有跟程子良握手说幸会的时候，我觉得自己脸上的笑都快僵了，好在假睫毛够浓够密，想必谁也看不清我的眼神，我垂眸低首，放平静了声音，说：“程先生幸会。”

“子良刚刚从国外回来，七巧，你们两个还真是有缘呢。”

我心里镇定了一些，一晚上遇见两次程子良，如果这是天意，那么就逆来顺受好了。我含笑问：“什么有缘啊？难道我跟齐总没有缘吗？”

齐全哈哈大笑：“我说错了话！真是酒喝多了！你晓得子良的姐姐是谁吗？就是苏太太啊！”

场里有不少人认识苏悦生，听到这话都哄然一笑，说：“这辈分可乱了！”

“邹小姐得喝一杯！”

“一杯哪能作数！起码得喝三杯！”

“这算见了舅舅，三杯都不能作数！得喝一打！”

所有人都有了七八分酒意，七嘴八舌话越说越离谱，我脸上笑意不减，却说：“各位大哥，拿我开开玩笑是我的荣幸，不过拿苏先生跟我开玩笑，可真是折我的福，得啦，大家看我这脚，肿得跟猪蹄似的，刚看了跌打医生，取了药内服外敷，千叮万嘱忌荤酒辛辣，不过今儿大家高兴，我舍命陪君子，就喝这一杯，各位老板高抬贵手。”

“公主”要替我斟酒，齐全劈手夺过去，把冰块全倒出来，斟上满满一杯威士忌，说：“可不许舞弊！”

我笑嘻嘻接过去，一仰脖子，一口气喝完，亮一亮杯底。在场的人都给面子，噼里啪啦拍了一阵巴掌，齐全也说：“邹小姐今天是真豪气，今天放过你啦！来来，唱一首歌！”

我脸上一阵阵发热，从食道到胃中，也一阵阵火烧似的灼人，烈酒没有加冰，就那样一口气灌进去，难受得很。我说：“恭敬不如从命，那我就彻底献丑一回，不过唱完了，大家可要答应我，让我带小陈回办公室，还有事等着他去处理呢。”

齐全笑着说：“行，满场的男人，你愿意带谁走都行！”

所有人都在笑，“公主”替我点了一首《因为爱情》，齐全把程子良推到台上的麦筒前，我款款大方地看着他，做了一个“请”的手势，自己接了“公主”递过来的手麦。

熟悉的前奏响起，程子良却没有看我，也没有唱第一句，齐全笑着说：“怎么啦？”

“这首歌我不会，出国太久，国内的流行音乐都不熟了。”

“换一首换一首。”齐全嚷嚷，“给他找首老歌！《花好月圆夜》！这个总该会唱了吧？”

程子良这才抬眼看了我一眼，我满脸赔笑：“程先生会唱吗？”

程子良点点头：“就这首吧。”

春风吹呀吹

吹入我心扉

想念你的心

怦怦跳不能入睡

为何你呀你

不懂落花的有意

只能望着窗外的明月……

我从来没有跟程子良唱过歌，何况是这样一首对唱的情歌。花好月圆不过是天真无邪的时候才有的奢望，成年之后我们都知道，花不会常开，月更不会常圆。想想还真是伤感，再见程子良，偏偏又选了这样一首歌来唱，所谓花好月圆，也不过是水中月、镜中花罢了。我专心把一首歌唱完，赢得一片掌声，当然大半原因是大家都捧程子良的场，我放下麦筒，说：“谢谢大家，今儿所有酒都算我的，大家玩得开心点！”

齐公子是真喝高了，扯着我的衣袖着恼：“怎么算你的？算你的岂不是算苏悦生的？咱们喝酒，凭什么让他请客啊？”

“苏先生跟我，真的只是普通的男女朋友啦。”我娇嗔地拨开他的手，“齐总成天拿我开心，这样下去，我还能找着男朋友吗？”

齐全笑嘻嘻地说：“都男女朋友了，还普通得起来吗？”

我又敷衍了他两句，终于带着陈规全身而退。陈规是真喝得不行了，一出小楼，我就让保安把他扶上贵宾车，自己坐了贵宾车尾的位置。

坐在车尾被夜风一吹，更觉得砭骨的酸凉，脚上的痛都不觉得了，只觉得胃里难受。回到办公室，一关上门我就扶着墙跳进洗手间，把胃里的东西吐了个干净，腿一软就倒在马桶旁，突然就觉得喘不过来气，心里一惊，却没有力气爬起来去拿药。

我有非常严重的哮喘，喷剂总是随身带着，偏偏刚刚把包放在了办公桌上，洗手间浴柜里也有药，我扶着马桶试了四五次，却总是站不起来，最后一次我撞在浴柜门上，窒息让我的手指无力，总也打不开那扇救命的门。

手机嗡嗡地响着，就在离我十步远的地方，陈规喝醉了，阿满这时候肯定在前台，我的办公室除了他们，通常没人进来，难道今天就要死在这里？

我听见自己的呼吸越来越短促，手指痉挛地抓着领口，仿佛希望能在胸口上开一个洞。

我真是跟程子良八字不合，每次见着他，我就会有性命之忧。

在失去意识之前，我想如果还有下辈子，我一定离程子良远远的。

Chapter 02
冷漠

我不知道自己昏迷了多久，只是意识渐渐恢复的时候，觉得自己像被浸在冰水里，又冷，又黑，四周都是漆黑的冰冷的海水，包围着我，让我无法呼吸，我喃喃地叫了声“妈妈”，白炽灯的光线非常刺眼，我看到了程子良。

还有一堆人围着我，程子良半蹲半跪，手里拿着那救命的药瓶，阿满一脸焦虑，说：“救护车马上就到！”

其实只要喷了那救命的药，就算是又从死亡线上兜了一回，我都不明白我自己为什么活着，挣扎了半晌，最后是程子良的手按在我的胳膊上，他说：“别动。”

我这辈子没有想到的事情很多，比如妈妈会死于非命，比如我会遇见程子良，比如我从前也没有想过有一天我会和程子良分开，我还以为那会比死亡更难受，可是我也活过来了，而且活得很好。

我也没想过会再遇见程子良，我最没有想到的是，某一天还会有机会，听到程子良对我如此语气温柔地说话。我觉得我还是死了好，或者，他像从前一样恨我恨到骨头里，连话都不愿意再跟我说。

我被救护车送到医院去，程子良在车上，也没有人觉得有什么不对。据说是一群人喝完酒都打算走了，就他一时兴起，非要到办公室来跟我道别，因此救了我一命。我讨厌救护车顶上的灯光，讨厌氧气面罩的气味，还讨厌程子良也在救护车上。

主治大夫王科是老熟人了，今天本来不该他值班，我急救入院，所以他深夜被电话叫到医院里，看着我直摇头，问："喝酒了？"

我浑身酒气，想否认都难，王科说："自己不要命，神仙也救不了你！看你还能折腾几回！"

我讪讪地说："王大夫，还有我的朋友们和下属在，能不能给点面子？"

齐全这时候酒都醒了，正打电话指挥人去找专家，他还以为我是吃了骨科的中药又喝酒导致的过敏，这时候听说我是哮喘发作，这才挂了电话踱过来看我，说："你怎么有这毛病呢？跟苏悦生一样？真不是一家人，不进一家门！"

我咧嘴笑了笑，也没力气反驳他又提到苏悦生，医生检查并无大碍，反倒批评我没有注意脚踝的挫伤，最后的处置是留院观察。

这么一折腾天都快亮了，齐全终于领着人散去，连程子良都走了，人太多，我们也不能说别的话，幸好他也没再说别的话。过去的就让它过去吧，昨日种种譬如昨日死。

我在医院里睡了一觉，睡到自然醒，窗帘密闭四合，病房里静悄悄的，药水还在滴，我举起手来看了看，这才发现对面沙发上有人。

竟然是苏悦生。

我这一吓，受惊不小，连忙坐起来，问："你怎么回来了？"

"事都办得差不多了，就提前回来了。"

我想起来向晴是跟我住在同一家医院，心想美人新宠果然是了得，竟然能让苏悦生提前飞回国内，连我都跟着沾光，苏公子探视完了美人，还顺便来看看我。我问："向晴怎么样？今天还没有去看过她。"

"挺好的。"苏悦生有点倦意似的，大约是长途飞行很累，他说，"听说你是被120送来的，怎么不记得带着药。"

"带了，一时没拿到。"生命如此脆弱，其实我有时候想，或许苏悦生当初肯照应我，也是看在我们同病相怜的分上。犯病的时候大家都狼狈脆弱得像一个婴儿，谁也不比谁更好。所以苏悦生觉得我是自己人。

有人在外面轻轻地敲门，原来是苏悦生的司机，给我送来一些吃的，然后苏悦生说："我回去睡觉了，有事给我打电话。"

我其实已经恢复了九成，哮喘这种病，不发作的时候，跟没事人似的。在医院里睡了一觉，我觉得自己又生龙活虎了。等点滴打完，我搭电梯上楼去看向晴，她已经醒了，也可以进流食，护工将她照顾得很好，只是还有些虚弱。

美人就是美人，半倚在床头上，仍旧慵懒好看得像病西施，赏心悦目。她手术后中气不足，所以我让她少说话，只是她看我也穿着病号服，于是目光诧异。

我主动告诉她：“老毛病了，哮喘，昨天酒喝得太急，丢人现眼了。”

向晴细声细气地说：“要保重自己呀，巧姐。”

第一次有人叫我巧姐，我听着耳熟，总觉得这名字像在哪里见过。等回到自己的病房，猛然才想起来，巧姐！那不是《红楼梦》里王熙凤的女儿吗？

留余庆，留余庆，忽遇恩人；幸娘亲，幸娘亲，积得阴功。劝人生，济困扶穷。休似俺那爱银钱忘骨肉的狠舅奸兄。正是乘除加减，上有苍穹。

巧姐生在七月初七，这个日子不好，所以刘姥姥给她取名叫“巧姐”，以毒攻毒，盼这个名字压得住。我为什么叫“七巧”，当然不是因为生在七月初七，而是我妈最喜欢玩七巧板，据说进产房之前还拿着副七巧板拼来拼去，最后助产士一说是个女儿，我妈就脱口说：

“那就叫七巧吧！”

我比《红楼梦》里的巧姐走运，因为我没有哥哥，我妈也没哥哥，所以“狠舅奸兄”自然是没有了，不过想一想，我的命也比巧姐好不到哪里去，巧姐小时候好歹还过了几年锦衣玉食的日子，而我妈一个人带着我，跟浮萍似的，最苦的时候，连房租都交不上。

不过在倒大霉的时候，刘姥姥救了巧姐，苏悦生救了我。一想到苏悦生跟刘姥姥画上等号，我就觉得搞笑了。

初中的时候，有个女同学叫陈明丽，语文成绩很好，她最喜欢张爱玲，成天在小本本上抄张爱玲的名句，还拿我的名字来开玩笑，因为张爱玲也写过一个“曹七巧”，那个女同学天天拿我打趣，说曹七巧家里是开麻油铺的，我家里是开美容院的，真是挺像的。

我听得出她话里的轻蔑，美容院还不如麻油铺呢。本来我在初中的时候成绩并不好，成天跟一帮男生混在一起，放学就去街头的小店打游戏。我读的那所中学不好不差，夹在一流和三流中间，勉强算个二流。只不过离我们学校不远，就是臭名昭著的电子技校。那时候技校的男生成天在我们校门口晃荡，勒索我们学校男生的零花钱，看到漂亮的女生就吹口哨调戏。

有天傍晚放学，我就看到几个技校男生围着陈明丽起哄，陈明丽哭得上气不接下气，原来有个男生跟在她后头，掀她裙子，陈明丽骂了句臭流氓，他们反倒围上来了，嘴里不干不净，还动手动脚。

本校的男生看着这一幕，都讪讪地绕着走，我一时气愤，捡了块砖头就迎上去了。

这件事后来传得走了样，同学们绘声绘色地将我描述成女侠，据说我拿着板砖一对七，竟然让七个男生落荒而逃。哪里有那么夸张，其实对方只有五个人，我走上去一板砖把其中一个拍得血流满面，余下四个人都吓傻了，我又飞起一脚踹中对方的老二，痛得对方嗷嗷叫，跟着同伙不战而逃。

我就此一战成名，有了个绰号叫“十三妹”，据说本校最会打架的男生有十二个，我仅次于他们，因此排名十三。后来渐渐叫走了形，等到高中，女生都敬畏地称我为“七姐”了。

高中我是交赞助费进去的，那时候我妈认识了一个阔佬，美容院的生意开成了连锁，我妈连车都换成了宝马，又买了好几套大房子，我成了暴发户的女儿。校长的太太经常去我妈店里做美容，我妈托她说情，又交了赞助费，就把我塞进了本地最好的高中。

如果不是读那间高中，我大约是不会认识程子良的，他作为杰出校友被请回高中做演讲，我跟全班同学一起坐在礼堂里，花痴地看着他。

那时候全部女生想象的白马王子也不过如此吧，一表人才，风度翩翩，说英文说法文都流利得像母语，在常春藤念名校，家世不凡。

陈明丽那时候已经跟我是最好的朋友，自从初中那时我在校门外救了她，她就拿我当亲姐妹一般，成天还给我讲数学题。她可是费了九牛二虎之力考上这间高中的，所以很看不起我三天打鱼、两天晒网的学习态度，于是跟我妈似的，成天逼着我好好学习。

陈明丽在高中时代风头无二，既是班花又是公认的校花。她喜欢穿白裙子，披着又黑又长的头发，安静得像所有偶像剧中的女主角，追她的人无数。而我羡慕嫉妒恨，因为没有一个男生喜欢我，他们都当我是哥们儿。就是那时候，我成长为一个文艺少女，每天学着陈明丽，念张爱玲或者亦舒的名句，看王小波和安妮宝贝，我也是从那个时候开始留长发，因为向往安妮宝贝笔下那海藻样的头发。

陈明丽是那天的学生代表，在程子良演讲结束后上台发言，发言稿是陈明丽自己写的，当然老师也帮忙润色过，不过陈明丽参加过好几次演讲比赛，讲起话来抑扬顿挫，非常有风范。总之那天陈明丽给程子良留下了深刻的印象，后来校领导请程子良吃饭，陈明丽也被安排作陪。她回来之后跟我讲了好多程子良的细节，说他如何有风度，叫她小师妹，替她拉开椅子，说话的时候望着人的眼睛，笑起来温柔可亲。

我想我这一辈子，可能都不会遇上像程子良这样的白马王子，会叫我小师妹，替我拉椅子，说话的时候温柔地看着我的眼睛。

我很羡慕陈明丽。

陈明丽后来考上很好的大学，而我勉强考了一个三本，还得我妈掏一大笔学费。我以为我这辈子不会再跟程子良这样的人物有交集，可是暑假的时候陈明丽突然打电话给我，说：“明天程师兄请客，你去不去呀？”

“哪个程师兄啊？”

“程子良啊！他答应说高考结束后请我吃饭的。”

我都没想过陈明丽还跟程子良有联络，而且程子良还会请她吃饭，我十分羡慕，又十分嫉妒，竭力不让自己的声音显得酸溜溜：“我去干什么呀？他又没请我！”

“可是我一个人去和他吃饭，感觉怪怪的。”陈明丽声音里透着羞涩，十几岁的少女，走哪儿都是要拖着一个好朋友的，我常常是她拖着的那个好朋友，一起上学，一起放学，一起去操场跑步，有陌生的男生来搭讪，我冷冷一眼斜白，把对方瞪回去。我们经常在一起，几乎都已经习惯了任何场合都有彼此的存在。

“我还是不要去了，你跟程师兄约会，我去不太好。”

大约是因为我说了这句话，陈明丽反倒急了，死命也要拖着我去，证明她和程子良只是普通朋友。

少女时代谁没有这样矫情过呢？大家都是这样过来的。

于是我被陈明丽拖去当了个大灯泡，陈明丽在男生面前一直是斯斯文文的模样，吃得也不多，那天菜真好吃，她跟程子良说话我也插不上嘴，于是一直埋头苦吃。

很久很久之后，程子良才对我说，他从来没有见过那么能吃的女生。

那时候我年纪还小，脸皮薄，闻言掐着他的脖子不松手：“再说！再说！”

他大笑，顺势拖住我的胳膊，深深亲吻，说：“我就喜欢能吃的。”

有些事其实真的不能去想，想一想就觉得心里荒凉。爱情的开始，或许早就已经注定了结局，我年轻，不知道带眼识人。还是我妈看得透彻，她说：“你跟程子良不会有好结果。”

我听不进去，那时候我挺傻的，喜欢一个人就会觉得天长地久，一辈子都不会变。我不知道世事无常，很多感情只不过一瞬间就不会再继续。

所以这世上哪有那么多灰姑娘，童话都是编出来骗人的，王子杀退恶龙，救的也是公主。何况也许没有恶龙，王子自己就先改了主意。

我出院的时候向晴还没有出院，苏悦生到医院看向晴，正好遇上我出院，他就顺便捎带上我。本来我想拒绝他的好意，于是对他说：“没事，司机已经在路上了，你在这里多陪陪晴晴。”

“我有话跟你说。”

苏悦生很少跟我讲正经事，其实我都很少见着苏悦生，他在本地另外有住处，虽然我住的房子里单独有他一间卧室，但他来的时候挺少的。

在车上苏悦生都没说话，一直回到家里，我洗水果切开给他吃，他才开腔，说：“程子良看你去了？”

我专心削苹果，都没抬头：“没有，就是齐全请客，他们在濯有莲，恰好我犯病，送我去了医院，后来他一直没来过。”

生活又不是拍电视剧，分手就是分手了，哪有那么多缠杂不清。事实上我都不明白苏悦生为什么要问起程子良，他从来不是操闲心的人。

“我给程子慧找了点小麻烦，我还以为程子良来找你，是要替他姐姐报仇呢。”

苏悦生笑起来，嘴角微斜，我心里又在污蔑他笑得像中风，叹了口气，说：“城门之火，别烧到我这条池鱼就好。”

“反正你算我的人，城门真失了火，你也倒霉。”

我屈指数了数，又摇了摇头。苏悦生问：“你算什么？紫微斗数？什么时候还学会了这一套？”

“不是，我算了算，今年我们一共只上过一次床，还是情人节那天你喝醉了的时候。我真是枉担了虚名。这城门之火烧得，太冤了。”

苏公子勃然大怒的时候，旁人大约很少见着，我其实也挺少见。他气得眼睛都红了，我都闹不懂他在生什么气，苹果也不吃，把茶杯重重往桌上一顿，差点连杯子都摔了。

我连忙真心诚意地道歉，说：“你晓得我说话没轻没重的，你当我见着程子良所以抽风吧。”

苏悦生挖苦我："你原来还真对他余情未了？"

"也不是余情未了。"我有点蔫蔫的，打不起精神来，"我是个小人物，你们高来高去，隔山打牛，随便捎带上一点儿，我就完蛋了。成天提心吊胆，也怪难受的。程子良为什么不继续在国外待着呢？他回来做什么？"

苏悦生倒不生气了，跟平常一样，脸上看不出喜怒哀乐，声音也平静了："他回来结婚。"

我"哦"了一声，又削起苹果来。苏悦生提醒我："刚削了一个。"

"那个是给你的。"我赶紧将盘子放在苏悦生面前，"我特意挑过，最大，也最红，应该甜。"

"别吃苹果了，今天补偿你。"

我有点发愣："什么？"

苏公子不耐烦了："不是说今年只上过一次床吗？今天补偿你，省得你枉担了虚名。"

我不知道是哭是笑是受宠若惊还是含羞带怯才好，过了半晌只好冲苏公子傻笑了一下。

跟苏悦生这种人上床，其实也不会太难受，反正技术千锤百炼，好得没话说。第一次跟他上床的时候我表现得不太好，大约让苏公子倒了胃口，从此就很少碰我。时间久了，真的是纯洁的男女朋友了。

今天苏公子心情不好，发挥得很差，我虽然努力想取悦他，也没能让他有多高兴。两个人最后筋疲力尽地睡着了，而且是背对背。

我在半梦半醒间，忽然听见苏悦生的声音，问：“你故意的吧？”

我装睡，苏公子却踢了我一脚，正好踢在我刚刚消肿的脚踝上，疼得我龇牙咧嘴地坐起来，抱着脚直吸气：“我故意什么了？”

苏公子仍旧背对着我，声音却冷静而透彻：“我的便宜，岂是那么好占的？”

我不作声，我跟苏悦生的关系开始就别扭，他将我从绝境中救出来，苏太太是一座山，随时塌下来一块石头都能压死人，而苏悦生是一座更高的山，我有什么本事让那么高的山来帮我呢？一只小蚂蚁，任谁伸出根手指就碾死掉了。

我哪里敢占苏悦生的便宜，只是时间太久，久得我觉得恐惧，他放弃我是分分钟的事，虽然他不见得喜欢我，但只要他承认我归他的势力笼罩，别人碾死我之前，就得先掂量一下。

这是一种很可悲的活法，我自己心里也清楚。

可是开弓没有回头箭，选了这条路，再多的荆棘也只能走到底。

我不说话，苏悦生倒又开腔了：“那要不是我想太多，你就是见了程子良所以心神大乱，急着随便逮个人上床，好定一定心？”

这次我不辩白不行了，我只能傻笑了一下，说：“你真是想太多了，我跟程子良怎么回事，你不是一清二楚吗？我要是还惦着他，天都不容我，连我妈死了都不得安宁。”

提到我妈，苏悦生知道我是认真的，再没多说，只是冷笑了一声。

我在床头坐了很久，一直到苏悦生真的睡着了，我才去洗澡。

中学时代我挺恨我妈的，为什么她要跟有钱人不清不楚，钱就那么重要吗？那些人又不会娶她，不过是把她当成玩物而已。

后来，后来我却比她更不要脸。

我回自己的房间睡下，梦里又见到苏悦生，他冷笑着问我：“你有什么，值得我出手帮你？”

苏悦生那次跟程子慧闹得不可开交，据说最后连苏悦生的父亲都惊动了，亲自出面调解，苏悦生一句话就将他亲爹噎了回去，他说：“我的女人，看谁敢动。”

所以邹七巧这名字也曾经有那么一刹那无限风光，气得苏家老爷子差点心脏病发。连程子慧都如临大敌，唯恐我真的登堂入室。她可做梦也不愿意有我这样一个“儿媳”。

幸好，苏悦生也只是说说而已，程子慧终于也明白我只是苏悦生用来扫她颜面的工具，但她也无可奈何。

我睡得不好，醒来浑身冷汗，室内新风的出风口呼呼地吹着冷风，我裹紧了被子，天还没有亮，睡意却没有了。

其实是饿了，下午没有吃饭，倒头就睡了。我爬起来去厨房，打开冰箱看有什么吃的，正好苏悦生也下来喝水。

他喝柠檬水，还要加冰块的。我讨好地赶紧给他倒了一杯，问：

“肚子饿不饿？要不要吃点什么？”

厨房挂着壁钟，凌晨三点。这时候做吃的是有点诡异，不过苏悦生既然点头，我也不敢让他饿着。

我煮了两碗面，一碗放了鸡蛋，一碗没有。

没有鸡蛋的那碗是给苏悦生的，他不吃鸡蛋，所以我多放了一把青菜，卧在面条上，碧油油的。

苏悦生吃了两口面就搁下筷子了，我以为他嫌不好，连忙问：“要不我打电话叫外卖得了。”

“对不起。”

我一时都傻掉了，苏公子跟我说对不起，这是什么状况。

他有几分歉疚似的：“刚才突然想起来，昨天是你生日。”

“哦……”我说，“我自己都忘了，没事。生日不过最好，女人过了二十五岁，哪愿意过生日啊。”其实我压根就受宠若惊，苏悦生竟然记得我生日。

“去年你过生日许了个愿，说希望明年我可以陪你过生日，结果我给忘了。”

去年生日正好苏悦生也在，陈规他们带着一帮领班起哄，买了蛋糕送我，他才晓得我生日，一时兴起让我点蜡烛许愿，当着苏公子的面当然要大拍马屁，说希望他明年仍旧可以陪我过生日。我自己拍完马屁就忘了，难得他能记得。

“没事没事，再说你不是也陪我过生日了吗？”我十分识趣地说，“看，连寿面都吃了，要不是你肚子饿，我也想不起来煮面吃呢。”

苏悦生大约觉得过生日还让我大大难堪一场，所以有点过意不去，于是说：“你许个愿吧，我尽量满足你。”

苏悦生说这种话，千载难逢，简直等同开空白支票，往上头填多少个零都行。可惜我只能自己找台阶下，不痛不痒地装作娇嗔：“好啊，我要一颗大钻，你送我哦！”

苏悦生很慷慨，过了两天果然派司机小许给我送来一条钻石项链，当中坠子就是一颗大钻，光芒璀璨。

我得意扬扬地戴着它，四处炫耀。

于是外头又议论纷纷了一遍，大意是向晴虽然得宠，我还没有下堂，可见我千年狐狸精的道行不是白白修炼的。

我是真的做梦也没想过，程子良会约我吃饭。

我第一反应就是拒绝，后来一想，为什么要拒绝呢，反倒落了痕迹，还不如坦荡荡相见呢。

话虽这么说，赴约的时候还是心乱如麻，光是穿什么去我就纠结了好久，最后到底咬一咬牙，从衣柜里挑了件最贵的衣服，又拿了最贵的一个包包，戴上苏悦生新送我的那条钻石项链，简直用无数金钱将自己武装到了趾甲，这才出门。

本地吃饭的地方不外是那几个，我还挺担心遇上熟人的，传来传去会走样，所以一路心虚，跟做贼似的。直到进了包厢，这才缓了一口气。

程子良不是一个人来见我，还有齐全和一帮朋友，他们一见我进去就起哄：“哎呀输了！”

“给钱！”

“还是子良厉害，就猜到七巧会拿蜥蜴皮的Birkin来！”

程子良含笑收了一大沓粉红色的钞票，又抽了一半给我：“来来，你的那份。”

我这才知道他们在打赌，赌我拿什么包包，齐全本来挺笃定，说我日常出门最喜欢拎黑色的Dior，而程子良却说我一定会拎爱马仕，而且会是稀有皮质的Birkin。

我很知趣，满面春风地收下钱，一边吻着钞票，一边全场飞吻，团团作揖：“多谢各位老板！”

“这就算谢了？”

“各位都是大老板，怎么能敲我这个小女子的东道呢？”我装出楚楚可怜的模样，“要不这样，晚上去濯有莲，我再舍命陪君子。”

“算了吧，你再舍命，可真把一条命赔上了。”齐全有点悻悻地说，“就上回你住医院那事，赵昀知道了还把我大骂了一通，你说赵昀怎么把你当亲妹子回护啊，这不对啊！真要骂我，也应该是苏悦生啊！”

我笑得脸都发僵了，说：“那是赵总人好，齐总你看，你又想歪了吧！”

“今天酒不喝啦！”齐全说，“上次你也吃了苦头，所以今天算替你压惊，来，请上座！”

我死活不干，最后大家推让半天，我坐在了次宾的位置上，主宾当然是程子良。

“子良哥哥明天就要订婚了，所以今天吃完饭之后，大家一块儿去濯有莲，热闹热闹！邹小姐，单身之夜啊！你一定要派出精兵强将，来侍候好我们的子良哥哥！”

我连忙拍着胸脯保证：“齐总放心，今天晚上三千佳丽，让程总放开来挑！”

酒过几巡，我总算知道明天跟程子良订婚的是冯家的千金冯晓琳，真是门当户对，金童玉女。席间齐全曾经漫不经心地问起婚期，程子良答得也甚是漫不经心：“大约就是年内吧。”

我专心地吃一碟盐水煮毛豆，这群高帅富吃饭都是人精中的人精，参鲍鱼翅早吃得腻歪，挑选餐厅考虑最多的竟然是要做出清淡天然的味道，所以这里他们常常来吃，我看除了菜式低油低盐价钱昂贵之外，倒没有别的特点。

想想我的濯有莲，还不是赚的这种钱？

这群人酒足饭饱，开始转移阵地去濯有莲，我来之后就打发走了司机，齐全于是安排我坐他的车，程子良也在他车上，我一时找不着理由推辞，于是要坐副驾驶的位置。偏偏齐全公子哥的脾气发作，死活把我往后座拖：“我买这车就是因为后排坐三个人不挤，你要嫌弃，我坐前边去！”

我不敢嫌弃齐公子，只好三个人一块儿坐了后排。

齐公子一路跟我讲话，我也跟他一路说得热闹，其实说什么我都有点心不在焉，因为程子良就坐在我旁边。

有段时间我天天听人讲佛经，六祖惠能那个段子，风吹经幡，一僧说风动，一僧说幡动，六祖说非风动、非幡动，乃尔心动。

我承认，我并非心如死水，坐在程子良身边，我的心怦怦乱跳，只好尽量忽略他。

下车的时候程子良没等司机上来开门，自己先下去了，然后伸手挡住车顶，另一只手就伸出来搀扶我，这帮公子哥都有这样的所谓风度，齐全的车高，我又穿着高跟鞋，只好将手伸给他，他握着我的手时，老实说我脑子里一片空白，倒是啥也没想就被他搀下车。我居然还能反应过来，笑着向他道谢。

我觉得再撑下去我就要失态了，所以下车之后安排好了姑娘们去应付他们，我就撤了。

我回自己的办公室，煮一壶咖啡。阿满走进来跟我说事情，又给我看一些报表，我虽然没有喝酒，也觉得头疼，叹口气说：“搁下吧。”

阿满嘴角微动，似乎欲语又止，最后他什么都没说就走了，倒是陈规没一会儿又进来对我嘀咕，齐公子他们又闹腾上了，叫了二十多位小姐玩丢手绢的游戏，这次他不去送酒了，派个小美人去，省得又被灌醉。

我满心苍凉地跟他说，做生意就这样免不了应酬，别怠慢了客人。陈规啐了我一口，说：“有点骨气好不好，少挣这点钱又不会死。”

没脸没骨气没自尊，果然是我的现状。

我懒得跟他多说，打电话叫厨房做了炒饭来吃，晚上虽然吃得多，却没有吃饱。陈规兴冲冲蹭我的私房饭，我们两个头碰头正在吃香喷喷的炒饭，突然门外有人说：“邹小姐挺会享福的啊？”

我一看竟然是程子良，连忙满脸堆笑地站起来：“程总怎么走到这边来了，我这里地方小，真是……蓬荜生辉！”陈规连忙将椅子让出来：“程总请坐！”

“别总呀总地叫，我又不开公司，当什么老板。”程子良大约酒喝了不少，吃饭的时候他就喝了许多，现在更觉得醉态可掬，眯起眼睛来打量四周，“七巧，你这里倒不错，挺清静的。”

我可不敢跟程子良多说话，尤其还是喝醉的程子良，我笑着说：“陈规送程先生回去吧，回头齐公子要是发现您逃席，可是要罚酒的。”

程子良松一松领带，对陈规说：“陈经理回避一下吧，我有事跟你们老板谈。”

陈规不由得看了我一眼，我仍旧是满脸堆笑，心里早就直哆嗦，却只能对陈规点点头。陈规出去了，特别留心只是虚掩上了门，程子良若有所思，看了看虚掩的门，然后转头又看了一眼我，最后说：“其实就是一句话，早就想跟你说了，一直不得机会。”

我不晓得该怎么搭腔，只好做出洗耳恭听的样子，程子良说：“别跟苏悦生在一块儿了，他是什么样的人，你比我更清楚。”

我真没提防他说出来的是这句话，所以短暂的沉默之后，我笑着说：“程先生原来也误会了，我跟苏先生，真不是大伙儿想的那样……”

程子良很认真地看了我一眼，问我：“车祸之前的事你还记得吗？”

“车祸？”我愣了一下，然后“哦”了一声，说，“我妈妈的事？其实也过去好多年了……”

“我说的是你车祸那事。”程子良看着我的眼睛，一字一顿地说，“你不会真的忘了吧？”

我有点困惑地看着他，他说：“你的车撞在树上，你差一点儿就没命，那时候我在国外，被瞒得滴水不漏，后来我知道了，找机会给你打过电话，你一直住在医院里，他们不让你接电话。”

我傻掉了，最后小心地说：“程先生，我没有开车撞在树上……我是住了半年医院，但那是因为我病了……我驾驶技术一直挺不错……”

程子良突然扑上来吻住我，我完全傻掉了，脑中一片空白，过了几秒钟才想起来挣扎。他身上有酒气烟气，还有陌生的气息，让我惶恐不安。他是真的喝醉了。我很担心突然有人推门进来，所以挣扎得越发用力，还狠狠在他胳膊上掐了一把。

程子良终于放开我，他黑色的眸子里倒映着我的脸庞，小小的，像两簇火焰，他说："你忘什么都可以，不能忘记我。"

我只好不跟他计较，把他当小朋友来哄："好的，我不忘记你。"

他长久地注视着我，他的目光令我觉得害怕，最后他温柔地说："放心吧，我会想办法，让你回到我身边。"

我啼笑皆非，正打算想办法脱身，正好阿满在外头敲门，问："邹小姐，你在吗？"

我知道是陈规不放心，让他来的，于是连声答应让他进来，程子良没有再说什么，而是站起来不作声地离去。我知道程子良的脾气，目前这一团糟的样子，只好由他去，但愿他明天酒醒就不再记得。

大约是被程子良这么一搅和，搞得我也心神不宁。等到快下班的时候，忍不住给苏悦生发了个短信，问要不要给他带份消夜。

我很少主动找苏悦生，所以苏悦生很快回电话，问："你在哪儿呢？"

"快下班了。"

"别吃消夜了。"他稍顿了一下，又问，"是不是要司机去接你？"

我跟苏悦生都有点像老夫老妻了，说话也没那么多拐弯抹角，我问：“今晚上你有空？”

苏悦生没回答我这个问题，只说：“去你家吧。”

我还是带了两份消夜回去，濯有莲的厨师非常不错，不然也侍候不了那群有钱的大爷。要是苏悦生不吃，我明天当午饭也好，至于早饭，我从来起不来床吃早饭。

我错误地判断了形势，回到家一看，苏悦生竟然穿着睡衣躺在我的床上看欧洲杯。他房间里没有电视，所以在我房里看。男人！遇上球赛用牛都拉不动的才是男人啊！多有洁癖的苏悦生，竟然都肯躺在我那不是每天换床单的床上。

我殷勤地问他要不要吃消夜，要不要喝水，冰箱里有冰啤酒要不要……他都含糊地答应着，眼睛当然盯着屏幕，哪有工夫理我。

我把打包盒送到他手上，他下意识就吃起来，像小朋友一样边看边吃。我心中大乐，恨不得拿手机拍下来，苏悦生会用手拿生煎包吃哦！吃得一手油哦！拍下来我一定可以勒索他终身吧？

我去给他倒一杯冰啤酒，他吃得更爽快了，吃完将打包盒往我手上一递，两只手还伸在那里，我只好认命地拿湿纸巾来给他擦手，擦完一只手他老老实实换另一只手给我擦，这时候苏悦生多乖多听话啊，简直像个小宝宝。可惜我没得意太久，就中场休息了。

电视里开始放广告，苏悦生也恢复了常态，终于打量了我一眼，问：“晚上有什么事？”

“没事。”我特别温柔地笑了笑，勾住他的脖子，“就是突然想你了。”

苏悦生嫌弃地把我胳膊拉下去：“学人家撒娇都不会。”

球赛下半场很快就开始了，我只好去洗澡，然后换了件最清凉的睡衣出来，反正我穿什么苏悦生都会视而不见，果然我在他旁边躺了半天，都快睡着了，直到球赛终于结束，他估计打算回房睡觉去了，这才想起来问我：“你晚上到底有什么事？”

我想了想，决定对他说实话：“程子良今天约我吃饭。”

苏悦生“哦”了一声，未置可否。我爬起来，挺认真地对他说：“你别误会，有一大屋子人呢，齐全他们都在，我觉得不去也不太好，别人知道了，还真以为有什么。其实我跟他才没有什么呢。”

苏悦生似笑非笑地看着我，说：“你放心，我不会误会的。”

我有点赌气，说：“要不是他跟我说了奇怪的话，我才不会来告诉你呢。”

“他说什么了？”

“他问我记不记得车祸的事，还说我开车撞在树上，我哪有开车撞在树上。”我当成笑话讲给苏悦生听，“程子良竟然喝醉了也胡说八道，幸好当时阿满来了，不然不知道他还会说些什么呢。”

苏悦生仍旧是那副似笑非笑的表情：“他没说他还爱你。”

我突然觉得有些难过，不知道是为什么，大约是“爱”这个字触动了我。我说："我跟他早就完蛋了，跟你讲也是因为没有芥蒂，我又没有别的朋友，只有你知道我们是怎么回事。"

苏悦生没再说话，只是点燃一支烟。我床头没有烟灰缸，是他从客厅里拿来的，我也挺想抽一支烟的，但是懒得起身去拿。

我说："我这十年就喜欢过这么一个人，最后还是惨淡收场，唉，想想真是难过……苏悦生，你还是对晴晴好点，一个女人若是狠狠伤心一次，这辈子就完了，再不会喜欢旁人了。"

苏悦生"嗯"了一声，意兴阑珊似的，说："我会对她好的，你还是担心你自己吧。"

"我这一辈子，算是完啦。"我的语气特别轻松，"再过十年八年，我就收养个孤女——算了，也别害人家孤儿了，人家跟着清清白白的父母，比跟着我好多了。我还是孤身终老吧。"

我忘了自己还胡说八道了一些什么话，明明没喝酒，却跟喝醉了似的饶嘴饶舌，反正到后来我一时兴起，还按着苏悦生逼他说爱我，他也没翻脸，但也不肯说，闹腾了一会儿，最后他拍了我几巴掌："别发疯了，快睡吧。"

"那说你喜欢我！"我退了一步，揪着他睡衣的带子，一副你不说我就不让你睡觉的劲头。

"你今天真被旧情刺激大发了是吗？"苏悦生真的放下脸来，字字句句都是诛心，"要发疯到一边儿疯去，你今年28岁又不是18岁，

谁有工夫哄你玩儿？就算你只有18岁，也不捡个镜子看看，哪个男人会喜欢你？”

我被他骂到眼泪簌簌地往下掉，他嫌恶地摔开我的手回房间睡觉去了，我蜷在被子里，心里很讨厌自己这个样子，却止不住想要放声大哭。

我哭到筋疲力尽然后睡着了，在梦里我梦见自己驾驶着一部保时捷911，开在满是雾气的山道上，那个地方非常的荒凉，非常的陌生，我将车子开得飞快，我满心愤懑，不知道是为什么，却一直那样将油门踩到底。在一个急转弯处车子失控地飞出去，撞在一棵树上，无数枝叶被震得哗哗直响，有叶子掉落在我的额头上，我知道自己在流血，到处都是血，有人惊恐地叫着我的名字，我视线模糊，觉得那个人是程子良。

然后我就醒了，我从来没有梦见程子良，我拿不准梦里那个人是不是程子良。可是除了他又会是谁呢？虽然我看不清楚，但我听见他的声音，夹杂着惊慌和绝望，那一定是程子良，这世上或许只有他会担心我。

我因为噩梦出了一身冷汗，天还没有亮，我重新洗了个澡，定了定神。除了噩梦，还有件事更棘手，我把苏悦生得罪了，他这么小气，没准会给我难堪。

我悄悄溜到他房里去，他睡得正香，我吻他的耳朵他也没有动，我吻他的脖子他也没有动，我吻他的眼睛的时候他醒了，像赶苍蝇一样挥了挥手，非常嫌弃。

我像牛皮糖一样黏着他，低声下气地向他认错，像小狗一样在他身上蹭来蹭去，清晨意识混沌的男人终于没把持住，这一次的上床过程很简单，主要是大家睡意蒙眬的，最后无障碍地睡着了。

苏悦生虽然爱记仇，但也不甚和我计较，我们之间有种奇怪的默契，一旦我得罪他，上床之后就算揭过不提。说得好听点他这是公子哥脾气，说得难听点他骨子里就是沙文主义，觉得男人不应该跟女人一般见识。最开始我挺讨厌他这毛病，后来渐渐发现其实挺占便宜。不过如果把他得罪狠了，他也会把我一撂两三个月，我连他人都见不着，想上床赔罪都没办法。

我一直睡到下午自然醒，苏悦生已经走了，床头烟灰缸里一堆烟蒂，不晓得他最近有什么烦心事，抽了这么多烟。苏悦生有烦心事也不会跟我说，他那地位，高处不胜寒，凡夫俗子帮不了他，不连累他就算不错了。

我连续好几个礼拜都没见过苏悦生，倒是程子良后来又打了两次电话给我，我都没接。

往事不要再提，人生已多风雨。

纵然记忆抹不去，爱与恨都还在心底。

真的要断了过去，让明天好好继续，

你就不要再苦苦追问我的消息。

妈当年特别喜欢这首歌，我妈唱歌非常好听，我一直觉得她比有些歌星唱得都好，只是没有际遇。

我妈一辈子历经悲欢离合，有钱没钱的时候，身边都是走马灯样的男人来来去去，到最后死的时候，却连我这个唯一的亲人都没有在旁边。临了我也只见到一块墓碑。

想起我妈，我的心就硬了一点儿。我一点儿也不想见程子良，不管他想跟我说什么，我都不想见他。

程子良不再骚扰我，后来我恍惚听见说，他跟冯晓琳订婚后，未婚妻跟他如胶似漆，这阵子两个人去了意大利订婚纱挑礼服。

结婚是人生大事。我小时候也憧憬过穿婚纱，雪白的，像公主一样，还蒙着头纱，多神秘多漂亮的新娘子。如果我狠狠心，是不是也可以找个人嫁掉呢？

我胡思乱想还在瞎琢磨婚纱的时候，向晴哭哭啼啼地打电话给我，却又说不清楚怎么回事。我听她在电话里哭得肝肠寸断，只好又哄又劝，答应马上去和她见面。

原来最近苏悦生对她很冷淡，一直也不打电话给她，向晴一打听，才知道苏悦生最近在追求她一个本科的学妹。

向晴眼睛哭得肿起像核桃，说：“他要跟我分手也罢了，为什么追我师妹，一个学校，他想让我怎么做人？”

我叹了口气，苏悦生做得确实过分，但他素来对女人的耐心不长久，我说：“指望男人爱你，一直宠你，把你当珍珠一样捧在手上，太需要运气了。”

“我不明白。”向晴抽泣，“本来好好的，为什么一转眼就变了？”

我笑笑：“世上有什么东西是可以长久的呢？彩云易散琉璃脆，除了劝自己想开一点儿，还能怎么办呢？”

向晴抽噎着，问：“他是不是从来没有爱过我？”

我说：“你还是去问他吧。”

向晴大哭，好在她只是哭，并没有别的过分举止，我想以后苏悦生的女人我还是不要沾边了，这样的浑水，多蹚一次就是罪过。

我想了想，还是劝她：“不要为打翻的牛奶哭泣，他若是真的不爱你，你哭有什么用，伤心有什么用，男人多的是，下一个会更好。忘记他吧。”

向晴终于忍不住，语气尖刻：“他们说你是最久的一个，你跟在他身边十年，是不是早就知道有这一天？是不是觉得很得意？”

我叹了口气，起身走人。

不是我没有同情心，只是懒得再言语，在苏悦生身边这么久不被他厌烦的秘诀是，压根就不爱他。哪有女人做得到，很多姑娘只怕被他那双桃花眼一瞟，就已经沦陷。

一个男人英俊潇洒，倜傥多金，所谓的人中龙凤，或许也有女人起初没有为他动心，但如果他用心追求，很少有追不上的。

不过说来我也蛮佩服自己，在他身边这么多年都没有爱上他，太难得了。

爱情这个东西也挺奇怪的，程子良样样比不上他，但我就是喜欢程子良。

不，只是喜欢过。

被向晴这么一搅和，我让司机送我去珠宝店，女人没有安全感的时候就花钱，这是正当消费。

进了珠宝店我才知道自己犯了大错，因为我看见了程子慧。

几年不见，程子慧还是那样年轻漂亮，她据说比我大十余岁，但是看上去仿佛跟我同龄，气质优雅，她见着我微微一怔，倒也并没有失态，反倒主动跟我打招呼："七巧。"

亲近的人才叫我"七巧"，我不懂得苏太太为什么这样客气待我，苏家人都是两面派，含笑递刀，口蜜腹剑。

"有没有时间喝杯咖啡？"苏太太问我，"左近就有一家，一起喝杯咖啡好不好？"

我只好答应她。

咖啡厅里人很少，正适合谈话。苏太太只叫了一杯冰水，倒是我要了一大杯拿铁。我不晓得该不该偷偷打电话向苏悦生汇报，正犹豫间苏太太已经含笑道：“我又不是老虎，难道你怕我吃了你？”

我觉得也是，苏悦生知道顶多不高兴，又不是我特意去招惹苏太太，只不过是偶尔遇上，她非要拖我出来喝咖啡，那我就奉陪好了。

程子慧很仔细地打量我，然后说：“你气色好很多。”

我恭维她：“您也是。”

苏太太笑了笑，问：“苏悦生肯定不高兴你见我，所以我就没有打扰过你。怎么样，最近还好吗？”

我说：“挺好的。”

我们两个又说了一些客套话，好像是阔别多年的朋友一般，最后我都觉得受不了了，苏太太这种女人可怕的地方就在于，你永远不知道她到底想要干什么。等一杯拿铁都快喝完了，苏太太这才闲闲地说：“子良回国了，而且婚期很近了，我不希望你节外生枝。”

我讪笑：“您放心，我没有那个能力。”

苏太太微笑：“你的能力我还是知道的，当初子良为了你，要死要活，幸好最后你主动跟他断绝交往，不然说不定现在是什么局面呢。”

我保持着脸上的笑意，心里已经厌倦了这样的谈话，我正寻思着要找个借口买单走人，苏太太脸上的笑意却又深了几分，她问：“听说你把原来的事都忘了，难道是真的？”

我莫名其妙地望着她，她纤细的手指敲了敲桌面，仿佛沉吟：“其实我也不是多事的人，我就是好奇，你竟然真的忘了。”

我心里有一种奇怪的感觉，像是在做梦，又像是走熟了的路，突然迷失了方向，举头也看不到太阳在哪里，手心里有潮热的汗，我含混地说："有些事还是忘记比较好。"

苏太太的表情没什么变化，仍旧是那样笑着，她说："是啊，其实我闹不明白的是苏悦生，他就不怕你哪天突然想起来了？"

我手机在响，一闪一闪的名字，正是苏悦生，我吞了口口水，对苏太太说："对不起，我去接个电话。"

我匆匆跑到走廊里，苏悦生问我："你在哪儿？"

"咖啡厅。"

"约了朋友吗？"

我犹豫了半秒钟，终于对他撒了谎："是向晴，她不开心，找我出来聊聊。"

"你现在还改行当心理医生了？"

我叹了口气，顺着他的话，半假半真地抱怨："你以后别害人家小姑娘了，看着太可怜了。"

"我也觉得你挺可怜的。"

我一时没回过神来，以为自己听错了，所以"啊？"了一声。

"别装了，转身。"

我本能地听从他的话，转过身来，正好看见落地窗外苏悦生挂断电话，朝着我一笑，那笑容再熟悉不过，我却觉得心惊胆寒。服务生推开门，苏悦生走进来，脸上的笑意愈加明显，我回头看程子慧，她也被吓了一跳似的，看着苏悦生。

苏悦生压根就没有理睬程子慧，就像压根不认识她一样，他只是对我说：“走吧。”

我只好乖乖去拿起包，跟着他走。

上车之后我才渐渐觉得害怕，苏悦生一句话也不说，他的司机素来沉默，只是安静地开车。我讪讪地问他：“你怎么会来？”

路过也没有这么巧，他不答话，我突然明白过来，是我的司机打给他，我觉得愠怒，百般哑忍，一直忍到最后到家，上楼之后关上门，我才质问：“你竟然监视我？”

“你没有那么重要。”苏悦生说起刻薄话来，简直像刀子一样，“只是司机看到程子慧，所以才打电话给我。教过你多少次了，你还不离她远一点儿，哪天怎么死的你都不知道！”

“你为什么不让我跟程子慧说话？”我问他，“程子慧说我忘了，我忘了什么了？”

苏悦生不回答我，他连鞋都没换，转身就要走，我扑上去拉住他：“苏悦生，你告诉我，我忘了什么了？”

苏悦生回过头来，我看到他脸上讥讽般的笑，他说：“你什么都没忘，难道不是吗？”

我被他推开，他摔门而去，我觉得满心的忧愤，就像是在梦里，我驾着那部车，一直冲下去，冲下去，山路蜿蜒没有尽头，车灯只能照见眼前的一点白光，我拼命踩着油门。最后我撞在树上，那个梦如此清晰，我觉得就像真的一样。

我说不出心里是什么感觉，我独自站在客厅的中央，房子是苏悦生替我买的，这城市最好的公寓，平层大宅，一梯一户，私密性极佳，我突然觉得全身发冷，就像走到一个陌生的地方，连自己是谁都不知道，环顾四周，一片茫然。

我定了定神，决心把梦里的那条山路画出来，也许它真的存在，也许那并不是一场噩梦。

家里只有签字笔和白纸，我找出来纸笔，慢慢地开始画，最开始我只是想如同幼童般画几条弯曲的线条，简单地表示那条路的样子，画了几笔之后，我突然发现手几乎不受控制，我斜着笔尖涂描，笔尖对纸的触感非常流利，非常熟悉，沙沙的声音让我觉得亲切，下笔的时候，动作熟悉得几乎是一种下意识的行为，我下意识画出一幅画，我从来没有意识到我会画得这样快，而且画得非常熟练，这种画应该叫——钢笔素描？

我看着那张纸，简单却逼真的图画，这不是我能画出来的，这种画法技巧非常专业，而且经过长期的大量的刻苦练习，才可以这样熟练。我突然有一种冲动，我坐到镜子前面去，对着镜子中的自己，开始绘画。

熟悉而又陌生的轮廓渐渐在白纸上被勾勒呈现，我画得特别快，寥寥几笔就画完了，但一看就知道是我自己的肖像，我甚至不假思索地在图画右下角签了一个名，“七巧”两个字被我写得很流利，和我平常签文件完全不是一个样子，连字迹都不像我自己写的，我瞪着那个陌生的签名，觉得自己快要疯了。

我恍惚地站起来，觉得应该向谁求助。可是应该向谁呢？

阿满？陈规？

我下意识地想到程子良，想到那天晚上他说的话，我恍恍惚惚地站起来，给程子良打电话，他的电话不在服务区，机械的女音一遍遍地向我道歉。我听了许久，觉得更森冷的寒意包围着我。我不知道什么时候已经握着电话坐在了地上，靠着沙发，全身发抖。我知道事情不对，可是哪里不对又说不上来，我的朋友们呢？不，这些朋友全是这几年认识的，而我连一个亲近点的女性朋友都没有。

我想起陈明丽，我为什么不记得她的号码了？我们有多久没有联络了？她出国之后我们就没再联系过，那么我的其他朋友们呢？他们去了哪里？

我费尽力气也没想出来，我过去到底还有哪些朋友，难道我除了陈明丽，就没有其他朋友了吗？生命像是有了突然的断层，大段的空白仿佛噬人的深渊，我就站在悬崖的边上，不敢睁眼去望，不敢回想，只想抓着一根救命的稻草，让它带我离开这绝境。地砖有冰冷的

凉意，我把滚烫的脸贴上去，那凉意仿佛一汪清泉，让我狂躁的内心也能得到一丝安慰。

我或许是睡着了，或许是失去了片刻的理智，总之电话铃声渐渐将我的意识拉回来，是陈规打给我，他提醒我：“邹小姐，晚上约了人吃饭，你可别忘了。”

现实的一切呼啸着回来，我像是做了一场白日梦，冷汗涔涔，迷离而不真切。我定了定神，问他：“我的司机是公司发工资吗？”

陈规有点意外，但他回答了我：“不是，您一直用的是苏先生的司机，他那边发工资。”

我觉得自己被困在迷局中，所有的记忆都只有一部分，这个司机用了很多年，忠实可靠，我却一直想不起来他是什么时候成为我的司机的，今天的事才让我猛醒，开始追究这个人的来历，而他竟然是苏悦生的人。

陈规大约很诧异我的异样，他问我：“你是不是不舒服？你在哪儿？带了药吗？”

“没有，我没事。”我不耐烦地扶着自己滚烫的额头，把乱蓬蓬的刘海拨到一边儿去，“你别担心，我在家里。”

我希望弄清楚这是怎么一回事，也许程子良说的是事实，我真的曾经开车撞在树上，只是我自己不记得了。

Chapter 03
困惑

晚上我们在濯有莲请一些重要的客人吃饭，濯有莲的餐饮水准也是一流的，餐饮也归阿满管，阿满做事情最认真不过，柴米油盐，样样都挑最好的，反正我们卖得贵，贵就有贵的道理。几百块钱的大米，做出来的米饭有一股特别的香气，不过在濯有莲，喝酒的时候多，常常一喝酒，就吃不下米饭了。今天因为客人重要，所以菜式很丰富，客人们也给面子，没有闹酒，大家随意。

菜快上完了的时候，陈规悄悄打发服务员来告诉我，赵昀来了，就在隔壁楼请客。赵昀跟苏悦生关系不一般，他也难得来，我必须得去打个招呼，于是向席间告罪，说有朋友来，得去敬杯酒。

隔壁小楼挨得近，我没有坐贵宾车，就走过去。说是近，绕花绕柳，也走了好几分钟。楼里头倒是安安静静的，这也是赵昀的作风，他最讨厌乱哄哄瞎胡闹了。

赵昀这边已经散席了，客人们在楼上唱歌，他在楼下喝普洱，见着我，招招手："过来喝茶，私房茶，我自己带来的，比你们这里的熟普都要好。"

我笑着说："来给你们敬杯酒，哪晓得你们已经散席了。"

赵昀说："晓得你会过来，所以留了个惊喜给你。"

我问："什么惊喜？"

赵昀嘴朝窗外一努，我这才瞧见外头停的车，虽然牌照被罩住了，但那车一看，我就认得是苏悦生的车。

我心里一跳，也不知道为什么，赵昀说："你还是去瞧瞧吧，我劝他开个房间睡，他也不肯，你也知道他，喝多了就是倒头睡，他那一身的毛病，搁得起这样折腾吗？你瞧着他去，我可不管了，出了事，全算你的。"

我过了半晌，才勉强笑了笑，说："在哪儿喝成这样？"

"就在这儿啊。"赵昀倒笑起来，露出一口白牙，"还想怪谁呢？都怪你们的酒好！快去快去！再不去我就撵人了！"

我只好走出去下台阶，拉开车门一看，果然苏悦生歪倒在后座，睡得甚是香甜。酒气倒没闻见多少，若隐若现的路灯被树木枝叶掩映着，光也是一点淡淡的，像月色，照见他的眉头，孩子气地蹙着。

我心想这样睡着总不是一回事，不如把他叫醒了，开个房间去睡。但是我连连推了他几下，也唤不醒他，手触到他的手背，才觉得他肌肤滚烫，再一摸他的额头，可不是发烧了？这时候赵昀偏偏端着茶杯，踱出来瞧热闹：“别费那个功夫啦，要是叫得醒，这惊喜还留给你吗？”

我没好气，说：“你来摸摸，烧得滚烫，这是什么惊喜？”赵昀原本不信，看看我的表情，估计觉得我不像假装，这才走下来摸了摸苏悦生的额头，“哎呀”了一声，说：“我说他今天怎么犯蔫呢，话也少，原来是病了。”

我打电话给陈规，让他派几个人来。陈规听说苏悦生喝醉了，亲自带了几个身强力壮的保安来，几个人一起动手，真把苏悦生从车里抬出来了，送到客房去休息。濯有莲常年备着一位医生，不怕别的，因为我们生意总是做到凌晨三四点，就怕客人有什么不舒服之类的小毛病。

养的这位医生倒也派上过几回用场，有时候是客人喝多了，输液急救，有时候就像今天这样，发生意外病情。

医生看过之后，初步判断是受寒着凉，问之前去过哪里，赵昀说：“出海，下午我们出海钓鱼来着。”

医生说：“估计是海风吹的吧，没有大碍，若是不放心，还是送医院吧。”

所有人都看着我，我只好看着赵昀，赵昀说：“我不管，你做主。”我只好拍板，吃了退烧药再观察观察，看要不要送医院。

苏悦生醒的时候是半夜，所有人都走了，就我留在客房里照顾他。我也迷糊在沙发上睡过去了，他叫了一声我的名字，我本来睡得不沉，一骨碌爬起来就过去摸他的额头，全是汗，凉凉的，退烧了。我问他是不是要喝水，苏悦生还是迷迷糊糊的，皱着眉头说：“要洗澡，不舒服。”

客房里有浴缸，我把水龙头打开放水，又想起来没有他用惯的毛巾，不过我办公室里有一条，是我平常用的，倒是可以拿来救急。等我从办公室拿了毛巾回来，苏悦生倒又睡着了。我看他连衬衣领子都汗湿了，怕他这样着凉又重新发烧，于是一边叫着他的名字，一边拍他的胳膊，想把他给弄醒。我连唤了好几声，苏悦生终于睁开眼睛看了我一眼，他没睡醒的时候最好看，眸子似蒙着一层雾，睫毛软翘，有种孩子气的天真，目光迷惘，像是不认得我似的。

“洗澡吧。”

苏悦生翻了一个身，将背对准我，咕哝：“你先洗。”

真是烧糊涂了，我没有办法，这么大的男人我也推不动，我认命地去将浸了热水的毛巾拧干，来替他擦一擦，虽然没有洗澡，但用热毛巾擦拭一下总会舒服点。我擦他的脸和脖子的时候他动都不动，沉沉睡着像个大婴儿，滚烫的毛巾大约让他觉得很舒服，苏悦生一直皱着的眉头终于松开了。我去浴缸里重新浸过毛巾，拧了出来，开始解他的衣服扣子，刚解了两颗苏悦生倒醒了，一下子按住我的手，漆黑的眸子盯了我一会儿，突然说：“你怎么在这儿？”

“你发烧呢。”我把手抽出来，“一会儿说要洗澡，一会儿又睡着了，我就替你擦一擦。”

他的手慢慢松了，却伸手摸了摸我的脸。他的指尖微凉，轻轻摩挲着我的脸，我都不晓得他在看什么，好像我脸上有朵花似的，他从来没有用这样的眼光看过我，我也说不清楚那是什么样一种眼神，看得我心里毛毛的。我终于忍不住了，说：“毛巾都凉了。”

“我去洗澡。”苏悦生的声音好像真的挺清醒了，“拖鞋在哪儿？”

苏悦生洗澡要好久好久，我困得东倒西歪，坐在那里一点头一点头地打着瞌睡，最后是苏悦生出来把我叫醒，洗完澡的苏悦生带着一身清爽的气息，俯身在我耳边说话，好像离我很近：“到床上来睡。”他的呼吸喷得我耳郭痒痒的，我非常困倦，甩掉拖鞋爬上床。濯有莲的床垫都是阿满特意挑的名牌，据说特别符合人体工学，软硬适中，就像家里的床一样。我舒服地呻吟了一声，正要睡死过去，后颈却传来轻微的啮痛。不让人睡觉的都是浑蛋！我正想一胳膊把这人拐到床底下去，突然想起来这个人是苏悦生，这一胳膊差点砸在他脸上，把我自己都吓醒了。我磕磕绊绊地替自己解围：“你……这个……你刚刚还在发烧……”

苏悦生什么都没说，把我的脸扳过去吻我。他很少吻我，我们连上床都少，接吻就更少了，我都不晓得原来他这么会吻人，只是我实在是太困了，吻着吻着我就快睡着了，他在我嘴唇上狠狠咬了一下，痛得我差点叫出声，一抬头又撞在他下巴上，疼得我眼泪汪汪。苏悦生倒没有生气，反倒嘴角上翘，语气轻狂："要专心！"

好吧，专心让他吃饱，男人是奇怪的生物，欲求不满的时候脾气最古怪，他愿意怎么样就怎么样吧，反正刚才发烧的人是他又不是我。

苏悦生的技术真的很好，尤其当他有心取悦人的时候，真是让人欲仙欲死，我想如果将来某天他突然走投无路，光靠这个说不定都能混碗饭吃，想到这里我终于忍不住"噗"地笑出声，苏悦生十分不满，盯着我的眼睛："你笑什么？"

他额头上有一滴汗，就在眉尖，缓缓地往下淌，眼看就要滴到他那浓密微翘的睫毛上去了，我伸手替他把那滴汗抹去，说："笑你洗澡白洗了。"

"骗子！"

我硬着头皮说："是真的呀，不然我还能笑什么？"

苏悦生怔怔地瞧了我好一会儿，说："笑我傻。"

我做梦也想不到苏公子会说出这样三个字，我讪讪地笑了笑，说："你这么聪明，谁敢笑你傻。"

"你嘴上不说，心里笑我傻。"

我觉得他手心还是凉的，应该没有发烧了，可是为什么会说胡话呢，我柔声说："我不会笑你傻，你比我聪明，我从来不笑比我聪明的人傻。”

他的睫毛在微微抖动，眼睛盯着我，一瞬也不瞬，看得我心里又直发毛。他非常非常温柔地吻我的耳垂，说：“以后都不许骗我。”

我被他亲得很痒，笑着缩成一团，胡乱点头答应，他却不肯：“要说！”

我像哄小孩一样随口哄他：“好，好，我以后都不骗你。”

这答案蒙混过关，不知道为什么，今天晚上的苏悦生就像不知餍足似的，贪得无厌，我困得实在没精神应付他了，后来我睡着的时候，隐约听见苏悦生又去洗澡了，有洁癖的男人真可怕，我沉沉睡过去了。

我睡得特别香的时候，有人“咚咚”地捶门，我一时没完全清醒，还以为是在家里，爬起来胡乱套上睡袍就去开门，门刚刚打开一条缝，赵昀把门一推，就像一阵风似的刮进来：“怎么样？好点没？烧退了没有？”

客房就那么大点地方，赵昀两步就已经走过了玄关，苏悦生睡眼惺忪，咬牙切齿地叫着我的名字：“邹七巧你开什么门？”赵昀也明白过来，忙不迭往后退：“哎呀不好意思，你们继续啊！”

继续什么啊？！我正想说什么的时候，赵昀已经拉上门走了。

苏悦生的病好像已经完全好了，跟平常没什么两样，拿起床头柜上的手表看了看时间，说：“我还要去机场，你叫司机给我拿衣服去。”

原来已经是上午十点了，怪不得赵昀会来敲门，除了他，也没别人有这胆量了。我打发司机去替苏悦生拿衣服，我自己在办公室倒备了几套，所以可以去那边洗澡换衣服。上午的濯有莲清静得很，员工都还没上班。办公楼里静悄悄的，我洗完澡对着大玻璃镜子照了照，真是惨不忍睹。

过了二十五岁，睡不够就有黑眼圈，连粉都盖不住，这身臭皮囊真是讨厌。等我化妆完了出来，赵昀跟苏悦生都在餐厅等我。

酒店有一种早午饭叫Brunch，濯有莲虽然上午不营业，但是24小时有值班的厨师，给我们做了中式的餐点，千层酥和小笼汤包，每人一盅煲得极佳的白粥。

我胃口极好，吃了很多，赵昀从早上闯过客房之后，见着我就笑，笑得跟弥勒佛似的，我反正脸皮厚，浑然无事。倒是苏悦生不知道为什么脸色又垮下来，一直阴沉沉的，东西也没吃多少。

我以为他吃完就要去机场，谁知吃完饭之后，他说：“你跟我去机场。”

“啊？”

“反正你也没事，我去南阅有点事，有些场合带个女人去更方便，所以你陪我过去。”

谁说我没事？我名下十来家夜总会，还有两家KTV，光濯有莲就有几百号员工，吃喝拉撒睡，哪天大事小事不是好几百件？不过苏公子开口，我当然不能拒绝，我笑眯眯地说："好呀，还没有去过南阅，正好去玩玩。"

虽然是个女人，我出门也挺简单的，关键是事出突然，我拎着包包就跟苏悦生去机场了，等到了南阅入住酒店，他约了人谈事，我就去街上买衣服和护肤品。

以前从来没有跟苏悦生一块儿出过门，我自己也很少出门，做我们这行又不需要出差，天天晨昏颠倒，外头的花花世界，哪比得上夜半的纸醉金迷？大白天无所事事地在异地逛商场，觉得自己真像孤魂野鬼，醒错了时辰似的。

南阅天气酷热，偌大的商场里，冷气十足。我选了几套衣物，预备未来几天换洗，又挑了几样日常用的护肤品，一时兴起，还买了一条领带，打算送给苏悦生。

我从来没有给苏悦生买过东西，倒是我买东西有时候是他签单，有时候他也送我礼物，大抵都是珠宝，每次我都很开心地收下来。我攒了好些不同大小的裸钻，装在黑丝绒袋子里，摇一摇就沙沙作响。

陈规有次听我这样描述，忍不住说，那真是世上最奢侈的声音。

旷世巨钻，还不是碳。

晚上苏悦生带我去吃饭，我不知道请客的人是什么身份，但对苏悦生很客气，对我更是客气。苏悦生也不替我介绍主人，亦不向在场的人介绍我。我反正一直眼观鼻鼻观心，老老实实吃着菜，一桌的男人，谈来谈去说的都是生意上的事，我好像透明人似的，大家都对我视而不见。

虽然是参鲍鱼翅，作为一个透明人，吃得也甚是无味啊。

吃完饭主人便要请苏悦生换个地方坐坐，苏悦生不动声色地在桌布下掐了我一把，我立刻说："悦生，我头痛。"我其实从来没有这样叫过他，叫得我自己都起鸡皮疙瘩，但苏悦生很配合，说："那我们还是回酒店吧，你昨天还发烧呢。"

说起谎来真是不眨眼，昨天谁发烧啊？昨天明明是他发烧。

我们向主人告辞而去，在车上苏悦生就松掉领带，他一定也不喜欢应酬那些人，我不作声地挽着他的胳膊，依偎着他，司机从后视镜里偷看了我们一眼。苏悦生在南阅有一家公司，司机和车都是公司的，我决心扮狐狸精就扮到底好了。

回酒店之后苏悦生问我："你怎么知道我掐你是什么意思？"

我笑眯眯地说："要是这点眼力见儿都没有，我岂不是白跟了你十年？"

苏悦生顿了一下，才说："是啊，十年了。"

我一时兴起问他："我是不是比你的有些员工资历更深啊？是不是你好多下属都还没有做到十年，我这个狐狸精却有十年了？"

苏悦生"哼"了一声，说："狐狸精？你有那么大魅力吗？"

说实话我还是长得不差，要不是这张脸，估计苏公子当年也不肯拉我一把。女人总是漂亮才能占便宜，聪明有学问那都是假的，男人永远不会首先爱上你的心，他们最先爱上的，肯定是你的脸。这句话虽然伤人，却是大实话。

我顺嘴跟他开玩笑："没那么有魅力也十年啦，哪个女人比得上我，天仙你还不是三天就抛到了脑后。"

苏悦生突然盯了我一眼，本来我们一直是在说笑，但他的目光像刀子似的，几乎是狠狠地剜了我一眼，把我吓了一跳，我倒没觉得自己话里有什么过分的地方，不过苏悦生最近有些喜怒无常，我也不晓得他最近为什么这样易怒。我连忙转移话题，说起下午在商场买东西，这里离香港近，新款上得齐全，然后我把领带拿出来，讨他欢心："给你买的，可是专柜最贵的一条了，别嫌弃啊！"

苏悦生没什么兴趣，甚至都没多看那条领带一眼，就洗澡去了。留下我被搁在那里，进退不得。不过我素来自己找台阶下，隔着门大声说："你不喜欢这个花色，明天我拿去换一条吧，你白衬衣多，换条蓝色的好配衣服。"

苏悦生没理我，浴室里只有哗哗的水声，我哼着小曲把领带的小票找出来，反正明天没事，去商场换一条好了。

第二天我去专柜换领带，专柜特意从其他分店调了一条蓝色的来给我看，我其实也没多看一眼，就让店员替我包了起来。名店包礼物

都有一套，缎带蝴蝶结系得格外精致，我在商场里走走逛逛，想起来应该去买双平底鞋，因为来时的飞机上，苏悦生曾经说，过两天带我去爬野鹭山。

野鹭山是南阅的名胜，树木葱郁，跟北京的香山一样，据说是本地人登高的好去处。

南阅也有相熟的牌子卖，我穿鞋只穿某个牌子，这样简单方便，一进去选了一款平底，让店员拿我的号码给我试穿。一名店员去寻货，却有另一个人来跟我打招呼："邹小姐！真的是您呀？好几年没见着您了。"

我愣了一下，看着那人，她穿着制服，笑眯眯地跟我寒暄，我觉得面善，这个人我应该认识，可是我忘记了她的名字，她也看出来，自我介绍："我是Elina，邹小姐您不记得了吧，原来您经常来买鞋。"

我"哦"了一声，Elina很熟练地帮我试鞋，又招呼同伴倒一杯柠檬水给我，说："要加两块冰，邹小姐喜欢喝冰一点。"

我接过那杯柠檬水，恍惚间都忘了道谢，只觉得口渴，喝了一口，我问Elina："你原来在哪家店？"

"原来是在凤凰路上那家。"Elina笑眯眯地说，"邹小姐忘了吗？最多的一次，您在我们那里买了17双鞋，整个店的人帮您打包，然后派了四位男同事替您拎到车上。"

我嗓眼腥甜，只差没吐出一口血。真没想到自己还做过这样的事，17双鞋？！我是这家品牌的忠诚客户不假，有时候换季，一口气买三四双鞋的情形也是有的，可是17双鞋，我真的曾经这样挥霍？

我想到另一个更重要的问题，凤凰路，凤凰路是在哪里？为什么我一点儿也不记得？我没有多问Elina，等买了鞋出来，拿手机搜索凤凰路，就在离这里几公里之外的地方。

我拦了出租车过去，我不记得自己曾经住在南阅，这个城市对我而言，应该是陌生的，可是我自己曾经在凤凰路买过17双鞋，为什么我一点儿印象都没有？

出租车将我载到凤凰路，那是一条宽阔的主干道，双向六车道，路边全是高大的凤凰木，烈日下红花灼灼，像是一树树巨大的火焰。司机问我：“您到哪里下车？”

我本来就漫无目的，只说方便停车的地方，司机于是将车停到商场前边，中午太阳正烈，照得商场前的大理石广场像镜子一样，白晃晃地反射着太阳。我觉得太热了，并没有顶着太阳横穿广场，而是走到人行道边，沿着地下通道走下去，那里拐角的地方有一家小小的意大利冰激凌店，正好吃一球冰激凌，顺便歇脚。

地下通道阴凉舒适，巨大的排风系统有轻微的噪音，我恍恍惚惚，觉得就像是在梦里来过这里，不然为什么我知道这里有一家冰激凌店？梦魇似的熟悉缠绕着我，像是不祥的预感，我连脚步都踉跄起来，跌跌撞撞走到拐角的地方，啊，没有冰激凌店，只有一家奶茶店，旁边是卖报刊的摊贩，我松了口气，买了杯奶茶，坐下来喝。

我问卖奶茶的小妹：“这里从前是不是一家冰激凌店？”

其实我心里很怕她说出肯定的答案，小妹摇头说：“不清楚。”我松了一口气似的，又问她：“你们这奶茶店开了有几年了？”

“一年多。”

旁边报刊摊的老板正无所事事地摇着扇子，听见我们说话，突然插了句嘴：“这里三年前是家冰激凌店，靓女，你打听那家店干什么？”

我的心猛然一沉，我都忘了自己含混地说了些什么，我捧着奶茶，摇晃着朝前走去，再往前走，会有蛋糕店，台阶上去，是商场的负一楼，那里全是各种餐厅，大部分是中档的餐馆，也有一家很地道的寿司店开在那里，非常好吃，我特别喜欢它家的鲷鱼刺身，常常打电话叫外卖，有时候不高兴了，自己也会一个人跑来吃。我不高兴的时候挺多的，常常一个人坐在寿司店里吃各种刺身，被芥末辣得泪眼汪汪。

我像是从梦里醒来，能记得的全是零碎的片断，只有一两个特别熟悉、特别鲜明的地方，自己心里明白，是从前去过的，从前相熟的，但是又说不清楚，到底是梦里梦到过，还是真的去过。

我在商场的负一楼寻了几遍，终于寻见那家寿司店，中午生意清淡，里头没几个人吃饭。我挑帘走进去，满眼都是陌生人。

侍应生也不认得我，我想起来自己还没有吃午饭，于是点了TORO寿司和鲷鱼刺身，侍应生问：“请问要真鲷还是金目鲷呢？”

“这个季节还是真鲷吧。”

侍应生觉得我懂行，脸上的微笑多了几分，又问我喝不喝酒，中午怎么可以喝酒呢，我摇了摇头，虽然我很想喝一杯，来镇定一下心神。

我想程子良说的话是真的，我真的忘记了一些事，或许事实就像他说的那样，我开车撞在树上，然后忘记了一些事。我问过苏悦生，他的反应很奇怪，也许他不愿意我想起来，不过我到底忘了什么呢？

苏悦生如果不愿意我想起来，为什么还要把我带到南阅来？

我在寿司店里消磨了两个钟头，吃各种各样的寿司，一直到苏悦生打电话来，他问我在干什么。

“换领带。”

“换什么领带？”

“昨天给你买的那条。”

苏悦生说：“你别换了，反正我也不戴，退掉得了，回酒店来吧，我下午还有点事，你自己在酒店休息吧。”

“我想到处逛逛。”

苏悦生没反对，但他说：“南阅治安不好，你先回来，下午让司机陪着你。”

“我在凤凰路。”

苏悦生顿了半秒钟，我拿不准，也许是我的错觉，反正他很快说：“凤凰路在哪儿？”

“离酒店不远，是一条开满凤凰花的路，挺好看的。”

“我叫司机去接你。”

我没有再说别的话，只是觉得心里很难受，堵得慌。从前看过一部科幻小说，主人公因为患上绝症，所以被冷冻起来，过了一千多年才被解冻，他睁开双眼的刹那，简直不相信自己看到的世界。我觉得自己也被冻在冰块里，好久好久，外面的世界就像是假的，明明应该跟我有关的事，我却不记得了。

司机很顺利地找到我，接我回酒店。我出了一身汗，洗澡之后就伏在床上睡了，我似乎做了很长的一个梦，又似乎什么都没梦见，醒来的时候已经是黄昏，房间里只有我自己。

我起身拉开窗帘，走到露台上，风挟裹着城市蒸腾的热气，拂在我的脸上和身上。夕阳夹在楼宇的中间，缓缓西沉下去，我穿着酒店的浴袍，凝视那残阳如血。

云层绚丽多彩，晚霞从玫瑰金变成漂亮的玫瑰红，然后又是玫瑰紫，每一样颜色都像玫瑰。我仰起面庞，天上没有鸟，只有云和风；而俯瞰脚下，是玩具似的房子和车子，还有蚂蚁样的人。

我突然打了个寒噤。我从来不畏高，这一刹那却有些害怕似的，怕自己突然就越过栏杆坠下去，一直坠下去，坠进未知的黑暗和深渊。我从露台上退回去，用力关上落地玻璃门，重新拉好窗帘，然后打开冰箱，喝了一罐汤力水。

奎宁的苦味让我觉得安逸和镇静，我想这一切不过是弄错了，有些地方从没有去过，但总有一种熟悉感，这也是正常的。这是一种幻觉，很多人都会有的。对于目前的我而言，多想着实无益。

我就这样非常勉强地说服了自己。

晚上苏悦生很晚才回酒店，而且喝醉了。

他最近大约是有什么大项目要忙，满腔心事，醉的时候也多。好在他喝醉了也不发酒疯，只是倒头就睡。睡到半夜的时候我醒过来，看到他默不作声地坐在床头抽烟。

他一定又洗过澡了，满身清凉的沐浴露气味，是我出机场后直奔商场买的，他不用酒店的沐浴露，一定要某个牌子的，马鞭草或者迷迭香香型，永远都是这两样，时间久了我也跟着他用这两样，一瓶马鞭草用完就换迷迭香，迷迭香用完再换回马鞭草，植物朴素的香气熟稔而亲切，让人有安全感。

我听见自己声音里还透着睡意，却在喃喃劝他：“少抽点烟吧，对身体不好。”

他把烟掐了，却一只手就把我扯过去，然后抱紧我。他的手臂箍得我都透不过气来了，我都不晓得他要做什么，还以为他又来了兴致，但他只是紧紧地抱着我，像抱婴儿似的，过了好一会儿，他终于放开手，说：“睡吧。”

他说这两个字的时候声音已经平静了，我想人总有压力大的时候，我压力巨大的时候就跑到阿满家里去，陪他妈妈在菜园里摘菜，陪他爸爸上山去挖笋，然后等我从山里回去，整个人就已经脱胎换骨，有力气应付那些乱七八糟的事了。苏悦生压力大，可能也就是希望能抱一抱什么东西，就像有时候我半夜醒来，会随手抱起枕头哭一样。

我抱着枕头哭的时候当然不会让任何人知道，苏悦生半夜抱紧我这件事，我想他也不会愿意让我记得。

所以第二天早上，我高高兴兴地起床，还替苏悦生挤好牙膏，侍候他起床。他在床上沉思了一会儿，对我说：“七巧，这两天我都有事。”

“没关系，我自己到处玩玩，买点东西什么的。”我很轻佻地当着他的面换衣服，“你要是过意不去，就替我买颗大钻得了。”

苏悦生嘴角动了动，好像是在笑，他的声音里却有一丝凉意似的：“然后你再装到那袋子里，摇起来跟沙锤似的沙沙响？”

我手上劲儿使大了点，指甲竟然抠破了丝袜，只好脱下来，扔进垃圾桶里，我打开行李箱，找到前天刚买的一打丝袜，拆开一双来穿。

从前是谁告诉我，丝袜属于奢侈品，跟名牌包包一样，售价里包含昂贵的税率。那时候我觉得挺不公平，丝袜这种东西随便钩钩就破了，凭什么还得交高税啊。

我仔细穿着丝袜，苏悦生长时间没有说话，最后我穿好袜子，诧异地问他："你还不刷牙去？"

"七巧，我们以后别见面了吧。"

我一时以为自己听错了，耳朵里嗡嗡响，是血液流动的声音，血像是全涌进了我的大脑里，我看着苏悦生，就像从来不认识他。

他却没有看我，眼睛望着虚空中的某个点，表情像是有点心不在焉："我觉得厌烦了，你难道不觉得吗？"

其实我是一株菟丝，苏悦生是乔木，替我遮风挡雨，突然一下子这棵大树就把我抛弃了，我怎么也反应不过来。

我问："你觉得我很烦吗？"

他还是没看我，不过轻微地点了一下头："很烦。"

前阵子我还在心里头嘲笑向晴，笑她不自量力想要抓住苏悦生，笑她不知道留在苏悦生身边最长久的办法就是不爱他，不管爱不爱，其实主动权从来都在苏悦生手里，他说不要谁了，就不要谁了。

我膝盖酸凉，刚穿上去的丝袜绷在腿部的皮肤上，让我觉得难受，我得找句话出来说，我虽然不聪明，各种场面见得也挺多了，输什么也不能输掉场面，我把满腔的愤懑都咽回去，我强自镇定，甚至强颜欢笑，说："好啊，不过你得给我买颗大钻。"

苏悦生问我："要多大？"

他从来没问过我要买多大的钻石，这是第一次，不过他从来出手阔绰，没有亏待过我。我说："随便吧。"

他点点头，把手从枕头底下拿出来，我这时才看到他手上有只小小的织锦袋，他把织锦袋递给我，说："你走吧，我叫司机送你去机场。"

我有些茫然地解开抽绳，往织锦袋里头看了一眼，是大钻，很大的一颗钻，比我所有的钻石都要大，那么大一颗，简直像块白玻璃。

是谁说的，旷世巨钻，不过是碳。

我忽然明白过来，苏悦生为什么带我来南阅，他是早就想好了，想好了要跟我分手，所以连钻石都准备好了，随时可以拿出来，他知道我不会跟他开口要什么，即使他主动提，我也会说要颗大钻。我心里鼓鼓的，像是难受，又像是涨着一口气，我想还是不要再多说任何话了，我丢不起那个脸。

拿着这么大的钻石，我就走了。

一直到上飞机，我手心里还攥着那织锦袋。

袋子被我攥得潮了，织物里头的金丝沤在手心里，特别让人难受，我终于把它塞进包包里，眼不见心不烦。

我回到濯有莲，生意还是那样好，客人还是那样多，我周旋了一阵，办公室那边打电话说，小许找我。

小许是苏悦生的司机，我一时猜不透他为什么要来。苏悦生也回来了？可是他说过不想跟我再见面了啊。

我回到办公室，小许有点讪讪的，说：“苏先生说，有些私人物品还在您那里，他让我过去都取回来。”

我想了一想，才明白他这句话是什么意思。我把家里的钥匙给小许，然后说：“你自己去拿吧。”

小许一走，我就坐倒在转椅里头，说不沮丧是假的，苏悦生不是那么小气的人，他并没有什么贵重的私人物品在我那里，不过是几件衣物，他特意让人全取回去，不过就是为了让身边的人都明白，他跟我一拍两散了。

十年了。家里一盆植物养了好几年，久到我都忘记了它的存在，每天看到的时候不觉得稀罕，某天它叶子枯黄，我才想起那植物几个月来一直发蔫，可能是得了什么病，最后那盆植物就那样枯萎了，连根都腐烂了，没办法只好丢掉。

那盆植物在露台上留下一个圆圆的痕迹，是瓷盆底部涵水的圆碟留下的，钟点工拖地非常认真，那个地方我曾经亲眼见到她擦洗过多次，甚至用过钢丝球，仍旧没有擦掉。那是时间的痕迹，一盆植物在那里放了好几年，虽然枯萎死去，被扔到了不知道哪个垃圾箱里，却留下了不能磨灭的印痕。

我跟苏悦生就是这样，虽然没什么感情，可是习惯了生命中有这样一个人，突然他就说，再也不要见面了。最可悲的是我们还不是情侣，不然我还可以放声大哭，千金买醉，撒泼，拼命买东西，拼命吃东西，半夜不睡失眠，飞到地球另一端去……全世界都欠着自己，因为失恋。天大地大，失恋的人最大。

我却连这点权利也没有。

我只是唉声叹气了一会儿，就打起精神出去应酬客人们。我妈说，你若是没本事抓住男人，那就去抓住钱。

十年前我最不耐烦听我妈啰嗦，十年后我才知道，她说的真的全是至理名言。

过个半个月，外头渐渐有传闻，说我跟苏悦生一拍两散了，这倒也没什么，反正每年外头都这样传一阵，过两三个月，苏悦生总会来濯有莲，或者带我去无聊的宴会，于是传闻自然就烟消云散。

所以我身边的人都习惯了，压根没当回事，只有我自己心里清楚，这次不一样了。

我也没有觉得有多慌张，有关苏悦生的事还是会传到我耳朵里来，他也没什么新女朋友，那个本科生他追了一阵子，就意兴阑珊地放弃了，有人说他和向晴重修旧好，据说曾经有人看到他的车在实验室外头等向晴，也有人说，苏悦生这次是动了真格，连程子慧都见过向晴了。

我觉得搞笑，苏悦生动了真格，程子慧才见不到向晴，他跟程子慧水火不容，程子慧想插手他的事，简直连门都没有。

端午节的时候，我见过一次赵昀，他跟朋友吃饭，正巧我约了人在那里喝茶谈事，所以我们在走廊里遇上了。赵昀见了我倒也没说什么，就是上上下下将我打量了一番，最后叹了口气：“你还真长胖了。”

啊？是吗？我恨不得赶紧去洗手间照镜子，女人最忌的两个字，一曰老，二曰胖。

赵昀问我：“明天有空吗？跟我出海钓鱼去。”

“我要睡觉。你们出海都大清早的，我起不来。”我实话实说，“再说你们那群人太热闹了，我怕吵。”

“就咱们俩！”

“那更不能去了，让你女朋友知道了，还不得吃了我啊？”我半开玩笑半认真，“我是自由身，赵总你可不是。”

赵昀狠狠瞪了我一眼，好像挺不高兴似的。我觉得自己可能说错话了，赶紧甜言蜜语哄了他几句，赵昀一点儿也没有被我的迷魂汤灌倒，反而语重心长：“七巧，聪明反被聪明误。”

我浑若无事地笑了一笑：“谢谢赵总，不过您是知道我的，我素来笨笨的，绝不是聪明人。”

跟赵昀的这次见面让我觉得非常不舒服，好像被什么东西噎住一样，我很不喜欢这种感觉，苏悦生离开了，但他的影响力还在，周遭的一切都有他的影子。我不是没有良心的人，这些年多少是我占便宜，我只是很不喜欢，好像全世界都觉得我错了，事实上我一点儿主动权都没有，到头来还不是苏悦生想怎么样就怎么样。

Chapter 04
冰点

月底的时候出了桩事情，城北的KTV被划入拆迁范围，有开发商拿了那块地，要做一个大型的商业城。对方背景强大，后台很硬，我稍微打听了一下，就在拆迁补偿协议上签了字。

阿满素来心细，知道了之后，特意到办公室来找我：“补偿协议你签了？”

“签了，破财免灾，省得口舌，反正我们不过另找地方搬家就行了。”

阿满有点担忧，看了我一眼。我其实挺受不了别人关心我的私事，尤其我明知道对方是真心对我好的人，我就更受不了了。

我对他说：“没事，天下哪有不散的筵席。”

我又不能稀里糊涂地跟着苏悦生一辈子，还不如早散早了。不过话虽这么说，我自己也知道，后患无穷。

虽然濯有莲依旧客似云来，虽然各个店的生意仍旧好，虽然我成天忙碌，晚上的时候也没有失眠。

我犯了战略上的错误，那段时间我心绪不佳，只想省事，拆迁协议签得痛快，在外人眼里，我已经露怯了。我省了那眼皮底下的麻烦，所以后来麻烦更多。有人觉得我闷声不作响地吃了一个大亏，总觉得我是引而不发。

其实那份协议还算厚道，不过从前遇上这种事，旁人大约会给苏悦生面子，开价也会比市价高许多。

出道这么多年，多少有几个仇人，虽然做生意素来讲究一团和气，不过人在江湖，身不由己，我自己也明白。虽然顺风顺水的时候我不曾踩过别人，但一旦离了大树的荫庇，旁人却很难不来踩你一脚。

任何大事的开端，都只是一件小事。濯有莲有位员工，例行的身体检查查出来是乙肝，我们到底是服务行业，而且是高端会所，客人们从来要多挑剔有多挑剔，陈规于是劝那位员工辞职，补足三个月薪水，又给了车费和降温费。

按照常理，这事情到这里就已经结束了，压根不会上报给我。我下班的时候，正巧那个员工拎着行李往外走，看到我的车，“扑通”一下子就跪倒，把车给拦住了。

司机一个急刹，我坐在后排没有系安全带，额头正好磕在前排座椅上，还好本来车速并不快，不然可得头破血流。司机把车停下，门口的保安见状立刻冲过来，想把那个人拉走。

我当然得弄明白到底是怎么回事，于是就让他们住手，自己下车去问。

那个员工是个年轻的男孩子，刚刚二十出头，叫了一声“邹小姐”，眼泪都下来了。

我说：“你别哭，到底怎么回事？”

他颠三倒四地把事情原原本本讲给我听了，我们员工上岗之前都有身体检查，卫生防疫部门也动不动来查健康证什么的，他原来是挺健康的，就这年交了个女朋友，一块儿租房子同居，谁知道那女孩儿有乙肝，一直瞒着没告诉他，时间长了，把他也给传染了。

现在他被辞退，女孩儿也没工作，这下子他们俩都在这城里待不下去了，他一时觉得灰心绝望，所以才拦我的车。

我听他讲完也觉得挺同情，我从钱包里拿了一千块钱给他，说：“公司制度如此，我也没办法，我私人的一点意思，你拿着吧。你这么年轻，还有其他工作机会，不一定非得从事服务业。”

他不肯接钱，只是苦苦哀求我，我一时心软，找了张名片给他：“那你去找名片上的人，他们是做机械加工的，对健康证没要求。你去应聘，就说是我让去的。”

名片是位熟人的，手底下有好几个工厂，平常也挺照顾我的生意，这么小的事，我自以为是没有太大问题的。

过了几天，出来一则社会新闻，蚁族小情侣开煤气自杀，留下一封遗书，双双亡于出租屋。那段时间正好是反对乙肝歧视的风口浪尖，这件事引起很大的轰动，记者打听到当事人生前曾经在濯有莲工作过，遗书里写的自杀的主要原因也是被濯有莲辞退，于是打电话来要采访。

陈规挂着总经理的头衔，婉言谢绝了好几回，结果一位搞深度调查的记者不依不饶，每天都打电话来，不仅如此，还从周边开始搜集有关濯有莲的资料。

陈规觉得事情不对劲的时候才告诉我，我一听就觉得这中间有猫腻，毕竟这些年风浪也经过一些，所以请朋友们帮忙打听了一圈，才知道幕后的操纵者是贺源滨。

我跟贺源滨是有点过节的，其实过节也算不上，就是有次贺源滨喝醉了，非得逼着我跟他喝个接吻酒，平常我都挺放得开，但那天正好苏悦生也在另一间包厢里跟别人吃饭，苏悦生最讨厌我应酬这种人，所以我兜着圈子哄贺源滨，自罚了三杯，就是不肯喝。

贺源滨大约觉得在众人面前被扫了面子，耐心全无，摔了杯子就指着我大骂："给脸不要脸！你以为你是谁？还不是个婊子！今天你不喝这杯酒，将来别后悔！"

在场的人很多，朋友们七拉八劝，将他劝走了。后来赵昀曾经跟我说过，贺源滨跟苏悦生不太对付，那天是明知道苏悦生在，故意闹那么一场。

我虽然不算什么重要人物，但是沾苏悦生的光，被他的羽翼笼罩，贺源滨当时虽然说了狠话，也没拿我怎么样。只是风水轮流转，现在贺源滨想起这事来了。

人在屋檐下，哪能不低头，我还是好声好气，托了中间人去向贺源滨说项，中间人回来都面红耳赤，跟我说：“七巧，这事你还是另想办法吧。”

我知道贺源滨一定说了什么不太好听的话，于是微笑：“没事，贺先生那边是什么要求，您告诉我，我也好心里有数。”

中间人叹了口气，将贺源滨的原话说给我听了——“叫邹七巧那个婊子脱光了在床上等我，濯有莲嘛，我只要一半干股。”

我自动忽略前半句，继续托人向贺源滨递话：“贺先生看得上濯有莲，是濯有莲的福气，不过一半干股太多了，这里除了我，也有其他股东，贺先生有兴趣一起做生意，能不能少点股份，给大家留碗饭吃。”

这些话递过去之后就没了下文，不仅记者那边没消停，而且卫生防疫消防工商税务，全都轮番来了。每个人都是熟人，每个人都对着我直摇头，说：“七巧啊，你怎么招惹上了那一位？”

我无话可说，只能赔笑：“是，是，是我做事情太大意，是我做事情不靠谱。”

底下中层管理人员大略知道一点儿风声，陈规和阿满两个人还好，阿满从来做好自己的本分，也不让自己管的那些人议论，至于陈规，他成天给我白眼看："给苏悦生打个电话会死啊？"

我怎么跟陈规说呢？我跟苏悦生都一拍两散了，我还去找他，那我算什么了？

事情在濯有莲被纵火的时候达到高峰，一幢小楼突然就烧起来了，火警系统我们装的是最好的，119到得也特别快，消防到的时候，火都已经被扑灭了，但外头埋伏着大量的记者，涌进来要采访。

我知道自己小心了又小心，还是中了圈套。好在濯有莲当初建的时候，特意留了一个秘密通道，除了我和陈规、阿满三个人之外，员工们都不知道。我应付着记者，阿满陈规带着所有客人从那个秘密通道离开。虽然有惊无险，可是所有人都知道，濯有莲不安全了。

对高档会所而言，"安全"两个字涵义深重。这不仅仅是字面上的意思，大家为什么愿意来这个地方？不就是因为私密性好，滴水不漏吗？现在一堆记者盯着，随时等着拍车牌，这种情形，谁还敢来？

我非常烦恼，犹如困兽，明知道对方的如意算盘是什么，却应对无措。

阿满见我心浮气躁，逼我回家休息两天。我也懒得与他争辩，于是驾车回家。

在路上等红灯的时候，还是一堆人对我吹口哨。

衣着光鲜的美貌女郎，驾着名贵跑车，所有人都知道，这鲜花着锦、烈火烹油般的富贵，肯定是有着不可告人的秘密。所以他们大胆地骚扰我，还有人叫：“美女，回头笑一笑！”从前我没脸没皮的，说不定就回头笑了，今天我沉着脸，等红灯一切换到绿灯，就加油门跑掉了。

我的车好，从零到百公里加速时间极短，罕有其他的车可以追上来。

但是今天不一样，今天有一辆车一直跟着我，我恶向胆边生，竟然还派人跟踪我，那么就陪你玩玩好了。

那是一部不显山不露水的黑色城市SUV，就像它的颜色一般，深不可测。我十来年驾龄，技术熟练，而且我开的是跑车，驾驭起来相当灵活，穿梭在车流中间，几次想甩掉那部车，但是徒劳无功。

我是走环线也好，上高架也好，突然变向也好，我甚至还闯了两个红灯，它就是如影随形，紧紧跟着我。

我本来是打算回家的，看到这种情形，反倒心一横，就开上了出城的快速路。

那部车一直跟着我开到郊外著名的风景区，我找到个宽敞的地方，“嘎”一声把车停下来，然后开后备厢，找了个扳手。

最坏不过是个死，老娘跟你们拼了。

那车也就停在我车后不远处，这时候下来一个人，慢慢走近我，我眼睁睁看着他，他突然温柔地笑了笑：“七巧。”

我手里的扳手不知什么时候掉在地上，我怔了一会儿，弯腰去捡，他已经替我捡起来，说：“真要是坏人，你怎么能往城外头没人的地方开？你傻啊七巧？”

我硬起心肠，把扳手夺回去，强词夺理：“谁说我以为你是坏人了？我不过是出来散散心！”

“那你拿扳手做什么？”

“要你多管闲事！你算我什么人？”

我打开后备厢，重新将扳手扔进去，上车就打算掉头离开，程子良却拉开我副驾位的车门，对我说：“七巧，你别发脾气，我知道你出了些事，为什么不给我打电话？”

我仍旧是那句话：“你算我什么人？”

“朋友也不行吗？”

“不行！”我语气更强硬，“我们不是朋友。”

“那算仇人呢？”

“谁跟你有仇了？”我冷笑，“你在我心里，就跟陌生人差不多。”

“我跟你有仇。”程子良表情很认真似的，“我就是恨你，这么多年，任何事，你永远不会打电话给我。”

“走开！”我说，“你比陌生人在我心里还不如呢，你愿意上哪儿就上哪儿，总之别来烦我就行了。”

“你不能不讲道理，”程子良语气更软了一些，“七巧，当年是我欠你，你遇上事，我应该帮你，你不要把我往外推。”

“我没敢把程先生往外推。”我有意咬字眼，“只是有些事是我的私事，我不想外人来插手，也不希望给程先生增添不必要的麻烦。”

程子良的语气很平淡，眼睛也没望着我，却说：“我认识你，已经是这辈子最大的麻烦了，还怕什么别的麻烦。”

我愣了好几秒钟，突然伸手用中控打开副驾车门，然后用力将程子良推出去，他压根没反应过来，就被我推得跌到车下头去了，我关上车门的时候他才用手来拉，差点夹到他的手，我已经一脚油门，驾着车扬长而去。

一直将车开回家，我才觉得自己在发抖。家里还是那样安静，双层中空玻璃隔开城市的喧嚣，钟点工每天都来，打扫得干干净净。冰箱里永远有一壶柠檬水，我给自己倒了一杯，又拉开冷冻槽，恨不得加了整盒冰块进去。冰块稀里哗啦地砸进杯子里，好多冰冷的水珠溅在我的手背上，我喝掉整杯的冰水，才觉得心里镇定了一些。

这几天发生的事太多了，我一直都睡在濯有莲，没有回家里来。今天遇上程子良，才觉得自己的失态。可是程子良要跟别人结婚了，我还是把他忘记更好。

我洗了个澡，然后蒙头大睡，一直睡到半夜才醒。肚子饿，爬起来煮面。我妈说，女孩子不一定要学会做饭，可是一定不能把自己饿死。她自己都不怎么会做饭，可是我做饭还是有点天分，也不知道遗传自谁。我开冰箱看了看，食材还是挺多的，不过大半夜懒得折腾，就只给自己煮了碗面。

吃面的时候我想起来苏悦生，上次我过生日他在这里，也是半夜爬起来煮面吃，不过短短月余，好像是上辈子的事了。我吃完面条又洗了碗，然后去看苏悦生的卧室。

小许来收拾过东西，屋子里也只是少了衣物。床还是整整齐齐，柜子里全都空了。但一个男人在这里，总会有点零碎的东西。比如洗手间里的剃须刀、牙刷，鞋柜里的拖鞋，写字台上的铅笔，音响前头扔着的CD，恒温的酒柜里还有半瓶没喝完的红酒，一切的一切，看上去都似乎有点凄凉，简直跟遗物似的。

我在心里恶毒地想着。大约是因为最近太累了，不管怎么说，我都是被抛弃的那一个呢。

我把灯关上，然后回自己房间去睡觉。

到了第二天我就振作起来，亲自给贺源滨打了个电话："贺总啊，最近怎么样，忙吗？"

贺源滨等我的电话大约等了有一阵子了，不过语气也是好整以暇，挺从容的："有事情找我？"

"是啊。"我笑着说，"贺总是痛快人，我就不兜圈子了，您最近真是霹雳手段，小女子承受不住啦。"

贺源滨哈哈大笑，问：“也不见得啊，你要是有诚意，我或许就心软放过你了。”

“行啊。”我说得挺痛快的，“咱们还是见一面吧，见面好谈事。”

贺源滨说：“行，时间地点你来挑。”

我说：“择日不如撞日，就今天晚上吧，不过你要稍微等等我，我得去买件新衣服，还得去做头发做美容。”

贺源滨冷冷地说：“别装样了，从来没有哪个女人敢叫我等。”

“瞧你这个人，撒个娇都不行，我打扮漂亮点，也是希望你心更软一点儿嘛。”我轻轻地笑，“你要不愿意等，那晚上我到了地方，再给你电话。我等你好了。”

挂上电话我就买衣服去了，天气闷热，我把敞篷车停在家里，换了另一辆TT上街。这车还是苏悦生送我的，当初他答应送我一台车，我其实挺想要SUV的，但是乖乖要了一部价格很适宜的小跑。那时候我们还是相敬如宾的，我怕狮子大开口吓着他了，后来等知道他压根不在乎这点事之后，我就兴高采烈地让他给我买保时捷了。

我在相熟的专柜挑了几套衣服，又去相熟的美发沙龙剪头发。阿尚是我的发型师，今天没有预约就来了，他很意外，我告诉他晚上我有重要的活动，于是他很快抽空出来替我修剪。

他问我晚上穿什么衣服，我把在专柜试衣时拍的照片从手机上调出来给他看。女人最喜欢的两个地方，一是美容院，二是美发沙龙，这两个地方都是女性天然的港湾，被人轻声细语地侍候着，把皮肤打理好，把头发打理好，变得更漂亮更光彩照人，过程虽然冗长，但是结果令人愉悦。

阿尚有一搭没一搭地跟我聊天，主要是我逗他跟我说话，因为我其实知道自己心里有点发慌，我需要让自己镇定下来。

等做完头发和美容，差不多已经是黄昏时分，天色晦暗，空气沉闷，雨还没有下下来。我开车去本市最奢侈的酒店，路过某幢写字楼的时候，想想还是打了个电话给小许，跟他说："我在你们楼下。"

小许猛吃了一惊，一时都有点支支吾吾，好像不知道该怎么回答我似的。

"没事，就是一些零碎东西，上次你没拿走，我给送过来了。"我很平静地说，"你下来拿吧，要是没时间，我就搁保安这儿，回头你有空再取。"

"不不，邹小姐，我下来拿。"

我抱着一个纸箱下车，穿着十厘米的高跟鞋，还有超级短的裙子，连走路都恨不得走不利索，何况还抱着个碍事的大纸箱，保安连忙迎上来帮忙，问我："小姐您去几楼？"

"不用了，我等人。"

小许很快搭电梯下来了，我把纸箱子给他，说："就这些了，应该没漏什么。"

小许很客气地向我道谢，犹豫了两秒钟，又问我：“邹小姐有没有时间？苏先生就在上头，要不……您自己给他更好一点儿。”

我一点儿也不想见苏悦生，我说：“我懒得上去了，你拿上去吧，要是他没问起来，别说我来过，就当钟点工收拾的。算了，这些东西他肯定不用了，你替他扔了也成。”

小许毕竟憨厚，张张嘴，还是不知道该说什么好，我已经挥挥手走了。

人一旦自暴自弃起来，其实也没什么大不了的，山穷水尽的时候，不过就是咬一咬牙，把自己不当人，就熬过去了。

我到酒店前台，开了一间蜜月套房，因为是蜜月套房，所以酒店还送了香槟。我也不管三七二十一，先开了酒倒了一杯喝。

第一次喝香槟是十六岁的时候，妈妈带回来的香槟，庆祝我考试上线。我们那所高中还是挺重视学习的，从高二开始就有无数次所谓的模拟考，然后以本校历年的高校录取率来划定分数线，超过那个分数线的称为上线。如果每次考试都上线，那么在高考考个本科大学，应该没有太大的问题。可惜我成绩一般，每次都跌跌撞撞，大部分时候都不能上线。

老师都知道我家境好，家里有钱，他们也不管我，反正我妈可以掏钱让我念大学，老师每天盯着的都是陈明丽那样的好学生，指望他们考北大清华，然后名字写在光荣榜上，替母校争光。要是能出个省市状元的话，那就更好了。

高考终于结束了，十八岁的少女对一切都觉得新鲜，他教我怎么样吃西餐，拿刀叉，坐下来的时候，腿一定要并拢，站着的时候，腰要挺直，男人替你拉开椅背的时候，轻声说谢谢就可以了。

那时候我在想什么呢，快快上大学吧，上大学就是大人了，上大学我就自由了，我就可以想干吗干吗了。

我喝了好几杯香槟，微醺的时候我想起了陈明丽，我终于想起来了，她高考失误，考了566分，这个分数也足够上一所不错的大学了，可是陈明丽平常起码能考660分以上的啊，分数出来的第二天，她就跳楼死了。

我觉得我的记忆支离破碎，我记得的部分跟另一些我记得的部分完全不一样。我明明记得是她带着我去见程子良，我明明记得暑假的时候，我跟她和程子良一起吃饭，我明明记得，她考上了一所很好的大学，后来还出国了，然后，就渺无音讯。

我一定是喝醉了，可是以我的酒量，几杯香槟是喝不醉我的。

我打了个电话，没等他说话我就抢着说："贺总，房间我开好了，在XX酒店的2501，你快点来吧，你说不愿意等女人，所以我在这儿等你。"

我是笑嘻嘻挂上电话的，然后继续喝香槟。我也不知道自己喝了多少，总之房间外头的灯越来越亮，城市的霓虹灯都亮起来，五颜六色的招牌，高高低低的楼宇，蜿蜒灯河似的车道，所有的一切，都明亮而通透。

房间里有一捧玫瑰，香气馥郁，夹杂着香槟微甜的酒香，令人欲醉。

良辰美景啊，而我在这里等着出卖自己。

我把高跟鞋踢掉，自己倒在那张大床上，空空的香槟酒杯贴着我的脸，这个人，再不来我真的要睡着了。我又不是睡美人，睡姿不见得好看，难道他真的有兴致吻醒我？

门铃声终于响起来，我振作精神从床上跳下来，赤着脚就去开门。我妈说过，哪怕心里不痛快得想死，脸上还得带个笑意，这样男人女人都不敢随便踩你。于是我就挂着那样一个高深莫测的笑意，打开了房间的大门。

房门外头是苏悦生，其实一看到他，我就笑不出来了，所有的表情都不由自主地僵在了脸上。

苏悦生上下打量了我一眼，玄关处的墙面上镶着几何图形的镜子，我从镜子里看到自己的狼狈，刚刚在床上滚过几圈，那条特别短的裙子，简直都快揉到腰上去了，我尴尬地把它往下扯，怎么扯也扯不到太长，我下午刚刚精心做过的头发也弄乱了，蓬蓬的好像一堆乱草，总之要多难看有多难看。

这种当头，只好我自己先找台阶下，我讪讪地问："你怎么来了？"

苏悦生没回答，走进房间，看了看冰桶里的那支香槟，然后又从床上捡起那只酒杯，搁在餐几上，他瞧了瞧我胡乱踢在床前地毯上的那双高跟鞋，最后，才又拿起另一只干净的酒杯，替自己斟了一杯香槟。

我看着他慢条斯理地喝香槟，简直想捡起自己那只高跟鞋，就往他额头上砸去。

这个浑蛋!

喝完了一杯香槟，苏悦生才说："说吧，到底什么事。"

我把手机拿起来，飞快地翻了翻通话记录，然后对他说："没什么事，我就是打错电话了。"

苏悦生冷笑一声，说："别说你只是喝了几杯香槟，哪怕你醉得要死，也不会打错我的电话。你既然要装，那就在这里慢慢装。"说完他就起身要走，我连忙抓着他的衣袖："我错了我错了，你别生气。"

我磕磕巴巴将事情的前因后果讲了一遍，本来这件事就并不复杂，可是因为心虚，所以我费了很大的力气才把这事说清楚。苏悦生听完之后沉默着，倒没有表态。我一时有点僵，只好讪讪地拿起香槟又替他倒了杯酒，他却碰也没再碰那杯酒，过了好一会儿，才对我说："这是最后一次。"他说，"我希望你以后别再耍这种心计了，下次我也不会再管了。这次就当是分手礼物。"

我用很轻的声音说：“谢谢。”

这时候他才拿正眼看我，其实也就是瞥了我一眼，被他这么一看，我突然犯了蠢，问他：“今晚你不留下来吗？”说完我自己都觉得后悔，恨不得将舌尖咬掉。

苏悦生笑了笑，就是他平常的那种笑，最让人觉得可恶，他说：“七巧，我说过，我不想再见你了，真的很烦。”

我低着头送他出门，他走得很快，关上门之后我才觉得有点伤心。事情就这么解决了，我应该高兴才对。我一直很担心，苏悦生会大发雷霆，我这么一点浅薄的心机，当然会被他看出来，不过他还是来了，其实我就是想给自己找个台阶下，他顺势给我个台阶，我又觉得很难过。

我把酒店送的那瓶香槟都喝完了，不知道去了多少趟洗手间，我记得我在浴缸里差点把自己淹死，幸好我拽住了旁边的电话，借那一点点力，又抓住了扶手，电话线被我拉得老长老长，里头的忙音一直嗡嗡响，听筒掉进了水里，我不顾也不管，大声地唱歌。我都不知道自己最后是怎么回到床上睡着的。第二天我正在前台办退房，程子良给我打电话，我不愿意接，挂掉了，过会儿他又打，我又挂，等他打第三遍的时候，我不耐烦了，在电话里朝他发脾气：“你能不能不来烦我了？你到底有什么身份立场来管我的事？”

他没有再说什么，程子良到底是有自尊心的，不会刻意地纠缠。

我回到濯有莲上班，心浮气躁，处处都看不顺眼。员工们都知道最近我心情不好，所以个个都敛息静气。只有阿满敢来找我麻烦，让我跟他一块儿下酒窖点红酒。特别贵的酒每季度盘存一次，要由我亲自签字，这原本是规章制度。我也不敢反驳，只好跟阿满一块儿去酒窖盘存。

酒窖里头是恒温恒湿，人不会觉得特别舒服。架子上密密麻麻一支支红酒，好些都积着厚厚一层灰尘，据说这也是惯例，好的红酒是不兴常常拿出来擦瓶子的，而是客人要喝的时候才取出来拂拭，正好有年代久远的沧桑感。

我想起了有一次在地中海旅行，异国的古老城市，有着传统的市集。有一家小店里全是古代的铜器，颇有些年份。店主将一盏油灯拿出来给我们看，上头积满沉沉的油烟，底座上满是灰尘，吹一口气，呛得人眼睛都睁不开。我很狼狈地捂住脸，身边有人说："这是历史的尘埃。"

阿满还蹲在那里核对红酒的标签，我忘了我跟谁去过地中海，就只记得那句话，还有我那时候用来掩住口鼻的亮蓝色丝巾。在地中海的游艇，甲板上风太大，那条丝巾被风吹到海里去了。那些支离破碎的片断，就像是电影的蒙太奇镜头，从我脑海中一晃而出，一闪就不见了。

我摇了摇头，努力让自己不去想那些莫名其妙的事，如果真的有一部分记忆失去，那么就让它失去好了，我从来不为失去的东西苦苦纠结，因为对过去念念不忘是太奢侈的事情，我哪有那种资格。我跟阿满一起清点红酒，每个人一个架子，点来点去少了一瓶好年份的Chateau Haut-Brion，这瓶酒进价可不便宜，阿满又点了一遍，还是少了一瓶。

阿满去核对出库记录了，我坐在酒窖里歇口气。折腾半晌，灰头土脸的，所以我也懒得搬椅子，就坐在地面上，背靠着那些价值连城的酒……一格一格的架子让我的背很痛。我忽然对这样的生活觉得厌倦，十年了，锦衣玉食，名车豪宅，最丰富的物质我都有了，每次当我驾着跑车像一阵风似的卷过街头，无数人羡慕嫉妒，我自己得意扬扬，可是我到底在图什么呢？

怪不得苏悦生说看着我烦，我看着自己也觉得烦。

阿满拿了一张纸条进来，对我说："幸好找着了，说你有天让人拿了一瓶酒去'听雨声'包厢，当时没签字，就打了个白条，事后也没补上。我去找的时候，库管吓得都快哭了，真要丢了的话，他哪儿赔得起啊？你也是，自己定的制度自己不执行……"

我打断阿满的话，我问他："你觉得，我不做这生意了，怎么样？"

阿满没有太惊诧，反倒问我："是不是有谁在背后头捣鬼？最近这阵子，我们麻烦是挺多的。"

我知道没法跟他说，于是恹恹地爬起来，说："点酒去吧。"

其实从这天开始，濯有莲的事端已经渐渐平息下来，贺源滨没有再出现，也没有计较那天晚上我放他鸽子，风平浪静，好像一切都水过无痕。清淡的生意渐渐重新好起来，夏季是我们营业的高峰，因为天气热，山里相对凉快，空气又好，只是夏季蚊虫太多，我们这里树木又密，每天傍晚时分，濯有莲就开始用药烟处理蚊虫，一蓬蓬的黄色药烟，好像《西游记》中的妖云。我在办公室的露台上看着员工打药，山林沉郁，暮霭四起，处处烟雾蒸腾，我觉得自己好像黑山老妖一般，守着琼楼玉宇般的神仙洞府，手下有无数聂小倩似的美人，谁知道这一切又是不是幻境？

当我觉得事情都已经过去的时候，独自一个人去了四川。在四川有个叫凉山的地方，我去过好几次。我妈妈的家乡就是那个叫作凉山的地方，我不知道她是哪年哪月从大山里走出来的，总之她出来之后，一次也没有回去过，更别提带我回去了。一直到她过世之后，我才动了去凉山看一看的念头。

第一次去凉山的时候，我完全没有计划，所以路程艰辛，先飞到成都，然后再转火车，再换长途客车，最后进山的交通工具是三轮车。我寻到我妈曾经提过一次的那个小镇，但是没有人告诉我，这里曾经有个少女离家出走，而我妈身份证上的名字，据说早就已经改过。说来好笑，她的户籍也是后来办理的，我连她最初的名字叫什么都不知道。

我每隔几年才去一次凉山，每次去，变化都挺大，原来不通车的村子里通车了，原来只有一条街的镇子有了好几家小超市。每次我都在心里想，不知道我会不会遇上我自己的亲生父亲，或者遇见我素未谋面的外公外婆。

我妈只跟我提过一次以前的事，家里给她定了一门亲事，但她看上了我爸，两个人私订终身，所以她跟我爸一块儿逃走了。搭了几天几夜的火车，出了火车站，人特别多，她要去厕所，我爸带着她找到公厕，等她出来，我爸就不知道去哪里了，行李也不见了。我妈不敢去派出所报案，怕被家里找回去，她一个年轻姑娘，从前最远也只去过一次县城。

人海茫茫的城市，我妈身上只有几十块钱，在小旅馆里住了几天，老板娘见她走投无路，怂恿她做皮肉生意。我妈不肯，大着胆子去了劳务市场，竟然找到一份保姆的活儿。

主人家觉得她手脚利索，所有家电教一遍就会，侍候大人孩子用心，连主人家养的一只哈巴狗都喜欢她。过了一两个月，她忽然发现自己怀孕。那时候她不过十八岁，很多年后笑嘻嘻地跟我说："当时急得天天在河边走来走去，真是连死的心都有了。"

我不作声，都是我害的她。她当然没有死，男主人对她很有点意思，她就顺水推舟，跟他上了床。过了阵子，悄悄告诉他怀孕的事，男主人急了，塞给她三千块钱，让她去医院。二十多年前的三千块，太值钱了，我妈拿着那笔钱就走了，然后在城市街巷里头最便宜的旧楼赁了间尾房，把我生下来。

我闹不懂她为什么要把我生下来，她自己其实也闹不懂，后来偶尔讲起来，说：“我不是一个啊，我还有你。”高楼林立的城市，从大凉山中走出的姑娘，举目无亲，仿佛汪洋大海中的孤舟，随时都可以被倾覆。她留下我，或许就是为了想要做个伴。

大凉山里的家是回不去了，她也不打算回去了，带着我就这样活下来，我小时候她就在裁缝铺帮人家做活，我在缝纫机旁玩耍，身上穿着她用零碎布头做成的衣裳。我小时候一头乌黑的头发，圆乎乎的脸，人人都喜欢逗我，还有人专门买了布来，指着我身上的衣裳样子，要做给自己的孩子。没过几年城市里的裁缝铺越来越少，生意也越来越差，大家都去商场买衣服穿，不再找裁缝，我妈就去柜台帮人家卖话梅瓜子，还得了个绰号叫话梅西施。熬到我快上小学了，她就跟人学手艺剪发，那时候理发店非常挣钱，她一个人看店，生意特别好，我常常坐在理发店的凳子上，看她一边给人剪头发，一边跟人聊天。

小时候的我非常沉默，总有不同的男人在我妈胳膊上捏一把，或者想捏她的脸。我妈当着我的面总是笑着躲过去，也总有不同的男人逗我：“叫声爸爸，叫一声给你买糖吃。”

这些人都是想占我妈的便宜，我心里知道不是什么好话，可是年纪小，不懂得骂回去，只是狠狠瞪那些人一眼，继续沉默地低着头，看地上落满了漆黑煤渣似的碎发。我想以后我妈妈要是让我也学剪发的手艺跟她开店，这些人敢来惹我，我就拿剪子扎他们的喉咙。

幸好我妈的理发店开了没有多久，就改成美容院了，雇了一群年轻的小姑娘，进进出出的客人也全都变成了女客，那时候刚兴起做美容，来的全是有钱的女人。我妈每天晚上要背满满一包的钱回家，第二天早上等银行开门了再存进去。有次半路她被人抢劫，歹徒在她腹部扎了一刀，把肝都捅破了，差点就没命。幸好当时正巧有人过路，歹徒才只拿了钱走，没补上几刀。

我妈养好伤出院，就彻底想开了，有个挺有钱的男人一直追她，她死都不肯答应，因为对方有老婆孩子。她常常对我说，卖一次是没办法，现在又不像当年是山穷水尽，干吗还要招惹人家有家室的人。

但是大约是从鬼门关走了一圈，我妈忽然就想开了，她还是年轻漂亮，打交道的男人越来越多，而且越来越有气派。

仔细想一想，我也说不上我妈是个好人，还是个坏人，命运对她太苦，她尽力挣扎，也不能出淤泥不染。

这年头，谁还能跟莲花一样呢？

飞成都的头等舱里，我遇见一位漂亮的女人，我们的航班是宽体大客机，所以头等舱也没坐满。我跟她是并排，中间隔着走道。选餐的时候我们一样挑了海鲜饭，可是只有一份了，于是她让给了我。我觉得年轻漂亮的女孩子很少这样不骄矜，所以一边道谢，一边随口夸赞她新款的Bottega Veneta包包好看。她浅浅地笑，是很幸福的小女人模样：“男朋友去意大利买的，其实我平时不怎么用这个牌子。”

有些女人天生幸运，出身富贵，成长平顺，遇上才貌相当门当户对的男人，相夫教子就过一生。上天有时候就是会这样偏心眼儿。

我们搭上了话，原来她叫江惠，是外科医生，刚从国外回来，已经签了国内知名的医疗研究机构，趁着最后的暑假，打算去成都看望同学，顺便去九寨沟。她问起我，我告诉她，我要去凉山。

她很有兴趣，问了我许多细节，最后竟然要跟我一块儿去凉山。我吓了一跳，她说自己有同学在世界医疗组织工作，服务于世界最贫困的国家和地区，她十分钦佩。这次有这样的机会，就想跟我进山看一看，说不定有可以帮忙的地方。

“山里很苦。”我婉转地告诉她，“有时候不能洗澡，因为水源很远，要爬十几里山路去挑水。”

她完全没有被我吓到，说：“我跟导师去过埃塞俄比亚。”

我拼命回忆高中学过的地理，隐约只记得埃塞俄比亚是在非洲。江惠告诉我那是艾滋病很严重的国家之一，而且是世界上最穷困的国家之一。她说：“你完全想象不出的那种穷。”

好吧，既然她见识过世上最穷的国家，那么带她去凉山，应该没有太大问题。

我们聊得还是很投契，出机场之后要在成都住一晚上，我们一起打车去了酒店。她的同学临时被派往银厂沟出差了，于是放下行李，我带她去吃豆花鱼。

作为半个四川人，我其实挺能吃辣。江惠完全不能吃辣。她是典型的樱桃小口，一点点浅红色的嘴唇，像樱花一般娇嫩，菜放在凉水里涮过，一边涮一边吃，她还直吸气："好辣好辣！"她被辣得眼泪都快掉下来了，目光盈盈，娇嗔地瞧着我，说，"为什么吃这么辣，你还这么好的皮肤啊？"

我心里忽然一阵柔软，如果我有个妹妹，一定也是这样惹人爱怜吧。

第二天，我打电话租的那台越野车送到了酒店停车场，江惠看到车子的时候倒也没觉得意外，只是问我："路上很不好走吗？"

"也不算不好走，不过越野车会方便一点儿。"我问她，"你有没有带驾照？"

她摇摇头。

我戴上太阳镜："那好吧，我来开。"

我们两个的行李都不多，随便扔在后座，路过超市的时候，下去买了一堆零食饮料。路上会比较艰苦，我才不要吃高速服务区的冷菜冷饭，我宁可路上啃饼干喝矿泉水。江惠听我这样说，又多买了几盒自热饭。

长途驾车令人愉悦，尤其成都出来的高速很好走，到了下午时分，路上的车更少了，虽然有大货车，可是也不多。我们的车一路向南，太阳一直晒着大半个驾驶室，江惠的整个人都笼在金色的阳光里，她兴致也挺好，跟我一路说着闲话，时不时还问东问西，也没有打瞌睡。黄昏时分我们已经开出了几百公里，天气渐渐变了，滚滚的乌云一直压过了半个天际，天空越来越低，又走了几十公里，豆大的雨点砸下来，砸得挡风玻璃噼里啪啦直响。

没在暴雨天开车走过高速公路的人或许不会知道，那种情形有多么恐怖。开着大灯也照不清楚前头的路，只觉得像是永远有一桶水狠狠泼在挡风玻璃上，雨刷开到最快，四处都是白茫茫的，车就像开在河里。

我觉得这样十分危险，于是跟江惠说：“找个地方下高速吧，雨太大了。”

江惠点点头。

我看到前面有块牌子，写着某某出口3公里，于是降低了一些车速。这时候有一部银色的小车从我们后面超过去，车速非常快，溅起的水花飞到车窗玻璃上，哗啦啦地一响，把我和江惠都吓了一跳。江惠说：“还真有不要命的。”

几分钟后我们已经快要到出口了，再次看见那部超车的轿车，它的速度明显慢下来，因为前方不远处有一辆大货车，大货车轮胎高，溅起的水雾足足有好几米远，那车跟在货车后头，明显打算再次超车。我已经看到出口的标志，于是打了右转的车灯，这时候那辆车已经跟货车并排行驶，眼看就要超过去了，不知道为什么，突然轿车的方向就失去了控制，整个车身都向右飘去。我听见尖锐的刹车声，大货车沉闷的引擎变了节奏，出于本能，货车司机大约也在急刹，可是轿车还是撞上了货车，小车像玩具一样被撞得斜飞了出去，货车因为刹得太猛，长长的车身向右一摆，几乎是横在了路中央，连出口的辅道都被堵住。我早就已经踩下刹车，事情发生得太快，我听见自己车子的轮胎吱吱尖叫着，可是车子还是不受控制地朝着巨大的货车车身冲过去。

我听见江惠在尖叫，我脑中一片空白，“砰”的一声，无数碎片和着大雨朝我脸上身上扑过来，安全气囊弹出来，安全带猛然收紧，我整个头胸撞在安全气囊上，顿时痛得眼前一黑，差点没昏过去。我大约只失去意识两秒钟，两秒钟后我就挣扎着仰起头，我们的车头被卡在卡车底下，如果不是我早早减速打算下出口，如果不是我看到出事的一瞬间就踩下刹车，如果我不是正巧租了一辆崭新的进口越野车，也许这会儿我和江惠就已经成了肉泥……

啊……江惠!

我动弹了一下，肩胛剧痛，但我忍着痛把头转向右边，叫着江惠的名字，她整个人匍匐在安全气囊上，表情很痛苦。我问她：“怎么样？”

“好痛……”她脸上湿湿的，也不知道是雨水还是眼泪。

“哪里痛？”

“不知道……”江惠显然从来没有遇上过这种事，已经快要哭了，“好像哪里都痛……我是不是要死了……”

“瞎说！”我努力把安全带解开，驾驶室的车门变形了，我怎么推也推不开，最后我放弃努力，倾过身子解江惠的安全带，“快点下车，万一后头再有车撞上来，我们就完了。”

江惠眼中闪过一丝恐惧，她手背上流着血，也不知道是哪儿受了伤，我的手指也直哆嗦，不过我终于解开了她的安全带，我问她：“你能不能开门？”

她用力抠着门锁，大约是真被吓坏了，我半倾过身子跟她一起用劲，副驾那侧的车门终于被打开了，雨水唰唰地直灌进来，这时候后头白光一闪，竟然是一部车子正在飞速地驶近，我甚至已经能听见轮胎刮起雨雾的声音。

江惠还没有发现，在电光石火的那一刹那，我本能地用力将她推出车外。我隐约听见江惠叫了一声，那辆车终于发现了前方异常的情况，刹车声几乎是和着撞击声同时响起来，我被剧烈的冲撞再次撞向了前方，这次没有安全带和安全气囊保护，我整个人都被撞得从破烂的挡风玻璃里飞出去。

我失去了意识。

Chapter 05
钟情

我似乎做了一个很长的梦，梦里我躺在救护车上，有人攥着我的手，死也不肯放，攥得我的手生疼生疼。我也不止手疼，疼痛像是从血脉中渗透出来，全身没有一个地方，不是锥心刺骨般地疼。医生焦虑的声音像是在很远的地方。我下意识想要睁开眼睛，可是无论如何努力，连转动一下眼珠都不能，我想这回我可能真的要死了。

梦里有浮光掠影似的片段，我第一次梦见程子良，他问我："七巧，你为什么没有忘记我？"

我在梦里反问他："我为什么要忘记你呢？"

我不知道我们在说什么事，可是很快程子良就不见了，我独自坐在一幢陌生的房子里，我看见苏悦生，他脸上的表情冷得像万年寒冰，我满心屈辱，出了屋子开车冲了出去，那条山路又黑又长，无数陡弯，一圈圈地转下去，我满心愤懑，车子越来越快，越来越快，两侧幢幢的树影飞快地从窗外掠过，雪亮的灯柱照着前面的路，我几乎

听得见自己的心跳声，跳得那样急那样重，我真恨不得死了才好。最后一个又长又急的弯道我没能转过去，车子失控撞在了树上。

我梦见自己躺在手术台上，医生嗡嗡地说着话，冰冷的血浆滴注进我的体内，无处不痛，我实在抵抗不住，再次昏睡过去。

我像是回到十八岁，刚刚结束高考。天气热得像是天上有火要落下来，整座城市都被包裹在滚滚热浪中。我眼睛肿得像桃子，因为我最好的朋友，唯一的朋友，陈明丽跳楼自杀了。

所有人告诉我这个消息的时候，我都不敢相信。考试分数是很重要，过去十几年的人生里，我和身边所有的人几乎都被这唯一的标准衡量着。考不好就是天塌下来的大事，连我这样的坏学生，都成天盼着自己运气好可以多考几分。

谁说分数没有用处？

再有钱，怎么比得上做一个老师喜欢、同学羡慕的优秀学生更风光？

我最后一次去高中校园，到班主任那里填志愿表，在那里遇见好几个同学，大家叽叽喳喳说笑着，没有人提起陈明丽。我的成绩大约只能上个三本，但班主任仍旧很热情，这种热情是过去几年里从来不曾有过的，她笑眯眯地说："好好填志愿，挑个好专业，以后到大学要好好照顾自己。"

我当时一定是掉了眼泪，因为我记得自己从老师办公室出来，抬头看看，操场外的半边天空都是紫色的晚霞。我独自一个人爬上单杠，坐在那里看着夏日的夕阳一点点落下去，成团的蚊子飞舞，嗡嗡嘤嘤地响着。我想起陈明丽，想起有无数个黄昏，我和陈明丽手牵着手，在操场里转圈。在操场散步是紧张的高三生活的主要调剂，她背英语单词，也督促着我背。而我一边背一边走神胡思乱想。蚊子太多了，因为校园里环境好，花草树木太多，陈明丽总是憧憬地说，那些百年大学名校里，有着无数参天巨树，有的有山，有的有湖，有的有塔，风景美丽极了。

那时候我们总是在想象，大学就是另一个世界了。可以不用每天24小时学习，不用每天眼睛一睁就有做不完的模拟卷，永远不用再那么辛苦地考试。

天色终于暗下来，夜幕降临，月亮还没有升起来，西边的夜幕上有一颗大星，衬着深蓝紫绒似的夜幕，漂亮得像假的。如果陈明丽在，她一定会说出很多文绉绉的话来感叹这么漂亮的星星，可是世界这样美好，陈明丽却再也看不见了。

我一个人在单杠上坐了好久，身上被咬了无数个红疙瘩。几天后我去殡仪馆参加陈明丽的葬礼，鼻尖上还有一个又痛又痒的红包。

我在陈明丽的葬礼上再次见到程子良，他穿一身黑，神色肃穆，带来一捧雪白的花，我从来没见过那种花，他将花放在灵柩前，陈明丽的妈妈哭得厉害，所有人都忙着照顾她，告别仪式只好匆匆忙忙结束。

我站在殡仪馆门外烈日底下等出租车，这里是郊外，周围全是工业区，这时间马路被晒得白花花的，像是阳光下耀眼的河。

我被晒得衣服全汗湿的时候，一辆车停在我旁边，程子良降下车窗，对我说："同学，我送你一程吧。"

程子良的车里冷气非常充足，一路上我们都没说话，等到快到我们家附近了，程子良突然开车拐进一条巷子，他叫我在车上等等，然后去买了两大盒冰激凌来。

两盒家庭装，他一盒我一盒，他只吃了两勺，我拼命吃拼命吃，吃到最后才呜呜哭起来。

年少时代我们总是以为花常开月常圆，除了考试哪有什么大事，可陈明丽就把一场高考变成了生死大事，我唯一的朋友，我最好的朋友，她为什么这么傻啊？

在葬礼上我没有流眼泪，直到此时此刻，我才能相信一切真的发生了，陈明丽是真的不会活过来了，她是真的死了。

我哭得一塌糊涂，搁在膝盖上的冰激凌渐渐融化，就像我的整个人，坍塌下去，变成不可挽救的一摊泥。我一直哭一直哭，程子良一句话也没有劝我，他只是等我哭到声音都哑了，才递给我纸巾盒。

那天程子良说了一句话："人生本来就是个逐渐死亡的过程，一旦踏入成年，所有人都会发现，自己会不断地失去一些东西。"

比如天真，比如梦想，比如，一些永远以为，来日方长的人和事。

我和程子良真正认识，应该就是从这一天开始。后来我为填志愿的事给他打过几个电话，那时候我想得挺简单，他是我师兄，又是挺能干的一个人，他一定知道哪个专业最好。

我妈坚持让我填了一个我觉得自己完全不可能被录取的大学，因为我勉强才够那间学校的分数线，而且那个专业热门得烫手，我本来没抱任何希望，只期望第二第三志愿不要落空，但奇迹般地拿到第一志愿的录取通知书。

我妈开心地在本市最豪华的酒店大摆宴席，把她所有的朋友都请来吃酒。

我妈那天实在是高兴坏了，自己把自己喝了个烂醉，她的一个朋友开车送我们回家，我妈一直坐在后排唱歌，一边唱一边傻笑，我觉得丢脸，只能不停地阻止她。

等到了家里，我费了好大的劲儿才把她安顿好，她躺在床上还在笑："女儿啊，妈做梦都没想到会有这一天啊……"

我也以为考上大学，整个世界都会不一样。结果现在才发现，确实整个世界都会不一样，那时候我觉得整个世界会变得更好，但没想到，整个世界会变得更糟。

没有陈明丽的世界，我很孤独，念大学之前，我跑到陵园去给陈明丽烧香。她才走了短短不到一个月，除了她的家人，其他所有的人

都好像已经没事发生一般。我默默地想，即使自己将来会有更多的好朋友，我也一定不能忘了她。

我是在从陵园回来的路上接到程子慧的电话，我妈为我考上大学专门给我换的新手机，我都还不怎么会用。程子慧的语气十分客气，问我："邹小姐是吗？"

我从来没有被称为邹小姐，从来别人都是叫我邹同学。

我问："您是哪一位？"

"我是子良的姐姐。"

我想了半晌想不出来子良是谁，直到十几秒后才恍然大悟，程师兄叫程子良。我老老实实地说："程姐姐您好。"

程子慧说话温婉动听，彬彬有礼。她太有礼貌了，说了好久我才听懂她的意思，原来我被学校录取的事是程师兄帮了忙，她不希望我再因为这种琐事去找程师兄。

我叛逆的劲儿上来了，虽然没有当面顶撞她，但挂断电话我就打了个电话给程子良："程师兄，填志愿的事我是请教过你，可是也没请你帮忙弄学校的事，这么大的人情，我可还不了。"

那时候我太年轻，不晓得说话也需要技巧，程子良轻轻笑了一声，说："别生气，我们见面说。"

程子良约我在公园湖边一个咖啡厅见面。我先到了，看着他远远走过来，他穿着白色的丝质上衣，浅卡其色的裤子，荷花挨挨挤挤，开满大半个湖面，他从曲折的桥上漫然行来，阳光熠熠，水光粼粼，他整个人像冰雕玉琢一般好看。我突然想起一个词：步步生莲。

他坐下来点一杯冰咖啡，慢声细语地向我解释，那次我请教过他志愿的事之后，他也不是特别懂，于是专门去问了几间学校管招生的老师，才又回电话给我。结果我把旧手机放在家里，是我妈妈接的电话。

我妈妈做了这么多年的生意，跟谁都自来熟，在电话里跟程子良聊了一会儿，就恳请他帮忙做做学校的工作。

程子良觉得这种终身大事，能帮就帮，于是就真的帮了我这个大忙。

我脸上火辣辣地发烧，也不知道是听到“终身大事”四个字，还是因为我妈的自作主张。

程子良说：“帮你这个忙也不是因为别的，是因为陈同学。”他的语气里透着伤感，“那么年轻，就因为觉得去不了自己想去的大学……太可惜了。其实人生的选择很多，可以复读，可以考研……”

是啊，人生的道路很多，但我知道陈明丽是绝对不会复读的，她一直是那么优秀的学生，所以面临所谓的失败时，才会那样惊慌失措，做出最可怕的选择。

我们在咖啡馆坐了一下午，程子良跟我说起程子慧，原来她也挺可怜的，她的女儿去年刚刚夭折，所以她一直有严重的抑郁症。

“家里所有人都让着她，她如果有什么失礼的地方，请你不要见怪。”

我把头摇得像拨浪鼓，不见怪，一点儿也不见怪。程师兄这么好的人，而且，跟他说话真是舒服，他的声音多好听啊，娓娓地跟我说起大学里的趣事，不知不觉时间就过去了。

我们在水边坐到黄昏，到处飞满了蜻蜓，它们在水面上轻轻点一点，然后又落在荷叶的边缘上，像是一群长着透明翅膀的精灵。

程子良轻轻念了几句话：

夕焼小焼の、赤とんぼ

负われて见たのは、いつの日か

山の畑の、桑の実を

小笼に摘んだは、まぼろしか

我压根就不懂他说的是哪国话，就觉得婉转好听罢了。我怔怔地看着程子良，他温和地对我笑笑，说：“这是一首日本童谣。晚霞中的红蜻蜓，你在哪里，童年时代遇到你，那是哪一天？提起小篮来到山上，桑树绿如阴，采到桑果放进小篮，难道是梦影。”

晚风吹来荷清水香，我完完全全被程子良迷住了，他真是……太迷人了。

十八岁的时候，谁都抵御不了一个能够用外国话念诗的好看男人，是不是？

可是十八岁时再喜欢一个人，能够做的都十分有限。

何况还有程子慧。

程子慧那时候抑郁症非常严重，她把我约到一个会所，一见面什么话都没说，先泼我一杯咖啡。我狼狈不堪地从大堂逃掉，跑到洗手间去清理衣服。

夏天的裙子，我妈妈新给我买的真丝面料，一杯咖啡泼上去，怎么也洗不干净了。而且那样轻薄的材质，被水一打湿，完全没法见人。

我在洗手间里急得没有办法，想给妈妈打电话又怕她着急，我站在烘手机前面，努力烘着我的裙子，一边烘一边哭，直到有一个服务员走进来，递给我一件衣服。

那是一条崭新的连衣裙，连吊牌都还在，服务员说：“外面有位先生让我送进来，说您不小心把咖啡弄洒了，您别着急，换上吧。”她笑盈盈地说，“您的男朋友真体贴。”

我没有男朋友，但不管是谁送了裙子给我，他都是盖世英雄。我十分感激地接过裙子，跑到隔间里头去换。吊牌丝线是我用牙咬断的，那条裙子真贵啊，价签上标着6999。

我妈算是娇惯我的了，尤其最近几年，在物质上头对我更是慷

慨，但也没给我买过这么贵的裙子。

我忐忑不安地走出隔间，那个服务员已经走掉了，我想我太傻了，竟然忘了问一问送裙子的那个男人是谁，他长得什么样，有没有留下名字。

程子慧还在大堂里坐着，我想从侧门溜走，但她已经看到我，她笔直地朝我走过来，我心跳得像小鼓一样，我简直想拔腿逃掉，我张皇失措地掉头往大门走去，但程子慧离大门更近，她脸上的肌肉都扭曲了，咬牙切齿地朝着我走过来，就在我想她会不会再泼我一杯咖啡的时候，忽然有一个穿会所制服的人拦住了程子慧："苏太太，我们刚刚出了新款的芝士蛋糕，能请你尝尝吗？"

"走开！"

我听到程子慧尖厉的声音在拒绝那个服务员，我没头苍蝇似的往前跑，一直跑到了停车场，我扶着膝盖喘气，这才觉得自己在瑟瑟发抖。这里环境很好，四周都是浓荫匝地的大树，有蝉不停地鸣叫，我渐渐地稳下心神。我想今天的事还是不要告诉程师兄了，免得他烦恼。

程子慧是病人，我不用和她计较。

那时候抑郁症在的我理解里和精神病差不多，所以我挺同情程师兄的。他说过一次，他父母早亡，和姐姐相依为命地长大，虽然程师兄家里很有钱，但有钱也不是什么都能买到啊。

我穿过整个停车场，想要去马路对面拦一辆出租车，正是中午太阳正烈的时候，马路上一个人、一辆车都没有。白花花的水泥路面被太阳晒得灼热，我走得汗流浃背，也不知走了多远，突然看到前方不远处停着一辆车。那辆车的车门半开着，双闪在不停地跳跃，我从人行道走过去的时候，不由得多看了一眼。

这一眼就吓了我一跳，我看到一只手从半开的车门里伸出来，简直太吓人，我全身的汗毛都竖起来了，本来裙子已经汗湿了，这时候背心里又出了一层冷汗。我本来想绕过去，但已经走到车前头了，又忍不住踮起脚来，往车窗里看了一眼。

车子本来贴着膜，我只能隐约看到好像有一个人歪在那里，我大着胆子又凑近了一些，双闪还在嗒嗒地响着，啊，那个人还在不停地喘气！

我连忙拉开车门，那是一个陌生的男人，很年轻，估计跟我年纪差不多。我一看就知道，他的哮喘发作了。

我自幼就有哮喘，小时候我妈带着我不知道看了多少医院，也没治好我的病。后来我妈有钱了，带我去北京看最好的医生，托人给我买进口药，我的病控制得不错，很少发作。但我永远随身带着一瓶喷剂。

那时候这种药全凭进口，价格昂贵，但据说有奇效。我妈天天念叨，我也只好天天把药带在身上，没想到今天会派上用场。

我想也没多想，从包里掏出药，扶着他的头，往他口鼻里喷了好几下。我还担心我弄错了，正想着要不要赶紧打120，他的喘息已经明显舒缓下来。

我捧着他的头，小心地将他扶起来一些，轻轻抚着他的胸。我小时候发病的时候，我妈就是这样替我按摩的，病发时生不如死，其实按摩也没有任何作用，可是妈妈的手那样轻柔，总会让我觉得好过一些。

过了大约几分钟，他已经明显好多了，脸色也恢复了正常，我这时候才发现，他长得挺好看的，这种好看跟程子良完全不同，程子良是白马王子范儿，温和儒雅，这个人的好看有一种凌厉飞扬的劲儿，让我想起自己看过的武侠小说。

一定是因为他眉峰太挺拔了。

我对着他笑了笑，他也对我笑了笑。

他对我说的第一句话并不是谢谢，而是："你穿这条裙子挺好看的。"

我这时候才发现自己这个姿势，腰靠在方向盘上，上半身斜探在半空里，那条裙子又是低胸，简直是一览无余。

我到底只有十八岁，气得跳起来就冲他嚷："你这个人怎么这样啊？我救了你你占我的便宜！"

他又笑了笑："又不是我要你趴在这儿的。"

我气得要命，拿起自己的包包就往前走，一边走一边张望出租车，天热得很，一辆车子都没有，我穿着一双高跟鞋噔噔地走着，走得脚趾尖都发痛。

那个人开着车子跟在我后面，他的车子几乎没有声音，按了一声喇叭我才发现。

“我送你啊！”

我在心里骂他色狼！变态！还想骗我上车，这人不知道想干吗呢！我虽然年纪不大，但也混过江湖，知道这世上有不少居心叵测的流氓。

“这里真没出租车的。”

我不理睬他，他说：“要不我给你身份证看，我不是坏人。刚刚的事我真不是故意的，我道歉行吗？”

我转过身来，对他说：“道歉有用的话要警察干吗？”

这句话是那时候当红电视剧的台词，我对那部台湾连续剧爱得要死，多帅啊F4，简直是一切女人梦想的极致。

“给你看身份证还不行啊？”他好像很认真，“再说你刚刚救了我，就算我是坏人我也不能害救命恩人吧，那岂不是禽兽不如？”

我终于被他逗笑了。我掏出手机拍了张照片，理直气壮地说：“好了，你是坏人我也不怕，我手机里有你的照片。”

那时候手机像素很低，又是抢拍，所以他的表情还有点奇怪。

许多年后我收拾旧物，发现有一张苏悦生的照片，小小的，冲印得很好，但效果奇差无比，我用力回忆也想不出来这张照片是谁拍的，什么时候拍的，我拿着照片端详，原来苏悦生年轻的时候，有着那样肆意清朗的眉眼。

我的记忆里有大段的空白，就像唱片跳了针，或者硬盘有坏区，那一格怎么也读不出来，往昔成了茫茫的黑洞，有很多事都只有模糊的、零碎的片断。

比如我和程子良到底是怎么开始交往的，我都不记得了。只记得所有人都反对我们的关系，我妈妈觉得我还太小，而程子慧更是极力反对。

我和程子良也有吵架的时候，那时候我就一个人跑到河滩上去写生。我学了好多年的绘画，我妈刚办美容院那会儿有了钱，就送我去学跳舞、钢琴、小提琴，等等。凡是城里的孩子会上的培训班，她都发疯一样送我去。

我学了很多乱七八糟的东西，但最后坚持下来的只有绘画。我喜欢画画，真心喜欢，但我妈不让我学美术专业。她说："出来只能当老师，还是副科老师，没前途。"

我不喜欢我妈那市侩劲儿，但也不怎么想学美术专业。我只是喜欢画画而已。

我坐在河滩上看着太阳一分一分落下去，晚霞的颜色绚烂极了，我调了好久的颜料，一笔笔往上刷，在画画的时候我什么都不多想，专心致志，这让我觉得很愉悦。还有什么比这更好的事情呢，可以做自己喜欢的事。

有三三两两的人路过，有的停下来看我画，有的还试图跟我搭讪，我一概不理会，只自顾自画自己的，等到太阳落山了，什么都看不见了，我一抬头，才发现远处的堤岸上停着一辆熟悉的车子。

那时候我年轻气盛，径直朝前走，一边走一边也不看他，只是说：“你还来找我干吗？”

他看了我一眼，伸手要帮我拿画架，我压根就不理他，气鼓鼓地朝前走，他说：“咱们别为姐姐的事吵架了，她是个病人啊。”

我非常非常郁闷，把画架往肩上一背，沿着大堤走下去，他不声不响地跟在我后面，我都走累了，回头一看他没有开车而是步行跟着我，更觉得生气了。

幸好江边有一家餐馆，是前阵子程子良带我来过的。我顺势拐进去，服务员很热情：“您好，请问有没有订位？”

我没想到还得订位，怔了一下正打算掉头走，忽然听到有人说：“她是和我一起的。”

我一回头，看见我曾经救过的那个人。

上次搭完他的车之后，我就一直没有见过他了。但我还记得他，因为像他这样的人，太令人难忘了。我正打算跟他说话，忽然他侧了侧脸，看到了程子良。

程子良也看到他了，很意外似的叫他的名字：“苏悦生。”

我这时候才知道原来他的名字叫苏悦生。

程子良看了看我，问苏悦生：“你们认识吗？”

苏悦生看了我一眼，立刻撇得一干二净：“不认识，不过看你在后头，所以跟你开个玩笑。”

苏悦生和程子良很熟，那天晚上我们三个人一起吃的晚饭，吃的是江鱼，非常鲜美，但只听见他们两个人说话，我沉默寡言，只是不停地吃。

吃完饭程子良要先去大堤上开车，我和苏悦生在餐厅里等他。程子良走后没多大一会儿，苏悦生就冲我一笑，他笑起来露出一口整齐洁白的牙齿，他说：“怎么，不怕程子慧再泼你一杯咖啡啊？”

我吓了一跳，愣愣地看着他。

他点了一支烟，慢条斯理地说：“上次在会所，我一进门就看到她拿咖啡泼你，当时我就在想，这小姑娘干吗了，惹得程子慧都快发狂了，啧啧，真了不起。原来是因为程子良。”

我像只呆头鹅一样，只会呆呆地看着他，过了半晌我才说：“原来你看见了。”

“何止看见了，当时你哭哭啼啼地跑到洗手间去了，我想你的衣服可全完啦，还怎么出来见人。正好，我车上有一条裙子，原本是打算送人的，正好拿进来就让人送去给你了。”他上下打量我一眼，说，“没想到你穿那裙子，还挺合适。”

那时候我怎么想来着，哦，送我裙子的一定是位盖世英雄。现在我知道不是盖世英雄了，而是苏悦生。

我十分尴尬地说：“谢谢。”

“不谢！程子慧不高兴的事，我可高兴了。再说日行一善是有好处的，后来你不就救了我吗？”

我没有跟苏悦生这样的人打交道的经验，只好没话找话：“你和程子良是同学吗？”

苏悦生又是一笑，他的笑怎么形容呢？反正令我觉得心里发虚。

他说：“我们是亲戚，姻亲。”

我不好意思继续追问，只好讪讪地坐在那里。苏悦生也不再跟我说话，他抽起烟来飞快，一支接一支，我都被呛得快咳嗽了，只好勉强忍住。

回去的车上，我终于忍不住向程子良问起苏悦生，程子良说：“苏悦生是我姐姐的继子。”

继子？我脑子里还没转过弯来。

“我姐姐嫁给苏啸林，苏悦生是苏啸林和已故原配的儿子。”

噢！我终于明白了。

程子良说：“他是有名的混世魔王，唉，我姐姐不知道吃过他多少亏，就是因为他不喜欢我姐姐。”

我其实也不喜欢程子慧，女人之间的友情和敌意，都来得那么直觉，程子慧特别不喜欢我，还那样对待我，怎么可能指望我喜欢程子慧呢？

程子良永远觉得姐姐是病人，应该体谅，但谁又来体谅我呢？

再这么下去，我也会得抑郁症吧。

十八岁的天空再抑郁也不会永远阴云密布，东边日出西边雨，吵架的时候赌气，和好的时候又觉得万分甜蜜。我和程子良的交往还是持续了下来，直到程子慧开始找我妈的麻烦。

我妈那时候虽然生意做得很大，人脉关系也有不少，但无论如何也抵挡不住苏家的权势。只是我妈怕我烦恼，一个字也不对我说。直到有一天我偶尔从学校回家，她蓬头垢面地在卧室睡觉，我去叫她，这才发现她脸都是肿的。

我吓了一跳，连忙摇醒她，她打了个呵欠，看到是我，摸了摸我的胳膊，问：“乖女，是不是穿少了，外头那么冷。”

“妈你怎么了？”

才晚上七点多钟，她居然在家睡觉，往常这时候她一定会在美容院忙得不可开交，要么就是有应酬还没有回家。

“觉得累，就回来躺躺。”

我觉得很担心：“去医院吧，你脸都肿了。”

我妈这才摸了摸脸，说：“就是睡多了。”

她爬起来梳头洗脸，我觉得她精神不好，以为她是病了不舒服，就一直催她去医院。过了一阵子我才知道，我妈倒不是病了，而是让程子慧给折腾的。

我妈那会儿在城里头也算小有名气，黑白两道都吃得开，可这次黑白两道都找她麻烦。一个客人在她店里做激光美容，结果整张脸又红又肿，不停地脱皮，客人到工商局投诉，我妈的美容院立刻被查封，我妈还被人堵在后巷打了一顿，整个脸都打肿了。

我妈起初以为这事是意外，因为激光美容做了很多，大部分客人都反映挺好，偶尔有客人说过敏，去医院拿点药膏也就没事了。这次的事闹得这么大，我妈托人去工商局说情，愿意赔客人钱，一个熟人才偷偷告诉她，这不是钱的事，是有人故意找她麻烦。那个所谓过敏的客人就是找来的托儿。

我无意间听到我妈打电话才知道这事，但那时候我年纪小，想来想去想不出任何办法帮她，我还不能对程子良说，我心里很明白，如果跟程子良说了，她姐姐没准会闹得更不可开交。

那时候我灵机一动想到了苏悦生，那句话怎么说的来着，一个帮助过你的人，一定还会愿意帮助你的。而且苏悦生跟程子慧关系那么不好，连程子良都说苏悦生是混世魔王，他一定有办法对付程子慧。

那时候我年轻冲动，思虑不周，热血上头就偷偷翻了程子良的手机，找到苏悦生的电话号码，悄悄记下来，然后第二天打给苏悦生约他见面。

他虽然挺意外，但也没拒绝："那你过来吧，我在'钻石豪门'。"

钻石豪门那时候特别有名，是本地最著名的销金窟，各种小道消息将它传得可神秘了，什么有俄罗斯美女跳钢管舞啦，什么有无上装女郎陪酒啦……我一次都没有去过那种地方，心里头还有点惴惴。

正犹豫的时候，苏悦生在电话那端轻轻地笑："怎么，不敢来啊？"

敢！有什么不敢！我被激将了，拼得一身剐，敢把皇帝拉下马，不就是个夜总会，苏悦生还敢吃了我不成？

我拎着包就直奔钻石豪门，那个大门特别特别气派，门口就站着齐刷刷一排美女，我还没闯进去呢，就被笑得像朵花似的迎宾挺客气地拦住了，等问明白我是来找苏悦生的，她那张脸就笑得更像一朵花了："苏先生在楼上包厢，我带您去。"

钻石豪门的走廊全是玻璃镜子，上头还镶满了一颗颗钻石形的人造水晶，一走进去四面八方都是人影，简直晃得人眼晕。若不是有迎宾引路，我还真连东南西北都分不清。

她笑盈盈地带着我左一转右一转，走了也不知多远，最后推开两扇气派的门，音乐声和着脂粉香气几乎是"嘭"地一下砸在人脸上，我定了定神，这才看清楚偌大的包厢，里面有不少人。有人在唱歌，有人在玩牌，还有人在喝酒。太多人了，我都找不到苏悦生在哪儿，最后还是苏悦生先看到了我，让人带我过去。

我走到跟前才看到他整个人陷在巨大的丝绒沙发里，长腿搁在茶几上，似乎很惬意的样子。

音乐太吵，我提高了声音：“苏先生，有件事想跟你聊聊。”苏悦生挥了挥手，也不知道是谁拍了拍巴掌，所有人几乎立刻放下手头的事，鱼贯而出，整个包厢顿时只余我们两个人，连音响都被关掉，地上掉根针都能听见。

我定了定神，把事情约略讲了讲，苏悦生倒未置可否，他问我：“我为什么要帮你呢？”

“你不是挺讨厌程子慧吗？”

“那也得有让我出手的理由啊。”苏悦生笑得还是那样深不可测，“我这个人最讨厌白干活了。”

我不敢说我出钱，怕他翻脸拿酒泼我，苏家人什么都不缺，更别说钱了。

我鼓起勇气问：“那你想要什么报酬？”

他又笑得露出整齐的白牙，我突然联想起在水族馆看到的鲨鱼，游水的时候它们优雅极了，可是一旦开始喂食，水花四溅，所有鱼都逃不脱被它们吞噬的命运，水中锋利的牙齿令人不寒而栗。

他反问我：“你猜猜看？”

我不停地做噩梦，梦里都是一些可怕的人和事，模糊又迷离，我抓不住任何东西，只觉得恐惧。我想大喊大叫，可是没有力气能够挣扎出声，我不知道这样的噩梦还要持续多久，如果活着真是像梦中一般，我宁可死了也好。

我没有死，昏迷不知多久之后，我在医院的ICU醒来，护士第一时间欣喜地俯身，问我：“醒了？能听到我说话吗？”

我一丝力气都没有，用尽所有力气，也不过抖动了一下眼皮。护士已经非常满意，她说：“我去叫医生。”

一群医生围着我讨论，我这才知道自己原来动过脑部手术，他们都以为我醒不过来了。医生们认为我恢复意识是个奇迹，鼓励我继续努力康复，他们讨论了片刻，决定让家属进来见我。

我没家属，我做梦也没想到进来的是江惠和程子良，江惠哭得像泪人一般：“姐姐，我知道是你救了我，要不是你把我从车里推出来，我就跟你一样躺在这儿……”

我太累了，没有力气思考，只是转动眼珠。江惠哭着说：“其实我就是想看看你，我骗了你，我是故意跟你搭一班飞机去四川的……”

程子良低声地安抚了她几句，江惠到底年轻，大声说：“姐姐，我发过誓，你如果能醒过来，我一定得告诉你，其实我的名字叫冯晓琳，你跟程子良的事我都知道，我原本就是好奇想看看你到底长什么样，现在我知道你是一个好人，一个肯舍弃自己性命救我的好人！你放心吧，我绝不会嫁给程子良的！”

我听着就觉得脑仁子疼，原来江惠就是冯晓琳，原来她是故意跟我一块儿去四川的，可是这姑娘也太实诚了，我救她的时候也不过是出于本能，那么危险的情况下，我哪有工夫多想。只是我这么本能地一推，她就不嫁给程子良了，这决定也来得太……不可思议……我翻了个白眼，再次昏睡过去。

我再次醒来的时候，已经是在加护的贵宾病房。大约是那位冯家千金的手笔，病房很宽敞，设施齐全如同酒店，一看就知道费用很贵。

不过冯晓琳不在这儿，只有程子良一个人坐在沙发上，大约是坐了太久，他已经睡着了。我睡在床上，只能从一个很别扭的角度看着他，也只有从鬼门关里再次逃出来之后，我才能如此坦然地看着他。

十八岁的时候，我曾经那样爱过他。那时候以为天也会老，地也会荒，只有爱，是恒久不变，是人世间最执着的存在。

我看了他很久很久，一直到最后，我也睡着了。

我仍旧梦见苏悦生，他站在大厅的中间，脸上的表情非常孤寂，就像一个孩子似的，他说：“原来是这样啊。”

我不晓得他在说什么，他很快就转身往外走，我叫住他，对他说：“那你打算怎么办？”

他转过脸来看了我一眼，我从来没见过那样子的苏悦生，他的眼睛里竟然有一层薄薄的水雾，仿佛是泪光，我从来没有想过苏悦生会流泪，我像是被刀砍了一下似的，又像被人狠狠抽了一鞭，猛然往后退了一步。

他说："我不想怎么样，你愿意怎么样就怎么样吧。"

然后他转身就朝外头走了，我心里头慌得没有办法，却知道自己不可以叫住他。声音哽在了喉咙里，我想我是做了错事。

醒过来时，眼角还有泪痕，有温暖的手指轻轻摩挲着我的脸，我呜咽了一声，有人握住我的手，说："没事了，没事了。"

我抬起眼眸看着程子良，他的神情温和，这么多年来，几乎没有任何改变。如果一切都可以重新来过，那么整个世界会不会有所不同？

Chapter 06
誓言

我住了整整一个月医院，程子良天天到医院来看我，一个月后程子良替我办了转院，我的骨折还没有恢复，航空公司拆掉了两排座椅，安放我的担架。我躺着飞回了熟悉的城市，被救护车直接送到医院。

伤筋动骨一百天，我还得继续在医院躺两个月。不过我刚刚躺了两天，程子慧就来了。

她来的时间很巧，那天程子良一走她就来了，我觉得她是计划良久，专挑这机会来的。

果然，程子慧往病房里一坐，将我上上下下打量了一番，倒含着几分笑意：“你气色不错。”

兵来将挡，水来土掩，鬼门关里再走过一遭，我胆子又大了许多。

连苏悦生来了我都不见得会怕，何况只是程子慧。

我说：“托您的福，总算没丢了小命。”

程子慧慢条斯理地转动着手腕上的玉镯，一副若有所思的样子。她说：“我一直觉得好奇，你这个人到底是属什么的，怎么每次遇上大灾大难都死不了。”

我笑眯眯地说：“大约是属小强的吧。”

养尊处优的程子慧，从她的表情就可以猜得到，她居然不知道小强是什么。不过估计她也知道我狗嘴里吐不出象牙来。她说：“说吧，你到底要多少钱？”

我嫣然一笑，说：“苏太太，您觉得这是钱能解决的问题吗？”

程子慧被我气得半死，不过她也不是省油的灯，眼波一闪，就对我说：“邹七巧，你别得意了，你以为程子良对你好，那纯粹是因为他觉得对不起你，利用男人的内疚，算什么？”

我慢吞吞地说：“我没有得意……不过苏太太，您可以趾高气扬地坐在这里，还不是因为您嫁了个好男人。”

程子慧竟然没有勃然大怒拂袖而去，她只是若有所思地看着我，脸色沉沉，问：“你这是什么意思？”

“没什么意思。”我淡淡地说，“就是提醒你，我不欠你什么，倒是你，欠着我妈妈一条命。”

程子慧的脸色真是好看，一刹那跟换过百千张面孔似的，她紧紧盯着我，我若无其事地看着她。最后，她说：“你都想起来了？”

我又笑了一笑，说：“苏太太，您今天到这里来，到底是想跟我说什么呢？”

不论她说什么，她都已经输了。

程子慧显然也明白这个道理，她慢慢地笑了一声，说道：“邹七巧，你牙尖嘴利，不过就是占点儿口舌上的便宜。当年的事纵然我办得有那么一点儿不地道的地方，可也是你自己心甘情愿。”

我冷冷地看着她。

程子慧反倒镇定下来了似的，她从容不迫地打量着我，说道：“再说冤有头债有主，你妈妈的事情跟我有关不假，可说到底，罪魁祸首不是苏悦生吗？怎么，跟杀母仇人厮混了这么多年，也没见你三贞九烈啊？！”

她的话像一根针，戳得我跳起来。我是真的跳了起来，连手背上挂着的点滴都差点扯断了，我尖声大叫：“滚！”

程子慧站起来，十分优雅地拎起自己的小包包：“好好养伤，别又弄断一根骨头。”

我气得暴跳如雷，尖叫着朝她扑过去，护士及时冲进来拦住了我，程子慧身形一闪就走掉了，我歇斯底里彻底发作，大吼大叫，像泼妇一般，两三个护士都不能把我弄回病床上，最后医生赶来，硬按着给我打了一针镇静剂。

我觉得痛楚极了，也不知道是不是未长好的伤口再次迸裂，痛得我连气都喘不上来，可是身体内有另一个地方更痛，那个地方痛得像是被整个剜去一块肉，不，不，被剜去的不是肉，而是我的一颗心。我呜呜地哭着，自己都不知道自己在含混叫喊着什么，最后药力发作，我哽咽着昏睡过去。

等我再次醒来，已经是第二天下午，心理医生在病房等着我，也不知道是谁找来的心理医生，我十分厌烦，一句话也不肯跟他说，只要求出院。主治医生百般劝阻，我就是铁了心要出院。最后闹得他们没有办法，只好给出医药费的冯晓琳打电话。

我在电话里告诉冯晓琳，我已经好了很多，我今天一定要出院，我在电话里表达了谢意，只说自己实在是住不惯医院，只想回家去让护工照顾。冯家的千金其实人挺单纯，没有想太多就同意了。

我打电话给阿满，让他找一个护工去我家，还让司机来接我。阿满惊诧极了，说："你不是还有两个月才出院吗？"

我敷衍地说医院住着闷气，催促让司机越快来接我越好，阿满知道我的性子，没起疑心就让司机来了。

我回到阔别好久的家里，那套平层大宅还是苏悦生替我做主买的，不，用的不是他的钱，是我妈留给我的钱。幸好如此，不然我都没有地方去。

我在护工的帮助下艰难地洗了一个澡，然后躺在沙发上看电视。今天正巧是周六，电视台在播十分热闹的综艺节目，阿满打发人给我送来大师傅煲的新鲜滚烫的乌鱼汤，我一边喝着乌鱼汤，一边在心里琢磨。

怎么样才能见到苏悦生？

我想从前的我可能做梦也没想到，有天我会苦思冥想，想怎么样去见苏悦生。

我跟苏悦生认识这么多年，他的脾气性格，我也清楚一二。

分手是他提的，后来我还为了贺源滨的事要了一套心眼儿，虽然苏悦生最后还是帮了我，但以他的个性，那真是这么多年来最后一点情谊，我们俩是真完了。如果没有贺源滨的事，我现在估计还能想想法子，可我把最后一点情谊都用了，苏悦生是真的不会见我了。

我喝完乌鱼汤睡了一会儿，今天闹腾得我筋疲力尽，我想所有的事明天再说吧。

我睡下不久程子良就来了，他没让护工叫醒我，但我睡得很浅，他一走进房间，我就觉察了。他没有开灯，就在黑暗中坐下来，我也没有说话，只是看着他。

最后，他问我：“为什么要出院？”

我清了清嗓子，说道：“你姐姐今天去过医院。”

程子良默然无语，我柔声说道：“你姐姐是真的挺疼你，对你好。当年的事就不说了，就算到了今天，她还宁可骗我说是苏悦生害死我妈，不肯把你拉扯进来。”

程子良又沉默了良久，说道：“你全都想起来了？”

我“嗯”了一声，程子良终于笑了一声，但那笑意里透着的难过，我简直不用耳朵都听得出来，我刻意不去想任何问题，就把自己当成一棵树，如果风雨大作，一棵树能怎么办呢？不过就是硬挨着罢了。

程子良说：“你心里到底还是为着他的，当年的事，纵然我姐姐做得过分，可是要不是苏悦生，你妈妈也不至于出事。”他直视我的双眼，说，“七巧，你爱他，是不是？”

我没有作声，他长久而沉默地注视着我，我硬起心肠看着他的眼睛，他的眼中其实只有我的倒影，浅浅的、灰色的小人，那样虚幻，变化莫测，像是水里的烟云，轻轻一触就会化为乌有吧。他最后站起来，说道：“你好好休息，我走了。”

我张了张嘴，却没有出声挽留他。他一走，我全身的劲儿都颓下来了，整个人像是被抽了筋。以前我总觉得斯嘉丽那招很管用，我不能再想了，明天再说，等明天我再想这个问题吧。但现在斯嘉丽的万用灵药也不灵了，我即使不想，也知道自己心里痛得在哭。

程子良压根不知道，我其实什么都没想起来，不，还是想起来一些，但那些全是零碎的片断，我压根没法拼凑出当年发生过什么事情。所以程子慧来看我的时候，我说谎了，我模棱两可地套着她的话，我不知道程子慧有没有上当，她是否看出来我的伪装，她的话我半句也不相信，但程子良的态度说明了一切。

当年到底发生过什么？

事到如今，我已经不能不追究。

放过谁，也不能放过杀母仇人是不是？

我只好反反复复对自己说，首先，你要好起来，你要好起来，才能够继续迎战这个狗屁的世界。

如果这个世界不曾温存待你，那么怎么办？

战！

我拼命养伤，吃一切稀奇古怪的药材和食物，按时做复健。我在家里处理公事，我努力用忙碌来淹没自己。吃不下就硬往下咽，睡不着就用安眠药，哪怕最后活成行尸走肉，我也得尽快好起来。

等我真正痊愈的时候，天气已经很冷了，濯有莲已经开了暖气。姑娘们照旧穿着袒胸露背的小裙子，丰姿绰约。

我虽然怕冷，但一进办公室，又暖又香的热浪往身上一扑，赶紧把风衣外套脱下来，只穿薄薄一件小黑裙。

阿满在办公室里等着跟我报账，说完公事，突然又想起来，从桌子底下拎给我一只竹编的小篓：“我妈做的酸笋，说你爱吃酸笋汤，特意让我带给你的。”

我眉开眼笑，接过去就恨不得将那竹篓抱在怀中：“替我谢谢伯娘！”

阿满打量我两眼，说道：“这才像个样子。”

我嗔怪地反问：“什么话！”

“前阵子你那样子，跟变了个人似的，这两天可算缓过来了。”阿满很欣慰似的，我叹了口气：“大难不死，好歹是从鬼门关转了一圈，我有创伤后应激障碍！”

专业术语并没有唬到阿满，他反倒也叹了口气，慢悠悠地说：“还以为你好了，你这么一说，我倒觉得你问题大了。”

“我能有什么问题？”

“那你心虚什么？”

我正想反驳说我哪里有心虚，可是一转脸正好看到墙上镜面中的自己，光芒饱满的水晶灯照得人纤毫毕现，镜中人脸色苍白，眼皮浮肿，再浓艳的妆容都遮不住那种憔悴之意。我吓得像一只猫被踩到尾巴般跳起来，把阿满也吓了一大跳。我急急拎起自己的包，“哗啦”一声将里头的东西全倒在大班台上，拼命翻到化妆包。

太可怕了，我往脸上喷了半瓶精华，也没觉得皮肤状态好点儿，阿满站在洗手间门口，抱着双臂看着我忙乎。

我对着镜子左右端详，无比焦虑：“怎么办？好难看！要不要去美容院急救一下？还是换个牌子的护肤品？”

阿满说：“你伤刚好，气色差点是正常的。”

不漂亮，毋宁死！

苏悦生第一次听见我这样说的时候，轻描淡写地说：“再漂亮，将来还不是要老。”

那时候我说什么了？

哦，老那么遥远的事情，就不要先想太多了。

那时候我正当韶华，别说老，连明天是什么样子都懒得多想。

一想到苏悦生，我就心情恶劣，我放下精华，问阿满：“最近赵总有没有来过？”

阿满问：“哪个赵总？”

我看着阿满，阿满只好说：“赵昀没有来过，倒是齐全，今天还订了个包厢呢。”

齐全来，欢喜的是陈规。可是这欢喜又有什么用处，窃喜的片刻欢娱也不过像烟花，瞬间升起，“砰”一声照亮整个天空，那一刹那的目眩神迷之后，就四散开去，转瞬融入夜色，无影无踪。

有时候视网膜甚至会欺骗我们，它总是会让我们即使闭上眼睛也仍旧可以看到那璀璨的弧光，其实是因为视网膜有轻微灼伤，才会有这样的幻觉。

就像爱情一样，你目不转睛，就容易受到伤害。

我按住额角，仔细想了一想，虽然一直逃避，我却要知道，我一定要知道，怎么样见到苏悦生。

这是一个困局，没有人帮我，我必须自己走出来。

我决定还是去找赵昀，当然，得装作是凑巧的样子。

我也没想到是真凑巧，这次阿满妈妈进城来，顺道给我捎了酸笋，是因为阿满的大哥刚刚升级做父亲，阿满新添了小侄女。感念老人家一直待我特别好，所以我特意去儿童专柜给小宝宝买礼物，没想到一上楼，远远就看到了赵昀的司机，我还没反应过来，视线已经扫到赵昀的背影。

真是苍天有眼！我心里一欢喜，脱口叫了声：“赵总！”

赵昀一转过身来看见是我，不知为什么唰一下脸色都变了，我这才看到他旁边还有个孩子，有八九岁了，男孩，虎头虎脑，搂着他的腰，神态十分亲昵，转过头来，正好奇地看着我。

一瞬间我心里转过了百千万个念头，赵昀那可是钻石王老五，身边带着大美女不稀奇，可带着这么大一娃娃，这是什么路数？

好在我虽然脑袋动过刀子，却没留下犯傻的后遗症。我连忙说：“不好意思认错人了。”

我转身刚想走，赵昀却叫住我：“七巧！”

我只好回头，有几分尴尬地望着他笑。

赵昀很自然地向我介绍：“我侄儿，小灿，这是邹阿姨。”

“阿姨好！”

“诶！好乖！”

我对孩童毫无经验，说了这句话之后简直思维卡壳，一时不知道该说什么话应酬这位小少爷才好。卡了半晌，我才笑着说：“碰上了正好，阿姨正在买礼物，小灿喜欢哪样玩具？阿姨买给你。”

“谢谢阿姨！”小灿彬彬有礼地拒绝了我，“阿姨太客气了，我不要礼物。”

似乎觉得这种态度让我窘迫，小绅士又补上一句：“谢谢阿姨，我真的不需要礼物。”

我只好讪讪地说：“真乖！”

平时对着人我也算口齿伶俐，不知道为什么对着个毛孩子总觉得无处下手，大约这孩子看着活泼可爱，实质上却礼貌地拒人千里，有一种似曾相识的疏离和冷漠。这么一想，我凝神打量，别说，这孩子的气韵颇有几分像赵昀，难不成真是他的私生子？

我正在天马行空地胡思乱想，赵昀说道：“真别客气，这孩子不怎么喜欢玩具，这次出来是带他买几件衣服。”他稍微停顿了一秒，突然说，“来，帮忙挑几件。”

我打起精神，挑了几件衣服，小灿也不试穿，只就着店员手上看看，然后点头或摇头。

小小年纪气场十足，我越看越觉得这孩子一定出身很好，才这般不显山不露水，其实格外骄矜。

挑得几件，小灿就说：“谢谢赵叔叔，足够了。”

“加拿大那么冷的地方，不穿暖和点怎么行。”赵昀随手拿起我选的一条羊绒围巾，绕在孩子颈上，左右端详，“这还差不多，瞧你那保姆，一年四季给你打扮得像棵圣诞树似的，总把你当小baby。黑白灰，这才是男人的颜色。”

我在旁边觉得有些不安，只觉得气氛说不出的诡异，人家疑似父子的亲情时间，我要有点眼力见儿，就应该扯个由头走开，可是难得这么巧遇上赵昀……我不过迟疑了几秒钟，赵昀已经叫司机来付款拿东西了。

就算我脸皮再厚，也不得不说：“你们先忙吧，我再挑一会儿。”

“那回见！”

“回见！”

我看着赵昀牵着孩子的手走到电梯口，然后又蹲下来，替孩子整理衣襟，不知道说了什么话，逗得孩子笑起来，两个人都十分开心的样子。

没想到赵昀这种醉卧美人膝、后宫三千人的男人，竟然还有这么温情柔软的一面。

我想了想，买了好几样东西，让店员替我分别包起来。

过了几天寻得空，我就给赵昀打了个电话：“赵总，最近忙吗？”

“还好还好。”

我闲扯了几句，就说：“那天遇见小灿，后来我又看到几件衣服，特适合他穿，所以就买了，今天我正好有事去西边，要不顺路送到你办公室？”

赵昀似乎十分意外，过了会儿才说："好，行，谢谢你！"

"咱们俩谁跟谁，客气什么呀！"

赵昀知道我是扯了个由头，我也知道自己是扯了个由头，不知道见着赵昀，能不能绕着弯子把他说服了替我搭桥见苏悦生。我心里烦，打开烟盒又点燃一支，正巧陈规进来，翘着兰花指教训我："伤还没好呢，还抽！"

"心里烦。"

"你呀，所有烦恼都是自找的！"陈规又开始像鸡婆一般念叨，"你的胆子是越来越小了，早几年还气势汹汹地教训我，喜欢谁就是谁，先推倒了再说！你看你这几年，简直比优柔寡断还优柔寡断。为情所困哪？冲不破情网哪！"

陈规还在喋喋不休，我的电话响起来了，我漫不经心地瞥了一眼手机，突然手一抖，烟灰落在膝头上，丝袜"噗"烧了个洞不说，烫得我直抽气，连忙拿手去掸，又急着接电话，一按了接听，偏又不知道说什么才好，那声"喂"都仿佛噎在了喉咙里。

苏悦生的声音还是那样清淡："晚上见个面。"

我本能地应是，他没有再说什么，似乎立刻就把电话挂掉了。

我不知道苏悦生找我什么事，可是能见面就是最好的机会，唱念做打，纵然有十八般武艺，总要见着人才施展得开对不是？

我连班都不上了，跑到街上买了新衣服新鞋，又急吼吼地去吹头发，然后打电话给赵昀道歉说我临时有点急事过不去了，最后弄得差点没迟到——苏悦生的秘书订完座才给我打电话，我们见面从来不曾劳动过秘书安排，所以我到底狐疑起来，苏悦生想谈什么呢？

带着这样的忐忑，我等在约好的地方，苏悦生没有迟到的习惯，谁也不敢让他等，所以我只好拼命赶在他前面到，堵车堵得厉害，最后我赶到包厢都几乎出了一身汗，刚坐下没一分钟，苏悦生就到了。那是个高端商务宴请的场所，见只有我们俩，服务员上完菜倒完酒水之后，就很机灵地退出去了。

吃饭的时候苏悦生不说话，我也只好不说话。

隔了这么久没见，苏悦生气色看上去不错，连侧脸的线条都圆润柔和了不少似的。我出车祸之后养到今天还是憔悴不堪，每天都没多少勇气照镜子，他却仍旧是浊世翩翩佳公子，光彩照人，真让我有蒹葭玉树之感。我不敢多看，只好埋头吃，幸好跟着苏悦生这样的老饕，吃的无论如何都不算太差，但要说津津有味，那也算不上，毕竟我心里有事。

一品炖官燕瓷盅下的小烛都快烧完了，我没情没绪地拿勺子搅着，搅得那官燕都融成了稠汁，苏悦生这才说：“伤好得怎么样？”

“差不多吧，现在每周还做一次康复治疗就行了。”

“程子慧没为难你吧？”

我装作满不在乎的样子：“反正也习惯了。”

苏悦生没再说话，我也不敢乱开腔，于是有短暂的冷场。从我的角度看过去，苏悦生眉眼低垂，也不知道在想什么，餐厅晕黄的光线让他仿佛浴在阳光里，整个人有层淡淡金色的绒边，他手里还拿着一只银匙，修长的手指，干净整洁的指甲，是我见惯了的模样，他是美人如花隔云端，反正哪怕一张床上睡着呢，我也总觉得他是我够不着摸不着的，离我非常远。

“几年前你出过一次车祸。”他放下那只汤匙，脸色很平静，双目直视着我的眼睛，“那时候也很凶险，可是你还是醒过来了，医生都说你生命力很顽强。”

我背上的汗毛都竖起来了，他想说什么？我能知道一些我不知道的事情吗？我依旧装作浑不在乎的样子，耸了耸肩，说道：“我们属小强的，哪有那么容易死。”

苏悦生说道：“后来你好起来，咱们俩就在一块儿了。”

我突然觉得受了极大的刺激，大约是苏悦生第一次用“咱们俩”来形容我跟他之间的关系。我能记得的是什么呢？好像就是那一次我病了很久很久，在医院无人问津，医药费欠了好多，医院倒也不怕我跑了，一直让我住着。

那天我坐在医院的小花园里，护士笑嘻嘻地找过来，说道：“你男朋友看你来啦！”

那应该是我后来的记忆中第一次见到苏悦生，天气很热，阳光灼烈，他立在一株巨大的法国梧桐树下，身形笔直，双手插在裤兜里，阳光透过枝叶的间隙照在他脸上，活生生面如冠玉。一瞬间我差点吹口哨。在医院这么闷气的地方，见到个眉目清朗的男人，实在是太赏心悦目了。

我觉得护士是瞎眼了，这样的男人，我哪儿配得上。

我以为那时候他唯一想做的事情，就是让程子慧心里不快活。所以他把我从医院接出来，重新安排我的生活，带我认识他的朋友，在我身上打上他的专属标签。所有人都知道我是他的女人，程子慧受了这一激，差点被气得半死。

总之那时候我们就这样开始一种很奇怪的关系，说是情人吧，不像，说是朋友吧，也不像。后来我一直觉得就是那会儿开头开错了，后头才那么一塌糊涂。

可是，现在我才知道，原来我早就已经认得他。那一次见面，并不是开头。

到底发生了什么事，才变成现在的样子？

我觉得晚上的蟹黄豆腐不好，吃得我堵在心口，胃里难受。大约是我脸上的神色特别不好看，苏悦生问我："你不舒服？"

"没什么，我要喝点酒。"我让服务员给我换了白酒，也不用服务员倒，就用喝香槟的杯子斟上，汩汩地灌了整整大半杯进去，才算觉得胃里舒服了点儿。我喝的时候苏悦生就看着我，但他眼里并没有担心，而是一种我形容不上的情绪，好像是可怜我似的，我就受不了旁人可怜我，所以原本只打算抿一口的酒，一仰脖子就全灌进去了。

火辣辣的酒液像刀子，从胃里一直戳到我的喉咙口，借着酒劲我问苏悦生：“我要是把所有的钻石都还给你，你能不能回来？”

说出这句话时，我心里直打鼓，脸皮也在发烧，也不知道是酒意往上涌，还是什么别的原因。总之我觉得眼睛热热的，我拿手拭了一下，才发现自己哭了。这一开头，就没忍住，我坐在那里眼泪哗哗地往下落，从我妈的死，一直想到最近自己差点没命，这二十几年来我一条贱命，在生活湍急的河流里，几乎被击得粉身碎骨，我苦苦挣扎，熬到今天，却终究得不到救赎。

我小时候多么多么羡慕别人家的孩子，有爸爸有妈妈，星期天会带他们去公园，走路的时候会一人牵一边他们的小手，路过水洼的时候，父母一提手，小朋友就像荡秋千似的吊起来，他们咯咯地笑，我在旁边嫉妒得眼珠子都快蹦出来了。

别人有爸爸妈妈，别人有新衣服，别人有好吃的零食，别人什么都有，我什么都没有，所以必须学乖，从小就要听话，不给妈妈添乱。想吃的东西要装作压根就不想，不能嘴馋，不能闹着花钱，更不能让我妈为难。

这世上很多很多的幸福，我都不曾有过，我仅有的一点点小幸福，老天还看不顺眼，会把它夺走。我上辈子一定恶贯满盈，所以这辈子才会受这样的报应。

我其实哭起来并不好看，在苏悦生面前，不漂亮还真不如死掉。当年和现在他大约唯一觉得我顺眼的地方就是色相，若是连这都没有了，我才真是一无是处，可我就是忍不住。

我哭了很久，因为烟灰缸满了，全是苏悦生抽的烟，他平时很少抽烟的，只有无聊的时候才会点一支，今天我坐在这里一劲儿哭，可把他无聊到了。

我眼皮都肿起来了，只好拿湿纸巾按在眼皮上头，我嗓子发哑，说：“对不住，最近事情太多了，所以才这么无理取闹。你先走吧，我过会儿再走。”

说实话，我真的需要坐一会儿，缓口气，我已经绷得太紧太紧，只怕下一秒，就在崩溃的边缘。

苏悦生说：“我送你回去。”

我连忙摇头，坚持拒绝，他几乎是讽刺地笑了笑：“以退为进这一招的火候，可别用老了。”

我带点怯意看着他，他说话永远这么刻薄，有时候我装得过分，他立刻会让我下不来台，我没辩解，反正所有的花招在他面前不过如是，他说：“行了，走吧。”

苏悦生还是讲风度，站起来的时候还替我拿外套，走到台阶底下，我没看到他的司机，我想起来他适才也没给司机打电话。

酒楼的泊车员把车开过来，原来苏悦生今天是自己开车来的。线条简利的单门跑车，是这世上最昂贵的跑车之一，罕见的星海蓝，苏悦生喜欢这个颜色，一定是特别定制。

他坐上驾驶位，看我还怔忡地站在台阶上，于是简单地说了两个字："上车。"

我坐上副驾的位置，规规矩矩地系好安全带。

说实话我很少坐苏悦生开的车，虽然认识的时间久，但平时我们见面就不多，他偶尔支使司机接送我。我都不知道苏悦生还挺喜欢跑车，这么极致的限量款产品，不是痴迷跑车的人，是不会花上好几年时间等待定制的。

苏悦生开车很规矩，在城市蜿蜒的车流中穿行，并不超速，更不会闯灯，我们停在路口等红灯时，大约是因为车太好，所以旁边好几辆车的车主都朝我们吹口哨，甚至还有女人。

我转脸看苏悦生，他表情冷漠，眉眼清淡，也不知道在想什么，我知道他走神的时候会下意识用手指敲着东西——现在他就正敲着方向盘，绿灯都亮了，他还没有换挡，引得后面的车纷纷按喇叭。

一路上他都紧闭着双唇，我也只好不说话。

一直到我家楼下把车停稳了，我道了声谢，推开车门正打算下车，却被他拽回去了。我一直被他拖进怀里，然后他一低头，就吻住我，我的腰被排挡硌得生疼，我都不知道自己怎么下的车，因为被他一直吻进电梯里，幸好电梯是一梯一户，不刷卡进不来。我都顾不上电梯里有监控了，苏悦生的吻实在是让人意乱情迷。

最后按自己家门锁的时候，我都在哆嗦，因为苏悦生已经把我裙子拉链拉掉一半了，我们迫不及待地滚倒在玄关的地毯上，我竟然还记得用脚把门给关上。

哦！是谁发明的欲仙欲死这个词，真是欲仙欲死啊！

从地板到沙发，再从沙发到浴室，从浴室再到床上，从床上又回到浴室，漫漫长夜，正好用来不知羞耻。

不管怎么说，感官的愉悦还是令人脱胎换骨。我觉得自己就像是一块千疮百孔的纱布，被生活的大手捏着，这里擦擦，那里揩揩，积满了污垢，自己都觉得自己面目可憎。现在嘛，被狠狠清洗，被蒸汽一遍遍熨烫，最后服服帖帖，舒舒展展，恢复雪白柔软的最初面目。

我在这种温柔的舒展中睡着了。

早晨我醒的时候苏悦生已经走了，不过他的衣服还在这儿，也许是让司机送了一套来换上，他那个人有轻微的洁癖，同一件衣服绝不能穿两天。

我收拾地板上散乱的衣物，他的外套，他的衬衣，他的裤子，他的内衣，他的袜子，统统都是苏悦生的味道。我一股脑塞进洗衣机，又把他的外套给捞出来，这个得干洗。

我在干洗店的时候接到陈规的电话，他用十分兴奋的语气向我描述，早上他给我打电话，结果是压根没睡清醒的苏悦生接的。

“你们俩又好上啦？”

“什么好不好，说得跟什么似的。”

陈规故意噎我：“这次还不把金主牢牢抓住！可不要像上次那么狼狈。”

我会，这次我一定会。

我其实没太想好应该怎么办，但我积极主动地改变相处的模式，比如特意在家学煲汤，等苏悦生过来的时候，端给他尝。虽然我没说是自己煮的，但他一定吃出来了，因为他微微皱了皱眉。

“不好吃？”我问他。

他的语气里听不出什么，只说：“还不错。”

我跟濯有莲的大师傅学了好久，在家里试过好多遍，熬得像模像样了，才敢煲给他喝。

我有点讪讪地把碗收起来，自己到厨房去，把那罐汤倒掉。一边倒一边跟他大声说笑：“我这不是心血来潮吗，最近有点闲得慌，你说我要不要上老年大学去报个班，学学国画什么的。”

他坐在餐厅里，看我把整罐的汤都倒进水槽，垃圾处理机轰轰地响，把那些原本就熬得酥烂的食材搅碎成泥，然后冲进下水道。

最后他说：“你要学国画，我让人给你找个老师。”

“算了吧，我也是随口瞎说，我这脾气哪能学画画，一急还不把

纸给扯了。再说了，要让我成天画一百个鸡蛋，我还不如先拿颗鸡蛋撞死。”

“油画才要画鸡蛋，国画不用。”苏悦生静静地看着我，看得我心里都有点发虚了，但我挺直了背，我又不欠他。我把围裙解下来，一溜小跑到他面前，伸出食指勾起他的下巴，轻佻地问：“公子，汤虽然不咋样，但小女子诚意可观。现在公子可否沐浴更衣，让小女子享受一番？”

要搁以前，苏悦生估计早就翻脸了，可是大约这次是真的不知道我到底葫芦里卖的什么药，他眉毛都没动一下，只说：“今天我没兴趣。”

我笑嘻嘻自己洗澡去了。

再没兴趣，还不是乖乖躺在我的床上。

我跟苏悦生破镜重圆（如果有镜的话）这件事，迅速在八卦圈儿传开了，因此我再次备受瞩目，苏公子还从来没有真正意义上吃过回头草，分手过的女友再次上位，这简直比太阳从西边出来更不可思议。

连陈规都对我五体投地：“七巧你太厉害了简直！”

我得意扬扬地对他说：“世上无难事，只怕有心人，加油！”

可是这一回，苏悦生虽然跟我比从前来往更密，但很少带我去应酬，也不大让我看见他那群朋友，仔细想想，连赵昀我都有些时日没见了，我给他侄儿买的那几套衣服还放在办公室呢。

老这么搁着也不是回事，我乖觉地觉得，最近苏悦生不怎么乐意我出现在他的圈子里，毕竟吃回头草对他来说，似乎不是那么有面子的事，没准那群狐朋狗友正拿这事打趣他呢，我就不给他火上浇油了。

所以我趁着吃完饭剥水果给苏悦生吃的时候，跟他提起来：“对了，上次遇见赵昀的侄儿，给小孩子买了两套衣服，你看要不让你司机拿走，哪天有空捎给他。”

苏悦生十分冷淡：“素不相识买什么衣服，要送你自己送。再说赵昀回北京去了，这会儿上哪儿找他去。”

我仔细打量他的神色，问他：“赵昀怎么啦？”

“没什么，家里摊上点麻烦事，他去处理了。”

苏悦生心情一定不太好，他最喜欢吃的葡萄，我都把皮剥净了，他都没动一颗。

我想赵昀惹上的一定是不小的麻烦，不然不至于让苏悦生都跟着烦恼。

赵昀对我挺好的，苏悦生朋友里头，他对我最好，而且平时也挺尊重我，从来不摆公子哥的架子，是真拿我当朋友待，所以他的事我也上心，我婉转打听赵昀家里到底出什么事了。

没想到打听了一圈下来，都说赵昀出国去了，倒也没听说他家里出什么事。我心里挺奇怪的，就留了心，想了想打了个电话给赵昀的司机吴师傅。吴师傅知道我跟赵昀挺熟的，所以接到我电话之后都没多想：“邹小姐您好！”

“嗳！吴师傅您好，是这样的，上次赵总在我这儿吃饭，把他最喜欢的一个打火机忘在这里了，有几回我见了他都忘了这事，看您什么时候有空，过来拿一趟。”

吴师傅答应得挺爽快：“好，正好今天要遛车，我一个钟头后到您办公室取，可以吗？”

“行！”

车也是要遛的，长期放在车库里不动，零配件都会有损害，所以赵昀人不在本地，司机就隔天把车开到绕城高速上去遛一圈。我十分无厘头地联想起苏悦生那辆特别定制的超级跑车，这车，平时谁替他遛呢？难道也是司机小许？我不禁仔细想想，平时小许口风还挺紧的，起码对我而言，不该说的话从来没对我说过。

苏悦生另有住处，我一次也没去过。认识十年了，要说亲密吧，所有最亲密的举止都做过了，要说陌生吧，我们还真算得是陌生人。

等到吴师傅来，我照例把他敷衍得极好，从他妈妈的身体一直问候到他小女儿的成绩，听说他女儿想进本地一所比较好的初中，我立刻拍胸脯保证这点小忙我还是帮得上的。

吴师傅为人还是挺本分，听我这样说，连连摆手，说：“哪能麻烦邹小姐。”

“多大点儿事，算什么麻烦，就是帮你给人打个电话，那择校赞助费还不得你自己掏嘛。”我笑吟吟地说，“要不是正巧认识人，我也不往自己身上揽这事。”

吴师傅当然挺感激的，再说我跟赵昀一没生意往来，二没利益关系，三呢吴师傅也知道我跟赵昀只是朋友，连男女关系都没有，单纯得很，他也不怕欠我这点人情。

我也没问吴师傅打听什么，反正人情功夫是做到家了，真要有事他当然会告诉我。于是我把打火机拿给吴师傅，突然又想起来，从办公桌底下掏出那包衣物，说：“那天遇见小灿，给他买了几件衣服，本来打电话给赵昀，说好了送过去的，偏巧那天有事，一混就忘了，今天正好，你顺便带回去吧。”

吴师傅跟我聊得挺高兴的，一时顺嘴就脱口说了句：“您怎么不让小许带过去？”

吴师傅这句话一出口，可能就觉得说错了，他神色尴尬地看了我一眼，我泰然自若地说：“这事让苏先生知道了不好。”

虽然人人都知道我跟苏悦生的关系，但这阵子，他是真不太喜欢我跟他的朋友们来往，吴师傅也就随口恭维我两句：“邹小姐办事情真是周到，有时候跟小许聊起来，小许说邹小姐待人是最和气不过了，苏先生那么多朋友，就数您待底下人最好。”

所谓和气，还不是因为没资格发脾气。

但不教底下人为难，也是这么多年来我做事的原则，我想小许的原话一定是，苏先生那么多女朋友，就数邹小姐脾气最好。

可惜这话小许不能当我面说，吴师傅也不能这样夸我。

我自嘲地笑笑。吴师傅大约觉得我神色有异，可能也猜出来我在笑什么，他有几分尴尬地说："邹小姐，您是有福气的人，凡事都得看开一些。"

我本来没觉得什么，听吴师傅这么一说，立刻回过神来，苏悦生肯定有事瞒着我，而且九成九是他有别的女人在交往，所以吴师傅才多了这么一句嘴。我之前压根就不在乎，但不知道为什么被吴师傅这么一安慰，那种难受的劲儿倒上来了。

假装在意一个人太难了，假装不在意一个人，也太难了。

可是眼前，我只能装作自己假装不在意，这是什么狗屁世界。

最要命的是，我也不知道自己为什么这么难过。也许是从前的事干扰到我。我想不起来不代表我真的不介意，哪怕我是个泥人呢，我还有点土性儿。

我原本以为总是不一样的，现在才觉得自己是个傻瓜。

苏悦生是什么人啊，我压根应付不了他。

吴师傅一走，我把办公室的门一关，整个人一软，差点没瘫在地上。耳朵里还在嗡嗡响，就像有一百只小蜜蜂。我觉得痛苦，这种痛苦没法用词语形容，就好像万箭穿心，痛到直想吐，后来我也真跑进洗手间吐去了，头痛恶心，是车祸外伤的后遗症犯了。

我奄奄一息被陈规发现，他惊慌失措地想叫医生，还有救护车，我可不想闹出大笑话来，我忍着头疼阻止陈规，告诉他我只是车祸后遗症犯了。我哆嗦着手找到止痛药，吞了两片下去，陈规看我缩在大转椅里头，忍不住劝我：“还是去医院吧！你气色真难看。”

我连说话的力气都没有，只能挥手阻止他。陈规也拿我没办法，只好东扯西拉地跟我说话，想要陪着我。我忍得眼泪都快下来了，最后实在是忍不住说：“我想一个人待着。”

陈规骨碌碌转动眼珠，看了我一会儿，说：“那好吧。”

他一关上门，我整个人就像是被抽了筋，连骨头都酥掉一般。我放任自己瘫在大转椅里，整晚发呆，魂不守舍。阿满进进出出，也不和我说话。等半夜下班了，陈规才走进来把我拖起来：“走，吃夜宵去！”

我有气无力地说我要回家。

“回什么家！”陈规恨铁不成钢似的，“瞧你这样子，不知道的人还以为你失恋了呢！”

我苦笑，我是最没资格失恋的人，因为我连恋爱都没得谈。

我被陈规硬拖出去吃夜宵，也不知道陈规从哪里找到的一家店，半夜无人，就我们一桌，但老板烧得大好的黄鱼汤，我这么没食欲的人闻起来都觉得胃口大开。

陈规见我埋头吃鱼，欣慰地说：“这就对了，天塌下来还有高个儿呢，你操心那么多干吗。”

我面不改色地让老板再温一壶花雕。

陈规劝了我几句之后，忽然就叹了口气：“七巧，作为朋友说一句，你也老大不小了，跟苏先生那个样子，不是长久之策。你一个人，还是多为自己打算打算。”

谁不明白这个道理，从前我就是抱着混一天是一天，得过且过的想法，而现在……现在我还有得选吗？

我头疼欲裂，一边喝花雕一边跟陈规说：“这事你别管了，我心里有数。”

“你这个人，看上去有模有样，其实是个纸老虎、花架子。闯荡江湖这么多年，什么时候该放，什么时候该收，难道还不明白吗？良人虽好，那也要看自己有没有那个缘法不是吗？”

我跟苏悦生，大约只有孽缘两个字可以形容。小时候看武侠小说，仗剑江湖，快意恩仇，当时羡慕得要死。等我念初中那会儿又是古惑仔最时兴的时候，人人都觉得自己是江湖儿女，烧得香磕得头报得仇。可这世界哪有那么清爽，恩和怨，又哪有那么分明？

陈规还在絮絮地说，我一边吃黄鱼一边喝酒一边听他教训，最后黄酒的后劲儿上来了，我晕晕乎乎，径直被陈规和司机送回家。他们把我放在床上就走了，我醉得厉害，睡到半夜才醒。

醒来的时候窗帘没有拉上，半窗明月照进来，映在银灰色的地毯上，好像薄薄的一层霜，万籁俱寂，整个世界都仿佛睡着了。我想自己这么傻，我自己办不到的事情，就不要强求了吧，也是时候该了局了。

第二天醒来我的勇气就少掉一半，恨不得跟鸵鸟似的把头埋在沙子里。我把手头的公事处理了一下，然后苏悦生的电话就打来了。

以前他不打电话来，我总是担心，现在接他的电话，却有点怕，好像有什么不好的事情要发生，但再坏又能坏到哪里去。他在外地，下午的飞机回来，说晚上想吃清淡一点儿的汤。

我不动声色地说："那我叫大师傅准备一点儿。"

也许晚上我应该跟他摊牌，这样的日子其实我已经过不下去，我又勉强不了自己。

我在办公室磨蹭到九点以后才回家，拎着大师傅做的汤，苏悦生当然已经回家了，他明显已经洗澡换过衣服，看见我进门也没有说话，就只打量了我一眼。我有点控制不住自己的情绪，连忙把手里的保温桶祭出来："不好意思晚上临时出了点事，所以回来晚了……"

"我吃过了。"苏悦生仍旧是那副冷淡样子，也看不出喜怒，我知道他的航班应该是下午五点左右就落地，所以我才故意回来得这么晚，但他好像也不是生气的样子。

对高深莫测的对手，我从来无法揣测。于是我也懒得费那个脑筋，我把汤放下，笑着说：“我还没吃呢，正好拿这汤煮碗面条。”

我在厨房里忙着，苏悦生在客厅里抽烟，等我煮好了面，我问他：“你要不要再吃一点儿？”

“七巧。”

“嗯？”

“你是不是有话跟我说？”

其实这是个很好的台阶，我只要顺着台阶下就行了，但我张口结舌，那句话就像噎在喉咙里，怎么也说不出来。

难道我可以说，苏悦生你个浑蛋有多远滚多远老娘再也不想看见你了！

还是可以说，我妈的死到底怎么回事，真要是你干的我们就白刀子进红刀子出。

最后我笑眯眯地说：“是有事，眼看到年底了，我想把手头的事清理清理，有些会所经营得一般，想转让出去。”

苏悦生若有所思地看着我时，我的心仍旧跳得厉害，我若无其事坐下来吃面，只吃了两口，我就忍不住了，将汤勺一搁，对他说：“其实，我想出去玩。”这句话一出口，余下的就好说了。

“就我和你……我们认识这么多年，很少一块儿出去度假。我也不知道你有没有时间。但我想和你一起出去，海边或者其他的地方。”我最后放轻了声音，我说，“我想和你单独在一起，哪怕就几天时间，但只有咱们俩。”

这一碗迷魂汤也不知道苏悦生肯不肯喝，他未置可否，也许这么多年来我甜言蜜语说得太多，再灌迷魂汤也不见得有效，也许他完全没在听我说话，反正他没有任何表示。我只有自己找台阶下，默默把面吃完。

我都以为这事没戏了，谁知过了两天，他让秘书传真两份行程给我挑，一份是地中海，另一份是马尔代夫。

我发短信对他发嗲：“不能两个地方都去吗？”

他素来不回我的短信，当然又没了下文。我怕夜长梦多，只好赶紧挑了马尔代夫。

这种季节只有马尔代夫还能穿比基尼。

我唯一应对苏悦生的武器，就是色相了。

好像有人对我说过，我永远都会高估自己。我记不得是谁这样讽刺过我，不过所谓江山易改本性难移，所以我高高兴兴地收拾行装，上了飞机才发现，苏悦生压根没把这次旅行当回事，因为他连潜水的装备都没带，我记得他挺爱潜水，可是仔细想想，我好像从来没有跟他一块儿潜水，一时也不知道这种印象是从哪里来的。往事是一个茫茫黑洞，吸走了我太多的记忆碎片。有些事我都闹不懂是真正发生过，还是我在梦境里的幻想。

我们在新加坡转机，趁着转机的工夫，我跑去免税店买了一瓶防晒乳，回来的时候苏悦生正在讲电话。

他立在航站楼的玻璃巨幕前，身后就是停机坪，逆光，所以显得他整个人轮廓十分模糊，虽然看不清他的表情，但我知道，他和平时不一样，那种神态，就像换了个人似的，有一种说不出来的温柔和……宠溺？我不知道他正在和谁讲电话，但对方一定是对他而言非常重要的人，难道是那个我不知道的女朋友？我心里突然生起一种憎恨，那个影影绰绰的女人不知道到底是谁，但她无处不在，哪怕我看不见，但我就是知道。可惜我一走近，苏悦生就已经看到我了，说了句什么就挂断了电话。

下一段航程，我非常沉默，苏悦生也是。

到马累时天已经快黑了，我们搭了一程水上飞机，最后从空中看到茫茫黑色的大海中有闪烁的灯光，目的地终于到了。

大堂经理很殷勤，亲自驾着小艇将我们送到水上屋，这里的水上屋是真正的水上屋，没有栈桥相连，四面都是海水，每套房子都是独立的，隔很远才有一栋，服务生会驾着小艇来往，客人想要去大堂，也得驾着小艇。

我十分恶意地想万一要是海啸，那可真是灭顶之灾。

海浪声声，我睡得出奇的好，等一梦醒来，早已经是艳阳高照。四面碧波粼粼，远处防波堤水声隐隐，仿佛轻雷。我心情大好，赤脚跳下床，一溜小跑到露台上，捂住苏悦生的眼睛：“猜猜我是谁？”

如此良辰美景，他总不至于煞风景吧?

果然，他伸手按在我的手背上，声音倒有几分纵容：“别闹。”

我从后头搂住他的脖子，昵声问：“怎么没去潜水？”

“太晒。”他把我的手拉下来，说，“去洗漱吃点东西，待会儿我们玩帆板去。”

难道帆板不晒吗?

反正我是晒得差点没脱一层皮，半个钟头就补一次防晒，饶是如此，晚上一照镜子，差点没惨叫——整张脸黑了一层不说，眼周戴墨镜的地方明显白很多，晒成大熊猫了。

晚间我坐在下水的木梯上看海龟，它们慢吞吞地游来游去，偶尔也有鲨鱼游过来，但都很小，而且也不咬人。

星斗灿烂，满天的星星多得像是快要落下来。这地方真像一个梦境，连苏悦生都变得温和可亲。

我把头枕在他的大腿上，胡乱数着星星，苏悦生身上有淡淡的、好闻的气味，是沐浴露的香气。我像一只小狗，拉着他的衣襟闻了闻，他头一低，正好吻在我的耳垂上。

这个吻又轻又暖，让人忍不住想要索取更多，我攀着他的胳膊，很专心地吻他，他却想要往后退，我忍不住抓住他，目光灼灼地凝视着他。

我忍不住问："你……会不会对我说实话？"

过了好久他也没回答，我只好自嘲地笑笑："其实我都不敢问你，如果你没什么话对我说，就算了。"

这么美丽的地方，就像是有情人的世外桃源，可是我和他并不是寻常有情人，良辰美景，总是辜负。如果再往前踏半步，也许一切都会不一样，可是这半步，我都并不敢踏出去，因为我明明知道，其实前面是大海，这一踏，就落了空。

晚上我都快睡着了，他突然说："你想问什么？"

我睡眼蒙眬，困得像在做梦："你有没有……喜欢过我？"

他大约翻了个身，好久没有说话，也许是睡着了。又过了许久，我悄悄爬起来看他，他背对着我，似乎睡得很沉，我轻轻地将被子拉过来一些，我们连睡灯都没有开，外面就是灿烂的星海，朦胧的星光照进来，我只能隐隐约约看着他睡着的轮廓，其实并不能看清他的脸。

我说："如果你真的要抛弃我，那么就早一点对我说，别再让我觉得事情还可以挽回，我心里其实很难过，我知道你不在乎，但我……其实……"我结巴起来，语无伦次，压根不知道自己到底想说什么，可是，这真的是我想说的吗？连我自己都不信，苏悦生会信吗？

幸好苏悦生睡着了，可是我刚刚庆幸了一秒钟，就听到他的声音，清醒，冷静："睡觉。"

我连忙重新钻进被子里，床太大，其实我跟他各据一边，中间还能再睡两个人，但我不敢也不怎么愿意跟他靠得太近。我蒙眬地快要睡着了，忽然听见他说："我答应过。"

"什么？"我惺忪地问。

他却没再说话。我渐渐真的睡着了。

第二天我醒来的时候，苏悦生已经游泳去了，我独自在露台吃早餐，服务生送来满满两大盘水果，我都吃掉了。

等我在吃第三盘的时候，苏悦生回来了，他在露台上用淡水冲洗过，湿淋淋只穿泳裤很有看头，是专业健身教练指导出来的好看，肌肉并不突兀，但皮滑身靓，看得我吹口哨，他没有理我，径直去穿上浴袍，拿起三明治，三口两口吃完。

我其实挺想念濯有莲大师傅熬的皮蛋瘦肉粥，或者，白粥小菜也好。

人就是这点贱，再好的异国美景，都不能不顾及自己的中国胃。

酒店有一名能够说中文的马来籍服务生Ansel，每次他都驾船给我们送来食物和各种饮料，我好奇地问他能不能提供白粥。

结果他咧开嘴笑："当然可以！"

中午有白粥吃，连苏悦生都多吃了一碗。下午的时候下起暴雨，印度洋上的暴雨真是非同凡响，我们的水上屋就像茫茫大海中的一叶扁舟，被挟裹在风雨海浪中，雨下得极大，轰轰烈烈，连通往露台的落地玻璃门都只能关着，不然风挟着雨水斜灌进来。我趴在床上看茅草檐头白雨如瀑，苏悦生在睡午觉。

风雨带来一种与世隔绝的孤独感，我甚至觉得整个印度洋上或者只剩下我们这幢水上屋，四周只有雨声哗哗，像住在瀑布底下，我忍不住看了一眼苏悦生，这样恶劣的天气，他却睡得很沉，整张床他只占据了很小的一半，身子微微弓起，像婴儿在母体中的姿势。我忘了在哪里看到过，说这样的睡姿是因为没有安全感。

天之骄子的寂寞，大约是我不能够也无法想象的。

在我无聊到臆想要不要用自己的发梢去把苏悦生挠醒的时候，电话响了，苏悦生犹有睡意，睁开眼睛缓缓看了我一眼，我只好轻手轻脚从他身上爬过去，将手机拿起来，送到他手里。

侍候大爷嘛，反正也侍候惯了。

谁知道他只听了一句话，整个人就坐起来，倒把我吓了一跳，他一边听电话一边下床找衣服，我都闹不懂是什么要紧事，他已经听完电话了，然后一边穿衣服一边拿起床头的电话打给酒店大堂，他对酒店的人讲电话英文说得飞快，我英语太烂，就听得懂一句半句，好像是要船来。

我想一定是出大事了，果然他把电话挂断，微微皱了皱眉，对我说："雨太大了，船过不来了。"

我不晓得该怎么应对，只好说了句："你别着急。"

他张望了一眼被雨水腾起的白茫茫烟雾笼罩的露台，说："水上飞机可能也飞不了。”

我这时候才意识到我们可能需要立刻动身，我连忙跳起来去收拾行李，他看我忙忙乱乱的样子，说：“不要紧，我先走，你可以住两天再回去。”

我一时气结，让我一个人住在马尔代夫的水上屋，这是人干的事吗？

可是金主是不能得罪的，我只好讪笑，说：“我一个人在这儿也怪没意思的，我还是跟你一起回去。”

“我不回国。”他说了这句话之后，仿佛想到了什么似的，又顿住了。我通情达理地说：“这么大的雨，你也别冒险了，等雨小些再走。你就别担心我了，我自己改签机票。”

雨下了一个钟头才停，酒店立刻派了船来，我很识趣地将苏悦生送到小小的码头，他只带了随身的几件衣物，还是我替他收拾的。

他跳上船之后回身看了我一眼，我突然福至心灵，探出身子勾住他的脖子，在他脸上吻了一下，然后一直望进他的眼底：“一路顺风！”

他眼里有我小小的倒影，小得像一簇小小的水花，更像一粒芥子，微不足道。

也不知道他会记得这个吻多久。

我原来是指望，在这样浪漫的海天尽头，他会有一点点真心相信我，相信我是真的喜欢他。但是我费了这么大的力气，好像仍旧没有多少效果。

船渐渐远去，我独自立在小小的码头上，身后是孤零零的水上屋，印度洋的碧海蓝天，雨霁云收，阳光刺目，海水蓝得发绿，就在海与天的交界处，有巨大的彩虹横亘天际。我刚刚还是说错了话，他这一路只怕都是搭飞机，顺风是不成的。

我打电话给酒店大堂，用磕磕巴巴的英文要求他们替我改签机票，最后酒店换了那个能说中文的马来服务员Ansel来接电话，我松了口气，向他说清楚我的要求。

天色已经渐渐黄昏，Ansel和他的同事们驾船送来我的晚餐，因为是早就预订好的双人晚餐，所以非常正式，两三个服务生在露台上支起桌子，铺好桌布，点起烛光，摆好刀叉和鲜花，我独自坐在桌子的一端，他们一样样上着菜。

前菜是汤，主菜是鱼，餐酒是苏悦生挑过的，我喝了一杯，觉得愁绪如大海般茫茫。最后的甜品是冰激凌，我吃得太饱，Ansel可能意识到我不开心，所以替我送上咖啡之后，变魔术般送上一枝香槟玫瑰，那是岛上压根不能种的花，它远涉重洋，从遥远的异国被运到马累，然后再从马累转到岛上。价格的昂贵已经不再具有意义，难得的是它会在这里盈盈绽放。

我打起精神来微笑：“谢谢！真是太漂亮了！”

我把玫瑰簪在鬓边，Ansel和他的同事都鼓掌表示赞赏，Ansel问我是不是愿意搭船去大堂那边的沙滩去散步，我摇摇头，给他很多小费，说：“谢谢！我今天特别累，很想早一点儿休息。”

Ansel他们驾船离开的时候，我看着渐渐远去的船头灯茫然地想，真的只有我一个人了，在这茫茫大海上。

孤独是一种很奇怪的东西，我本来是多么热闹的一个人，濯有莲那样的地方也能被我弄得有声有色。人人都说我拿得起，放得下，是个有担当的女人，他们不知道，其实我心里是怕孤独的，怕得要死，有些东西我怕自己得不到，甚至一开始的时候就会不要了。

我在露台上抱膝闲坐，水浪打在扶梯上，一声一声，像轻柔的摇篮曲。露台上灯光照亮了一片海水，清澈得看得见有一只魔鬼鱼游过来，像巨大的蝙蝠，又像是硕大的蝴蝶，我看它慢吞吞，无声地游着，再然后，几只鲨鱼来了，灯光和海水柔和了它们尖尖的嘴，看上去似乎也没那么可怕。

四下里万籁俱寂，只有风和海浪的声音，我像是回到小时候，那时候城市里头也没有空调，我妈抱我坐在巷子口乘凉，星星是看得见的，亮闪闪的，银钉一般。她教我认牛郎织女，用扇子替我赶蚊子。

我们是城市的贫民，可是贫民也有自己的快乐，西瓜买一大牙，回来从中间对半切开，就是夏日最好的零食。我妈摇着扇子，笑眯眯地看我吃西瓜乱吐着瓜子，她说：“姑娘家要讲斯文，不要吃得满脸都是。”

后来我跟她都学会了用果叉吃西瓜，一小口，一点点，抿进嘴里，现在的瓜也没有子了，但再也没有记忆中的甜。

我只能拼命用回忆来坚定自己的立场。

我正想到我妈最后一个生日办得十分热闹的时候，苏悦生给我打来了电话。

他在马累机场，背景音十分嘈杂，那是个很小的机场，贵宾室也十分狭仄。他问我："怎么样？"

我语气轻松地说："刚吃完一顿烛光大餐，可惜你不在这里。"

他沉默了片刻，才说："对不起。"

我说："没事，正事要紧。你几点登机？"我絮絮叨叨叮嘱他一大堆事情，比如飞机上记得吃药，比如飞机上提供的袜子不要穿免得过敏，我有多放一双干净棉袜在他随身携带的小包里，诸如此类无关紧要的事情……

我没有让他下飞机后报平安，不是故意表示他的平安我不惦记，而是习惯表态：他下飞机后的人生，并不属于我。哪怕仅仅是很微小的一部分，也不属于我，并且我也不够资格觊觎。

晚上我独自睡在king size的大床上，听着海浪声，盯着帐子的顶篷，仔细想着这么多年来发生的事情，我想我或许应该罢手。

可是我已经失去一切了，唯一的执念，难道不应该弄清楚吗？

尤其还有程子良，想到程子良，我其实挺难受的。

我和他早就失去所有可能，但他真正离开的时候，我其实仍旧非常难过。

我对爱情的所有向往，也许早就在年少无知的时候失去。遗留下的，是我对爱情遗蜕的一种怀念。像夏天的蝉飞走了，留下薄薄的那层知了壳，虽然栩栩如生，但那是早就已经被生命抛弃的一部分。

我独自从马尔代夫回到国内，下飞机之后等行李，意外遇见了冯晓琳。她气色极佳，见了我也十分惊喜，叫我："邹姐！哎呀遇见你真是太巧了！"

我摸了摸脸，说："都把我叫老了，还是叫我七巧吧。"

冯晓琳笑嘻嘻地问我："七姐，你从哪里来？"

我倒一时愣住了，还没有人叫过我七姐，她这样称呼我，亲切又特别，好像真是我一个姊妹，而后一句话更令我踌躇，我含混地用一句话带过："出去玩刚回来。"

"我也是，刚去了澳大利亚，一帮朋友去潜水，我跟着去凑热闹。"冯晓琳毕竟年纪小，叽叽喳喳地说给我听，"本来玩得挺开心的，结果赵昀出了点事，有几个朋友要去加拿大探视他，余下的人帮不上忙，干脆就散了。"

我这才知道原来是赵昀出事了，不由自主地问："赵昀怎么了？"

"滑雪的时候摔骨折了，听说还挺严重的。"冯晓琳有点诧异，"七姐你也认识赵昀呀？"

我点了点头，圈子这么小，来来往往不都那几个人。冯晓琳也明白这一点，说：“赵昀真是个好人。”

我也这么觉得。

跟冯晓琳在机场分手之后，我在回家的车上就想，要不要给赵昀打个电话，我看了看手表，算时差这时候加拿大还在半夜，于是作罢。

回到家中，我行李也懒得收拾，先洗澡。洗澡洗到一半，突然接到苏悦生的电话，我都没指望他下飞机会打给我，所以喜出望外：“你到了？”

“到了。”苏悦生的嗓音低哑，长途飞行之后的疲惫连我都听得出来，他一定非常累，却还肯给我打电话，我觉得很得意，正想要不要问一问他是不是在加拿大探视赵昀，他突然问我，“上次你唱的歌，是哪首？”

我愣了一下，唱歌……我好像没在他面前唱过什么歌吧？

他不耐烦地提醒我：“就是有天我睡着了，你还在旁边叨叨，最后唱起来……”

我绞尽脑汁也想不起自己还干过这么矫情的事。

最后苏悦生终于想起来：“中间有一句歌词叫什么……阿依阿依的，你唱过很多遍……”

他这么一说，我终于明白过来是哪首歌了。我会唱的歌，几百上千首总是有的，有时候是应酬客人，有时候是自己解闷，可是那首歌其实是首摇篮曲，小时候我妈妈常常唱来哄我睡觉，是谁说年纪小的时候学会的歌，是永远不会忘的。但我实在是不记得，什么时候曾经在苏悦生面前唱过那首摇篮曲。

我一时觉得窘迫，有点讪讪地问："那首歌啊……怎么了？"

苏悦生突然顿了顿，说："没什么……"他的声音细微下去，"你现在能不能唱一遍……"

"啊？"

他突然又理直气壮起来："我现在想听。"

好吧，金主是大爷，再古怪的要求我都得满足啊，何况只是唱首歌。我仔细回忆了一下，但实在记不清那首歌谣的彝语发音，只好努力回想妈妈当年唱那首歌的调子，轻轻对着电话唱起来。

摇篮曲的调子都十分轻柔委婉，我原本在电话里清唱，觉得十分别扭，唱了两句之后，苏悦生那边并无声息，我倒放开了，想起小时候，我躺在床上，我妈一边拍我睡觉，一边哼着这首歌。

"月亮月亮来唱歌，阿依阿依来过河，河里无风起了浪，金尾鲤鱼游上坡……板栗开花结子窠，花椒开花结子多，阿依阿依吃板栗，一甜甜到心窝窝……"

在大凉山，一定有很蓝很蓝的天空，那里有山脉雄壮，金沙江奔流。妈妈一生没有回过凉山，那样雄美的河川是否经常出现在她的梦境里？

那个将她带出茫茫大山，最后又将她抛弃在这攘攘俗世的男人，她还记得他吗？

这世上，唯有我还记得她吧。记得她不长不短的人生，记得她在这滚滚浊世，无法做一朵白莲。记得她的苦，记得她的泪，记得她的笑。

记得她死的时候，唯一的女儿都没能在身边。

我把歌唱完了，苏悦生还是没说话，于是我又从头唱了一遍，这一遍我唱得特别慢，等我再次唱完，电话里还是一片静默，也不知过了多久，我听见苏悦生轻轻说了声："谢谢。"

他很少对我这么客气，弄得我受宠若惊，于是问："刚下飞机？吃了饭没有？"

"还没有，没胃口。"他声音中的疲意更深重了，"回头再聊吧，我要睡觉了。"

我连声应是，赶紧把电话挂了。

我一边吹头发，一边心不在焉地想着苏悦生，他怎么突然就想听一听摇篮曲呢？在他小时候，是不是他妈妈也会哼着摇篮曲，哄他睡觉？他几乎从来不曾在我面前提起他的母亲，我也只知道他妈妈去世多年。我一直猜测苏悦生应该跟他妈妈感情很好，不然也不至于跟程子慧掐了这么多年。

苏家多么体面的人家啊，继子跟继母这样势成水火，简直是天大的笑话。程子慧倒也罢了，苏悦生是连表面功夫都不屑做。

他讨厌程子慧，我太知道了。

我掐着时差，在加拿大时间的上午十点给赵昀打电话，他状况应该还不错，因为是他自己接听的电话，一听我的声音就反问：“连你也知道了？”

“是！是！听说您英明神武的事迹，从雪橇车上栽下来。”

赵昀语气不知为什么轻松起来：“嗨，老胳膊老腿，还以为自己身手矫健，这不，摔折了。”

“好好养伤，想吃什么，我从国内给你空投。”

赵昀说：“我就想你们大师傅做的蛤蜊冬瓜汤，你能空投不？”

“这我真的空投不了……”我故作为难的语气，“要不，我把大师傅给您空投过去？”

赵昀笑起来：“大师傅就算了，他那一身的肉……还没吃看着就腻歪。哎，要不你来吧，我觉得你上次做的那个什么冻肉，挺好吃的。”

我就做过一回冻肉，还是有一年过年的时候，一时兴起做给苏悦生吃，他素来不怎么待见这种来历不明的菜肴，尝了一筷子算是给面子，那天正好赵昀也在，赵昀应该也就吃过这么一回，竟然就惦记上了。我为难地说：“冻肉也没法空投。”

“所以才叫你来啊。”赵昀闲闲地说，“苏悦生都来了，你不来吗？”

我这才能确定苏悦生真是去了加拿大，我笑着说：“他是他，我是我。再说，他去看你，不就一起代表了吗？”

“这话说得没逻辑，他是他你是你，他怎么能代表你呢？”

我也觉得自己说错话，哪怕是在赵昀这样的老朋友面前，苏悦生跟我也不能混为一谈，我在心底叹了口气，语气却是笑着的：“我是真想来，但是……”

“别但是了，咱们这么多年来的交情，我都摔断腿了你还不来看看我。”赵昀的公子哥脾气突然发作，连语气都蛮横起来，“你不来我们绝交！”

我赶紧赔罪，在电话里又哄又劝，连十八般武艺都用上了，赵昀还是不松口，说：“你赶紧来，还有，有些东西正好你给我带过来，回头我列个清单给你。在国外住院就是受罪，嘴里都快淡出鸟来了。”

虽是粗话，却是古典名著的出典，公子哥说粗话也是掉书袋，我只好笑：“苏悦生今天去看过你吗？”

“你管他呢！你又不是未成年，出门还得监护人批准？再说，你是来看我的，关他什么事。”

赵昀一胡搅蛮缠，我就觉得好笑：“那成，我赶紧买张机票来看你，省得你真和我绝交。”

“这就对了！”赵昀十分欣慰地说，“赶紧来，不来就绝交！”

Chapter 07
渴望

我还没有去过加拿大，只好立刻托人办签证，又接到赵昀让助理发来的邮件，这位大少爷真列了一个特别长的清单，各种各样的日用品和调料都有，让我带去加拿大给他。

我忙碌了好几天，终于拿到签证准备出发，临行前的最后一晚，躺在床上我心里想，为什么这么轻易就答应赵昀去加拿大，其实我还是想去看看苏悦生吧。

他在加拿大情绪不太好，虽然他只打过那一个电话，电话里也并没有说什么话，但我听得出来。

成年人的难过总是会下意识隐藏得很好，但那不代表不难过，小孩子还可以痛哭一场，我这样的浑人还可以把酒买醉，苏悦生难过起来是什么样子，我猜不到。

但他要我唱支摇篮曲的时候，我知道他非常非常难过。

我还是希望可以看到他，不，即使不能看到他，那么离他近一点儿，或者从赵昀那里听到他的消息，总是好的。因为该做的事情，我还是得一样样去做。

人在脆弱的时候才最可能信任身边的人，因为会下意识想从他们那里获得希望和帮助。我希望苏悦生可以信任我。

在飞机上我还有点不安，苏悦生不知道我去加拿大，他万一生气了怎么办？

不过，他把我一个人扔在马尔代夫，多少有点内疚，总不好因为我去看赵昀，就对我翻脸吧。

加拿大正是严冬，一走出机场，空气中凛冽的寒意冻得我打了个哆嗦。赵昀派了自己的私人助理来机场接我，司机载着我们直奔医院。

我在飞机上没睡好，晕机晕得连水都喝不进去，上了车我也是晕晕乎乎的，到了医院被暖气一扑，更觉得难受，老外这暖气开得太高了。

见到赵昀时，他这个伤患的气色都比我好太多。他打量了我一眼，问我："头疼啦？"

我有气无力地回答他："晕机。"

"看你这样子够怂的。"赵昀话虽说得刻薄，事却办得贴心，立刻指挥人去冲了杯枫糖水来给我。可是我这会儿真喝不下甜的，又不能拂逆他一片好意，硬咽进去两口，一吞进去就知道坏了，捂着嘴站起来，慌慌张张看到洗手间，冲进去就吐。

这一吐真是搜肠刮肚，简直比宿醉还难受，我抱着马桶吐得天昏地暗，太阳穴青筋直跳，简直就快瘫在洗手间里。

洗手间的百叶窗微微倾斜，映进来外头的雪光，我突然觉得背心发寒，全是冷汗，我双腿发软，有一种说不上来的感觉，像是陷在噩梦里，四肢却动弹不了。这种滋味非常难受，我用力爬起来，打开水龙头，冰冷的水浇在脸上，让我渐渐镇定，我一定是晕机晕过了头，才会觉得此情此景，好像曾经发生过一般。

我浇了好一会儿冷水才把热水龙头打开，捧着水漱口洗脸，打起精神来。

我从洗手间一出来，就看到赵昀正在和苏悦生说话，令人诧异的是他们两个人表情非常不对，似乎起了争执，这两个人十几年的友情，好得简直只差领证结婚了，竟然还会起口角?

我知道自己早晚会见到苏悦生，可是没想到这么早，于是趁他还没看到我，赶紧多看他一眼。医院里暖气太足，苏悦生只穿着一件衬衣，眉目清减，大约没休息好，颇有几分憔悴。

一见了我，他和赵昀就中止了交谈。赵昀还跟我开玩笑：“怎么啦，连淡妆都卸了，却嫌脂粉污颜色？”

我虽然不爱读书，也知道这个典故是讲虢国夫人，只是此时我身心俱疲，实在没力气顺着他的话头讲俏皮话。我有些担忧地望了望苏悦生。

赵昀说："七巧是来看我的。"

苏悦生跟他多年的交情，无论如何当着我，他得给赵昀面子，于是朝我点了点头，算是打招呼了。

"我伤口疼，想睡一会儿。七巧晕机，也早点回去倒时差吧。我助理帮她订的酒店，正好你顺路送她去酒店。"赵昀一边说，一边朝我使了个眼色。我没弄明白赵昀为什么这样撮合我和苏悦生，但心里十分感激他给我找台阶下，我说："没事，你休息，我自己回酒店。"

"你们两个不矫情会死啊！"赵昀受了伤躺在床上不能动，脾气格外大，一瞬间就横眉冷对，"苏悦生，你的私事我是不该插手，可是你要是再拎不清，我可就……"他狠狠瞪了苏悦生一眼，却没把后面的话说出来，苏悦生也没等他说完，他拽住我的胳膊，很干脆地将我拉出病房。

苏悦生出病房松开我的手，转身径直朝前走，我也只好跟着他，他腿长步子快，我穿着高跟鞋，一溜小跑才跟得上。出了医院的建筑，冷风吹得我直缩脖子，连忙裹紧了大衣，就在冰天雪地里，苏悦生突然转过身来，冷冷地看着我。

我被他的目光刺痛了。

他的眼神就像是刀，又像是檐下的冰凌，我形容不上来，但是很奇怪，我总觉得此情此景，仿佛在梦里经历过一般。

他说：“邹七巧，你为什么阴魂不散？”

我有些讷讷，他在马尔代夫的时候对我还好，在电话中，又是那样难以掩饰的疲倦，我才不顾一切地跑到他身边来。我真的以为，纵然虚情假意，十年光阴，多少能够有些不一样。我没想到他会如此厌憎。

厌憎会在这里见到我。

我张了张嘴，终于说了实话：“我以为……我以为你想见到我。”

“你以为？”他嘴角有轻蔑的笑意，“你以为什么？你以为你那点伎俩我看不透？我们都一拍两散了，你为什么还起劲地缠着我，你以为我不知道你打的什么如意算盘？你自己对付不了程子慧，你就觉得我还可以利用一遍？你以为你就有这么大的能耐，还让我被你当枪使？”

风刮起细小的雪霰，扑在身上寒意彻骨，我知道苏悦生将我看得很透，可我没想到他会在冰天雪地的异国他乡跟我摊牌。其实他说得并不对，我嘴角微微动了动，却无法分辩，更无法解释，因为我确实存着不良的心，而当他不愿意再跟我演戏的时候，我其实什么都没有。

我心那里像豁了一个窟窿，又冷又疼，更难受的其实是胃，我已经十几个小时水米未进，刚刚在洗手间里吐得几乎都是胃液，我实在是太难受了，觉得又恶心得想呕吐，我掩着嘴，硬生生将那腥咸咽下去。

苏悦生冷冷地看着我，好似我又在演戏一般，我全身发冷，这才意识到自己在发抖，他居高临下地看着我，就像看着一条蛇，或者什么别的东西，总之让他深恶痛绝。

我拼命才挤出一丝笑意："我是来错了……我这就回去。"

"爸爸！"

身后传来清亮的童声，我本能地转过头，看到小小的人影，是上次和赵昀在商场的孩子——小灿，站在台阶上，穿着厚厚的外套，只是胳膊吊着臂托，他眨了眨眼睛，孩童特有的清冽眼神简直像雪光一般，看得我不由得一抖，简直整个人就像是被一桶雪从头顶砸下来，不自觉地往后退了一步。

苏悦生的脸色也未必有多好看，他几乎是有点狼狈地看了我一眼，然后朝小灿的方向走了一步，忽然又停住。

我本来还没反应过来，这时候突然明白过来。猛地就像五雷轰顶，耳朵里嗡嗡直响，一口气堵在胸口，连血脉跳动的声音都在脑海中无限放大。我觉得自己哮喘都要发作了，好半晌缓过一口气来，耳朵里却还在嗡嗡作响。

小灿狐疑地看了看我，又望向苏悦生："爸爸，她是谁？"

他竟然有个孩子！

即使是亲眼见到亲耳听到，但我不能相信！

我不能相信苏悦生会凭空多出个孩子来！

我觉得自己脑壳坏掉了，因为我现在脑子里乱成一锅粥，完全无法思考，也无法想象，我就像是被雷劈了一百遍，哦不！一千遍！我呆呆站在那里，什么话都说不出来，连冷都不觉得了，就觉得天和地都在旋转，眼前的一切晃来晃去，整个人就像坐在海盗船上，重心不稳，似乎我的车祸后遗症又要发作。我浑身发抖，看着眼前的小人儿，他竟然是真的，活的，会动的，会说话的。这竟然不是幻觉，这里真有一个孩子，叫苏悦生“爸爸”。

我脸涨得生疼，我想一定是所有的血都涌进我的脑子里了，我一定快要脑血栓了。

“她是赵叔叔的朋友邹小姐。”苏悦生语气已经冷淡而镇定，就像他一贯的样子，“你见过她一次，忘了吗？”

小灿的目光再次落在我脸上，他似乎凝视了我一会儿，然后垂下长长的睫毛，几乎是低不可闻地“哦”了一声。

“你的保姆和看护呢？”

小灿紧闭了嘴唇不说话，这时候我才发现他和苏悦生十分相像，尤其是生气的时候，简直是一模一样。当时我真是瞎了眼才认为小灿是赵昀的孩子，苏悦生有个私生子这事完完全全震到我了，什么都比不上这件事更令我觉得不可思议，我瞠目结舌，连半个字都说不出来，就像被施了魔法似的，定定地站在雪地里，眼睁睁看着苏悦生牵着小灿的手，一直将他送进医院大楼。

玻璃门打开，小灿还回头看了我一眼，目光中满是审视，好像在猜测我的身份。

我真是不应该到加拿大来，鸵鸟把头埋在沙子里，这世界就是安然无恙。在马尔代夫的时候，苏悦生都还肯给我一点点面子，我为什么要脑子发晕跑到加拿大来?

苏悦生一定会跟我翻脸，我知道了不该知道的事情，这次真的会连怎么死的都不知道。

我浑浑噩噩地回到酒店，倒在床上就睡死过去。大约是太疲倦，我一直睡了十几个钟头，一直到第二天早上才醒，时差倒不成为问题了。我叫了送餐服务，硬撑着吃了些东西，然后打电话订回国的机票。

我没想到小灿会打电话给我，更想不出来他是怎么找到酒店的电话，打到房间来，他在电话里讲很流利的中文，语气彬彬有礼："邹小姐你好，我想跟你见面谈一谈。"

我张口结舌，苏悦生已经明白地跟我翻脸了，我如何还敢招惹这位小少爷，我连忙说："不好意思啊小灿，我已经订好机票，马上要去机场了。"

"我爸爸不知道我打电话来。"小灿说了这句话，很不自然地顿了一顿，声音很轻，“阿姨，我想吃鸡丝粥。”

不知道为什么我心里一软，可是马上又想起来这孩子的身份，我要是敢跟这位小少爷打交道，苏悦生没准会剥了我的皮。我说：“你的保姆应该负责这些事，阿姨得挂电话了。”

“我爸爸病了，他在发烧。”小灿的声音更轻了，他又强调了一遍，“他不会知道我打电话来。”

我在心底叹了口气，这孩子年纪虽小，但真是十足的苏家人，脾气执拗。我说：“你爸爸不会高兴我跟你说话的。”

“我知道。”小灿的声音却微微提高了些，虽是孩子，语气却不容置疑，“阿姨，我爸爸病了，他需要人照顾。”

“会有医生和护士照顾他。”

小灿听我这样说，沉默了一小会儿，我正打算挂断电话，他突然又说：“邹阿姨，你能来看看我吗？”

我下意识回答：“你爸爸不会高兴我们见面。”

“邹阿姨，你见过我妈妈吗？”

我整个人一震，像是被针戳了一下，打死我也不敢牵涉到这对父子的恩怨中去，连这个电话我都不该接，我连忙撇清自己：“我不认识你妈妈。”

小灿的语气淡淡的，有一种超乎年龄的冷静：“我猜就是这样，我妈妈很早就去世了，我爸爸的朋友都没有见过她。”

我觉得这番对话十分诡异，可是诡异在哪里，又说不上来。

“我想吃鸡丝粥。”小灿的声音却又绵软起来，像个真正的孩子般，带着一腔委屈，“我胳膊疼，保姆不让护士给我止疼药，我想吃鸡丝粥。”

我硬着心肠拒绝他：“我马上就得去机场了。”

我没想到小灿会在电话里哭起来，我完全没有应付这个年龄孩子的经验，他哭得抽抽搭搭，是那种小声的啜泣，听着让人格外难受。再矜贵的孩子，毕竟也只是个孩子。我想到自己小时候，我没有爹，这孩子没有妈，比较起来更可怜。我没爹倒罢了，反正还有亲妈，总没有太吃亏。可没妈的孩子像根草，那不是锦衣玉食可以弥补的。

我最终还是做了个错误决定：“如果我送鸡丝粥给赵叔叔吃，你能去他那里吃到吗？”

他抽泣着说：“谢谢阿姨。”

调料什么的各种东西都是赵昀列的单子，我带得很全，又打电话给赵昀的助理，他冲风冒雪地开车去华人超市买了大米，借了当地一个朋友的厨房给我用，我守着炉子把粥给做好了，让助理送到医院去给赵昀。

我才不会亲自送粥去医院。

苏悦生的心机太可怕了，他竟然藏着一个孩子。我在他身边这么多年，连丝风声都不曾听见。这次我撞破他的秘密，他一定非常非常痛恨我，在他的怒火烧毁一切之前，三十六计，还是走为上策。

晚上有一班航班回国，我已经订好票，拿着行李就去机场。

路上雪很大，车子绑了防滑链还打滑，好不容易到了机场，我傻眼了，受到暴风雪的影响，机场关闭，所有航班取消。

我只好折返酒店。

路上雪下得更大了，开出租车的司机是华侨，操着广东话跟我聊天，我能说一点点广东话，他告诉我说这是近十年来最大的暴风雪，这几天让我不要出门，就待在酒店房间里。

天黑路滑，雪又大，出租车一直开得小心翼翼，好久才回到酒店。我重新走进温暖明亮的大堂才松了口气，没想到办理入住的前台一脸为难地告诉我说，已经客满没有房间了。

我顿时傻掉。

暴风雪太大，部分地区断电，交通也受到很严重的影响，旅客纷纷折返，酒店人满为患。

我看看时间已经是半夜，没想到会无处可去。异国他乡，我想再换家酒店，估计都很难再叫到出租车。

我硬着头皮给赵昀的助理打电话，电话关机。

我咬咬牙，大不了就是在酒店大堂沙发上坐一晚上。

我刚刚在酒店沙发上坐下来，电话就突然响起来，我看了看手机，竟然是苏悦生的号码。

他说：“你在机场吗？”

我老实交代：“暴风雪，机场关闭，航班取消。”

“我马上过来。”

他说了这句话就把电话挂断，我不知道他如何能够知晓此时我身在何处，我在那里坐了没有二十分钟，他就穿过大堂径直朝我走来。

小灿说过苏悦生病了正在发烧，我也觉得他有几分病容，尤其是双眼，几乎是血丝密布，他也不似平时那样冷淡，而是抓住我的手，近乎粗鲁地将我拉起来：“走。”

我被他塞进一辆车里，寒气被车门的开阖带进来，冻得我直哆嗦。

他掌心灼热，小灿没说错，他在发烧。

我有几分忐忑不安，系上安全带就缩在座椅里，仿佛这样就能有一层薄薄的蛋壳，隔绝我所恐惧的一切。

他坐在驾驶座，没有启动车子，我正有点困惑，他突然转过身来，猛然攥住了我的胳膊，我本能地往后退缩，他的手却像铁钳一般牢牢地钳住我。他的眼底全是血丝，脸上有不正常的潮红，呼吸急促，额角有青筋在缓慢跳跃，我从来没有见过这样的苏悦生，他几乎狰狞得像换了一个人，一个我完全不认识的陌生人。

他的声音喑哑，带着令人恐惧的愤怒：“邹七巧，你不要做得太过分了！”

我张了张嘴，说不出话来。

他又用那种眼神看着我，十分陌生，又十分熟悉，我觉得这种情形好像是在哪里经历过一般，风卷着雪扑打着车窗，我有点恍惚，就像是在梦里，我使劲甩了一下头，手腕上火辣的疼痛在提醒我，这不是梦，这是真的。

我努力心平气和地解释："我不该到加拿大来，我是打算马上走，但航班取消了。"

苏悦生就那样看着我，他的表情我说不上来，总之是十分古怪的一种表情。

我只好努力解释："雪一停我就走，我真不是故意跑来捣乱，我就觉得你……电话里你好像很累，我只是来看看你……"

我没有说完，因为苏悦生已经启动了车子，车子咆哮着冲出老远，这是一部大排量四驱越野车，但是苏悦生的速度太快了，快得我觉得心惊，我本能地抓着安全带，视野里白茫茫一片全是雪，无数雪花沿着灯柱直撞过来，就像是无数飞蛾，白晃晃什么也看不清，我不知道我们在往哪里去，也不知道车子开了多久，总之没等我反应过来，"轰"一声，整个车身已经倾斜。

我们不知道撞到什么东西上，惯性让我被安全带勒得痛极，苏悦生却打开车门，拉开安全带，将我拖下来，我们俩跌倒在雪地里，我正想爬起来，却被他按进雪堆，冰冷的雪块涌上来，我的脸被埋在雪里，几乎窒息。

他将我按在雪里，一字一顿地说：“离我的孩子远一点儿！”

我吓得浑身发抖，整个人几乎已经被雪埋住，他看也不看我一眼，站起来就去拉车门，没走两步他就滑了一跤，可是很快又爬起来，打开了车门。

我眼睁睁地看着他开车离去。

我被抛弃在雪原中，四周没有建筑，也没有灯光，风卷着雪花朝我身上扑来，我又冷又怕。我的手机在随身的包里，而包在他的车上。

我急得差点哭起来，天气预报说整晚暴风雪，气温零下二十多度，最多半个小时，我就会被冻僵在这里。

我不愿意得罪苏悦生，就是明白他得罪不起，可是也没想到他会恨我恨到要杀死我。

我拭去脸上的热泪，裹紧了衣服，努力辨识方向，我要朝哪边走，才可以返回城中求救？

我拼命迈动快要冻僵的腿，雪大，风更大，我身上薄薄的大衣压根就抵挡不住这样的寒冷，我在雪地里摔了无数跤，每次爬起来我都觉得自己快要冻死了，可是我不能死在这里。

我连滚带爬也不知道走了多远，更不知道自己方向是否正确，到最后我绝望了，再一次栽倒之后，我连爬起来的力气都没有了。

雪花轻柔地包围着我，其实，雪是很温暖的，我依恋地将脸埋进雪里，真冷啊，如果雪再深一点儿，会不会更暖和?

我迷迷糊糊就要睡过去了，却觉得有人在拼命拍打我的脸，有灯光刺目，我实在懒得睁开眼睛，可是那人不依不饶，一直使劲掐着我的虎口，痛得我眼泪都流出来了，被风一吹，立刻就冻在了脸上。

我被抱进车里，大团的雪擦着我的脸，暖气烘得我脸上潮乎乎的，我终于能睁开眼睛，看到苏悦生，他的眼睛还是那样红，全是血丝，他把雪团扔出车窗外，然后，几乎用颤抖的手指，又摸了摸我颈中的脉搏。

我嘴角动了动，终于能够说话：“我……我……”

我觉得脸上有热热的东西，我想不出来那是什么落在我脸上，苏悦生迅速地转开脸。

我四肢麻木，脑子因为缺氧而特别晕，舌头也打结，我努力把话说清楚：“有飞机，我就走。”

我被他抱起来了，但我还是没力气，我不知道他在看什么，但他似乎是在很仔细地看我的眼睛，苏悦生的眉心有浅浅的纹路，这几乎是我无法想象的事情，我想他太生气了才会做出那样激愤的事情，把我扔在雪地里。

我知道他的逆鳞，这次是我犯了大错。

我说：“我以后，再不烦你了。”

他的眼睛里有薄薄的水雾，我被冻得太久，思维很迟钝，所以目不转睛地看着他，事实上我几乎连转动眼珠都很吃力，我诧异地看着眼泪从他脸上流下来，苏悦生会哭，这是我不能想象的事情。

那两滴眼泪从他脸颊上滑落，一直滑到下巴，无声无息就不见了。他的神情里有一种我说不出的悲伤，我从来无法想象这样的表情出现在苏悦生的脸上。

他几乎是梦呓一般在喃喃自语："你以前就说过，你再不来烦我了，可是你没有做到。"

我胆怯地看着他。

过了不知道多久，我冻僵的手指终于可以动弹，我这才发现他仍旧抱着我，像抱着一个婴儿。我十分不安，胆怯地轻轻用食指拂过他的手背。

这一下子如同电击一般，他立刻松手，我差点跌到座位底下去。

他没有看我，又过了好一会儿，才语气平静地说："我送你回酒店。"

我没有告诉他酒店没房间，机场还不知道要关闭多少天。我自生自灭惯了，哪怕天天坐在大堂里一直等到有航班回国，也不愿意再向他求助。

我的脸都在雪地里冻肿了，我虽然不要脸，心里多少还有点底线。

到了酒店门口，刚把车子停下，他突然明白过来："你半夜坐在大堂，是不是酒店客满了？"

我强颜欢笑："没有，是我想在底下坐坐。"

他看了我一眼，重新启动车子。

我被带到郊区的一幢别墅，每幢建筑之间隔得很远，几乎完全看不到其他房子，到处都是巨大的乔木。松树上积满了雪，半夜更显得静谧。

屋子里静悄悄的，一个人也没有。苏悦生开了灯，灯光明亮温暖，我几乎有一种劫后余生重返人间的恍惚感。屋子里暖气很足，我身上的雪早就化了，衣服湿了一层，这时候才觉得冷。

苏悦生没再理我，他自顾自去倒了两杯酒，递给我一杯。很烈的洋酒，我抱着酒杯喝了一口，火辣辣的洋酒一直从食道烧进胃里，我恶心得直泛酸水，连忙问洗手间，冲进去就吐。

我吐得连胆汁都快呕出来了，今天晚上发生的一切都像噩梦，到现在我都无法确认自己是否清醒。我努力将自己弄干净，一抬头，却从镜中看到苏悦生。

他站在不远的地方，表情莫测地看着我。

我抓起纸巾，擦干嘴角的水珠。

他忽然问："你是不是怀孕了？"

我差点没跳起来，脸上的肿痛更让我难堪，我说："没有，昨天是晕机，今天是冻着胃了。"

不知道为什么，我觉得他的目光挺冷的，好像如果我真的怀孕，就十恶不赦似的。

我说："你放心，我没那么蠢，再说我为什么要跟你生孩子，怀孕又威胁不到你。我知道你的脾气，你要是不想要孩子，全天下哪个女人都不敢偷偷生。"

他十分讥诮地冷笑了一声，说："是啊。"

我闭上嘴，知道自己说错了话，没准小灿就是被某个女人偷偷生下来的。万一真是那样，我这不是打他的脸吗？

我一定是在雪里被冻得太久，都冻傻了。

苏悦生扔了床毯子给我，自己就上楼睡觉去了。

幸好客厅沙发旁就是壁炉，非常暖和。

我总睡不踏实。辗转反侧到天亮，才迷迷糊糊睡着，我好像一直在做梦，梦里发生了很多事情，让我非常非常伤心，那种难过是没法形容的，就是连哭都哭不出来。

我终于从噩梦中挣扎醒来，没想到一醒，近距离看到一双黑澄澄的大眼睛。

我一吓，几乎以为自己又在做梦，没想到小灿比我反应还激烈，他一下子跳出老远，大约是动作太大牵扯到他的伤口，整张小脸都痛得皱起来。

我连忙爬起来扶住他："怎么了？"

他眼泪汪汪地看着我："胳膊疼。"

我将他安顿在沙发上，这才想起来："你不是在医院吗？"

"你为什么在我家？"小少爷更理直气壮，"我爸呢？"

我不能告诉他你爸昨天差点把我冻死，就因为他不高兴我跟你打交道。

所以我闭上嘴，赶紧打电话给机场，询问航班。

小灿十分忧郁地看着我打电话，机场仍旧在关闭中，暴风雪一点儿也没小，我还是走不了。

我拢了拢头发，有些犯愁，最后我还是决定问小灿："你怎么不在医院里？"

"雪太大了，那一区停电了，医院要疏散，我就回家了。赵叔叔也回家了。"

"你的保姆呢？"

"她在厨房。"小灿整张脸都垮下去，"我不喜欢她做的饭。"

为了鸡丝粥我差点没命，当然现在我应该离小少爷越远越好，我站起来找自己的外套："我得走了。"

"你去哪儿？"

"你爸要看见我跟你说话非剥了我的皮不可。"我看了看外头的雪，下得真大，这一片不知道能不能叫到出租车，"我得走了。"

小灿抓住我的衣角，几乎是哀求："阿姨你不要走，我爸爸回来我会跟他说，你不要走。"

我愣了一愣，看着他眼睛里闪烁的水光，不由得觉得……可怜？我说不上来是什么感觉，苏家人从来不要别人可怜的，他们都硬气得很，尤其这孩子年纪不大，起初给我的印象也是腔调十足。不知道为什么，这时候他泪眼汪汪地看着我，简直叫我没法拒绝。

我说：“那你也不要跟我说话了，你上楼去，好吗？”

小灿又看了我一眼，大眼睛里满是眼泪，眼看着就要哭出来似的，他问：“你不会偷偷地走掉？”

我硬起心肠骗他：“不会。”

他怏怏地上楼去了，我把手机充上电，开始查黄页，找出租车公司。最好在苏悦生回来之前我就走掉，省得他看到我和小少爷共处一室，大发雷霆。

我悄悄给出租车公司打了电话，磕磕巴巴用英文说明我的位置，他们说大约四十分钟后可以派车来。

我返回客厅，才发现小灿蹲在二楼走廊上，隔着栏杆看着我。我只好装作若无其事，跑到浴室去洗澡。

等我从浴室回来，小灿仍旧蹲在二楼走廊上，我不由得焦虑起来，也不知道苏悦生去了哪里，他回来看到这一切，会不会又生气。

幸好这时候保姆端了饭菜出来，上楼又哄又劝，把小灿哄走吃饭去了。

我看了看时间，出租车差不多快到了，我拿了包穿上大衣就悄无声息地走出门。

我在门前等了片刻，出租车终于来了，我的手刚刚碰到车门把手，突然听到身后有响动。回头一看，原来是小灿终于发现我的行动，他连外套都没有穿就急急忙忙跑出来，穿过院子朝我直冲过来。

我连忙拉开车门上车。小灿在院子里摔了一跤，一定摔得很痛，因为他号啕大哭，隔着车窗我听不到他的哭声，保姆从屋子里追出来，抱起他哄着他，拂掸着他身上的雪，我催促司机赶紧开车。

小灿还在保姆怀中挣扎，他一条胳膊无法动弹，显得很孱弱，我从后视镜里也能看见他小小的额头，因为愤怒和用力暴起的青筋。我心里突然很难过，这种难过没法形容，我觉得自己是撞邪了，或者是创伤应激反应发作，总之浑身都不得劲。

车子进了市区，我还失魂落魄的。

我返回酒店取了行李，然后一家家寻找没有客满的酒店，市区有好多地方停电，有的酒店已经停业，有的酒店因为自备发电机，很多家里断电的市民也住进去，现在真是一房难求。

我找到第十几家客满的酒店时，苏悦生给我打电话了。

他问我：“你在哪儿？”

我说：“没有航班我走不了，所以还在找酒店。”

我十分心虚，也不知道为什么。

但暴风雪仍在持续，我是真的走不了。

他说：“我来接你，我们谈谈吧。”

在他昨天晚上那样对待我之后，我不知道我们还要谈什么。我是惊弓之鸟，非常恐慌。一直看到他的越野车，我还在发抖，也不知道是站在街头等他的车冻得，还是怕。

我上了车，一直没出息地哆嗦着。他也不说话，就专注开车，一直把车开到了郊外，然后停下来。

我重新恐惧起来，他不会再一次把我抛在这茫茫雪地里吧？虽然是白天，但我只怕也走不回城里去就得被冻死。

他问我：“你为什么要来加拿大？”

我牙齿打战，只能努力控制：“赵昀说，我不来，他跟我绝交。”

“你昨天说的话，是真的吗？”

我努力回想昨天自己说过什么，好像一直在解释，解释自己不是故意逗留在这里。

“早上我去医院了，回来你已经走了。”苏悦生似乎很平静，“你见到小灿了？”

我的声音立刻低下去：“我没有跟他说话……”

“这孩子非常非常敏感。”苏悦生仍旧没有看我，“他几乎从来没有见过我的其他女朋友，所以他觉得你是他妈妈。”

我张口结舌，差点没一口气呛住。

“他妈妈走得早，我又没有时间陪在他身边，所以才会这样。”

苏悦生终于转过脸来看了我一眼，“今天他闹得我实在没有办法了，连保姆也被赶走了，所以我希望你去哄哄他。”

我再次差点被呛住。

“你要不乐意，当我没说过。”

我吞了口口水，十分小心地说：“这时候哄哄他，不难，可是他要是当真了怎么办？”

“他不会当真的。”苏悦生嘴角微微上扬，那种讥诮似的招牌笑容又出现了，“我儿子又不傻。”

我没法指出他前后矛盾，这么不合理的逻辑。

我只能闭嘴沉默。

他启动车子，心不在焉似的跟我说话：“你也不用太当回事，他说什么，你就顺嘴哄一下，要吃东西，就给他做。小孩子心里是明白的，他见过他妈妈的照片，知道跟你长得不一样。这时候就是病了，撒娇。”

我觉得自己挺没出息的，但现在我又走不脱，这么多年来的习惯，苏悦生哪怕让我跳火坑，我也得跳啊！何况只是哄个孩子。

我们返回那幢房子，小灿原本就在客厅里，一看到我，他脸色涨红，也不理会苏悦生，掉头就噔噔噔跑上了楼。

我回头看苏悦生，他还很平静：“这是生气了，你上楼去哄哄他吧。”

我还真没哄过孩子，硬着头皮上楼，楼上有好几间卧室，我看了看，其他房门都是虚掩，就只一扇房门紧闭。我猜小灿就在那个房间里，我走过去敲门，没有任何回应。

我把耳朵贴在门上，听不到什么，只好放柔了声音，隔着门劝他："小灿，阿姨这不是回来了吗？你要吃什么，我去做。鸡丝粥好不好？"

房间里静悄悄的，什么声音都没有，我实在是黔驴技穷，只好不停地说话："你要是不想吃鸡丝粥，就煮白粥好不好？冰箱里有什么我也不知道，不过可以去买，我不怎么会做饭，拿手的菜也不多，不知道你爱吃什么……"我搜肠刮肚地想词，平时应酬说的话，这时候可不合用，还好我没吃过猪肉，也见过猪跑，小时候我妈怎么哄我的，我还记得。

想到我妈我就觉得心酸，鼻子也发酸，我赶紧打消自己的念头，开始絮絮叨叨，先把我能想到的菜名说了一遍，然后又把我能想到的游戏说了一遍，然后又赔礼道歉，翻来覆去说了不知道多少话，突然一声轻响，我一回头，另一扇虚掩的房门打开了，原来小灿其实在我身后的房间。

我十分窘迫地看着那小小的孩童，他脸仍旧是涨红的，眼睛狠狠地瞪着我，倒颇有几分苏悦生平时生气的劲头，让我心里直发虚，我低声下气地赔礼道歉，小少爷的脸憋得通红，他终于说："我不会原谅你。”

我坦然点了点头，说：“是。”

“你是个坏人，说过的话一点儿也不算话，你说过不会偷跑的！”

我有点赧然：“对不起。”

小灿还是瞪着我，我都预备他会说出更难听的话，可是他的脸渐渐皱起来，像颗糯米丸子缩了水，而他乌黑明亮的眼睛像黑葡萄似的，我压根没提防，他已经扑上来，拿唯一能动的那只手使劲捶打着我，带着哭腔：“那你还走吗？还走吗？”

其实他力气小，打得并不痛，我却浑身不得劲，赶紧说：“不走了！不走了！”

他把脸埋在我的衣服里，号啕大哭起来。

我就像怀里有个刺猬，伸手也不是，不伸手也不是，他哭得整个人都在发抖，我觉得这孩子挺可怜的，伸手摸了摸他的头发，他像受伤的小动物一般，往我怀里拱了拱，哭得更厉害了。

我说不出话来安慰他，只好不停地抚摸他的背，忽然间我看到苏悦生，他就站在楼梯底下，冷冷地看着我。

我不由得打了个寒噤。

不知道为什么，我直觉如果这时候有刀，苏悦生一定会一刀捅死我的。

我赶紧把乌七八糟的念头从自己脑海中驱逐出去，我胡乱安慰着

小灿，又哄又劝，简直把平生所有的本事都使出来了，好不容易才哄得他不哭，又带他去洗脸，他因为哭得太久，一直在抽气，他柔软的小手紧紧握着我的手，连我去厨房他也要跟着。

我只好搬了把椅子，让他坐在厨房里。

小灿说他要吃鸡蛋羹，谢天谢地这么简单的东西我还是会做的。

异国他乡，各种厨具都不顺手，我在厨房里忙得鸡飞狗跳才蒸了一碗蛋羹，其实蛋羹蒸老了，水放得太少，不过小灿一定是饿坏了，一边抽噎着，一边用左手拿着勺子，吃得飞快。

“烫不烫？”其实我用凉水镇过蛋羹，确认不烫了才给他，可是没尝过也不知道咸淡，只好又问小灿，“咸不咸？”

小灿咽下最后一口蛋羹，才说：“咸。”

“咸你就别吃那么快！”我简直哭笑不得，“米饭好了，吃点儿米饭。”

“我要喝酸奶，再切一块面包就成了。”小灿湿漉漉的睫毛配上乌黑的大眼睛，简直像小鹿一般，他说，“饭不吃了，不要浪费，给我爸吃。”

我呛了一下，才问：“家里没别人做饭吗？”

“保姆不在，没别人做饭了。再说，你又不是别人。”小灿面色严肃，小小年纪已经不怒自威，“你能做饭给乱七八糟的人吃吗？”

我又气又好笑：“你爸嘴刁，才不肯吃我做的饭，这饭留给我自己吃。”

小灿想了想，同意了这个方案：“是我没想周到，你一定也饿坏了。”

确实如此，这都下午三点了，我连早饭都没吃。

我随便炒了个洋葱鸡蛋，就着白米饭吃掉，小灿一直坐在厨房餐桌边看我吃饭，他看得目不转睛，我都不好意思了：“你看什么？”

“你跟照片不一样。”

我心里一惊，笑着说：“是啊。其实……”

苏悦生走进厨房，他目光在我脸上一扫，我说话就磕巴了：“你吃了没有？”

小灿说：“爸爸吃三明治就行了。冰箱里有。”

苏悦生果然打开冰箱门，拿了块三明治。

我赶紧把碗盘什么的收拾起来，放到洗碗机里。

小灿用那只没有受伤的手撑着自己的下巴，乌溜溜的眼睛看一看苏悦生，又看一看我。

我浑身不自在，于是走过去问小灿：“要不咱们上楼去吧。”

小灿摇了摇头，说：“等爸爸吃完，我有话跟他说。你先回避一下，这样，你上楼去，我房间里有个PAD，你替我玩两局游戏。”

我看看苏悦生，他连眼皮都没抬，这父子俩，真是一个德行。

反正我是甘拜下风，灰溜溜地上楼去了。

天已经快黑了，我拿着平板电脑，心不在焉地玩了几局游戏，小灿就上来了。他看我盘膝坐在地毯上，不知道为什么就松了口气似的，也轻轻地甩掉拖鞋，坐在我旁边。

我埋头玩游戏，故意不看他。

他说："我跟我爸谈过了，我知道你们俩之间有问题，不过当着我的面，你们也不用装恩爱。今天晚上你要是还想睡沙发，就睡沙发。"

我再次差点被口水呛死，我实在忍不住，放下平板说："小灿，不是你想的那样……"

"我爸这个人挺矫情的，他不愿意的事，我也没办法。可是你不能再矫情了，反正你得给我点面子，在我面前，不跟我爸一般见识。"

我实在是没忍住，破功了。

小灿看我笑得乱颤，老大不高兴："你们大人都是这样，明明自己很幼稚，还觉得我幼稚！"

我是没想过自己会当临时妈妈，更没想过这儿子还是苏悦生的。反正晚上哄小灿睡觉的时候，我把自己会唱的儿歌全唱了一遍，才哄得他睡着。

等走出小灿房间的时候，我都差点没累瘫在地上。

苏悦生果然在楼下等我，我轻轻地问他："有话跟我说？"

他身后是起居室，明亮的一线光透出来，他反手推开门走进去，我也跟着进去。

把门关上，他才问：“你什么时候回国？”

“有航班我就走。”

我才没有那么糊涂，真以为苏悦生很高兴我跟他儿子在一块儿，他早就叫我离他的孩子远一点儿，他说那句话时可怕的表情，我做梦都记得。

有很多事，他不愿意讲，我更不愿意胡乱打听。知道苏悦生太多事有什么好处？我还真怕他将我灭口呢。

看看苏悦生并没有别的吩咐，我就乖觉地说：“我先去睡了。”

就在我手触到门把手的时候，我突然听到苏悦生的声音，他说：“我很爱她。”

我不由得抖了一下。

“很爱很爱。”

我转过脸来，只看到苏悦生微红的眼睛。

我不知道说什么才好，在这样的雪夜，屋子里静得能听见外头壁炉烧柴的毕剥声。

我觉得这世上需要假象来麻痹需要被哄骗的，也许并不只是一个小灿。

我静静地立在阴影里，看着苏悦生。

他的模样很古怪，像喝醉了酒，但我肯定他滴酒未沾。也许他太压抑了，小灿还可以大哭大闹，可是苏悦生，却不能像个孩子般无助地哭泣。

“七巧。”他喃喃地叫了一声我的名字，却停了一停，才说，“你有没有爱过一个人。”

我心中刺痛难耐，像是有人一拳击在我的伤口上，又像是被利器搅动，五脏六腑都碎了似的。

“爱到不顾一切，明明知道他是骗你，还心甘情愿。”

我勉强笑了笑，眼泪却掉落下来，我吸了吸鼻子，放柔了声音，说：“我的事，你都知道。”

他有些怔忡地看了我一眼，缓慢而古怪地点了点头：“我都知道。”

我倒是豁出去了，也许是因为跟孩子打了这么半天的交道，也许是因为这几日来身心俱疲，有些话我想都没想，就从舌尖滚落：“苏先生，我是没怀着好意来找你。但也没想占你便宜，你的便宜也不是那么好占的，我就是想弄明白，当年到底是怎么回事。不过这么多年你照顾我，我心里感激，有时候扪心自问，我也知道自己做得不地道。就好比我知道你心里有人，所以没拿我和别的女人当回事，就跟那些钻石一样，你不在乎，我每回问你要，你随手也就给。可是你心里有人没人，那是不一样的。你要真有真心喜欢的人，我也就劝你一句，别伤她的心了。再大度的女人，也不喜欢男人在外头有花花草草。这世间遇上一个真心喜欢的人不容易，我是运气差，遇见真喜欢的人，却不能在一起。你真喜欢一个人，无论如何拿真心对她，总不算迟。你这样的男人心动一次不容易，既然动了心，就好好待人家，别三天打鱼两天晒网，若对方有意，看着你这样子，也心寒了。”

苏悦生看了我一眼，自己倒先笑了一笑，笑里透着他惯有的凉薄，他说：“你倒说了几句真话。”

我心中酸楚，脸上却还挤着笑：“我命苦，你不一样。”

“有什么不一样。”他的语气非常平静，却透着窗外雪光似的寒意，“你跟心上人好歹两情相悦过，我从头到尾，不过是自作孽，不可活。”

我可被震住了，他的神态不似作伪，这世间竟然有女人能让苏悦生说出这样的话来，不管她是何方神圣，我都觉得……五体投地。

“睡觉去了。”苏悦生的声音里透着深深的疲倦，“你也早些睡。”

我看着他走出起居室，客厅壁炉里的火光跳跃不定，他的背影也飘忽不定，映在墙上，被雪光衬着，却显得格外萧索凄凉。

这天晚上我睡得出奇的好，大约是终于可以躺在床上，小灿卧室对面的房间其实就是客房，床很软，床单和枕套都有清洁干燥的芳香，我睡得特别沉，早上醒来的时候，才觉得屋子里有点凉。

我穿好了衣服下楼，小灿待在壁炉旁，模样很乖，他的腿上还搭了一条毯子，大约是因为太暖和，他的脸红扑扑的。他见到我十分高兴，举起那只没有受伤的手，像一只招财猫似的跟我打招呼：“早！”

“早！”

我没有问起苏悦生，小灿却主动地告诉我：“爸爸买油去了，我们断电了，现在是发电机在供电。”

怪不得室内的温度在下降，不过在烧着木柴的壁炉边还是挺暖和的。我做了早餐，和小灿一起吃了，还玩了一会儿游戏，四周十分安静，听得见积雪从松树上跌落的声音。雪还在下着，小灿趴在窗台上，指给我看松鼠的一家，松鼠爸爸冒雪出来取走我们放在窗台上的小块面包碎片，松鼠妈妈和孩子们在树上等它。还有几只模样古怪的鸟儿在雪地里跳来跳去，虎视眈眈，等松鼠一走，鸟儿就将余下的面包屑瓜分殆尽。

我们两个抵在玻璃上的鼻尖都冻红了，小灿突然欢呼了一声：“爸爸回来了！”

我用手擦了擦玻璃，外面温度太低，呼出的热气如果不尽快擦，就会结成薄霜。我听见汽车的声音，没一会儿门就开了，外头的雪风“呼”一声灌进来，门立刻就阖上了，扑进来的寒气虽然短暂，但让人不由自主地打了个哆嗦。

苏悦生肩膀上落了不少雪花，他脱掉大衣，小灿已经朝着他跑过去，像一只无尾熊似的抱着苏悦生的腿，仰着脸问：“买到龙虾了吗？”

“没有。”苏悦生抬起头来看了我一眼，“我们先想想午饭吃什么吧。”

我知趣地去厨房里忙活，冰箱里还有些食物，只是大部分食材我都不熟悉，不知道怎么做才好吃，正犯愁的时候，苏悦生进来了，他对我说：“有件事——我得告诉你。”

不知道为什么，我心里一跳，都不敢转身看他，只好随随便便“嗯”了一声，表示在听。

“我刚刚开车出去，有一段路完全走不了，只能折回来。广播说进城的公路已经封闭。早上的时候我看过，地下室还有两桶柴油，发电机还能用一天半，如果断电，就很危险了，气温会下降，而且我们还没有足够的食物。”

我完全愣住了，转过身来看着苏悦生，他说：“先看看冰箱里有什么吧。”

冰箱里有一些食物，但不多，我清点了一下，干脆列了个小小的清单。我突然灵机一动，对苏悦生说：“不如把冰箱停掉吧，这样可以节约用电，反正外头气温低，我们把这些东西埋到雪里去。”

“会被狐狸翻出来。”

“这里有狐狸吗？”

“当然有。”

我想了想，说：“拿个箱子锁上就不会了。”

苏悦生眉毛挑了挑，他说：“你还真有点机灵劲儿。”

我们两个到地下室去找合适的箱子，最后把一个收纳箱腾出来，然后将食物和各种饮品牛奶之类分门别类包好，放进去。小灿对这件事有兴趣极了，他一直跟在我们俩后头团团转，最后如愿以偿，在我的帮助下穿上厚厚的外套，跟我们去院子里挖坑。

雪花晶莹蓬松，我们在树下挖开积雪，将箱子放进去，重新用雪盖上。小灿兴奋地说：“好像藏宝！”

我心里却有另一层担忧，我问苏悦生：“如果断电，那时候能回到城里去吗？”

“不知道，也许政府已经开始救灾了。”

我们在屋子里一直等到晚上，也没有看到扫雪车来。苏悦生带着一瓶红酒去拜访了距离最近的一家邻居。大家都出不去，整个社区变成了一座雪中的孤岛。不过情绪还算乐观，邻居说这是数十年来从未见过的大风雪，但政府应该已经积极开展救助了，想必扫雪车应该很快就可以到来。

晚上为了节约能源，我们都在客厅的壁炉边睡，好在小灿想到夏天露营的睡袋和帐篷，兴高采烈地让我们去找出来。苏悦生和我各据一张沙发，小灿睡在搭在地毯上的帐篷里。

半夜我睡得迷迷糊糊，听到小灿趴在沙发跟前问我：“可以跟你睡吗？”

我好像是努力伸了伸手，他就窝进了我的怀里，像一只小羊羔，将湿漉漉而温暖的呼吸轻轻喷在我的脸上，我们两个挤在沙发里，很快就又睡着了。

早晨是被冻醒的，壁炉差点熄掉，苏悦生正在加柴，在他脚边，堆着一些劈好的硬木。我之前一直觉得壁炉不过是装饰，此时才觉得屋子里有一个炉子实在是太好了。

小灿裹着毯子睡得很沉，我蹑手蹑脚地爬起来给苏悦生帮忙，我悄悄问他：“柴还有多少？”

“不多了，不过不行的话，可以去砍棵树。”

我看了看他的脸，猜测他是说真的，还是开玩笑。

不过干粗活的男人真耐看，我从来没见过这样的苏悦生，袖子卷起，额角还有汗，衣领微敞，热气烘得荷尔蒙四射，简直太迷人了。我突然想起一个重要的问题：“停水了吗？”

“外面有的是雪。”

对哦，我有点讪讪，谁知道小灿把毯子一掀，坐起来，十分不满地说：“爸爸你不要这样对女士说话好不好？”

原来他早就醒了，这孩子。

网络早就断掉，有线电视也没有了，只好收听收音机。大段的英语说得又快，我压根就听不懂，没一会儿又换了法语，更听不懂了。好在小灿有耐心，翻译给我听，说政府已经启动紧急预案，不过全国灾情都很严重。

看来不少人和我们一样被困在家里。

长日无聊，只好跟小灿一起穿上厚厚的衣服，爬到阁楼上去探险。阁楼没有人住，放着各种杂物，还有大箱的书。

小灿把箱子打开给我看：“这是我小时候的玩具。”

都是小孩子喜欢的一些东西，比如公仔玩偶，乐高积木，还有小火车轨道什么的，另外有一只布老虎，做得很粗糙，看上去很旧了。小灿说：“这是我妈妈做的。”

我愣了一愣，连日暴雪，让我身处在这个屋子里，几乎忘记了一些事情，比如我和苏悦生之间，其实压根不是现在这样平和，这一切的相处不过都是假象。而这孩子的身世，压根也不是我应该知道的。

“我小时候一直抱着它睡，本来我也不知道的，是有一次偷听到赵叔叔和爸爸说话，他说，你看，小灿就知道那是妈妈的东西。”

外面的雪光清冷，照着阁楼里十分明亮，小灿半垂着头，我几乎能看见他后颈中茸茸的汗毛。他抬起眼睛来看我，乌黑的瞳仁又大又亮，他说：“你其实不是我妈妈，对吗？”

我点了点头。

他说：“我爸爸还是很喜欢你啊。”

我摇摇头，苏悦生并不是喜欢我，只是我们相处的时间太久，久到习惯了对方的存在，或者说，是我习惯了忍受他的一切，他也能够勉强迁就我。

“我爸爸要是不喜欢你，早在我大哭大闹要你留下来的时候，他就会让你马上走，然后换一个方式来哄我了。”

我对着小灿纯真无邪的眼睛，只能说：“不是你想的那样子。”

“我跟赵叔叔坐的雪橇车翻了，我把胳膊摔断了，可疼了。爸爸来的时候我一直在哭，我那时候就问他要妈妈，我知道妈妈已经死了，可是我是小孩子啊，小孩子可以不讲理，我要妈妈的时候，爸爸最伤心。我不愿意他伤心，但我还是忍不住。”他的眼睛里又有了亮闪闪的水光，他说，“我要妈妈唱摇篮曲，其实我就是想让他唱歌哄哄我。人家的爸爸都会唱歌的，我以为他会唱的，可是他打电话给了你。”

我被震住了，想起那个越洋长途，想起苏悦生在电话中让我唱一首歌。那时候我压根没想到，原来这个电话是他无可奈何的状况下想出来的权宜之计。

但是……也不过是哄哄孩子，不是吗？

我说不出来地疲倦和无奈，就势坐在一只箱子上，很认真地对小灿说：“其实大人的世界远远比你想的要复杂，他打电话给我，也并不是因为喜欢我，而是因为，他觉得我合适办这件事情。”

“可是合适……”

“合适并不代表喜欢呀，而且合适唱一首摇篮曲给你听，是因为我不会乱打听，也不会乱问为什么。你爸爸是个很有魅力的男人，太多女孩子喜欢他了，导致他对其他女孩子都有警惕心。我和他是朋友你懂吗？当然他一直以来非常照顾我，可是我们不太可能在感情上有进一步的发展……”

我突然觉得搞笑起来，也许是因为连日风雪被困在这里，也许是因为异国他乡的环境让我生了错觉，我为什么要跟一个孩子一本正经地说这些呢？

我努力地让自己表情严肃：“我和你爸爸的事情不是你应该关注的，你应该关注自己，把伤好好养好，让自己快乐。”

小灿似乎非常失望，他的鼻子都快皱起来了，整张小脸都拧巴了，他说：“你又不会懂，是我没有妈妈，你们是不会理解的。”

“我也没有妈妈啊。”我坦然地说，“我妈妈去世已经好几年了，而且我一直没有爸爸，从小都是我妈妈把我带大。”

小灿眼睛一瞬也不瞬地看着我，我耸了耸肩，说道：“也不止你一个人有伤心事，我们大人的伤心事更多。”

小灿看了我一会儿，突然走上前，用他的手臂搂住我，他一条胳膊无法动弹，另一只手却将我抱得紧紧的，他小小的身躯非常温暖，手上还有消毒药水的气味，他将我搂得很紧，他说：“不要伤心，你的爸爸妈妈一定在天上看着你。”

我本来并没有觉得伤心，被他这一抱，倒有点心酸起来。我回手抱住他，在他背心里轻轻拍了两下，说：“你也别伤心。”

小灿沉默着将脸埋在我怀里，过了大约半分钟，他很不好意思地蹭了蹭，退回箱子上坐下来，很认真地看着我：“我爸爸为什么不喜欢你？”

“因为他喜欢你妈妈呀。”

“我不觉得他喜欢我妈妈。”小灿的头低下去，声音也低下去，“他也不喜欢我。”

我安慰他：“他当然喜欢你。”

“他很少来看我。”小灿闷闷不乐，“他以为我小，有些事就不懂。我其实都知道。”

我想了想苏悦生平时的样子，真的并不像一个做父亲的人，可是对孩子当然不可以这么说，我努力安慰小灿：“你看你一受伤，他立刻就赶过来，当时下着暴雨，水上飞机都不能起飞，他是冒险飞走的，如果不喜欢你，他怎么会这样？”

小灿犹豫地看着我。过了片刻，他用没受伤的那只胳膊搂住我，他的脸贴在我的脖子里，轻轻地对我说：“我跟你讲一讲我的妈妈，好吗？”

“好啊。”

小灿却顿了一下，他说：“我爸爸很不愿意我对别人提起来……其实我妈妈，是个好人。”

“我想那是肯定的。”

“我知道的，都是我爸爸讲给我听的，我妈妈生我的时候身体不好，自从我出生，她从来都没有抱过我。我是早产儿，生下来还不到5磅重，在温箱里睡了三个礼拜……

“我爸爸说那时候他每天都守在温箱旁边，他都觉得我可能活不了了，但是我一直很勇敢啊，每次护士把奶瓶送到我嘴里，我总是很努力地吸奶嘴，虽然我没有力气，怎么努力可能也吃不到两毫升，但我爸爸说，他看我吸奶嘴的样子就觉得，无论如何，不可以放弃我。他那时候肯定没想好要当我爸爸，我觉得他到现在也没怎么想好，但是我已经这么大了，他也就习惯了。其实我爸爸挺可怜的，他每次来看我，我都问他，有女朋友没有？你打算让谁来当我的妈妈？他总是说，女朋友很多啊，但是可以当你妈妈的，还是没有。

“他很少在我面前讲到我妈妈，也许是怕我伤心吧。就有一次他对我说，妈妈其实是很爱很爱你的，只是迫不得已才离开你……我小的时候不太懂，等我长大了，我就明白了，其实我的妈妈，一定是早就死掉了吧……”

我用胳膊揽着小灿，他的身体温暖又柔软，窝在我的怀里，他喃喃地说着一些孩子气的话，声音越来越轻微，他说：“妈妈一定很爱我……”

我轻轻拍着他的背心：“那是肯定的。”

他长久地沉默着，我十分担心他会哭，对一个孩子而言，还有什么比失去母亲更不幸更伤心？

我轻轻地拍了一会儿他的背，努力岔开话，随手指了指一只大箱子问他：“那箱子里是什么，为什么这么重？”

“是一些工具，冬天的时候用来铲掉房顶上的雪，如果雪下得太大，房顶会塌掉的。”

我的天啊！

我担心地看了看窗外，四处白茫茫的一片，不时有大块的积雪从松树枝叶间滑落，昨天夜里还有一棵树因为承受不了过多的积雪，巨大的枝丫被压得折断在地，当时“轰”的一响，将我们吓了一大跳。

我问小灿：“什么时候要铲掉屋顶的雪？”

小灿说：“我不知道，原来都是保姆找工人来铲的。”

我对小灿说：“我们还是去问问你爸爸吧。”

事实是，苏悦生也不知道什么时候该铲雪，但我们一问，就提醒了他。屋顶的雪不铲很危险，但是现在交通都不通，这会儿上哪儿去找工人来铲雪呢？

“我来弄。”

我被吓了一跳，说：“那可不是闹着玩的。”

他淡淡地说：“总不能叫女人孩子做这种事。”

呃，虽然他看都没看我一眼，但我仍旧被他这句话噎住了。

我嗫嚅了片刻才说：“可是你也没做过这样的事情……”

他打断我：“我登过雪山。”

可是登雪山和爬到坡面的屋顶上铲雪，毕竟是两回事吧。但屋子里是他说了算，我跟小灿就算再担心，也只能替他翻箱倒柜地找防寒衣，找保险索。

趁着下午雪小了一阵子，苏悦生从阁楼的窗子翻出去，我们将保险索扣在窗子上，不放心，又将另一根保险索系在桌腿上，外头屋顶上雪积得很厚，什么都看不清，他努力了片刻才站稳，然后将大块大块的积雪推到屋顶边缘去。

厚重的雪块一块接一块地从屋顶坠落，发出沉闷的声音。因为屋顶温度高于室外温度，所以积雪推开，紧贴着屋顶结了厚厚一层冰，苏悦生差点滑了一跤，引得我跟小灿都只差没叫出声。

“去把冰凿拿来，在地下室。”

我让小灿待在阁楼上，自己气吁吁飞奔到地下室，又气吁吁重新爬上阁楼，将凿子递给苏悦生。

他说：“冰最重，还是凿掉比较安全。”

我出主意：“要不用开水浇化？”

他这才抬头看了我一眼，说：“开水马上就会重新结冰的。”

虽然他没骂我笨，但我也讪讪的。这时候雪又重新下起来，绒绒的雪花落在他的帽子上，落在他的脸上，他呼出的白雾凝成了霜，口罩上绒绒的一圈冰。小灿趴在窗台上，朝着他挥手：“嗨！

Santa Claus！”

我也觉得挺像的，不过我可不敢笑，绷着脸装作没听懂单词，苏悦生难得心情好：“把袜子拿来，给你们装礼物。”

我还没反应过来，小灿已经飞快地脱下他自己的袜子，递到窗口，兴高采烈地嚷嚷：“Present！”

苏悦生将袜子拿过去，不知道在里面装了什么，小灿兴冲冲地跑掉躲到另一边去看了，苏悦生大约看到我笑嘻嘻地站在窗子边，于是问我：“你要不要？”

“啊？”

他眉毛挑了挑，说：“不要就算了。”

“要的要的！”难得苏悦生这么慷慨，不管他送什么，我都得表示受宠若惊。我十分配合地扯下袜子，伸长了胳膊往外递，谁知道正好一阵雪风吹过来，将袜子吹出去老远。

“别捡了！”我看着挂在檐角的袜子，连忙阻止苏悦生，屋顶上现在全是冰，太滑了。他看了看那只袜子，伸出铲雪的铁锹去拨拉，但离得太远够不着，苏悦生小心地又往前挪了一步，我的心都提到嗓子眼儿了：“别捡了！”

屋顶的坡度那么大，还全是雪，万一他滑下去了怎么办？

结果还没等我话音落地，只听“嚓”一响，紧接着是重物坠地的声音，吓得我尖叫起来，小灿也扑过来，我连忙捂住他的眼睛，自己踮起脚尖朝外看，这才发现原来是铁锹滑落，掉地上了。

苏悦生扶着烟囱，稳稳当当站在那里，看我和小灿都呆若木鸡，于是说：“下去捡啊！”

我怕外头太冷，于是让小灿留在楼上，自己一边下楼一边换防寒服，我赤着一只脚套进雪地靴，外面真冷啊，纵然我穿得像个球，一开门还是被风雪冻得一个哆嗦。太冷了，雪又积得厚，院子里全是半人来深的积雪，我每迈一步都要使出很大的力气，走两步就得歇一歇，艰难跋涉了十来分钟，才走到屋顶底下，找到那把深深砸进积雪里的铁锹。

我仰起脸看苏悦生，他就站在高处，积雪银晃晃地反光，刺痛人的眼睛，大约是嫌我浪费了太多时间，他扶着烟囱蹲下来，朝我伸出一只手：“递上来！”

由于屋顶是个大斜坡，所以其实檐角离地面也不高，我踮着脚尖将铁锹往上送，就差那么一点点，可就是够不着，我说：“我还是拿上来吧。”苏悦生又朝屋顶边缘挪了一步，我正想提醒他注意安全，突然一大片白茫茫的东西从屋顶坠下来，我压根来不及反应，一大块积雪从天而降，“砰”地砸在我头顶，劈头盖脸的雪粉四散溅落，无数雪落在我的脖子里、靴子里，冷得我直激灵。雪砸得我整张脸都火辣辣的，幸好雪块虽然很大，但落下的距离并不高，我晃了一晃，就觉得蒙了几秒钟，低头看着自己浑身都是雪，简直像是从面粉堆里被捞出来似的。小灿尖着嗓子在楼顶大声喊着什么，我努力抬头冲他笑。

这孩子，真是被吓着了吧，我都还没弄明白怎么回事呢，苏悦生已经从屋顶跳下来了，幸好底下全是雪，他也只是滚落在厚厚的雪堆里头，他几乎是立刻挣扎着爬起来，一把抓住我，问：“七巧？”

雪粉呛得我鼻子里很痛，我很吃力地答：“没事没事。”

他用力给我掸着身上的雪，我觉得他手劲太大了，简直打得我都疼了，其实他身上也全是雪，我也就伸手给他掸，拍着拍着，我突然就鼻酸了，也不知道为什么。苏悦生比我高，他的呼吸全喷在我头顶心上，他还在用力拍着我背上的雪，我刘海上的雪花都融了，渐渐结成了冰，他问：“你哭什么？”

“没什么。”

“没什么你哭什么？”他把手套摘了，冰冷的手指托起我的脸，“别哭了，冻住了。”

我拿手背拭了拭，脸上其实都僵了，我都没想到苏悦生会做出那么不可思议的举动，他捧起我的脸，深深地吻住我眼底下的泪痕。

其实眼泪是咸的，我都不觉得自己会哭，这么多年来，哭也是种武器，像是笑一般，逢场作戏的时候太多了，多到我都忘记自己还有一颗心，哪怕千疮百孔，但它就待在我的胸腔里，哪里也不曾去过。

我其实都没有哭了，但他这一吻，尤其当他无限温柔地吻在我的唇上时，我哭得差点闭过气去。这个吻如此温柔，如此眷恋，就像爱情最初的模样，纯净晶莹得如同雪花一般，那是上天赐予的最美丽的事物，只不过太多人遇见雪花的一瞬，它已经融化，也有太多人并不知道，雪花在放大镜下是无比美丽的结晶体，每一片都不和另一片相同。

这世间的爱情，每一个人，每一段感情，都会和别人不一样，那些独一无二的爱情，是属于我们每个人自己的。

雪还纷纷扬扬地落着，他用力紧抱着我，我都不觉得冷了，天地这样萧肃，白茫茫的世界里仿佛只有我和他，从前的天涯如今的咫尺，直到此时此刻，我才觉得温暖和眷恋，这一刻多好啊，如果时间可以停伫，我愿此一瞬可以白头。

最后我都不知道我们俩怎么进的屋子，就觉得温暖起来，什么东西都是暖洋洋的，我已经好端端地坐在壁炉边，湿透了的靴子也被脱下来了，我披着毯子，像个被裹得很好的泰迪熊，手里还捧着热茶。

小灿十分担心地跪在地毯上，仰着脸看着我："你不会感冒吧？爸爸烧水去了，说烧水咱们洗热水澡。"

我的嗓子还有点发哑，我都不知道说什么好，只摸了摸小灿的头发，他的头发细密浓厚，软软的，像一只小动物。

苏悦生真的烧了好多好多水，我都不知道他怎么弄的，反正浴缸里注满热水了，小灿很独立，关起门来自己洗澡，等他出来时，已经泡得像只小红螃蟹，就是换下的衣服他自己没办法处理，他问我：“洗衣机能用吗？”

“别用洗衣机了。”我干脆利落地将衣服全放进浴缸，“就用这个水洗。”

我好久没有手洗过衣服，弯腰在浴缸边一件件搓，搓得我腰都疼了，最后又用清水漂，自来水已经冻住了，只能煮雪水来漂，衣服还没洗完呢，苏悦生就把我打发走了：“去主卧洗澡，不然水凉了。”

“那这衣服呢？”

“回头再洗。”

主卧浴缸里放了满满一缸水，我伸手试了试，水温很高。浴室的设计非常大胆，整面的落地玻璃对着后院，其实现在院子里也就白茫茫的一片，很远的地方才看得见篱笆，篱笆之外更远的地方是疏疏落落的几棵冬青树，一直接到大片松树林的边缘。

在这样的地方泡澡，真是一种享受。

我和苏悦生并没有矫情地分开洗澡，反正这么大的浴缸，泡两个人绰绰有余。

水的压力让心脏微微不适，外头白茫茫的雪光一直映进窗子里来，我觉得此情此景，仿佛在哪里经历过一般。

我觉得困惑，所以长久地凝视窗外。

“北海道。”身后传来熟悉的声音，因为离得近，所以闷闷的像是从胸腔里发出来，“北海道的温莎酒店。”苏悦生用手臂揽住我，微烫的水一直漾到我的脸侧，“那间酒店在洞爷湖的旁边，泡汤的时候，低头就能俯瞰茫茫雪原包围的洞爷湖，另一侧就是太平洋。”他拨开我脸上湿漉漉的头发，“我们曾经在那里住了好多天。”

我问：“我忘了很重要的事情吗？”

他点点头：“非常重要。”

我又问：“那你为什么不告诉我？”

这一次他有短暂的沉默，然后，他说：“因为我答应过。”

我觉得气馁，即使是气氛如此平和的时候，我觉得和他仍旧有不可逾越的距离，这种感觉还是挺难受的。

我问：“和程子良有关系吗？”

这是这么久以来，我第一次提到程子良，苏悦生却并没有任何回答，我觉得气苦，说不上来是什么样一种感受，他的怀抱明明很温暖，但我心里觉得很冷。我从浴缸里爬出来，很任性地披上浴袍，苏悦生注视着我，我深深吸了口气，几步走到浴缸边，把他从水里也拖出来。

我大声说：“苏悦生，不管我忘了什么，你今天给我说清楚。”

我还从来没有这样吼过苏悦生，他都诧异了。我像个流氓一样把厚厚的浴巾砸向他，我是真的生气了。

“这样子很好玩吗？我忘了可是你并没有忘啊，明明你说我忘了很重要的事，那就告诉我！让我自己一个人猜来猜去，有什么意思？你到底对我是什么态度，你一会儿冷一会儿热，再这样我都不喜欢你了！”

我眉毛慢慢皱起来，自己也知道自己歇斯底里的样子很难看，但我是真的难过啊，当他从屋顶上想也没想跳下来的时候，当他亲我的时候，我还是很喜欢他。我从来没有觉得自己会喜欢苏悦生，可是那是因为从前我没有这么长久地和他待在一起，以前我们在一起的时候总是很热闹，哪怕只有我们俩，我总觉得四周全是人。这几天虽然还有小灿，我却觉得我是单独和他在一起。

有些话就这么肆无忌惮地说出来，也许是他那一吻给了我胆量，我杀气凛凛地豁出去了。我现在这么喜欢他——甚至，都有点爱上他了，我难道不能问吗？

苏悦生明显也没想到我会是这样的反应，他的表情有些古怪，我越发生气，我笔直朝他走过去，揽住他的脖子踮起脚吻他，他一开始想推开我，但我吻得很用力，他紧紧闭着的双唇也被我撬开了，唔，要是我再高一点儿就好了，我就可以推倒他。

遇上喜欢的人就要推倒他，这话好像是我从前说过的。我跟苏悦生都认识这么多年了，虽然没上过几回床，可是也不算全然陌生，怎么样才能讨好他，我还是知道一点儿的。比如现在他紧绷的全身都渐渐放松了，双手握着我的腰，很专心地在回应我的吻，唔，上次我吻

他是什么时候？我都忘记了。

不，我并没有忘记，我恍惚里突然想起来，上次我吻他，是因为他送了我一朵玫瑰。那些花儿从遥远的比利时运来，插在水晶瓶里，他抽出来一朵，替我簪在鬓间。

就像记忆的大门“訇”一声打开，往事如潮水般涌出来。

【上部完】

寻找爱情的邹小姐

下册

匪我思存 著

九州出版社
JIUZHOUPRESS

生命里的大段空白，被一些人和事填得满满当当，
十年光阴，花亦是开到七分，情却浓到了十成。

月亮被云彩遮住，渐渐有星星的光华露出，初夏夜风温软，
风里有槐花清甜的香气，还有他身上的气息，淡淡的酒香让我微微眩晕，
他的吻仿佛湖水一般，让人沉溺。

目录 CONTENTS

寻找爱情的邹小姐

Chapter 08
暗流

我仿佛回到那个纸醉金迷的夜总会——钻石豪门，我站在包厢里，空气中有甜腻的香水味，洋酒的酒气，果盘的甜香，还有陌生的、我说不上来的气味，后来才知道那是雪茄燃烧出的香气。

那时候苏悦生未置可否，他问我："我为什么要帮你呢？"

"你不是挺讨厌程子慧吗？"

"那也得有让我出手的理由啊。"苏悦生笑得还是那样深不可测，"我这个人最讨厌白干活了。"

我不敢说我出钱，怕他翻脸拿酒泼我，苏家人什么都不缺，更别说钱了。我鼓起勇气问："那你想要什么报酬？"

苏悦生反问我："你猜猜看？"

我猜不到，心里直打鼓，说不出来为什么自己会紧张。

苏悦生反而十分轻松似的，他指了指包厢偌大的空间，问："你觉得这个地方怎么样？"

我重新四处打量了几眼，老实说出非常直观的感受：“销金窟。”

他哈哈大笑起来，笑得雪白的牙齿闪闪亮，他说：“其实也没多大点事儿，我手头缺人，这个地方是个朋友盘下来了，想找个人来代为持有，我答应替他找个人，我觉得你就挺合适的，你觉得呢？”

那时候我稀里糊涂，都没弄明白怎么回事，后来才知道代为持有是种常见的手段，夜总会毕竟是捞偏门，有钱人不乐意自己出面当法人，总得找个信得过的人来。

那时候我年轻，觉得这确实没多大事儿，背着我妈我自己就答应了。

我的名字写在本城最大的一间餐饮娱乐公司的营业执照上，我成了钻石豪门的老板——名义上的。

苏悦生说到做到，不知道用了什么手段，很干脆地让程子慧不再折腾我妈。那段时间我很快乐，我跟程子良也不怎么吵架，我妈的生意恢复正常，我自己在大学也混得不错，还在广播社团里被选为副会长。

我跟程子良的关系是什么时候改变的？好像就是那一年，快要过年了，我妈突然知道了我仍旧在和程子良交往。她的反应很激烈，坚决反对。

我那时候毕竟年纪小，对她的话一点儿也听不进去，我妈很生气：“你和他最后能怎么样？别以为现在年轻可以什么都不考虑。他跟你不过玩玩罢了，但女人一旦走错了路，要回头就太难了。”

我非常反感：“我和程子良不是你想的那样，再说子良他这个人很认真，他是认真和我谈恋爱的。”

“认真？”我妈冷笑，“哪个男人开头的时候不是甜言蜜语，哄得你相信他真要和你一生一世？”

我沉默不语，也许妈妈就是因为被我爸骗了，所以才觉得天下男人都不可信。

我妈大约明白我无声的抗议，她微微冷笑，说：“既然他很认真，你让他过年的时候到家里来吃饭，你看他来不来。”

我赌气立刻给程子良打了个电话，让他过年的时候来家里吃饭，他有些为难地说，过年期间他得陪姐姐去澳大利亚度假。

我把原话说给妈妈听，我妈又冷笑一声：“是啊，姐姐当然比你重要得多。他要是真爱你，无论如何都会想办法，抽出一天半天时间来一下，哪有抽不出来的时间，只有不愿意应酬的人。”

我气苦极了，在本地人心目中，农历春节是很重要的节日，一定要和家里人团聚，程子良的家人当然是他姐姐，所以他这样做，也不能说错，但我还是觉得难过。

大约是最亲密最信任的妈妈都不看好我的这段恋情，让我心里没了底气，有些说不出的恐慌。

我没有把这些事告诉程子良，他曾经留学国外，作风很洋派，也许在他心里，春节也不过就是个假期，所以陪姐姐去度假也很寻常。

他出国去我没有去机场送他，因为程子慧看到我总会失态，程子良在电话里婉转地提了提，我就心知肚明，顺水推舟地说了不去机场给他送行。程子良为了姐姐委屈我也不是一天两天，谁让他姐姐有病呢。

不过在他临走前，我们还是见了一面。我记得那天下雪了，程子良在路灯下等我。我妈妈自从知道他和我来往后，就特别不待见他，我怕她见到程子良会说出什么不好的话来，所以偷偷从家里溜出来。

程子良独自在离我家不远的路灯下，他的车就停在不远处，我本来满腔怨气，看到他头发上落满雪花，我的气也消了。我问他："怎么不在车里等？"

他把我的手放进他的大衣口袋取暖，他低头在我耳边说："想早一点儿看到你。"

他呼吸的热气都喷在我耳朵上，痒痒的，我心里也酸酸甜甜的。

那天程子良带我去吃了好吃的海鲜火锅，为了驱寒，我们还喝了一点儿酒。送我回家的时候，路上已经结冰了，他开车开得我很担心，但我们还是平安到家了。我担心回家太晚被妈妈知道，所以匆匆忙忙下车就往外跑。

程子良却一把拉住我的胳膊，我都还没反应过来，嘴唇上已经触到一个非常温软的东西——我吓得呆住了，过了好几秒钟，才明白是程子良在亲我，我脑子里乱哄哄的，心跳得又急又乱，幸好他没一会儿就放开我，温柔地说：“早点睡。”

我的脸烫得快要烧起来，初吻啊，原来接吻就是这样，好像感觉特别怪异，可是……唉……反正趁着夜色我慌里慌张就跑掉了，都没敢回头答应程子良的话。幸好程子良怕我妈看见，把车停得很远，我穿着高跟鞋嗒嗒地跑着，自己都不知道自己在慌什么，刚拐过弯，突然一辆车子就亮起大灯，灯光一时刺得我都睁不开眼，我用手背挡住眼睛，过了一会儿对方熄掉了灯，我眼前又一片黑，好半晌才适应，这才发现车边上站着的人是老钟。

老钟是苏悦生的朋友，人人都叫他老钟，其实他年纪也不大，顶多有三十岁。不过在十八岁的我看来，三十岁已经够老了。大冷天的，他穿着黑色的貂皮大衣站在车边，嘴里还含着一支雪茄，颇有几分大老板的派头。我脸上都还在发烫，心里猜度他有没有看见程子良，有没有看见程子良亲我，不过我很快镇定下来，问他：“你怎么来了？”

“年底了，有几份文件得你签。”他把车门打开，“快上来，外头好冷。”

确实冷，还下着飒飒的雪珠子。我钻进他的车里，他把我接到了钻石豪门的办公室。从抽屉里拿出一沓文件让我签，我一边签一边和老钟闲聊，问他今天有什么甜品吃。

那时候我已经跟老钟混得特别熟了，他常常会找我去钻石豪门签一些文件，签名的时候还会安排厨房给我做个甜品吃，把我当小朋友一般招待。我就当自己是来写作业，只是这作业内容通常只是签名而已，至于报酬，反正钻石豪门的甜品被我吃了个遍，吃得我嘴都刁了。我妈带我出去吃饭，最后上来的甜品不论是杨枝甘露还是桃胶炖原梨，我都觉得索然无味。

我签完所有的文件，一抬头，突然发现老钟的衬衣领子上有一抹可疑的红痕，我那时候年轻嘴快，指了指就跟他开玩笑："刚从温柔乡里出来啊？还带着幌子呢。"

老钟就着墙面上贴的拼花玻璃照了照自己的衣领，一边抽了纸巾擦拭一边就说："真是……晚上陪着苏先生吃饭，哎哟那几个姑娘太厉害了，我都招架不住。对了，苏先生在四楼包厢里，你要不要去打个招呼？"

我已经好长一段时间没见过苏悦生，自从他帮我妈脱离困境后，我们俩就没见过面，我心心念念应该谢谢他，于是说："好啊。"

老钟叫了个人来带我上四楼，所谓包厢其实是特别大一间套房，酒宴刚散，却是长窗大开，中央空调呼呼地吹着暖气，倒是安静得很。

带我来的人替我打开门就退出去了，我走在绵软的地毯上，倒有点怯意，心想万一苏悦生要带着个姑娘在这里，我冒冒失失地撞进来多不好。想到这里我就立住脚，叫了一声：“苏先生。”

没有人回答我，倒是洗手间里水哗哗地响着，我尴尬地立住脚，在外面餐厅里等了片刻，却不见苏悦生出来。我本来起身打算走了，突然觉得不对，跑到洗手间敲门：“苏先生，你在里面吗？”

还是没有人回答我，我把耳朵贴在门上听了片刻，里面的水还哗哗地放着，我又叫了几声，用力拍门，仍旧没有人回答。我跑到走廊里去叫来了值班经理，她立刻用对讲机叫了保安上来，把洗手间的门撞开。果然苏悦生倒在地上。

众人一阵大乱，有人叫救护车，有人跑去找药，最后还是我随身带着药，立刻给苏悦生吸入，这一次他发病很厉害，吸入药物也没能缓解多少，最后救护车来把他送进了医院。

那天晚上因为这么这一折腾，我回家太晚，被我妈妈堵在玄关，她气势汹汹地拿着鸡毛掸子，没头没脑就朝我抽过来：“你去哪儿了？送你回来那老男人是谁？还穿着貂皮大衣！一看就不是好东西！”

是老钟送我回家，我撒谎说是学校的老师，我妈更生气了。她咬起牙来额角上青筋直暴，连手里的鸡毛掸子都打折了，又跑到厨房去拿扫把，我吓得连跑都忘记了，只痛得呜呜地哭，她用扫把一杆子打得我差点没扑倒在地上。我妈一边打我一边哭：“你怎么能往邪路上走！”

我挨了这一场打，在家里养了两天伤才缓过劲儿来。可是程子良已经走了，我连诉苦都无处可诉。

等我再次见到苏悦生，已经是旧历年的年底，他已经康复出院了，所以打电话叫我吃饭。他请客的地方自然不差，这一次也是，是在郊外一个湖边，冬天里下过几场小雪，山头上的积雪还没有完全融化，湖里结了冰，会所里却很暖和。一整面的落地玻璃正对着湖面，我想如果是夏天，这里一定很美丽。

那次宴请就我们俩，菜却很多，我都吃撑着了，苏悦生说："你都救我两回了，事不过三啊，下次你要再救我，我可只有以身相许了。"

我看了他一眼，确认他又在跟我开玩笑，其实我挺担心另外一件事情，今天终于有机会单独见他，趁机向他问清楚："平时老钟让我签的那些是什么东西？将来会不会让我负法律责任？"

我问得很认真，苏悦生却瞥了我一眼，似笑非笑："是啊，把你卖了你还得帮着数钱。"

我心里是有点不高兴，把筷子一放就说："我吃饱了。"

"脾气怎么这么大呢？跟你开句玩笑也不行？"

我没理会他，低头坐在那里玩手机。程子良出国之后，也不怎么打电话来，有时候我发短信，他也半天不回。空间的距离让我产生莫名的忧虑，我字字斟酌地给程子良发着短信，不知道这一次他回不回。

苏悦生忽然说："想不想要什么新年礼物？"

我抬头看了他一眼，他表情很认真似的，我赌气说："那你想送我什么？我可是救了你的命呢！"我没告诉他，那天晚上救他害得我还挨了我妈一顿打，实在是太丢脸了。

"救命之恩，所以我慷慨一点儿，随便挑。只要我办得到，我都送给你。"

我眼睛转了转，突然想到电视里正在播的《神雕侠侣》，我灵机一动，说："我还没想好，要不这样吧，等我想好了再告诉你。"

苏悦生这么神通广大，让他欠我一份人情，那当然是好事。

苏悦生答应得挺爽快的："好，你想好了就告诉我。"

他话音还没落，我电话就响起来，我一看号码不显示，就知道是程子良，不由得喜出望外，急急忙忙跟苏悦生说了一声"对不起"，就跑到走廊去接电话。

程子良其实也没有什么要紧事跟我说，就是打电话来问一下我好不好，春节怎么过。我本来满心怨怼，但听到他的声音，忽然又觉得全部可以原谅。我们两个絮絮叨叨地说着电话，最后谁都舍不得先挂断。

所有的话几乎翻来覆去说了好几遍，到底还是我催着程子良挂断，电话断线，我的心也重新缓缓沉下去。快乐和愉悦都只是暂时的，困顿和伤感却是长久的，我透过走廊上的落地玻璃看着湖面上的斜阳。冬天的太阳浑没有半分力气，湖面上反射着细碎的粼光。有一只不知名的野鸟，在那里凫水。它游得很慢很慢，孤零零的，从湖里慢慢地游过去。

我在那里不知道发了多久的呆，最后才想起来还有苏悦生，我回到包厢里，苏悦生正在抽烟，我有点内疚："不好意思啊，接电话太久了。"

苏悦生倒是眯着眼睛打量我，唇边还带着丝笑意似的："程子良的电话？"

我有点不好意思，但也大大方方承认了："是的。"

"你是我救命恩人，所以呢，有件事我得告诉你。"苏悦生还是那副表情，似笑非笑，"你知不知道，程子良跟谁去的澳大利亚？"

我心里突地一跳，有一种不太好的预感。

"程子慧给他介绍了一个女朋友，他们三个人一块儿去的澳大利亚。"苏悦生掸了掸烟灰，又瞧了我一眼，"你可要沉住气。程子良也不见得就喜欢那姑娘，不过他听他姐姐的话听惯了，怎么也得应酬一下。"

我的脸发涨，耳朵里也嗡嗡直响，苏悦生轻描淡写的一句话，可是让我难受极了。男朋友瞒着我跟别的女孩子一块儿去度假，他却说是应酬。

这样的应酬，我实在是受不了。

我咬了咬牙，自己都觉得自己声音难听："没什么，我能理解。"

苏悦生又是一笑，笑得露出满口白牙："别介啊，你能不能理解，都不用对我说。算我多嘴，来，我自罚一杯！"

他喝了满满一杯白酒，我杯子里不过是果汁，但我连呷一口的兴趣都没有。我默默地看着他，他笑得挺畅快似的："你也别担心，我不是还欠你一份礼物吗？到时候你要真不高兴，我就去帮你搞定那姑娘。你就放心吧，我跟程子良，不论哪个姑娘都会选我的。"

我恨恨地瞪了他一眼，他明明是在开玩笑，我心里却十分恼恨。

过年的时候到底只有我和我妈两个人，像往年一般冷冷清清。家里的保姆都放了假，我妈做了一大桌子吃的，还有她最拿手的冻肉。可是两个人的团年饭，到底吃得没滋没味。

大年初一一大早，我还在睡觉，突然听见底下闹哄哄的，动静实在太大，把我都吵醒了。我揉着眼睛跑下楼，从窗子里往外头一看，才发现一堆人堵在我家门口，还有人往我们家玻璃上砸砖头。

我妈木然地站在客厅里，我张了张嘴，她转过头来看了我一眼，说："乖，上楼去。"

我问我妈："你借人家高利贷了？"

我妈摇了摇头，外头有个女人尖声叫着我妈的名字："邹若莲，你滚出来！你个狐狸精，勾搭人家老公，不要脸的婊子……"

我勃然大怒，可我妈把我往楼上推，那些人把我们家窗玻璃都砸破了，还有人竟然拔着碎玻璃，似乎想从窗子里钻进来。我大声叫我妈报警，我妈却说："报什么警？还嫌不够丢人吗？"

外头吵闹得更凶了，连物业都不敢来管，我妈使劲推我让我上楼去，她的脸因为难堪而涨得紫红，我一直觉得我妈保养得挺好的，但在这一刻，她脸上的肌肉都垮下来，老态顿生。我心里很难过，纵然我妈做得不对，她到底是我妈。我一口气跑上楼，翻到苏悦生的电话，直接打给他。

他明显还没睡醒，连接电话的声音都是懒洋洋的："早啊，这么早打给我拜年？"

我无心多说，只说有人到我家里来闹事，问他有没有办法。他略略有些意外，说："我在北京家里……"

我十分沮丧，但他很快说："没事，我让老钟去处理。"

我期期艾艾地感谢他，他却还是那副懒洋洋的腔调："不客气，算我上次说错话赔罪。不过……你是不是借人家高利贷了？大年初一让人家跑上门闹事？"

我两只耳朵都在发烧，给他打电话的时候我都没想太多，就觉得他肯定能摆平这事，但许多话，我没法对一个外人讲。我只是再次轻声说："谢谢。"

苏悦生可能也悟过来我有什么难言之隐，他说："放心吧，老钟那个人嘴严得很，他不会在外头乱说话的。”

我挂上电话就跑下楼，把我妈拖到楼上去，我们两个关在房间里，我妈如同困兽般走来走去，底下还是闹哄哄的，似乎有人终于翻窗子进了客厅，打碎了什么东西，稀里哗啦一阵乱响。我妈眉头直跳，我唯恐她忍不住冲下楼去，所以死死拖住她。

没想到她倒是按着我的手背长叹了一声，转过脸来对我说：“乖女，妈妈不想让你跟程子良来往，就怕你落到跟妈一样的地步。”

我看着我妈眼睛里亮闪闪的眼泪，嗫嚅着说：“他不会的……”

我妈轻轻摇了摇头，好像很伤心的样子。我也不敢跟她再多说话，本来我对程子良很有信心，可是一想到他姐姐的态度，我又觉得忐忑不安。

幸好没过多久，底下突然安静下来，我跟我妈面面相觑，不知道那些人是不是走了。又过了大约一刻钟，我正犹豫要不要下楼去看看，手机响起来，我一看正是老钟的号码，我怕我妈看到，赶紧接了。

“邹小姐，那些人都已经被轰走了。你放心吧，他们不敢再来了。”

我十分感激：“谢谢！”

“不用。你客厅里打破了几个花瓶，我让那些人赔偿损失，过会儿他们会送钱来，我知道你不高兴看到他们，所以就让他们把钱送去物业值班室，你有空去取就行了。我也警告过物业了，他们下次不会再吃干饭不做事。”

我都没想到老钟这么厉害，更没想到他能这么快赶过来，而且一来简直是横扫千军，竟然还能让那群人乖乖赔偿损失。我心悦诚服地说：“谢谢！”

老钟打了个哈哈：“这么见外干吗？你是我们钻石豪门的法人代表嘛！谁敢不给你面子，我削死他们！都是一家人不说两家话。大过年的，别被那群浑蛋坏了心情。”他语气十分轻描淡写，明显真没把这事当成大事，最后才说，“替我问苏先生好。”

我答应了一声，迫不及待地把电话挂上，让我妈就待在房间里，我自己下楼。我妈死活不肯，到底还是她把我一推，自己咚咚咚跑到楼底下去，我连忙也跟着她下楼。楼下静悄悄的，一个人都没有了。我和我妈四面看了看，果然只是打碎了几个花瓶，不过碎片都被人收拾得很干净，我妈细细地看过，这才发现客厅大理石地面上有一抹血迹，但被人用纸巾擦拭过，不细看还真看不出来。

我妈瞪了我一眼，问我：“谁给你打电话？你认识了什么人，这么神通广大？”

我噎住了，总不能老实告诉我妈，我认识老钟，而老钟的来历更难解释，如果她知道了来龙去脉，非再抽我一顿不可。我支支吾吾的，我妈又瞪了我一眼：“你给程子良打电话了？是他找人来打发了那些人？”

我愣了一下，我妈还以为她自己猜对了，她不由得又叹了一口气，倒是什么也没再说。

不过为了这件事，我还是非常感激苏悦生，等过完年他回到本地，我就特意拿出零花钱，提前订了个特别贵的餐厅，请苏悦生和老钟吃饭，算是感谢他们俩帮忙。老钟本来答应了，但到了那天下午，突然又打了个电话给我："邹小姐，真是十分抱歉哈，我晚上突然有点事去不了，心领了心领了，你让苏先生多吃点儿，把我那份吃回来就成了。"

我知道他平时都挺忙的，也没太在意，说："那回头过几天，再请你！"

"没事没事，你知道我这一摊子破事，天天忙得跟孙子似的，还不定哪天能有空。对了，你过会儿能不能先来趟办公室，我这里有几份文件，你来签个名。"

我一口就答应了，过年那会儿老钟帮了我那么大的忙，反正吃饭的地方离钻石豪门挺近的，顺路过去先签几份文件，小事一桩。

老钟跟平时一样在办公室等我，我一进门他就嘱咐人去厨房给我拿甜品，今天的甜品是杏仁豆腐，他说："新换了个甜品师傅，你尝尝怎么样？"

我吃了几勺，味道还行，杏仁挺香的，不过连吃了几口之后，总觉得略有异味，我老实说："好像有点苦。"

“是吗？这群浑蛋找来的大师傅，一个不如一个！还问我要那么高的薪水！连个甜品都做不好！回头我非开销了他们不可！从哪个旮旯里找的人……”

老钟显然是气坏了，嚷嚷着要去炒甜品师傅鱿鱼，我觉得挺不忍心的，就说：“也许是杏仁没挑好，有的杏仁就是苦的。”

“您别吃了！”老钟看我又挑了几勺，连忙说，“我得让他们端去厨房，非逼着那王八蛋自己吃完不可！”他一边说一边提高了声音唤人，我连忙拦他：“算了算了，别生气了。”

老钟被我劝住了，他打发司机送我去餐馆，说：“您也别生气，回头我再换个好的白案师傅，下回您来，一准不会出这种事。”

我其实也没生气，钻石豪门的甜品一直做得特别好，远远胜过外头好多餐厅的水准。也许正因为如此，所以老钟才会生气吧。毕竟谁也不愿意砸招牌。

这么一耽搁，我到餐厅的时间比苏悦生还晚，我心怀愧疚，连忙请他点菜。他也没客气，拿起菜单很快就点完菜，这才问我：“年过得怎么样？”

“还行，就那样。”

其实我挺郁闷的，程子良到现在还没回来。

我努力振作精神，跟苏悦生说话。这是个高端日本料理店，据说和牛是真的从松阪空运过来的，食材很新鲜，就是暖气太足了，我越坐越热，吃到一半，都吃出一身汗。苏悦生喝清酒，我要的是一杯冰水，就是冰水都止不了渴似的，我都喝三大杯了，还是不停在冒汗。

苏悦生看我鼻尖上都是汗，他把服务员叫来了，让他们关上暖气，又给我叫了一杯冰水。不知道为什么我觉得自己在发抖，好像喝醉了的那种感觉，晕乎乎的。苏悦生终于觉得不对，问我："你不舒服吗？"

"不知道……反正挺难受的。"而且那种难受的劲儿我说不上来，就是觉得又闷又热，我把毛衣的领子一直往下拉，还是觉得透不过来气。

苏悦生把桌子上的食物看了看，说："你是不是对刺身过敏？要不要去医院看看？"

其实我就觉得热，全身发腻，跟皮肤上糊了层巧克力似的，形容不出来那是一种什么感觉。苏悦生大约觉得我状态不太好，匆匆忙忙叫了服务员来结账，然后开车带我去医院。

我几乎是被他拖出餐厅的，我腿发软，站不稳，重心全在他身上，都使不出半分力气。他把车门打开，很干脆地将我抱起来，我脑子里"轰"一下子就燃了，心突突地直跳，全身软得像泡在温水里，就觉得他抱得真舒服，他身上的味道也真好闻，我用力抓着他的衣襟，他要把我放后座我都不让他松手，我傻乎乎地笑着，突然亲了亲他的脸，我看着他的耳朵"唰"一下子全红了。我完全管不住自己，伸手拽着他的领带，还想亲他。

苏悦生大约费了很大的力气才挣脱我，因为我的指甲把他的手都划破了。他匆匆忙忙坐到驾驶座，我从后座往前排爬，他毫不留情地将我推倒回去。他又重新下车，恶狠狠地用安全带把我绑住。我手指直哆嗦，解不开安全带，只好拼命叫他的名字："苏悦生你放开我嘛，苏悦生！"

我也不知道为什么自己的声音像一只猫，咪咪叫似的，又细又小，苏悦生完全不理我，反倒把车子开得飞快。我使劲拽安全带，那带子把我越缚越紧，我都疼得要哭了，他才把车子停下来，把我弄进一幢建筑里。

这个地方不怎么像医院啊，我跌跌撞撞地被他拖着走，一边走一边撒娇："你抱我！你抱我嘛！"我浑身难受极了，就是他刚才抱我的时候我才觉得舒服一点儿。

苏悦生就是不抱我，他把我推进一间屋子里，啊，很大的浴缸，我出了一身汗，真想洗个澡，我拽着自己的毛衣还没脱下来，苏悦生已经把我拉过去，拿着花洒没头没脑地朝我浇过来。

冷水浇得我一激灵，我狠命地抱住他，像小狗一样在他身上蹭来蹭去，他把我拉开，又用冷水浇我。我难受得呜呜哭，抓着他的衣角不放手。

他拼命用冷水冲我的脸，水灌进我的鼻子里，呛得我直咳嗽。我喘不过气来，他还在用力拍我的脸：“邹七巧！”他的声音像凉水一样冷，“你吃了什么？谁给你吃什么了？”

“我不知道。”我听见自己在咯咯笑，他的手搂着我的脖子，这让我觉得很舒服，我还是想亲他，唔，趁他不备，我突然抓住他的衣领，然后猛然往上一凑。他的嘴唇好软，好香，我像只偷到香油的小老鼠，无限眷恋地不停舔啊舔。他身子发僵，好几次想推开我，但我死死把他抱住，真好，这样子太舒服了，他身上又硬又软，我太喜欢他抱着我了。

我从鼻子里发出不明意义的哼哼，好像小猪吃饱食的那种，他忍不住扶住我的后脑勺，这下真的舒服了，因为他在亲我，我全身发烫，被他吻得发软，人不停地往下溜，好像被抽了筋，一点力气都没有似的。我觉得他的衣服太碍事了，都不能让我顺顺当当地摸到他，我把手使劲挤进他的领口里，扯着他的衣服。没想到他突然就把我甩开了，拎起花洒，没头没脑又对着我冲水。

我号啕大哭，一直往后缩，像小孩子被抢走了糖。苏悦生就是糖，我要吃吃不到，他还拿冷水淋我。我哭了一会儿，看他拿着花洒对着他自己冲，我又笑了，嘿嘿地问他：“你洗澡呀，我也要洗澡。”

我开始脱自己的衣服，他飞快地扑过来，把我拖过去按在浴缸里，然后打开龙头放水，冷水让我觉得特别不舒服，我好几次想从浴缸里爬出来，都被他按回去了。

我大吵大闹，坚决不肯待在浴缸里，苏悦生被我吵得没办法了，像哄小孩一样哄我：“乖，再待一会儿，冷静冷静！我给你买好吃的！”

“我不要好吃的！”我像绞股蓝一样使劲缠着他的胳膊，试图把他也拖到浴缸里来，“我要你抱我！”

“不可以抱！”苏悦生恶狠狠地把水往我头上浇，我哭得稀里哗啦：“那你唱歌给我听！我要你唱歌给我听！”

“我不会唱！”

“那你抱我！”

“不可以抱！”

我飞快地伸手搂住他的脖子：“那你唱歌！你不唱歌就抱我！”

他被我缠得没办法了，只得用力把我的胳膊拉下来，他说：“那你乖乖坐好，我唱歌给你听。”

我听话地在浴缸中间坐好，他看了我一眼，问：“你要听什么歌？”

“摇篮曲！”

“不会唱！”

“那你抱我！”

“不可以抱！”

我趁机从浴缸里爬起来，像只无尾熊一样扑向他，整个人几乎都挂在他脖子上：“那你别唱歌了……”

“坐好！我唱！”他大喝一声，吓得我一哆嗦，又退回浴缸中间蹲在那里。他清了清嗓子，开始唱歌："一闪一闪亮晶晶，满天都是小星星……"

没想到苏悦生从来不唱歌，倒还有一把好嗓子。我摇头晃脑跟着他唱："挂在天上放光明，好像许多小眼睛。一闪一闪亮晶晶，满天都是小星星……"

夜色温柔，妈妈也曾唱这首歌哄我睡觉，当然她唱得最多的是另一首。我开始轻轻地哼出声："月亮月亮来唱歌，阿依阿依来过河，河里无风起了浪，金尾鲤鱼游上坡……板栗开花结子窠，花椒开花结子多，阿依阿依吃板栗，一甜甜到心窝窝……"

我不知道反反复复唱了多少遍，总之我自己唱得都快打盹了，刚刚恍惚地点了一下头，突然发现苏悦生眯着眼睛蹲在浴缸前，似乎也快睡着了。我像条鱼一样跳起来，用力将他往前一拖，他完全没有反应过来，整个人就已经栽进了浴缸里，水花四溅，冰冷的水珠全甩在了我头上，我哧哧笑着扑过去，"叭"一声用力亲在他嘴唇上，无比得意："亲到你了！"

他在发抖，也不知道是被满缸冷水冻得，还是被我气得。他的眼睛里似乎有幽蓝的火焰，他又扶住了我的后脑勺，声音暗哑，似乎在极力克制着什么似的："应该是这样亲。"

我的呼吸一窒，鼻端全部都是他的气息，又冷，又香，是一种说不上来的奇特气味，好像是薄荷的味道，又好像是茶叶的香。我脑子直发晕，整个人像浮在云上，这个吻和程子良的那个吻完全不一样，这个吻充满了诱惑，还有一种我形容不出的情绪，让人沉溺，明明是窒息般的痛苦，却显得分外欢愉。他短暂地放开了我一小会儿，低头亲吻我的锁骨，弄得我很痒痒，我忍不住乱笑，他再次吻住我，这个吻比之前那个更缠绵，更让人觉得舒服，我浑身的毛孔似乎都打开了，都不觉得浸在水里冷了，我像只老鼠掉进猪油罐子里，整个世界似乎都是香喷喷滑腻腻的，是一种幸福的满足感。

苏悦生的肩膀真硬，靠在他怀里真舒服，但他的胳膊又很软，抱着我时，我什么都不想做，就想趴在他胳膊上。长久的吻令我觉得整个人都似乎融化掉了。我懒洋洋地在他耳朵边说："刚刚叫你抱我，你还不抱。"

他低声说了句什么，我都没听清楚，他在亲吻我的耳垂，让我全身最后一丝力气都没有了，我咯咯地笑，就在这时候，突然有个奇怪的声音响起来，我第一时间反应过来，是我的手机，我的手机被扔在地上，但它在响。

我爬起来想去拿手机，苏悦生像如梦初醒似的，他阻止了我，自己飞快地走过去把手机捡起来。我非常生气："那是我的电话！"

苏悦生只看了一眼屏幕就把电话扔进了浴缸里，我最新款的手机啊！刚买了不到三个月，"咕咚"一声就沉进了水里。我慌慌忙忙把它捞起来，水滴滴答答往下滴，屏幕早就不亮了。

我非常生气，冲苏悦生嚷嚷：“你赔我电话！”

他看了我片刻，把门关上就走了。我心里很难过，知道一定是程子良打来的，这么晚了还打电话给我的，只有他了。可惜我都没有接到。我生气极了，但苏悦生已经走了。

我不知道在浴缸里泡了多久，直到我冷得发抖，不停地打喷嚏。我不再觉得难受了，就觉得冷。苏悦生把浴室门反锁上了，他不知去了哪里，我非常害怕，拼命地敲门：“苏悦生！苏悦生！”

没有人理我，我又冷又困又乏，不明白发生了什么事，就觉得头重，昏昏沉沉的，好像我自己的脖子撑不起自己脑袋似的。我哭着打了一会儿门，抱着湿淋淋的手机就在那里睡着了。

等我真正清醒过来，已经是第二天中午，我头痛欲裂，特别特别难过，好像宿醉未醒的那种感觉。我从柔软的被褥中爬起来，发现自己在陌生的房间，我突然想起昨天晚上发生的事情，好像一桶冰水浇在脊背上。我掀开被子，发现自己穿着干爽的男式衬衣，我模模糊糊记得自己不停地往苏悦生身上扑，然后他用冷水浇我，最后我在浴室门后面睡着了，后来呢？发生什么事？

我呆若木鸡，一动也不敢动，越想越觉得害怕，到底昨天我是怎么了？

我像只鸵鸟一样，恨不得能把自己的头埋进沙子里。

事实上我也这么做了，我把自己的头埋进被子里，恨不得能把自己给憋死。

憋到最后，我还是忍不住从被子里爬出来大吸一口气。

我心里其实恐惧极了，我每次恐惧极了的时候才这样犯浑。

如果我真和苏悦生有什么，那我跟程子良就完蛋了，我还有什么脸见他？

我恨不得能掐死自己。

我在床上又赖了将近半个钟头，终于还是鼓足勇气下床，找到洗手间简单洗漱，我自己的衣服都不晓得去了哪里，这么光着两条腿，也不好满屋子溜达。

幸好洗手间里有浴巾，我胡乱打个结，像条长裙系在腰间，这才下楼去。

房子很大，客厅里有轻微的响动，我从楼梯上张望，是一位穿制服的家政阿姨在擦拭茶几，我顿时放了一半心，轻轻咳嗽了一声，那阿姨抬头看到我，笑眯眯地说："邹小姐醒啦！昨天您喝醉了，苏先生半夜打电话让我来照顾您。早上我把您的毛衣送去干洗了，不过给您准备了一套新的，就在楼上，我去给您拿？"

我整个心都放下来了，原来昨天是阿姨照顾我，衣服想必也是她替我换的，这太好了。

我有一种逃出生天的如释重负，连心情都轻快起来："不用，我自己上去穿。"

“就在您休息的那间卧室衣橱里，和您的大衣放在一块儿。”

我顺利地找到了那条还挂着吊牌的羊绒裙子，把它穿上之后，突然心情又沉重起来。这条裙子是所谓的设计款，价钱倒罢了，关键是减之一分嫌瘦，多之一分则肥，但我穿着恰恰好，明显是按我尺码买的。

我不觉得家政阿姨会给我买到这么合身的裙子，对我尺码一清二楚的，大约是苏悦生，因为上次他出于偶然送给我那条连衣裙就挺合身的，他女朋友的身材一定跟我差不多。

“要死咧！”我喃喃自语，不由自主地拿额头往镜子上撞，恨不能一下子撞进镜子里索性穿越，好不必面对这样的尴尬。昨天我一定是撞了邪，不，我昨天滴酒未沾，为什么会跟发酒疯似的？

我想了一会儿想不明白，其实昨天的事就像做梦似的，我只记得大概发生了什么事，好多细节却早就是一团模糊的光影。

我在床头找到我自己的小肩包，包包旁边端端正正放着一部全新的手机，我模糊地记得自己的电话好像掉进了水里，因为我对自己捞电话那一场景记忆深刻。可是这个新手机……

我把手机放回原处，太乱了，我都没法细想，决定还是赶紧溜回家去。

昨天我一夜未归，我妈一定会打死我的。

我到家之后长长地松了口气，我妈竟然不在家，家里冷冷清清，还是我走时的样子。她昨天晚上竟然也没有回来，幸好她没有回来，不然这会儿一定已经打断我的腿了。我溜回自己的房间，关上门还觉得自己的心在怦怦跳。

幸好似乎并没有发生什么可怕的事情，我躺在床上，不无庆幸。可是脑海里浮现出来的，却是苏悦生那幽暗深邃的双眸，他扶着我的后脑勺，用喑哑低沉的声音说："应该这样亲。"

他的吻像是能融化一切，我飞快地拉起被子盖住头，唉唉！快点让我忘记自己干过的蠢事吧。

从那天之后，我有好长时间没有见过苏悦生。直到程子良回国，他给我带了一份礼物，我见到他，最开始的一秒是高兴，可是几乎是立刻，我就想起苏悦生说的话。我装作不经意的样子，问他："有没有拍很多照片？"

他说："姐姐不爱拍照，我也不怎么喜欢，不过有拍风景。"

"多传几张给我当桌面。"

"好呀。"

他回家后发了很多照片给我，我夸风景漂亮，然后不停地让他发新的照片过来。我从数百张照片中找到蛛丝马迹，有一张海滩上拍的，明显有三个人的倒影，还有拍草地的时候，阳光太好，也映出三条影子。

我的心像是被蜜蜂蜇了，痛得难过，却不知道该怎么办。如果我直接质问，他一口承认了呢？如果不问，那我也太难受了。

那段时间我迅速消瘦，瘦到连我妈都诧异，她说：“乖女，减肥不能减得太猛，要慢慢来。”

可是心痛是不会慢慢来的，我想不出来还可以对谁说这件事情。我妈本来就反对我和程子良交往，至于朋友，我好像没多少朋友。人生真是寂寞，遇见难受的事情，你甚至只能独自躲起来，没有任何一个人可以诉说。我想出去散散心，拿起电话，却不知道该打给谁。我把长长的通讯录翻完了，一直翻到了最底下，都没找出一个合适的朋友能在这种时候陪我吃饭。

通讯录是按拼音字母排序的，所以最后一个名字是老钟的，我忽然想起来，老钟都好长时间没找我签字了，不知道是不是太忙了。不过越忙的时候，他越是会频繁地找我，好多文件，据说我签过才有效。我困惑了一会儿，索性打电话给老钟，他的手机却是已停机。我愣了一下，又打去钻石豪门的办公室，秘书小姐挺客气地说：“邹小姐您好，钟总离职了。”

离职了？

那我这法人代表，还需要继续做吗？

我愣了好半晌，想不出来该向谁打听。最后硬着头皮打电话给苏悦生，幸好他的电话还是通的，不过过了好一会儿他才接听：“你好。”

我又怔了一下，我跟苏悦生要说熟吧，也谈不上有多深的交情，可也不是全然陌生。而且平时他还挺爱开玩笑的，他接电话这么疏离冷漠，真让我觉得有点不习惯。

不过，我沮丧地想，一定是我上次太过分了，天晓得我中了什么邪。我讪讪地说："你好。"

"有事吗？"

我更犹豫了，不过如果这时候不问，我可能没勇气第二次打电话给他，我说："老钟离职了？"

不知道为什么，一提到老钟，苏悦生好像挺不高兴似的。他也没说什么，但那种不悦我觉得简直是透过电话线都能觉察。我说："我那个法人……"

"你要不愿意就不用做了。"

"噢……"

"还有什么事情吗？"

我知趣地说："没有了。再见。"

挂断电话，我想这次我把苏悦生可得罪狠了，他似乎连电话里都透着不耐烦。不过不用做法人了总是一件好事，不然成天让我签各种各样的文件，我还真担心将来要负什么法律责任呢。

Chapter 09
挽歌

情人节的时候，程子良临时要出差，大清早的航班，他在机场打电话给我，我还没睡醒，所以十分冷淡，也没有太多回应。这天正好是周日，连我妈都出去了，就我一个人百无聊赖地躺在家里。

电视没什么好看的，网上也没什么好玩的，我妈新给我买了一台笔记本电脑，我下载了一些游戏，胡乱玩着，刚玩了没一会儿，屏幕突然就黑掉了，重启也没用。我打电话给笔记本电脑的客服，他们说这种情况估计是中了病毒，要我直接拿到销售店去重装系统，如果不愿意去，也可以等他们的工程师上门。

我想反正是没事，所以拿上电脑，开着我妈停在家里的那辆旧车，就直接出门去销售店。

去年我就考到了驾照，不过因为不常开，所以我的技术很一般。我妈那旧车又是原装进口的，特别难开，结果在市中心最繁华的那个十字路口等红绿灯的时候，我踩刹车踩得太急，车子熄火了。

这下子糗大了，我鼻尖都急出了一层汗，赶紧试图重新启动，点火器吭吭地响着，那车就是发动不了，眼看着交警朝我走过来，我就更急了。新手司机最怕交警，又堵在最要命的路口，后头的车纷纷在按喇叭。交警敲了敲车窗，对我敬了个礼，我赶忙下车向他解释："不好意思车坏了……"

"那叫拖车吧，堵在这儿也不行啊。"

可是我连拖车电话都不晓得，后头的车还在乱按喇叭，我越急越乱，心想总不能请交警帮我叫拖车，就在这时，在后头不远处停着的一辆车车门一开，突然走下个人来。我一看简直是喜出望外，竟然是苏悦生。他绕过来直接坐进驾驶室，熟门熟路地发动了引擎，然后看着还傻乎乎站在那里的我，说："上车啊。"

我拉开副驾的门钻进去，一边扣安全带一边问他："那你的车……"

"那是我朋友的车。"说话间他已经将车子驶动，我从后视镜里看了一眼，那是一部很时髦的硬顶跑车，一看就很贵。驾驶它的也是个穿着时髦的女郎，戴着宽宽大大的墨镜，气质简直像明星。我看了一眼专心开车的苏悦生，问："你女朋友啊？"

他没搭理我，我有点讪讪的，最后还是鼓起勇气说："对不起。"

苏悦生还是没搭理我，他也戴着墨镜，好像男明星一样酷。

我只好直视前面的路面，吞吞吐吐地继续说着道歉的话："是真的对不起啦，我又不是故意的……上次我也不知道怎么回事，我平时不那样的，你也知道……”

“下次不要乱吃东西了。”苏悦生终于说，“人家给什么你就吃什么，你是猪啊！”

“啊？”

“猪！”他似乎仍旧很生气，几乎是咬牙切齿地说出这个词。我这才有点回过神来，猛然觉得可疑：“是不是老钟？我就在他那儿吃了碗甜品，他给我吃什么了？”

苏悦生顿了一下：“不用问了，反正他被炒了。”

“噢……”我突然回过神来，“你这是往哪儿开呢？我要去电脑城。”

“你又没说你要去电脑城，猪！”

我气得快要跳起来了：“你怎么能老骂我猪！”我是女孩子啊！哪个女孩子愿意被人一口一个猪地骂。

苏悦生看我跳脚，倒忍不住“噗”一声笑了，他一笑嘴角微斜，别说，还挺有一些帅气。那些我看过的言情小说怎么形容来着，哦，邪肆狷狂。

我一想到这四个字就绷不住也笑了。

这么一乐，倒是把从前的芥蒂都抛开了。我其实很轻松，幸好苏悦生不生我气了。我上次确实挺过分啊，换谁都会跟我绝交吧，被我又亲又抱，他还有女朋友呢，真是……万一被他女朋友知道了，会害得他跟女朋友都不好交代吧。

苏悦生问我："你去电脑城干吗？"

"电脑中毒了，所以拿去修。"

"重装系统？"

"是啊！"

苏悦生说："别去了，那边堵车堵得那么厉害，你也找不到地方停车。我替你重装系统得了。"

这下我崇拜无比地看着他了："你还会重装系统啊？"

苏悦生十分鄙夷地瞥了我一眼："我还是计算机系毕业的呢。"

苏悦生真是计算机系毕业的，他不仅替我重装了系统，还替我重新把硬盘分区，说C盘东西太多会影响开机速度，他甚至还把我的笔记本拆了，给我加装了内存条，让我玩游戏时不那么卡。只是他重新替我下载游戏时狠狠嘲笑了我一把："你这才多少级啊？你玩多久了？"

"我是学生，平时也没空玩，我们学校不让带笔记本。"

因为那时候笔记本电脑相对学生而言还是挺贵重的物品，学校怕出盗窃案，又怕造成学生之间的攀比。

"送你个小号给你玩。我的小号也练到很高级了。"

"什么叫小号？"

"就是马甲，平时不怎么用的号。"

我顿时两眼放光：“平时不怎么用的号都练到很高级了，那你自己的账号得练到多少级了！借我玩一会儿好不好，就玩一会儿！”

苏悦生看了我一眼，我立刻振振有词地说：“我救过你的命呢！两次！”

这下苏悦生没话说了，只得把他的账号借给我玩。整整一下午，我就趴在苏悦生家的茶几上拼命打游戏。哗，简直是横扫千军，高阶账号用起来就是爽啊，钱多，道具多，BOSS一打就死，服务器里所有人看到我都毕恭毕敬，一吐我平时在游戏里总是被人欺负的怨气。

到最后我手腕都痛了，才暂时把账号挂起来，然后颓然倒在地毯上，长叹一口气。

没滋没味的情人节就这样过去了，虽然有游戏可以玩，虽然跟苏悦生恢复了友情，但还是很不快乐啊。

想到苏悦生，我重新爬起来，他坐在沙发那一头，也拿着笔记本玩游戏，但他正在玩的游戏我不怎么喜欢，枪啊炮啊，打得满屏都是鲜血。我问他：“肚子饿，有没有什么吃的？”

苏悦生这才看了眼时间，我也看了一眼墙上的挂钟，都已经晚上八点了，怪不得我肚子饿。

他问我：“想吃什么？”

“泡面就可以了。”我很乖觉地说，“要不叫外卖也成。”

“你不会做饭吗？”

“啊？”

“冰箱里都是菜，厨房里什么都有，你做吧，我也饿了，多做点。”

凭什么呀？我还是半个客人呢，再说我跟苏悦生吃过好几次饭了，知道他可挑食了，我要是做饭，他肯定觉得难吃，出力不讨好的事情，我可一点儿也不想干。

大约是看我不太情愿，苏悦生眉毛微挑：“我把账号借给你玩了一下午……”

“好吧好吧。”我认命地爬起来跑到厨房去翻冰箱，里面东西倒是很多，不过大部分是速冻食品，幸好有盒装的净菜，还有一些冷冻的鱼虾。

有食材就好，我拌了个蔬菜沙拉，炒了个虾仁青豆，然后蒸了条鱼，做了个最家常的西红柿蛋花汤。电饭煲里的米饭好了，我的菜也基本上做好了。

我把碗筷摆好，招呼苏悦生来吃饭：“不许说不好吃。”

苏悦生没说不好吃，只是吃到最后才说：“这青豆里面的虾仁有点老……”

“有的吃就不错了。”我理直气壮，“再说是你冰箱里的虾剥出来的虾仁，要嫌弃也得嫌弃你自己不会买菜。”

苏悦生没再说什么，直到最后我收拾碗筷的时候，他才说：“下次不要用新西兰Scampi做青豆虾仁了，那虾是吃刺身的。”

“冻的怎么吃刺身？”

“化了不就可以吃刺身了。”他打开冰箱抽出我没用完的那半盒甜虾，全部放进冷水碗里浸着，过了一会儿他拣了一只剥开，往虾身上搁了半勺鱼子酱，然后对我说，“你尝尝！”

别说，红白相间的虾身配上黑色的鱼子酱，看上去挺有卖相，我两只手上全是洗碗盘的油腻，他一直递到我嘴边，我毫不犹豫张嘴就接了。唔，好吃，果然好吃，入口鲜甜无比，最后那一撮鱼子酱在舌尖爆开的感觉更是……太好吃了！

我眯起眼睛把虾咽下去，意犹未尽地舔了舔嘴唇，才觉得眼前这情况有点尴尬，自己怎么跟狗狗似的，举着两只爪子等他喂食，不过他表情也挺尴尬的，拿着个虾头好像有点不知所措，缓了一会儿才说：“这个配白葡萄酒特别好，我去找一瓶。”

他把虾头匆匆忙忙扔垃圾桶里，我也只好洗干净手，把余下的虾全给剥了，放在一个大盘子里。

苏悦生把酒找来，我们俩就坐在厨房里，一边吃虾一边喝酒，不用筷子而用手，因为筷子刚被我洗掉了，都放进了消毒柜。说实话，我挺喜欢这种吃法的，有一种大块吃肉大口喝酒的错觉，因为虾大、鲜美，酒也非常好。苏悦生一边吃虾，一边跟我讲他在新西兰潜水的事：“特别好玩，而且你永远不知道自己会在海底遇见什么。”

“会遇见鲨鱼吗？”

“浮潜都有可能遇见鲨鱼，但还好，一般不会有任何危险。相反有时候会遇上一些难以预料的事成为危险。”他指给我看他脖子上的伤痕，“这个是珊瑚礁划的，当时我在水下拍照，没提防会撞在珊瑚上。浮潜的时候反而要当心，因为重潜的时候，人会有潜水衣的保护。”

我那时候对潜水一无所知，所以问：“水下还能拍照？”

“当然能，还可以拍DV。”他抓起餐巾擦了擦手，“走，给你看我拍到的蓝洞。”

我那时候压根不知道什么叫蓝洞，不过还是屁颠屁颠地端着盘子跟在他后头去了。苏悦生一个人住偌大的别墅，在地下室有影音室，巨大的银幕，地上铺着特别厚的地毯。我们俩盘膝坐在地毯上，一边吃虾一边看蓝洞。

说实话挺震撼的，水底拍摄跟我想象的不太一样，镜头不太稳，但银幕大，整个影音室一面墙都是幽暗的海底，那个洞真深啊，不停地有各种各样的鱼从镜头中掠过，镜头一直转一直转，不停地拍不停地拍，越潜越深，越拍光线也越暗，到最后只有镜头不远处一团光，照着鱼不停地游过，别的什么也看不见。

我们把一盘子虾都吃完了，吃得我直打饱嗝，那瓶白葡萄酒挺好喝的，越喝越觉得爽口，我一边喝酒一边问苏悦生：“你一个人潜水，不怕吗？”

“会怕……不过有时候也会想，反正这世上我也是一个人，还有什么可怕的。”

我看了他一眼，他的背斜靠在沙发前，两条长腿就伸在地毯上，好像只是随口说说一般。从我认识他的时候起，他就是这种懒洋洋的劲儿，不过听他说这句话，我还是挺难过的。

因为我清楚地知道，在这世上，我其实也是一个人。

就好比今天明明是情人节，我连个吃饭的人都找不着，要不是遇见苏悦生，我一定在家里冷冷清清自个儿过了。

余下的时间我们两个都很沉默，只是偶尔端起酒杯，默默地喝酒，那个蓝洞特别幽深漫长，一群一群的鱼不停地游来游去，影音室里的空调非常暖和，我玩了一下午的游戏，其实挺累的，看着看着就睡着了。

我睡了不知道多久，迷迷糊糊醒过来一次，有点冷，随手捞了个东西，好像是毛毯，我就拉过来盖在自己身上，又睡着了。

等我真正醒来的时候，也不知道是几点，我睡得肩膀发疼，脖子发软，一扭头才发现自己枕在苏悦生的衣服上，身上倒还盖着一条毯子。他就睡在离我不远的地毯上，我们两个人睡得真是横七竖八。我觉得特别不好意思，怎么就睡着了呢？

我一动苏悦生也醒了，他打了个呵欠，说：“几点了？”

我也不晓得时间，我的手机没电了，已经自动关机。他不知道从哪儿摸出个遥控器按了一下，雪白的银幕上出现了巨大的一行投影字幕，显示的正是现在的时间：AM10:32。

我像只兔子一样跳起来，都已经快中午了，我一整晚没回去，我妈知道一定会打死我的。

我慌里慌张地把自己乱纷纷的长头发绾起来，问苏悦生："能不能借用一下你的洗手间？"

"当然可以。"他大约看我十分着急，于是说，"我送你吧。"

"不用了。"我很坦率地对他说，"你要是送我回去，万一遇见我妈没法解释，我要骗她昨天在同学家过夜。"

苏悦生似乎挺理解："那好，有事情给我打电话。"

我的车停在他的车库里，所以他下来给我开车库门，看着我把车倒出来，大约是我太笨手笨脚，所以他敲了敲车窗，我把车窗玻璃降下来，苏悦生说："你以后还是换个自动挡的车开吧，你开手动挡一定会熄火的。"

我下巴一扬，习惯性地反驳他："这车我就是不熟悉，等过个十天半月，我一定让你刮目相看！"

苏悦生笑着说："好，我等着刮目相看。"

他本来笑嘻嘻地俯身在车窗边跟我说话，这时候才直起身来，突然他脸上的笑容就凝固了，我觉得有些奇怪，转头一瞧，也不由得整个人都呆住了。原来前方不远处站着一个我最最熟悉的人，竟然是程子良。

程子良的车没有熄火，就停在十来步开外的车道边，也不知道他在那里站了多久，但我知道他一定全盘误会了。

我动了动嘴唇，却不知道该怎么解释。

还是苏悦生最先反应过来，他走过去跟程子良说话："你怎么来了？"

程子良并没有看我，只是看着苏悦生，过了好几秒钟，他才说："来看看你。"

也许是因为心虚，我总觉得程子良的语气里有一种说不出的别扭和生硬，我突然心一横，误会就误会，现在我们关系这么冷淡，他一定早就想跟我分手了吧，也许只是磨不开面子，但当下的情形，不就给了他最好的理由和借口？

现在他一定很高兴，就算是分手，过错也全是我的。

我的眼眶里全是泪水，苏悦生还在跟程子良说话，但我并没有跟他们两个人中的任何一个人说话，就启动了车子。

我开着车一路驶回家，竟然一次也没有熄火。路上我脑子里一片空白，只是机械地靠着本能驾驶着车子，可是竟然平平顺顺地开回了家。

不出所料，我妈就在大门口等我，看我把车一停下，她就气冲冲地走出来，手里还拿着鸡毛掸子，她冲我直嚷嚷："你跑到哪儿去了？手机也不开，谁教会你在外头过夜的！”

我妈没头没脑地抽了我两掸子，我都没有闪避，我妈大约看我脸色不好，诧异地拉住了我的手：“你手怎么这么冷？怎么了？出什么事了？”

我“哇”一声大哭起来，一边哭一边往楼上走，走进我的卧室，关上门号啕大哭。

我妈被吓坏了，她在外头拼命捶门：“七巧！是不是有人欺负你？是不是程子良？妈妈去跟他拼命！”

我躺在那里默默流泪，我妈在门外头一定急得团团转，其实谁也没有欺负我，在我知道程子良跟别的女孩子去澳大利亚度假的时候，我其实已经明白，我跟他之间已经完蛋了。

可是真到了这一刻，我还是很难过，非常非常难过，甚至都没有勇气听他真正说出那两个字，我就逃之夭夭了。

我第一次知道爱情的甜蜜，第一次知道爱情的痛苦，全都是因为程子良。

我妈跑去找到了备用钥匙打开了我的房门，我都已经没有哭了，就是坐在床上发呆。我妈也不知道出了什么事，所以拐弯抹角地劝我，不停地试探我。我最后累了，就敷衍了她一句：“我和程子良分手了。”

我妈愣了一下，我以为她会很高兴，毕竟她一直反对我和程子良在一块儿，但她似乎很着急，又问我：“是他要分手？真是瞎了他的狗眼，我的女儿这么好，哪一点配不上他！”

不管我好不好，也许在妈妈眼里，我就是世上最好的姑娘。我实在是懒得说话，在床上一直睡到天黑。

天黑的时候程子良打电话来，我本来不想接，但他打来好几遍，我心一横就接了。

他在电话里说：“我们出来聊一聊，好不好？”

我问他：“你和谁去的澳大利亚？”

他明显没想到我会问这个，于是怔了一怔，就这么一秒钟的工夫，我已经心如刀割，我说：“还是算了吧，我知道你不想主动提出来，那么我提，我们分手吧。”

程子良说：“七巧，事情不是你想象的那样子，你出来我们谈一谈好吗？”

我说：“没什么好谈的。”然后就把电话挂断了，因为我不敢再听，他如果哄我两句，不管他说什么，我一定会心软，我还是真的，非常非常喜欢他。

甚至怕他再打来，我就直接关掉了手机。

那个学期刚开学的一周，我都不知道自己是怎么过来的。我们专业的课本来就不多，又是新学期刚开始，大家刚刚从家里返校，懒懒散散。天气寒冷，好多人早上起不来床，都会逃掉上午两节课。只有我每天天不亮就醒了，一直睁着眼睛躺在床上，实在睡不着，就爬起来去听课。

我帮室友们每天早上签到，室友们都感激得不得了，她们都夸我变勤奋了，还以为我打算考研，谁也没发觉我的不对劲，倒是我妈，天天打电话叫我回家吃饭，我却并不想回家见到她。

如果说失恋是一种病，那段时间我真是病入膏肓，魂不守舍。

程子良曾经到学校去过一次，其实我已经看到了他，只是他还没有看到我，远远地我就躲开了。也许我是真的懦弱，我只是不愿意面对已经发生的一切。如果要疗伤，那么就让我一个人躲在黑洞中好了。

苏悦生说得对，这世上谁都只是孤独一个人。

周末的时候，我担心程子良又到学校来找我，所以我跑回家去吃饭。家政阿姨倒是烧了一大桌子菜，我妈不停地夹给我，我有一搭没一搭地吃着，我妈欲语又止地问我，方不方便陪她去个party。她朋友多，人情广，有自己的交际圈，倒是很少拖着我去扮乖女儿。我觉得有点奇怪，又觉得她神色跟平时不一样，所以我就拐着弯子追问。

我妈这才吞吞吐吐地把事情的来龙去脉讲清楚，原来她最近交往了一位中年富商，姓李，名叫李志青。双方都觉得挺合得来，李志青离异多年，也是单身带着个女儿，据说那女儿的年纪比我还大两岁。这次李志青过生日，大摆宴席宴请亲友，当然也邀请了我妈妈。虽然不是正式地被当作女主人介绍给亲友，但也是我妈妈首次在对方的亲友圈公开亮相，所以我妈希望我也能一起去，跟对方见个面。

我跟我妈相依为命多年，她能找到合适的人再婚，我当然也觉得高兴。

我努力地振作起来，还特意陪我妈上街去买了新衣服，自己也挑了一件美美的新衣，怎么也得替我妈撑场面是不是？

生日party是在本城最豪华的俱乐部举行，进门之前我不由得深深地吸了口气，进门之后果然我和妈妈是众人瞩目的焦点，尤其是妈妈，幸好那位李志青非常有风度，立刻走上前来挽住妈妈的手，打量我一眼，笑着说："这一定是七巧了，你妈妈提过你很多次。"

妈妈笑吟吟地对我介绍说："这就是李伯伯。"

"李伯伯好！"我乖觉地满脸堆着笑，"李伯伯生日快乐！"然后奉上礼盒，"这是我的一点小小心意，祝伯伯年年有今日，岁岁有今朝。"

我妈都不知道我准备了礼物，但人家过生日，总不能空手来是不是？何况第一次见面，礼多人不怪。这些小招数其实都是在钻石豪门跟着老钟他们学的，平日里我在钻石豪门出入得多了，那可是本地一等一的富贵荣华之地，客似云来，冠盖满城，没吃过猪肉也见过猪跑，见惯了他们怎么应酬贵宾，所以也学了一点三脚猫的小花招。

李伯伯似乎很开心："谢谢！谢谢！"

他转身又叫人："云琪，来见见邹阿姨。"

我早就听妈妈说过李伯伯的独生女儿名叫李云琪，所以打起精神，等着见这位大小姐。

李云琪长得挺美，像模特一般出挑的身材，也像T台上的模特一样冷淡没有表情，李伯伯介绍我们互相认识，她打量了我一眼，突然笑了笑："你就是邹七巧？"

我觉得她隐隐似有敌意，不过大小姐嘛，脾气大一些也在所难免。我不卑不亢地答了句："你好。"

她下巴微微一点，似乎就算是打过招呼了，李伯伯有点尴尬，对我妈妈说："真是见笑了，这孩子从小被我宠坏了。"

我妈妈当然只是跟他客气了两句。我觉得挺无聊的，酒会已经开始了，李伯伯带着我妈妈去一一介绍来宾，我这拖油瓶身份尴尬，当然就自己找了个僻静地方，默默喝果汁。

我刚坐了不到五分钟，李家千金就走过来了，我看她表情鄙夷就知道不妙，心中盘算，如果她只是出言刻薄几句，看在我妈的面子上，我自然会忍了，但如果她举动过分，反正拆的也是她爸爸生日宴的台，难堪的也是她自己。

江湖场面我见多了，哪会怕一个千金大小姐。打架肯定是她不行，我行，打嘴仗肯定也是她不行，我行。

没想到李云琪上上下下将我打量半晌，说了句话："说吧，你要多少钱，才肯放过程子良？”

我愣了一下，做梦也没想过会从李云琪的嘴里听到“程子良”三个字。

“坦白告诉你，今天你妈妈能够站在这里，就是因为我想见一见你。”李云琪的神色十分冷漠，“我太清楚你们母女俩的底细了，因为子慧姐姐什么都告诉了我。你妈那套狐狸精手段，你可真是学到了家。”

我勃然大怒，她要刻薄我几句，不管怎么样，我不会跟她一般见识。但涉及到我妈，我就不能忍了。

我眼皮子一撩，就冷冷地说：“看你长得挺人模狗样的，就不会说人话？”

李云琪脸上却堆着一脸假笑，她说：“真是……没家教。怪不得在澳大利亚的时候，子良哥哥一直夸我温柔贤惠，原来是被你衬的啊。子良哥哥都跟你分手了，你还死缠着他做什么？你不就是要钱吗？行啊，要多少钱我给你好了。还有你妈，一大把年纪还想勾引我爸，我告诉你，今天我肯点头让她来，就是想让她公开出丑，你们母女两个恬不知耻，我就彻彻底底让你们知道，厚脸皮有时候也是行不通的。”

我过了好几秒钟才反应过来，原来程子良就是跟她去的澳大利亚，我说不上来心里是什么滋味，这样阴狠无知的女人，程子良难道就是为了她背叛我？

我心里隐隐作痛，如果这个女人又漂亮又聪明，或许我就真的绝望了，但不应该是这样子的，程子良为什么会喜欢这样一个女孩儿？任何人都不愿意被爱人背叛，尤其背叛的对象还如此不堪。

我心里乱得很，嘴上却说得刻薄：“小朋友，你今年几岁了？会从一数到五吗？成天哥哥姐姐，上幼儿园了吗？”

李云琪十分轻蔑地指着大门，说：“这里不欢迎你，滚出去！”

我若无其事地拍了拍自己的裙摆，说：“我又不是你邀请来的客人，要走你走。”李云琪显然被我这种混不吝的态度气坏了，她冷冷地说：“这是我父亲的寿筵，我是他的女儿，我不欢迎你，滚出去！”说着她又一指大门，“滚！”

我们两个争执的声音并不大，本来并没有引起太多人的注意，但她最后这么一指，好多人都被惊动，朝我们看过来，我终于觉得难堪，不管怎么样，被她这样侮辱，我心里是非常难受的。

我看了看满场的人，他们似乎都已经注意到了这边的争执，不少人在窃窃私语，还有人在交头接耳，我看到他们脸上露出的笑容，那里面的意味复杂得看不清楚，也许是嘲讽，也许是轻蔑，我看到妈妈，她怔怔地站在那里看着我，显然不明白发生了什么事情。

这场生日宴，来的全是本城生意场中有头有脸的人物，也许有很多妈妈的朋友，但我在大庭广众之下如此丢脸，以后还让她怎么做人？我全身发冷，即使努力半辈子，即使我妈终于有了钱，我们母女两个仍旧是被人踩在脚底下的泥。

那种被肆意践踏的滋味就像寒冷的针，一直刺到我的骨头里，刺得我全身发抖，我掉头就朝大门走去，正在这时，大门那端有人忽然叫了一声我的名字：“七巧。”

我眼眶里满是眼泪，望出去全是模糊的光与影，那人缓缓朝我走过来，伸手握住我的手，说道：“怎么啦，我来迟一点儿，你就发脾气要走？”

满场的人都看着我，我却像个傻子一样看着苏悦生，透过模糊的泪光，他整个人像带着一种光晕似的，朦胧而不真实。他说：“路上堵车我也没办法啊，你啊你，脾气就这么大，一会儿的工夫就闹起来。”

我哽咽着说：“你怎么……才来……”

他赔着笑脸：“是，是，是我的错。”

我的意中人是个盖世英雄，有一天他会驾着七彩祥云前来救我。虽然苏悦生不是我的意中人，可是这一次，他真是踏着七彩祥云而来，拯救我于水火。

这时候李伯伯，还有一堆我不认识的人都围上来，苏悦生像个香饽饽似的招人待见，所有人都笑着跟他打招呼，同他寒暄说话，苏悦生拖着我的手，我只好亦步亦趋地跟着他。

有一位姓孙的大佬这时候最热情，迎上来说长道短。我知道他是本地著名的权贵，在此之前，我也就在电视里见过他。之前李家伯伯带着我妈介绍给他认识，他也不过略一颔首，傲气得不得了。这会儿他却换了个人似的，笑眯眯地跟苏悦生打趣：“这位是谁，怎么不跟我们介绍一下？”

苏悦生微笑着转过脸来，对我说：“叫人，这是孙伯伯。”

姓孙的明显被吓了一大跳，连连摆手说：“不敢当不敢当！”我乖乖地叫了他一声，他红光满面，显得特别高兴。苏悦生向他介绍我：“这是我女朋友，姓邹。”满场的人都跟傻了似的，只顾着打量我，姓孙的也好半晌才反应过来，满面笑容地叫我“小邹”，说起话来又亲切又热情，还一个劲儿让我跟苏悦生到他们家去玩，说他女儿跟我差不多年纪，一定谈得来。

苏悦生挺高兴似的：“好呀，七巧的个性就是太安静了，内向人总是吃亏嘛！所以我常常鼓励她多交朋友。”

在场的人都赔着笑脸，我听苏悦生睁着眼睛说瞎话，不由得偷偷用手指头抠他的手心，他一直拖着我的手，我一抠，他却把我的手举起来，很自然地放在唇边轻吻了一下，回头对我说：“要不明天我们出海去吧。”

我被他这一吻，也不禁两颊发烧，我的脸一定红透了。苏悦生却在那里跟孙先生说话：“明天请带令千金一起来船上玩，人多才热闹。我很想让七巧多认识一些新朋友呢。”

那个孙先生似乎挺热衷跟苏悦生来往，听他这么一说，非常高兴地说：“一定！一定！”

苏悦生带着我又介绍了一圈的人，那些人对我都可热情了，我虽然明知全是看在苏悦生的面子上，但看到不远处李云琪又青又白的脸色，还是觉得挺解气的。

那些人围着苏悦生说话，苏悦生一会儿给我拿杯酒，一会儿给我拿块小点心，似乎宠我宠得不得了，全场人都对我刮目相看，我都快受不了了。

趁着人不备，我偷偷对苏悦生说：“你怎么跟唐僧肉似的，人人看到你都眉开眼笑？”

“那当然了，所以八戒你要好好保护为师。”

什么八戒？他竟然又骂我是猪！

“别噘嘴了，噘嘴就更像八戒了。”

“讨厌！”我又在他手心里使劲抠了一下，这一下子一定拧得他很痛，因为他一使劲，把我的手捏得更紧了。这时候灯突然暗下来，大家发出一声低低的惊呼，我只觉得眼前一黑，突然被拖入一个怀抱，紧接着有温软的东西在我唇上轻轻一触，我吓得呆住了，门口的烛光渐起，原来是推车送来生日蛋糕。

所有人都没有注意到这边，苏悦生的胳膊还紧紧搂着我的腰，在黑暗里，我听到自己的心怦怦跳。苏悦生在我耳边轻声说：“这是报酬。”

烛光越来越近，越来越亮，我无声地挣脱他的怀抱，所有人唱起生日歌，隔着烛光，李云琪正冷冷地看着我。

我的心一沉，不管怎么样，我不愿意让人以为我是因为苏悦生而离开程子良，尤其是李云琪。

吹过蜡烛后，苏悦生就向李伯伯告辞，李伯伯笑着说：“知道你贵人事忙，就不留你了。”似乎苏悦生肯来赴宴，他就已经觉得脸上大大有光。我妈惊疑不定地看看苏悦生，又看看他拉着我的手，我勉强对我妈笑笑，心想回家再跟她解释。

上车之后，苏悦生问我：“上哪儿吃饭去，我还饿着呢。”

他语气轻松，就像平常一样。我想了想，挑了个安静的地方。那个馆子还是程子良带我去过，是个特别私密的私家小院。

苏悦生挺高兴的，那天晚上他吃了很多，我也默默地低头吃饭，苏悦生大约以为我还在为李云琪的事生气，所以也没怎么逗我说话。我们从巷子里走出来，院子里没地方停车，司机把车开到了别处，我们两个在冷风里走着，都已经三月了，却还是春寒料峭。

食物给了我热量和勇气，我咬了咬牙，对苏悦生说：“谢谢你。”

“甭客气。”他晚饭时喝过几盅黄酒，在夜色中，他的眼睛明亮得就像天上的星星，语气却还是那样没正经，“再说，我不是索要过报酬了吗？”

我在寒风中站定，对他微微摇了摇头，他终于觉得有些不对，脸上的笑容渐渐收敛。

我吞吞吐吐地问：“你……是不是……嗯……有一点点，喜欢我？”

本来这句话我是不该问的，但事情已经到了这种地步，我还是希望可以把话说清楚。

苏悦生明显没有想到我会这样问，他怔了一下，旋即笑了笑，语气还是那般油滑轻浮：“喜欢又怎么样，不喜欢又怎么样？怎么，你爱上我了啊？”

我咬了咬牙，说道：“认识你以来，我一直挺高兴的，也很喜欢你这个朋友。但是……我是真的……”我摇了摇头，终于把那句话说出来，“我跟程子良没缘分，但我也不希望，失去你这个朋友。”

苏悦生短暂地沉默了片刻，我其实心里挺乱的，我选择了最笨拙的方式跟他摊牌，苏悦生一直是个聪明人，他一定听得懂。本来我没有多少把握，但今天晚上那一吻实在令我惊心。我到底是个女孩子，女孩子在这种事情上是非常敏感的，一个男人如果做到这种地步，我还不明白他的意思，我也就是真傻了。

晚风吹来，寒意彻骨，我身上薄薄的大衣透了风，冷得像冰窖一般，我知道快刀斩乱麻，刀越锋利越好。我说：“我希望从此之后我们不再见面了。”

我知道这句话非常非常伤人，但在错误开始之前就让它结束，那是最好的选择，连程子良跟我之间都并非良配，何况苏悦生。

也许一段感情对他而言，不过是姹紫嫣红总是春，但对我而言，这种天与地般的差距，并不是我愿意再去尝试的，何况还有程子良。即使没有程子良，我和他之间也毫无可能。

过了许久许久，我看到苏悦生轻轻点了点头，他说：“你放心吧。”

我也许是伤到了他的自尊心，司机已经驾着车来到了巷子口，朝我们闪了闪大灯。苏悦生说：“司机送你回去——别推辞，这是最后一次。我就不送你了。”

我张了张嘴，最后还是什么话都没说。

他一直将我送到车边，体贴地替我拉开车门。

车子里非常暖和，我忍不住从后视镜中注视着他，他站在寒风中的巷口，不远处就是一杆路灯，橙黄色的光照着他的黑色大衣，他的身影显得孤零零的，我想今天晚上，对他对我而言，都不是一个快乐的夜晚。

我回到家的时候妈妈已经在家里了，她忧心忡忡地看着我，我知道她想问什么，反正我正想和她谈谈。我向她复述了李云琪说的话，问她是不是真的喜欢李伯伯，如果她真要和李伯伯结婚，李云琪那关恐怕不好过。

我妈沉默了片刻，忽然淡淡地笑了笑：“喜欢不喜欢，是你们年轻人才会考虑的事，到我们这把年纪，其实早就学会了得失有命。”

我想今天真不是谈话的好机会，我非常非常疲惫，而我妈妈的情绪也很低落。她并没有问起苏悦生，我倒是主动地告诉她，我只是因为程子良的缘故认识了苏悦生，而且他也没别的意思，就是喜欢救人于危难，不忍心看我难堪罢了。

也不知道我妈信不信我这套说辞，反正她默默地看着我，过了许久，才默默地叹了口气，说：“你今天也累得够呛，早点洗澡休息吧。”

Chapter 10
起点

那一年是倒春寒，到三月里桃花都开了，还下了一场小雪。我从实验室回寝室的路上，遇见程子良，他明显是在那里等我，也不知道等了多久，头上全是茸茸的雪花。

地温已经很高，地面湿漉漉的，并没有积雪，水洼里倒映着路边的绿篱，篱后一树一树的桃花，漫天飘着散落的飞雪。

我们沉默地在校园中央的林荫道上走着，最后还是他先开口："为什么不接我的电话？"

正是下课的时候，纷流如织的人群从我们身边经过，熙熙攘攘非常热闹，我们被人流挟裹着往前走，连我自己都觉得茫然，我抬头看着远处的树木和建筑，说："我见过李云琪了。"

程子良想要说话，但我阻止了他："你要想一想，你的姐姐，她非常不喜欢我们两个在一起的。李云琪很适合你，你们门当户对，她人又很漂亮。"

程子良停下来，转过脸来很认真地看着我：“是挺合适，但我偏偏不喜欢。”

我心中酸涩，问他：“如果我也不喜欢你呢？”

“如果你不喜欢我，你为什么要在意李云琪。”程子良目光灼灼，仿佛想从我的脸上看出什么似的，他注视着我的眼睛，“如果真的要选，我和苏悦生，你一定会选苏悦生对不对？”

我想起苏悦生自己说过的话，他说：“我跟程子良，不论哪个姑娘都会选我的。”

我嗓子眼发涩，说不出是什么样一种滋味。我不知道今时今刻为什么自己还要想起苏悦生，我应该尽快把他忘记。尤其现在程子良就站在我的面前。

我不由自主地说：“苏悦生比你帅。”

“嗯。”

“苏悦生比你有钱。”

“嗯。”

“苏悦生没有姐姐。”

“嗯。”

我看着程子良，不论我说什么，他都只是淡淡地“嗯”一声，我赌气说：“所以我当然会选他，不会选你。”

程子良静静地看着我，一直看得我觉得心里发酸，像有个凉凉的东西在那里钻，钻得我生疼生疼，他说："你一定会选我，不会选他。"

我不敢说话，怕最最轻微的动作都会让自己眼眶里的眼泪落下来。我也不知道自己为什么这么脆弱，好像随时随地都想要哭。

他就站在茫茫飞雪之中，那样笃定地说："你从来这么傻，所以你一定会选我，不会选他。"

我满眼眶都是眼泪，晃啊晃，轻轻一碰就会涌出来，也不知道是因为他这句话，还是因为心底最深处隐隐约约的恐慌。程子良突然伸手抱住了我，隔着那茫茫的飞雪，隔着那料峭的春寒，将我揽入他的怀中。

他说："你一定会选我。"

他坚定而温存地亲吻着我，周围都是过路的学生，我听到有人在吹口哨，还有人在尖叫，更有人在鼓掌。他的怀抱温暖而真切，爱情啊，就像春天里的雪花，美丽又脆弱，这一瞬间的相拥，似乎就值得那许久的苦与涩。

后来在我支离破碎的记忆里，那似乎也是一段非常快乐的时光。

程子良不知使了什么小手段，反正程子慧应该不知道我们恢复了交往。我妈妈也被我蒙在鼓里。我每天最盼望的就是下午没课，这样就可以跟程子良溜出去玩。我们游遍了市区里所有情侣约会会去的地方，甚至去了游乐园。

那段时光实在是太逍遥太快乐，快乐得我都觉得不真实。也许我渴望的，也就是那种不真实的幻觉。我应该喜欢程子良，这是踏实而真切的事情，我也应该清楚地知道这一切。我反复对自己强调，因为苏悦生，他太扰乱我，甚至让我觉得心里发慌。

不管怎么样，我在心里对自己说，我喜欢程子良，我应该和他在一起。

也不知道是不是凑巧，那段时间里，即使程子良带我去一些高端的会所，我们也从来没有碰见过苏悦生，当然不遇见他是好事，不然我会觉得尴尬。

到夏天的时候，我才又一次听到苏悦生的名字，是程子良无意中提起来，说："过阵子我得去趟北京，苏悦生要订婚。"

我不知道说什么好，只好"哦"了一声。我在想苏悦生那个人真是一等一的花花公子，竟然肯收心订婚，真是难得。

程子良说："其实我姐夫也很诧异，他还以为苏悦生三十岁前绝不会结婚，没想到这么快。"

我说："一定是位天仙。"不是天仙哪搞得定苏悦生啊，他眼睛长在头顶上，至于前段时间怎么会看上我，我觉得他是中了邪，或者，就是那会儿他闲极无聊，想逗一逗我，有句话怎么说来着，技痒。他看我没有拜倒在他的西裤下，所以技痒吧。

幸好我跑得快。

程子良说：“漂亮是挺漂亮，不过苏悦生漂亮女朋友太多了，这一次总算能修成正果。”

我说：“花花公子金盆洗手，算什么修成正果。”

程子良笑嘻嘻地反问：“那么你要是嫁给我，咱们算不算修成正果？”

那时候我怎么回答的，我都忘了。反正我那一段时光总是恍恍惚惚，好似做梦一般。

我妈妈出事的时候，我正在上课，手机调成了振动，搁在书包里没听见。等到了下课才发现我妈给我打过好几个电话，那时候我还有点不耐烦，因为最近我妈可能猜到一点蛛丝马迹，怕我跟程子良又复合了，所以经常打电话查岗，我总要耍一些心眼才能骗过她，这让我觉得厌烦。

等到上午的课上完了之后，我才把电话拨回去：“干吗总打电话，我正上课呢！”

我妈的声音非常慌乱，我一听就觉得不对劲，她的声音在发抖，但努力装成没事的样子：“也……也没什么事，晚上回家说，乖女，今天晚上你回家吃饭吧。”

我直觉出了事，我妈方寸大乱，都没在电话里说要让司机来接我，平时她都不会忘记的，给我打电话的时候总是絮絮叨叨不让我自己打车，嫌出租车不安全。

下午就是两节选修课，我让同学帮我请假，自己打了个车就跑回家去。

我妈在客厅里走来走去，家政阿姨也觉得不对，一见我就对我使眼色，悄悄把我拉到一边，对我说："太太哭过呢。"

我心里忐忑，以为是东窗事发，我怕我妈吵嚷起来难堪，于是立刻把家政阿姨打发了，然后小心地走到我妈面前："妈。"

我妈抬头看了我一眼，我从来没有见过那样绝望的眼神，她的眼底全是血丝，似乎几个昼夜没有睡觉，她喃喃叫了一声我的名字："七巧。"

我扶着她的胳膊有些心酸地想，如果她因为我和程子良复合的事情骂我，那我就忍着吧。

结果我妈只是失神地坐在沙发上，过了一会儿，又叫了一声我的名字："七巧。"

我终于觉得不对，如果只是因为程子良的事，我妈会大发雷霆，却不会这样失魂落魄。

我开始着急："妈你怎么啦？出什么事了？"

我妈失神地看着我，我急得摇她的胳膊："出什么事了你说啊，说出来我们一块儿想办法，就算是天塌下来了也没什么大不了的。"

我妈捂着脸，我看着眼泪从她指缝里溢出来，她哭了一会儿，我跑到洗手间去给她拧了个热毛巾，帮她擦脸，她终于镇定下来，开始对我讲述事情的来龙去脉。

原来我妈跟李伯伯的交往挺顺利的，两个人感情急速升温，甚至已经到了谈婚论嫁的阶段，本来我妈还有点担心李云琪反对，谁知李云琪出国去了，一直不在国内，对李伯伯和我妈的事也不闻不问。因为我那番话，我妈妈还旁敲侧击过几次，但李伯伯婉转地表示，感情问题上，女儿的意见只作参考，不会影响大局。

李伯伯商场驰骋多年，也是个厉害人物，我妈就思量李云琪也许真的影响不了他的决定，于是放心地交往下去。

就在三个月前，两个人谈到了注册结婚，恰好那时候，李伯伯要跟另一家公司新成立一家控股公司，开展一些新业务，李伯伯跟我妈商量，说他自己持股不方便，让我妈妈持股做法人。

“反正结婚了就是一家人，这点小生意，将来给你打发时间。”这是李伯伯——李志青——的原话。我妈非常感动，那是几千万的投资，资金都已经到位，李志青这么放心地让她持有，是真的对他们俩的未来很有信心。

我妈有自己的自尊心，而且这么多年商场打混下来，觉得不能白占对方便宜，见新公司新项目被安排得头头是道，前景一片大好，于是也自己掏腰包入了一股，因为资金不够，还抵押了美容院给银行。

没想到这是个做成的圈套，那家皮包公司开张了不过几个月，账面资金就迅速被掏空，所谓的股东都神龙见首不见尾地消失了，就我妈一个人是本地人，有名有姓，还是登记的法人。

我妈这才发现事情不对劲，打李志青的电话对方不接，去公司找他，他也避而不见。倒是李云琪主动出来见了我妈一面，她笑嘻嘻地对我妈说：“邹女士，你女儿要是知趣一点儿，不要去招惹不该招惹的人，这次你一定太平无事，不用去坐牢。”

我妈这才知道上了大当，失魂落魄地开车回家，路上还出了车祸。车子被保险公司拖到修车场去修，她面色惨白被误以为生病，还是好心的交警送她回来的。

我心里一阵阵发冷，我想整件事情，从头到尾都是李云琪做成的圈套，几个月来引而不发，原来就是为了这样雷霆一击。

李云琪真是心机深沉，专挑了这时候发作。我妈是我唯一的亲人，打击她比打击我更让我受伤害。而这时候程子良正在国外交流，三个多月后才能回来，就算他不在国外，我如何开口向他求援？

说我妈妈中了美男计？

我气得浑身发抖，却想不出来任何办法。我对妈妈说：“李家父女太下作了，你别伤心，总会有办法的。”

“美容院是妈妈的命……”我妈眼睛里闪着泪光，“还是妈妈太贪心了，觉得那项目挺好，也想参一股，多挣点钱，将来好留给你。”

不是我妈妈贪心，而是别人有意陷害。当感情都被用作工具的时候，还有什么事情是不可以拿来利用的？

我只觉得浑身发冷。我活了十八年，纵然在这个世界上有种种不如意，却到今天才觉得它是如此丑陋，丑陋到我无法直视。

我安慰妈妈："总会想到办法的，贷款不是有期限的吗？我们先想办法筹钱，退一万步说，就算真的一无所有了，从头再来就是了。我小的时候你都不怕，现在我都长大了，我是大人了，我们两个人一起，总比你当年一个人带着我要强得多。"

我妈勉强打起精神来："好，先筹钱。"

那段时间真是焦头烂额，我妈四处筹钱，不知道为什么，生意场上的人这时候都翻了脸，谁也不理她。还有人劝她认命，说："李家有权有势，你拿什么去跟人家斗。"

我只觉得郁郁一股气不能平，李家父女这么不要脸，还有什么好说的。

大热天我妈跑来跑去，心里又着急，终于病了住进医院。我一个人要去医院照顾她，又要应付债主，还要照看美容院生意，急得嘴上起了大燎泡，满嘴口腔溃疡，疼得连稀饭都咽不下去。幸好没过多久学校就放暑假了，我成天就在医院和美容院之间跑来跑去，屋漏又逢连夜雨，也不知是凑巧还是李家暗中鼓动，那几天美容院好多技师一起辞职，联合起来另立门户开新美容院去了。那段时间真是急得我吃不下睡不着，只会在屋子里踱来踱去，还不敢让我妈知道，就怕我妈着急。

就在那时候，程子慧找上我，我都累得没力气应付她了，我想如果她找上门来又是泼我一杯咖啡，那就让她泼吧。

结果她没有泼我咖啡，也没有给我脸色看，反倒客客气气地跟我说话：“最近受累了。”

我对她也挺客气：“还好。”

出事之后我都没有告诉过程子良，我想如果这时候找程子良借钱，那程子慧一定认为我居心叵测。

再苦再难，我也不会向程家借钱的。

年少的时候总有一种奇怪的骄傲，尤其是在自己喜欢的人面前，遇见困难反倒不会向他诉苦，何况还有程子慧横亘在我和他之间。

“我知道你遇上什么事，”程子慧笑得十分优雅，“也知道你最近在急什么。不过……看了这么长时间，我才确认，程子良是真不知道国内发生的事，你竟然没有对他提起过。”

我沉默不语，程子慧的语气里似乎有淡淡的欣慰：“当时是我错看了你，没想到你还挺有骨气的。”

我仍旧没有说话，程子慧又顿了顿，问我：“你不觉得奇怪吗？”

我不卑不亢地反问：“奇怪什么？”

“李家也算有头有脸的人家，这么不择手段地对付你妈妈，传了出去，简直是笑话。”

我其实也非常困惑，李志青在本地也算个人物，他要跟我妈过不去，有很多种方式，为什么用了这么一招，对他自己的名誉而言，其实也有不小的损害。就算外人不了解事情的来龙去脉，这世上哪有不透风的墙，事情传出去，商场上的那些朋友还怎么看他。

“而且调动几千万的资金，费了这么大的心血，就为了你妈那几个美容院，岂不是得不偿失？”

我沉住气，问：“苏太太，您想说什么？”

程子慧粲然一笑：“邹七巧，我并不喜欢你，可是敌人想做什么，我会很乐意看到他不成功。所以我要告诉你一件事，你知道能让李家兜这么大个圈子跟你妈妈为难的，是什么人吗？什么人能指挥得动李志青父女，什么人随口一句话，几千万项目的资金说有它就会有，说没有它就会不见了？”

我脑子里乱成一片糨糊，程子慧还在那里轻轻地笑：“这个人，你认识。”

我认识的人里头，谁也没这么大的本事。

不，有一个人，那就是苏悦生。

可是苏悦生为什么要这么做？

我疑惑地看着程子慧，她脸上的笑意更盛：

“你猜出来是谁了？你认识他时间太短，还不了解他的为人。苏家的大少爷从小含着金汤匙，他要什么东西会得不到？从来没有过！有朝一日突然遇上他得不到的东西，你猜猜看，他会怎么做？

“现在你妈妈遇上这样的困境，你一定得想办法借钱，好向银行还债。可谁会借钱给你？如果你不向子良开口，你有什么朋友，能轻轻松松借个千儿八百万给你应急？

“如果你开口问苏悦生借钱，你欠他这么大一个人情，到时候你打算拿什么去还？啧啧，依我看，只有以身相许才能够了。毕竟，人家是在你们母女俩走投无路的时候伸手拉了你一把。”

“苏悦生不是这样的人。”我说，“我不相信你说的话。”

程子慧淡淡地一笑：“你信不信是你的事，我告诉你这件事，其实也没安好心。”

她自己说她自己没安好心，我倒有点狐疑了，只管瞧着她，她说道：“苏悦生不是要订婚了吗？我非常不想让他订成这个婚，你到北京去，不管你用什么手段，阻止他订婚，余下的事情我都可以替你解决，包括你妈妈欠银行的那些钱。”

我诧异极了，程子慧冷笑着说：“你不是不相信这是他设的圈套吗？那么你也不需要做别的事，你只需要去对他说，让他别订婚了，看看他会不会听你的。如果他真的听了，你也就猜到到底是怎么回事了吧。”

虽然我觉得苏悦生可能对我有些好感，但我不觉得自己有这么大的魅力，可以让他悔婚，我觉得这是不可能的事情。

我说：“太荒谬了，这是不可能的。”

程子慧似乎非常不以为然："你觉得荒谬，你认为苏悦生不会听你的？那你就不妨试试看，你要知道他为了这件事情动了多少脑筋，费了多少手段。他对你已经志在必得，所以只要你对他说，他一定会悔婚的。因为他早就等着你去对他开口了。"

我依旧不肯相信，这个逻辑太荒谬了，程子慧说的一切都太荒唐了，我不相信。

"他这次订婚的对象是一位门当户对的大小姐，老实说，我不愿意他在婚姻上更添一重助力，所以我才会来告诉你。也许你觉得我说的一切都不可靠，可是利益是可靠的。目前暂时来看，我们有着相同的利益。"

我张了张嘴，不知道该说什么才好。

"你这么年轻，不知道人心险恶，不愿意把他当成坏人也是很理所当然的事。"程子慧站起来，"要不，你好好想想，如果你决定去北京，就给我打电话。我说过，只要你能让他不订婚，不管苏悦生帮不帮你，你妈妈遇上的那些问题，我都可以替你解决。"

程子慧离开很久，我仍旧坐在那里发呆。程子慧说的那些话，我并不相信，可是李志青父女为什么要这样对待我妈妈，也令我一直存着疑心。

若说是为了钱，我妈妈能有多少钱，哪里值得李家出手？

我越想心里越害怕，但这种事情又不能去问任何人，况且我的朋友本来就不多。

我发了一会儿呆，还是决定收拾东西去医院。家政阿姨煮了一锅汤，我送去给妈妈喝。

病房里有空调，所以不觉得热。我妈在这里住了大半个月了，所以我也来得熟了。还没进病房，就听到我妈在里头跟人说话。

“钱我已经在想办法了……

“怎么会，我一定会还给你的……

“难道我这点信用都没有？”

原来是在跟人讲电话，半句一句，断断续续地听在耳朵里，我妈一边说一边放柔了声音：“没那回事，你别听人乱讲！”她又“呵呵”笑了两声，好像在跟谁撒娇似的，我拿着保温桶站在外头，却不由自主地难过起来。

以前也见惯了我妈讲电话嗲声嗲气，有时候放下电话她也骂娘。人在江湖，哪有不应酬的，何况她一个单身女人，长得又不错，不知道多少人想占便宜。从前我年纪小，也不觉得，今时今日，却觉得此情此景像一根针一样，插在我的心上。

心底有个小小的声音在厉声呵斥我：“不过去北京走一趟，就什么事都没有了。

“不管程子慧说的是真是假，她都已经答应，只要苏悦生不订婚，所有问题她负责解决。

“试一试又不会死。

“苏悦生不会听你的。

“试一试又不会死。”

我小声对自己说：“试一试又不会死。”

是的，就是试一试，成不成，总得试一试，比在这里坐以待毙要强得多。

我在外头大约待了五分钟才下定决心，堆起一脸笑，推开病房门：“妈，我给你送汤来了。还有件事，学校要派我去北京参加青年志愿者活动……”

我妈听说学校派我去北京，一点也没起疑心，问了是有老师带队的，反倒替我发愁起来：“我住在医院里，谁替你收拾行李？”

“我都多大的人了，就收拾个箱子还怕我收不好？再说就去几天，活动完了就回来。”我胡乱岔开话，“妈，我给你带只烤鸭回来吧，北京烤鸭可好吃了。”

“别乱花钱！”我妈挺高兴似的，“大热天的，带回来也坏掉了。”

“有真空包装。”

“那不好吃，反正你别乱花钱，妈不爱吃。”我妈拉着我的手，又摸了摸我的胳膊，“都瘦成这样了，唉，你别着急了，妈总能想到办法，你安安心心去北京。妈朋友多，每个朋友帮忙凑一点儿，总能解决问题。”她顿了顿又说，“穷家富路，你在外头别舍不得花钱，一定要吃好了。”

我胡乱点着头，心里想，不管怎么样，我总得试一试。

从医院出来我就给程子慧打了个电话，我很认真地问她：“你说话算数？”

“当然算数。”程子慧轻轻笑了一声，“再说，你要是不放心，见了苏悦生，不妨问他借钱嘛，他一定会借给你的。”

我冷冷地想，如果真是苏悦生做出这样的圈套来，我才不会问他借钱。

夏天的北京比南方要凉快很多，我从网上订了酒店，从机场出来就直接打车过去，放好行李，我就给苏悦生打电话。

最开始他没接，过了大约半个小时后，手机突然响起来，我一看，正是苏悦生拨过来的。

我心里其实七上八下的，镇定了两秒钟，才深吸了口气，按了接听。

“……”

我都不知道该说什么好，苏悦生也没有说话，一时我们两个在电话两端沉默，气氛有点尴尬。最后到底还是他先开口：“有什么事吗？”

他语气平淡，听不出来任何情绪，我心里直打鼓，下意识地问：“最近还好吗？”

“还行。”

“能请你吃饭吗？”我很小心地问。

“不太方便，”他说，“我最近几个月都不会回去。”

“哦……”我呼出一口气，“我在北京。”

电话那端有短暂的沉默，我听到背景声音隐约似乎是风声，他一定站在很空旷的地方，过了好一会儿，我又“喂”了一声，他似乎才回过神来：“你住哪儿？”

我把酒店的名字和房间号告诉他，挂断电话之后我非常紧张，也说不出来为什么紧张。我并不觉得这件事是苏悦生做的，更不觉得他真会听我的话不订婚，但是，都已经来了，总得见面。

我跑到洗手间去化妆，因为我妈是开美容院的，所以我初中那会儿就有很多化妆品可以玩，到了高中我已经会熟练地涂脂抹粉了，学校越是禁止，越是偷偷摸摸在寝室里替室友们描眉画目，宁可涂了再洗，也乐此不疲。等真正进了大学，我反倒不怎么有兴趣了。大约是因为我不长青春痘，皮肤还好，这年纪涂个口红就特别明显是打扮过了。

我对着镜子涂口红，一边涂，一边就觉得自己的手在抖。涂完了又觉得太刻意，匆匆忙忙又洗掉，还是跟平常一样吧。

我安慰着自己，又跑去换了一条裙子，我也不知道为什么自己会这么紧张，只好努力给自己找些事做，转移注意力。

等我换了好几条裙子之后，苏悦生终于来按门铃了，我从猫眼里看到是他，于是沉默地打开门。

他并没有进来，只是在门口站了片刻，问我：“去哪儿吃饭？”

“随便吧，”我想起来他有次说过最讨厌女孩子一提吃饭就说“随便”，于是赶紧补上一句，“北京我不熟。”

走出酒店正是黄昏时分，偌大而陌生的城市，高耸林立的楼群，夕阳就夹在楼缝里，像一枚巨大的咸蛋黄，徐徐下落。

苏悦生自己开一部敞篷跑车，我不认得牌子，就觉得线条简利，漆光锃亮，一看就很贵的样子。

路过长安街的时候，正好是降旗仪式，广场上很多人围观，行进的车速又不快，所以我一直偏着脑袋看。天安门都驶过了，我突然想起自己看过的那些言情小说，于是问苏悦生：“你敢不敢在长安街上掉头？”

“长安街上不让掉头。”

“他们说在北京混得好不好，就看敢不敢在长安街上掉头。”

“瞎说。”

虽然他还是绷着脸，但有一丝笑意从唇边，似乎不知不觉地露出来。

那些像胶水一般渗在空气里的尴尬终于不见了，他很轻松地问我：“来北京干吗？”

“学校有事。”

“要不要带你逛逛故宫什么的？”

“我喜欢长城。”

“那也行。”

我们两个像朋友一样说着话，我不知道这样好不好，但起码比我想象中要好。

苏悦生带我去一个四合院改成的餐厅，就在后海边上，我们顺着木梯走到房顶改成的平台上，餐桌就摆在中央，平台四面围着有年代感的乌木栏杆，雕工精致，明显是从旧房子里拆出来重新安在这里，也不知道他们是从哪儿搜罗到的。坐在这里，能够看见后海里划着船。不远处都是酒吧，隐隐有音乐声传来，隔着温柔的晚风、依依的垂柳，那一点迢遥的旋律也变得隐约动人。

苏悦生还是喝陈绍，我喝果汁，菜是所谓的官府菜，我也不知道吃了些什么，就觉得跟西餐似的，每道菜都是每人一份，吃一会儿撤走，再来一道新菜。

我胡乱填饱了肚子，甜品是抹茶蛋糕，我挺喜欢上头那坨冰激凌，苏悦生就把他那份也推到我面前，我吃了两份冰激凌，是真的彻底吃撑到了。

夏天的后海很热闹，苏悦生说带我去看荷花市场。

我们沿着后海的那一行垂柳走过去，一路上有很多双双对对的情侣，都是手牵着手，肩并着肩，我有点讪讪的，心想这里原来是约会胜地。我正出神的时候，有一长串黄包车突然从胡同里冲出来，当先的车子“哐啷哐啷”摇着铃，我一时没反应过来，还是苏悦生拽着我的胳膊使劲一拖，硬生生将我扯到了最靠边。

长长的车队呼啸着擦着我身边驶过，那些车夫将车蹬得飞快，像一阵风似的。

我的心怦怦跳，也不知道是因为被吓了一跳，还是因为苏悦生揽着我的腰。

靠得太近，他呼吸的声音近在咫尺，轻轻拂着我头顶的发丝，我抬起头来看他，他的眼睛像漆黑的夜色一般，专注却又迷惘。我本能地将头仰了仰，没想到这一仰却给了他错误的暗示，他伸手扶住我的后脑，很干脆，一低头就吻在我的唇上。

我脑中轰然一响，像是一根绷紧了的弦终于断掉，所有的一切都消失不见，只余温软的热，还有光，也许是路灯的光，迷蒙的，朦胧的，还有他的手，他将我抱得真紧，我被他吻得透不过气来，只好使劲推他，拧他的衣服，但他的气息渐渐吞没了我，我觉得惶恐无依，就像后海里的小船，飘荡着，永远靠不了岸似的。

幸好没过一会儿他就停下来，他隔着很近的距离看着我，就那么几厘米，也许不到三厘米，他的眼睛注视着我的眼睛，仿佛想从那里面看出什么，他问我：“你来北京做什么？”

我口干舌燥，突然明白过来这是最好的时机，他还是喜欢我的，就这么一刹那，我突然明白他是真的喜欢我，不论这喜欢是因为什么，但我明白了他对我有着我此前并不知道的情感，我几乎觉得恐惧。程子慧的话我本来不相信，但是这一刻，他眼中似乎燃烧着幽暗的火苗，当他用这种能够焚毁一切的目光看着我时，我突然相信了，他一定会那样做的，如果他愿意，他会不择手段，将我逼迫到他眼前。

我没有犹豫，几乎是脱口而出："你可以不订婚吗？"

他的表情似乎吃了一惊，但也没有问为什么，他仍旧用那种热烈的目光看着我，我都觉得自己是一块炭，再被他看一会儿，也许就真的会燃起来了。

过了好久好久，他轻轻地说："吻我。"

我怔了一会儿，迟疑地觉得自己并没有听错，我很顺从地踮起脚尖，亲吻他。其实就是在他嘴唇上触了一触，但他似乎挺满意的，他搂着我的肩，仔细地看了看我的眉眼，他说："你要我不订婚，那我就不订婚了。"

我没有想到会这么容易，一时之间有点错愕，他又低头吻在我的唇上，含糊地，叹息似的说："傻瓜。"

我是真的有点傻了，这个吻深入而缠绵，急切又霸道，他仿佛是想索取我生命中的某一部分，或者，想把我灵魂的某一部分拘出来似的，我被他吻得头晕眼花，鼻端都是他的味道席卷而来，笼罩一切。直到我透不出气来的时候，他才放开我。

我深深地觉得害怕。

幸好在接下来的几天时间里，苏悦生也没有什么逾规的举止。我们仍旧像从前一样相处，他开车带着我去爬长城，游景点，倒是一个挺合格的导游。

偶尔地，他会牵我的手，送我回酒店，在我下车之前也会温存地吻一吻我的额头，像那般噬人心魄似的吻却再也没有过了。我惴惴不安地想，这种相处模式也没什么不好吧。

我妈还住在医院里，我其实心里很着急，在北京待了四天之后，我借口说学校的活动结束，要返回了。

苏悦生倒也没挽留，他只是说："你走之前，有一位朋友想见见你。"

我有些意外，问："是谁？"

"她姓陆，本来我们应该在下周订婚，但是……"他说，"我提出来解除婚约，她同意了，但要求见见你。"

我有些担忧地看了苏悦生一眼，这事是我做得不地道，我甚至没有说出任何理由，就是那样直白的一句话，就打断了苏悦生和另一个女人的婚约。

而他并没有任何为难之色，就答应了我。

或许程子慧说的是真的，他计划良久，早就等着这一刻了。

我不由得打了个寒噤。

苏悦生大约是看我的神色，所以完全误解了，他说："我陪你一起去见她，我和陆敏从小就认识了，她不是那样小气的人，就是觉得好奇，想要见一见你。"

不管他怎么说，我心里还是有点不安的，老话说宁拆十座庙，不毁一门婚。我虽然不是那么老派的人，但毫无理由就这样拆散苏悦生和另一个女人，多少有点心虚。

我没有想到的是，那个陆敏长得漂亮不说，为人又爽朗又大方，一见面就笑嘻嘻地叫我"小妹妹"，然后拍着苏悦生的肩，眉飞色舞："老牛终于吃到嫩草了啊！"

苏悦生把她的手推开："不要动手动脚的。"

"哎，当着小妹妹的面就是不一样啊！"陆敏一转过来，又笑眯眯地拉住我的手，"我们见过一次，小妹妹，那天你的车坏在路口，他啊，一开车门就跑下去了，把我吓了一大跳。"

噢，原来那天驾着跑车的女郎就是她，可是那天她神色十分冷淡，完全不似今天这样热情。陆敏拉着我的手，一会儿问我爱吃什么，一会儿又替我倒茶，似乎喜不自胜。

"苏悦生这个魔头总算有人肯收服了。你不晓得，你要再不来，我可就得跟他订婚了。"陆敏语气轻快，"二十多年的交情，一旦要做夫妻，简直无趣得令人发指啊！我跟他幼儿园就睡隔壁床，那时候他就拉我辫子，以后要是真让我跟他睡到一张床上，那我还不得做噩梦啊！”

我都没想到原来陆敏也不愿意订婚，她叽里呱啦地讲了一通，我才知道这个婚约完全是双方家长的意思。

“当时我失恋，万念俱灰。正好苏悦生也没精打采地回北京，家里老人逼着我们在一块儿，我们俩一商量，得，订婚就订婚吧，跟他凑合总比跟别人凑合要强。”陆敏笑嘻嘻地上下打量我，“没想到你会到北京来，太好了，真是太好了。”

我都不晓得说什么好，因为陆敏太喜欢说话了，虽然就我们三个人吃饭，苏悦生却订了一个大包间，菜都还没上完，陆敏就已经噼里啪啦把苏悦生小时候的事情都告诉我了，什么逃课啦，上课被罚抄书啦，跟别人打架啦，我都没想到苏悦生小时候原来也是个调皮孩子。

最后她说：“你以后可有的话柄说他了，不然吵起架来，你哪是他的对手。”

我还没有说话，苏悦生已经脸一沉：“说什么呢。”

“啧啧！也不怕吓着小妹妹！”陆敏朝他扮个鬼脸，又扭过头来小声对我说，“你不要怕他，他就是纸老虎。”

吃完饭苏悦生自己开车送我去机场，在车上他挺沉默的，送我到航站楼里面的时候，他才说：“等我这边的事处理完了，我就回去。”

我张了张嘴，却说不出任何话来，他俯身轻轻吻了吻我的额头，说：“别听陆敏胡说八道，我以后不会跟你吵架的。”

我终于笑了笑，可是笑中满是苦涩，这时候我才发现自己犯了大错，我一脚踏入的并不是个泥潭，而是个深不见底的沼泽。是的，苏悦生很轻易地毁掉了婚约，因为他本来就不想要这个婚约。但我却让他误会了，如果知道真相，他一定会非常非常生气吧。

如果程子慧说的是真的，他真的有那么深沉的心机，他会怎么做呢？

我在返程的飞机上一直思考着这个问题。程子慧会骗我吗？她说为了利益，她并不想见到婚姻给苏悦生添上一重助力，所以才让我去北京。

如果不是为了这个，还有什么原因会让她这么做？

我想破头也想不明白。

我下了飞机就去了医院，我妈精神很好，兴奋地告诉我有一家公司愿意跟她合作，分担债务，而那家让她踏入圈套的空壳公司也依法进入破产流程，财务负责人出面自首，没有人来追究她的责任。

“死里逃生，必有后福。”我妈容光焕发，“你瞧着吧，将来十年，妈一定还有得挣大钱。”

我想一定是程子慧兑现了她的诺言，才会解决得这么顺利。我胡乱顺着我妈的话头应和了她几句，然后借口回家洗澡，离开了医院。

我独自坐在街心公园里，想要把思绪理一理。正是黄昏最热的时候，热烘烘的空气挟裹着汽车尾气难闻的焦煳味。现在我应该怎么办呢？

在后海边，苏悦生那深深一吻让我明白了他的心。我虽然跟他接触不多，但知道他是个特别难惹的人物，毕竟程子慧在他手下都只有吃亏的份儿。如果他知道我骗他，他会怎么做？

还有程子良，我独自跑到北京去，他知道了一定会生气吧。

我想程子慧也许就是希望达到这个目的，毕竟她从来就希望拆散我和程子良。

我把那些乱七八糟的念头都从脑海里赶出去。

明天，明天再想吧。

所有我烦恼的问题，所有我头痛的问题，明天我再想吧。

我回到家中昏昏沉沉睡了一觉，在梦里有各种各样迷离的片断，似乎我被困在一片密林里，怎么也走不出去。我被一种奇怪的声音吸引，它嗡嗡地响着，像蜜蜂又像是某种振动。

振动？

我突然醒过来，是手机在振动，是程子良打来的电话。

我爬起来接听，在北京的几天，他偶尔也会打电话来，那时候我总是找个理由从苏悦生身边走开去接电话。我做得很小心，苏悦生似乎并没有起疑。

是的，我心虚。

幸好这种煎熬非常短暂，而且已经暂时告一段落。我心里渐渐清凉，幸好还有程子良，幸好还有他，他简直是这污浊尘世的唯一光亮，我愿意等待，愿意付出，就是因为程子良还在那里，我们相爱，这比什么都要重要。在很多时候，我一遍又一遍地对自己重复这句话，重复到自己都快麻木了。

可是此时此刻，我拿起电话，并不像从前那般欢欣喜悦，反而有一种说不上来的感觉，让我本能地保持缄默。

程子良在电话那端亦有短暂的沉默，过了片刻，他才问我：“你回来了？”

“什么？”

我一直瞒着他北京的事，他应该一直以为我在本地。在这时候，我突然心里发冷，似乎有什么事情即将爆发。

“你从北京回来了？”

我头皮猛然一紧，他知道了？

“你去北京干什么？”

在电光石火的刹那，我突然就懂了，程子慧，程子慧早就计划好了一切。她知道我一定会承受不了压力去北京，所以她早就计划好了一切。

不论我在北京怎么做，她都会告诉程子良，我去北京见苏悦生了。

而我无从分辩，我甚至可以想象得出来，程子慧会用什么样的方式和语气来告诉程子良。

在这一刻，我突然心灰意冷。当程子良到学校来找我的时候，我仍旧相信我们有继续的可能，如果有高山横亘在我们面前，那么就把山劈开吧；如果有大海阻挡在我们面前，那么就把海水汲干吧。

年轻时总会有这样的勇气，敢于和全世界为敌。

但这一刹那，我是真的心灰意冷了，没有高山，没有大海，我们中间不过有个程子慧，但一个程子慧，已经比得上千山万水。

我累了。

我说："不错，我去北京见苏悦生了。他样样都比你好，所以，最后我选了他。"

程子良在电话那端长时间没有说话，最后他说："如果你说不是，我会相信的。"

这次他或许真的会相信，可是下一次呢？下下次呢？

我知道，永远会有下一次。程子慧铁了心跟我过不去，她会一次次操纵这样的事情。

一个再牢固的水罐，如果每天敲三遍，终于有一天，它会破成碎片的。

我是真的累了。在这种残酷又乏味的游戏中，我终于理清了我的心。纵然没有苏悦生，纵然没有任何人，我和程子良也是终究会分手的吧。从前我的信心真是天真得可耻，爱情这种东西没什么考验可言，因为它很容易就破碎了。我还年轻，我无法想象自己将来漫长的时光都要跟程子慧的谎言纠缠。

程子良是很好很好，但我已经累到不再爱他。甚至，我都有些怀疑我之前到底是爱上他，还是爱上那个白马王子的假象。

也或许，当时陈明丽的死，让我们在彼此最虚弱的时候相见，就误以为那是真的爱情。

我甚至可以冷静而理智地回想过去的种种，我和程子良在一起的时候，开心的时候总是特别少，不开心的时候总是特别多。如果他真的爱我，如果我真的爱他，我们不应该是那样子，也不会变成今天这样子。

起码，他不会让程子慧一次又一次地伤害我。

他怎么会连我陷入困境都一无所知？他甚至没有苏悦生对我细心体贴。想到苏悦生，我总是下意识回避，“苏悦生”三个字是我最不应该想到的。但我现在需要一把刀来斩断乱麻，苏悦生就是那把刀。

我对着电话那端的程子良干脆利落地说：“你爱信不信，反正我们完了。”

我把电话挂上，缩回床上睡觉。虽然明明是夏天，但我只觉得浑身发冷，这种冷像是透到了骨髓里头。我把身子蜷起来，像婴儿蜷伏在子宫里，我把被子一直拉起来盖过头，以为自己会哭，但终究没有，我只是迷迷糊糊，再次睡过去了。

半夜我醒来，口干舌燥，浑身无力，我想我是病了，我挣扎着把电话拿起来，通讯录里一个号码一个号码翻过去。我妈住在医院里，朋友们这时候一定都睡了，我看到苏悦生的名字，在这夜深人静的时刻，我唯一能够指望的人甚至只有苏悦生。

我把电话拨过去，迷迷糊糊地说："我好像病了。"

"你在哪儿？"

"家里……"

他也许是考虑了片刻，过了几秒钟才问我："我叫人去找你，你能开门吗？"

"好。"

我挣扎着爬起来到楼下去，坐在沙发里，全身发软，觉得自己呼出的每一口气都热得发烫，我不知道在沙发里坐了有多久，才终于听到门铃声，我晃晃悠悠走过去开门。

门廊下的灯没有开，黑乎乎的，有个人站在黑影里，夜风吹得我浑身发抖，那个人对我说："我是苏先生的司机，我姓许……"

我一听到个"苏"字就觉得松了口气，腿一软差点没跌倒，幸好小许扶住我。

那天晚上我被小许送进了医院，我发烧，高烧差不多快40度了。第二天一早苏悦生就从北京回来了，他到病房的时候，我挂着点滴，还烧得迷迷糊糊，看到他，我心里很诧异，只是头颈发软，抬不起来，所以就在枕头上看着他，含含糊糊地对他说："不要告诉我妈。"

苏悦生答应了我，稍顿了顿，又问："你妈妈在哪儿？"

"我妈在医院里。"我脑子里都快煮沸了，觉得自己整个人就像一锅粥，又稠又软，半点力气都没有，而且无法思考，我把头往枕头下缩，想找个凉快点的地方，"你知道我妈在医院里吗？"

"不知道。"

"骗子。"我都不知道自己有没有发出声音，医生来了，苏悦生转身跟医生说话，我耳朵里嗡嗡响，昏昏沉沉地睡着了。

到黄昏时我才醒，这一次好多了，身体像被揭去了一层壳，轻快了不少。苏悦生还在，他正站在窗前打电话，逆光，他的眉眼还是那样清淡，看不出有什么表情。我看了他一会儿，他讲完电话，转身看到我醒了，于是走过来。

"你出水痘，不能吹风。"他把被子给我拉起来，"医生说发烧是正常的病程，大约一周就好了。"

听他这么一说，我突然又紧张起来："会不会毁容？"

"毁什么容，又不是天花。"

水痘和天花有区别吗？我脑子里还有点糊涂，苏悦生说："别瞎想了，觉得痒也别乱抓，医生说一定要忍住。"

他不说我还不觉得，他一说我就觉得脸上发痒，忍不住想用手去抓，我一抬手他就抓住了我的手："别抓！抓了会留疤的。"

我这才看到自己手背上有几个圆圆的水泡，看上去亮晶晶的，再一看，露在病号服外的胳膊上也有。我本来胆子不小，这时候不知道为什么，就觉得又骇人又委屈，"哇"一声就哭了。

"别哭了。"苏悦生显然没料到我会这样，所以他一时不知道怎么办才好似的，拿过纸巾盒，递给我，"别哭了。"

他说来说去就会说这三个字，我抽抽噎噎地说："是不是真的会毁容……"

"想什么呢？"他又气又好笑，"要不我把医生叫来，你问他。"

"我不要医生。"

"那你要什么？"

"你唱个歌给我听。"

不知道为什么，苏悦生的耳朵边都红了，他说："回家再唱。"

我自己也觉得挺不好意思的，因为想起来上次他唱歌哄我，是多么尴尬的情形。可是见了苏悦生，我下意识向他撒娇，也许是因为知道他拿我没办法，是可以让我为所欲为的人。人在病中是脆弱的，当脆弱的时候，见到会纵容自己的人，就会忘乎所以。

我觉得不好意思，所以朝他笑了笑。也许是因为我笑了，他也笑了笑，问我："晚上想吃什么？"

我差不多一天一夜没吃东西，这时候饿得前胸贴后背，我一口气说了七八样吃食，但苏悦生一个个反驳掉："出水痘不能吃。""这个也不能吃。""这个还是不能吃……"

"那能吃什么啊……"我简直要哀号了。

"我让家政阿姨包了饺子，过会儿送来。"

真是北方人，说来说去，就觉得饺子是好东西。

阿姨包的饺子真香啊，我吃的是西红柿瘦肉馅，苏悦生吃的却是荠菜馄饨，我馋得不得了，他也不肯把馄饨分一只给我吃。

"你不能吃虾。"

其实就是放了两只虾在馄饨汤里吊出鲜味，馅里又没有虾，可馋死我了。我泫然欲泣地看着他，最后他用筷子和勺子把浸透汤汁的馄饨皮扒了，把馅喂给我："快吃，医生看到我们一定都挨骂。"

我一口就吞掉了，真好吃啊。

那天晚上我吃了六只扒了皮的馄饨馅，还有好几只饺子，吃饱了躺在病床上，我觉得好过很多。

今天我没能去医院，我妈一定会觉得奇怪，可是明天再想吧，所有的事情，明天再说。

我安慰着自己，打了个饱嗝，睡着了。

第二天我给我妈发短信，老实告诉她我出水痘，我想如果瞒着她，容易露馅不说，还说不定会让她往不好的地方想。

我妈果然放心了，出水痘不是什么大病，就是要避风、防止感染而已。她还要打发家政阿姨来医院，我连忙说有朋友帮忙照顾。

我才不想让家政阿姨看到苏悦生，她一定会对我妈多嘴多舌的。

别看苏悦生一个贵公子，还挺会照顾人的。虽然医院里有护士，我又能走能动，没什么真正需要他照顾的地方，但他天天来医院陪我一会儿，看我缺什么或者想要什么，就让小许替我跑腿买各种零碎东西，他还特意把笔记本带来给我玩游戏，我在医院的时间就好打发很多。

在玩游戏这件事上，我是真正对苏悦生佩服得五体投地，他的笔记本配置高，这倒罢了，关键是他手快，再忙再乱的时候他也能操作得很好，我就看他一手键盘一手触摸板，连鼠标都不用，却打得极好，一连串复杂的动作做下来，半点错误也不会犯，令我望尘莫及。

我缠着他让他教我打BOSS，我的号让他代我玩了几天，升级飞快，但总得自己玩才有趣不是吗？

我们两个头挨着头，肩并着肩坐在沙发上，专心致志地打BOSS，最紧要关头，有人推门进来了，我还以为是护士来量体温，所以头也没抬："哎等我半分钟，半分钟就好！"

话音未落包围圈里的怪兽已经流尽了绿血，轰然倒下去，我松了口气，笑嘻嘻对苏悦生说："下一关等我来！"

我一抬头就看见了程子良，我整个人不由得傻掉，他站在那里，冷冷地看着我和苏悦生，他的脸因为愤怒而涨红，苏悦生也站了起来，程子良却并没有理他，他一直直愣愣地看着我，过了足足半分钟，他说："我选择相信你，你却这样对我？"

我说不出任何话来，这事是我做得不对，我动了动嘴唇，却不知该说什么才好。程子良突然一伸手就给了我一耳光，我没想到他愤怒之下会动手，苏悦生抢上一步，一手将我拖到自己身后，另一只手抓住了程子良的胳膊："我们出去说。"

我的脸火辣辣的，程子良的声音里透着怒意："还有什么好说的！"他一挥手就给了苏悦生一拳，苏悦生头一偏就让过去，他放开我的手，将程子良拉开："我们出去说！"

程子良两只胳膊都被他抓住了，他怒极了，一脚踹出，我扑过去挡在他们两个人之间，这一脚就正好踹在我的肚子上。程子良的劲儿真大，这一下子疼得我冷汗都出来了，苏悦生把我抱住，他的声调都变了："七巧！"

我全身无力，嗓子眼发甜，程子良身子微微一动，似乎想过来看我，但他最后忍住了。我捂着肚子，忍着眼泪，对他说："电话里我都说清楚了，你以后别再来找我了。"

程子良似乎非常伤心，他不知所措地望了我一眼，我疼得满头大汗，苏悦生将我抱起来，让我躺在病床上，我听见他直着喉咙叫医生，连按铃都忘记了。护士和医生都跑过来，匆匆忙忙问清楚原因，七手八脚地要扶我去做B超，看有没有伤到内脏，一阵混乱之后我被抬上推车，苏悦生似乎挺紧张的，外科医生也被找来了，好几个人围着超声波屏幕细看。

最后确认内脏都没事，护士拿了冰袋来给我敷，苏悦生和程子良都不见了，我躺了一会儿苏悦生才回来，他也拿来一个冰袋，给我敷脸。

我拿那些冰块按着脸颊，心里又凉又酸，说不出是什么滋味。他说："程子良走了，我和他谈过了，以后不会这样了。"

稍微顿了顿，他又说："以后不会这样了，以后我不会让任何人欺负你。"

我微微闭着眼睛，听到他说这句话，也懒得睁开眼睛。

我不知道他和程子良说了什么，但我和程子良是真的完了。我都觉得奇怪，自己怎么可以这么镇定地面对这一切，也许是因为经历了太多的波折。我和程子良的感情就像炙热的铁板，当一瓢冷水泼上去的时候，铁板仍旧烧得通红，冷水反倒化成一片白雾。但无数瓢冷水泼上去，铁板终于也渐渐冷了。

也许真的，就是这样吧。

Chapter 11
幸福

我水痘痊愈出院，我妈妈的病也好得七七八八。她是个闲不住的人，何况又遇上这么多事，所以一出院就忙她的生意去了。这倒正好合了我的心意，因为我不愿意她知道我和苏悦生的交往。

但我想总会有一点儿风声传到她耳朵里去吧，因为我狠狠地欺负了一次李云琪。

说我肚量狭窄也好，说我不饶人也好，反正出院之后，我说想要办个party。

苏悦生在这方面完全无所谓，只问我想在哪里办。

“游艇嘛，你不是说想出海去。”

其实我挺担心李云琪不来，但苏悦生请客，谁会不来啊？

何况李云琪完全没料到我会在苏悦生的游艇上。

当她一踏上甲板，看到船头站着笑嘻嘻的我时，嘴巴张得简直能吞下整个鸡蛋。

我客客气气地招待她和其他客人，不知道苏悦生是不是有意隐瞒，反正北京那边的消息根本没传过来，接到请帖的客人都以为苏悦生要和陆敏在游艇上订婚，所以每个登上游艇的客人见了我都像见到外星人似的。

还好他们都见惯了大场面，瞬间的失态马上就被掩饰过去。

船上搭好了香槟塔，我和苏悦生一起开香槟，客人们纷纷吹口哨拍巴掌，苏悦生俯身深深地吻我。客人们哄起得更厉害，音乐声响起来，我和苏悦生跳第一支舞，其他人纷纷加入进来。

大家都似乎玩得挺开心。

我看准了李云琪独自待在船尾的时机，走过去同她笑嘻嘻地打招呼："李小姐。"

李云琪脸色当然不怎么好看，她并不是真正能沉得住气的人，从她以前对我妈做的那些事我就看出来了。她冷冷地问："怎么？打算把我推到水里去？"

我耸了耸肩："又淹不死你，有什么趣？"

李云琪说："你不要太得意，你仗着什么势……"

我笑盈盈地反问："那你又仗着什么势？"

我很舒适地靠在游艇栏杆上，风吹得我的裙摆呼呼作响，大海反射着太阳，无数金色的碎片在浪尖闪烁。游艇上方的白色篷帆遮去大半日头，让人觉得荫翳清凉。我说："人生就是一条食物链，小鱼吃海藻，大鱼吃小鱼，鲨鱼吃大鱼……越是有钱有势的人，越是处于这条食物链的顶端。从前我没有这么深刻的认识，是你让我认清了现实。尤其当你把我的自尊踩在脚底的时候，我终于明白，有势可仗是一种能力。不错，以前我处于食物链的底端，不，说是底端不对，其实我这种人比真正没有钱的人更可悲。因为真正没钱的人进入不了你的视野，跟你的生活没交集，说不定你见到了，还会怜悯一下穷人的落魄，就像大鱼怜悯渺小的海藻……而像我这种暴发户的女儿，有一点钱，却又远远比不上你们身家亿万，所以被你深深地鄙视。我就是海里的小鱼，你这种大鱼生来就是可以吞噬我们的。

“你生在食物链的顶端，作为你爸爸的独生女，你像公主一样高高在上，所以践踏我的时候从不心软，也不用心软，因为我没有办法反抗你，只能被你撕扯吃掉。可是你没有想过吧，有时候食物链也不是那么稳定，命运最奇妙的地方就在于它不会一成不变。被你吃的小鱼某天突然就成了鲨鱼的附庸，当你被鲨鱼撕扯吞噬的时候，小鱼会游离在鲨鱼的齿缝里，品尝你血肉的滋味。啧，请你放心，我也会好好享受践踏你的滋味。你专程请我和妈妈去令尊的生日宴，我当然也会礼尚往来，在一个特别隆重的场合，在这样一个你所有朋友都关注的场合，好好羞辱你，欺负你，才不枉我用力爬到这食物链的顶端。”

李云琪终于被激怒，她眼中似要喷出火来：“贱人！”我眨着眼睛装出无辜小白兔的样子，提高了声音喊："你为什么骂我？"

她恶狠狠地朝我扑过来，我抄起旁边桌子上搁着的冰激凌碗就扣到她脸上，巧克力冰激凌从她鼻尖一直淌到胸口，她这件华伦天奴当季新款啊，彻底完蛋了。从她上船的那一刻我就想这么做了，看着她滑稽的样子，我开心地哈哈大笑。李云琪被一激，扑上来抓住我的胳膊想要将我推下海去，我放声尖叫，死死抱着栏杆，好像随时都会坠入海中，整条船上的人都被惊动，客人们全涌过来，好多人想要拉开李云琪，她像个疯子似的咆哮："贱人！这个贱人！我要撕烂她的嘴！"

苏悦生将我从栏杆上抱下来，我把脸埋在他怀里，装得像鹌鹑似的瑟瑟发抖。当然不用他发话，有人劝有人拉，他们把李云琪弄到船舱最底下去，船长会叫快艇来将她送上岸。

我在苏悦生耳边说："我讨厌李家父女。"

苏悦生说："以后你不会再看到他们。"

苏悦生说话算话，那之后我再没见过李家父女。那段时间我非常嚣张，天天拉着苏悦生出入各种场合，几乎本地所有的高端宴会，我都会插上一脚。有我在的地方，当然就没有李家父女，李家父女从此在交际场上绝迹。所有人都知道李家得罪了苏悦生，都不用他发话，自然有人找李家生意上的麻烦，我听说李志青被弄得狼狈不堪，焦头烂额。

我妈被骗的那一箭之仇，我终于替她报了，但我也并不觉得很高兴。

就像我在游艇上对李云琪说的，这是一条食物链，我爬到了更高的地方。从前践踏我的人被我踩到脚底下，但我并不觉得高兴。我实在无法理解，李云琪是怎么觉得这有乐趣的，欺负人有什么乐趣可言？

尤其欺负一个没法反抗你的人。

我只觉得无聊。

十九岁生日那天，苏悦生送了我一只翡翠手镯，我其实并不怎么喜欢。因为在我觉得，这种东西都是老太太才戴的。不过我还是装作很欢喜的样子，将它拢在自己胳膊上。

十九岁生日对我而言，既快乐又惆怅。这一年里发生了很多事情，跟程子良从相识到分手，都是我不曾想象过的，我也没有想过自己的十九岁生日会和苏悦生一起度过。

但世事就是这么奇妙，吹熄蜡烛之后，苏悦生问我："许了什么愿？"可是马上他又阻止我，"别说，说出来就不灵了。"

我笑嘻嘻岔开话："你生日是哪一天？我要想想到时候送你什么才好。"我虽然不知道翡翠镯子多少钱，但看它晶莹剔透，绿得好似一汪春水，想必价值不菲。在物质上我并不想占苏悦生便宜，也许是微妙的自尊心在作祟。

苏悦生并没有告诉我，只是指了指自己的脸颊，我顺从地亲吻他，他却俯下脸轻轻地吻住我，过了一会儿，他才在我耳边说：“等我过生日的时候再告诉你。”

那天的晚餐陆陆续续吃了四个多小时，走出来的时候夜凉如水，倒是一轮好月，朦胧的月色映着街景，花草树木都似乎浸在牛奶里，笼着淡淡的轻晕，月色实在太好，于是我们一路走一路说话，司机开着车远远地跟在后头。

我告诉苏悦生：“我小时候可羡慕别的小朋友了，他们过生日的时候，爸爸妈妈总带他们去公园划船。我妈那时候忙着站柜台，连星期天都不休息，有一年过生日正好遇见她休息，可把我高兴坏了，我妈说带我去划船，到了公园一问，鸭子船要一小时三块，普通的划桨船也要一小时两块。那时候我妈一个月工资才几十块钱。我知道不能叫她为难，就自己说累了不想划船了，就在岸上看看。那天我和我妈就坐在公园湖边的椅子上，一直坐了大半晌。看人家划船其实也挺有趣的，但我妈总觉得委屈了我，从公园出来，她带我到蛋糕店去买了一块蛋糕。那是我第一次吃奶油蛋糕，真甜。后来我妈有钱了，每年过生日给我订最贵的蛋糕，吃着吃着也就那样。说起来好笑，我都长这么大了，一直都没有去公园划过船……”

苏悦生牵着我的手，倒像牵着一个小朋友，他一直沉默地听着我说话，这时候突然问：“要不我们去公园划船吧？”

我白了他一眼：“公园早就关门了。”

"咱们爬墙进去。"

我还以为他是开玩笑，结果他一招手司机就把车开过来了，他把我拉上车，然后对司机小许说："去公园。"

小许真是沉得住气，一句话都没问，把车子掉头就朝公园驶去。我却沉不住气："你不会是认真的吧？我就是随口说说……要不我们明天去划也行！"

"我想划船，就今天晚上。"

好吧，苏悦生从来是心血来潮，想干吗干吗，我只好舍命陪君子。到了公园一看，果然已经关门了。小许把车沿着围墙开了半圈，最后挑了个地方停下来，苏悦生兴致勃勃，拉我下车。左右打量了一下，然后又观察了片刻，对我说："我把你抱到车顶，你踩着车顶上去。"

我哭笑不得，因为是过生日，又是苏悦生请吃饭，他请客的场合都隆重，所以我郑重其事特意打扮过，穿着一身落地晚礼服裙子，连走路都只能跟美人鱼似的迈小碎步，别说爬墙了，连抬腿都费事。苏悦生把我的手包往车顶一搁，然后蹲下来抱住我的小腿，紧接着他抱着我站起来，我整个人腾空而起，差点失声尖叫，就觉得眼前一花，已经被他抱起搁在了车顶上。他随手脱掉我碍事的高跟鞋，然后自己也爬上车顶。

小许替我们望风，左顾右盼神色紧张，我也紧张。我哆哆嗦嗦爬起来，赤着脚站在冰冷的车顶，不由得发抖，全景天窗啊，天知道牢不牢靠，我要是一脚踩空了怎么办？要是突然有人看到把我们当贼怎么办？就在我胡思乱想的时候，苏悦生已经探着身子拽住伸出墙外的树枝，翻上了墙头，然后回身将我也拉上了墙头。风吹着树叶唰啦啦轻响，我战战兢兢扶着树干，听苏悦生小声叫小许快快把车开走，免得引起别人的注意。

往下爬就容易得多，公园墙内都是参天大树，枝丫斜逸，每一步都有落脚之处。苏悦生先爬下去，然后伸开双臂来接我，我这时候也胆大起来，爬到距离地面一米多高的时候，就朝着他怀中一跳。

结果这一跳可跳坏了，苏悦生倒是牢牢接住了我，裙子却“嗤”一声被挂住，撕出个大口子。

我索性把裙子下半部分搂起来系在腰上，这下舒服了，长裙变成了伞裙，走路也方便了。

公园里路灯都熄了，到处黑乎乎的，什么都看不见。我们从树林里钻出来，借着月色才看到石子路。隔着扶疏花木，隐约可见巨大的人工湖波光粼粼。我们顺着石子路溜到湖边，四面静悄悄的，湖水映着细碎的月光，好似一面巨大的银镜。我们俩探头探脑看了半晌，才发现鸭子船都在遥远的对岸，夜色中看上去黑乎乎的一片，静静地泊在那里，可望不可即。

刚刚忘了带上我的鞋，赤脚走了这么远，公园里又全是石子路，现在站住了才觉得脚疼，疼得我倒抽冷气。

苏悦生一低头才看到我没穿鞋，他懊恼了两秒钟，马上蹲下来：“我背你。”

“不用了我能走……”

他没等我说完就把我拉过去背起来，他背着我沿着石子路往湖对岸走，一路穿花拂柳，我不停地拨开拂到脸上、头上的那些树枝树叶，像在丛林中穿行一般。草丛中有不知名的虫子在唧唧作响，湖里有青蛙唱和，却衬得四周更显安静，连风吹过树叶的声音都听得一清二楚。天上有薄薄的云彩，偶尔会遮住月亮，月色便如同被轻纱掩过一般，忽明忽暗。我怕苏悦生背得吃力，所以紧紧搂着他的脖子。他身上有好闻的青草气息，还有一股甜味，想必是他晚上喝的葡萄酒的味道。我还是第一次被人背在背上，小时候我妈抱过我，但没有背过我。我稍大一点儿就知道别人家的爸爸背着女儿，我也不能多看一眼，免得我妈伤心。没想到现在长大了，还有机会被人背，苏悦生看上去挺瘦的，但肩膀很宽，伏在上面倒是很舒服，我看着他脖子里的汗珠，问他要不要歇一歇，他说：“你又没有多重。”然后跟我讲起他去爬乞力马扎罗雪山，背着全副的登山帐篷和工具。我都不知道乞力马扎罗在哪儿，听他说得似乎挺轻松，好像那雪山也不高似的。我们一边说话，一边就走到了垂柳依依的码头边，我赶紧从他背上溜下来，赤脚踩在公园新铺的防腐木上，比石子路好过多了。

那些鸭子船就泊在码头边，我们左顾右盼了一阵，四处静悄悄的，只有蛙声喧闹。我们俩小心地躬着身子走过去细看，才发觉每一只船都用铁链子串起来，然后用另一根链子拴在码头一个石墩上，我和苏悦生蹲在那里解了半天才解开铁链，幸好没锁，大约谁也不会想到会有人来偷鸭子船吧？

我们当然也不是来偷船的，我们只是偷偷来划船。

解下最靠边的那只船，苏悦生就把铁链套回石墩上，我先爬到船上，苏悦生站在码头上用力将船往外一推，然后也跳上船来，小船晃晃悠悠，漂向湖心。我又兴奋又害怕，苏悦生坐下来试着掌舵，我们两个踩着脚踏，慢慢向湖心划去。

月亮映得湖中十分明亮，今天虽然不是十五，但半轮月亮皎洁光华，湖中波光粼粼，像倒映着万千条细小的银蛇。不知道什么时候风住了，连蛙声都息了，四周安静得只听得见鸭子船踏水的声音，我问苏悦生：“你小时候有没有划过鸭子船？”

苏悦生说：“没有。”

我心里觉得奇怪，小时候我是因为穷，所以从来没有上公园来划过船，苏悦生又是为什么呢？

我们的船已经慢慢划进月亮的倒影里，四处都是银光闪烁，像是谁打碎了硕大无朋的镜子，映出一道道银色的流光，又像是谁随手撒了一把星星在湖里，千点万点银钉都被细碎地搅散，更像是元宵节的时候放烟花，我们就坐在那烟花四溅的天幕上，湖水是黑丝绒般的暗，反衬着银粉澄澄的光华。

苏悦生的脸庞有一半被船顶的阴影遮住，显得晦暗不明：“我爸总是开会，或者在出差。那时候我妈妈身体已经很不好了，我从小是保姆带大的，保姆从来不带我去公园。等到上小学的时候，我就被送到国际学校寄宿，每年夏令营都是去欧洲或者北美，所以，我也没有划过鸭子船。”

他叙述的语气平淡得几近无趣，但我却知道其中的隐痛。没有经历过单亲家庭的人大约很难想象，比如我就无数次想象，如果有魔法，我宁可回到过去最穷的时候，宁可一辈子不买新衣服没有好吃的零食，我愿意拿自己拥有的一切去换取我的爸爸。

旁人永远也不会明白，我会多么羡慕那些普通而平凡的家庭，那些有爸爸妈妈的家庭，是的，我妈对我很好很好，但那毕竟是不一样的。

我知道苏悦生和我一样，他愿意用一切去换取，可以在童年时代跟爸爸妈妈到公园划鸭子船，就像所有普通人那样，就像所有别的孩子那样。

很寻常很微小的事情，但我们都曾得不到，而且，永远得不到。

我慢慢拉住他的手，他的手指微凉，握住了我的指尖，我把头靠在他的肩膀上，船随着风在湖中荡漾，我说：“我唱支歌给你听吧。”

他说好。

我很认真地唱摇篮曲给他听，小时候我生病了，或者难过的时候，我妈没有别的办法，只能唱歌给我听。那时候很穷很穷，她买不起玩具哄我，只能唱歌给我听。她唱得最多的就是这首摇篮曲，在她的歌声里，我总能慢慢地平静，慢慢地睡着，也许这世上有一首歌是灵药，它可以安慰我，让我觉得像母亲的怀抱一样安全，一样宁静。

所以每次我特别特别难过的时候，总希望身边的人可以唱歌给我听，随便唱什么都好，都会让我觉得不那么难过。我轻轻哼唱着柔美的歌谣，同样希望着自己的歌声可以让苏悦生也觉得不那么难过。我轻轻靠在他的肩上，他低头吻着我的发顶，月色朦胧，他的耳朵真好看啊，轮廓弧线柔和，被月色一映，好像白玉一般，我忽然想起来他上次唱小星星，不由得脸上发热，笑了一笑。

“你笑什么？”他低声问我。

“不告诉你。”我朝他扮鬼脸，我才不要再提起那件丢脸的事情。他一瞬不瞬地看着我，忽然揽住我的腰，深深地吻我。月亮被云彩遮住，渐渐有星星的光华露出，初夏夜风温软，风里有槐花清甜的香气，还有他身上的气息，淡淡的酒香让我微微眩晕，他的吻仿佛湖水一般，让人沉溺。

突然有一束雪亮的光照过来，刺得我眼睛都睁不开，更多的雪亮光束射过来，我本能地捂住双眼，苏悦生将我挡在身后。我这才发现岸上不知道什么时候出现了一群人，他们拿着巨大的手电，毫不客气地用那些刺眼的灯柱笼罩着我们，还有人冲我们嚷嚷：“你们俩怎么回事！怎么溜进来的你们！”

“划过来！我们是公园保卫科的！”

“谁让你们划船的！快靠岸！”

“告诉你们我们已经报警了，派出所的同志马上就到！”

“划过来！”

我被手电照在脸上，连眼睛都睁不开，苏悦生一边将我挡在身后，一边用手挡着眼睛，他大约这辈子也没这么狼狈过。保卫科的人一边朝我们喊话，一边就去解开船朝我们划过来，我们被两艘船逼迫着靠岸，一上岸就看到了警察，他们真的报警了。

我都快哭了，苏悦生好像还挺沉得住气，我们俩被简单盘问了两句就被110的车子带回了派出所，我这辈子还没坐过警车，估计苏悦生也没坐过，被关在警车后座的滋味……真是百感交集啊！

幸好没给我们俩戴手铐，不然真是没脸活了。

大半夜派出所还挺繁忙的，值班室不大，整间屋子里弥漫着一股泡面的味道，一个四五十岁的老民警坐在桌子后边，一边吃泡面一边跟押我们来的人打招呼：“哟，老张，又逮到一对儿野鸳鸯？”

我不由得鼓了鼓眼睛。

“这对儿倒不是卖淫嫖娼，这对儿是谈恋爱的。”

“谈恋爱你把他们带回来干吗？”

“甭提了，深更半夜这两位不知道抽什么风，翻墙进公园划鸭子船，被公园保卫处逮了个正着！”

吃泡面的民警乐了，冲我和苏悦生直笑：“划个船才多少钱啊？一小时十块？二十？你们俩这抠门劲儿！哎小姑娘，不是我说你，男人靠不靠得住，就看他肯不肯为你花钱，你说连十块二十都要省，这种男朋友还能要吗？”

我看了看苏悦生，他也看了看我，我们俩的眼神同样悲壮。

接下来的经历就更悲壮了，吃泡面的民警三口两口捞完了泡面，开始给我们录口供，说我们俩危害公共安全。

苏悦生终于忍不住了，分辩说：“我们没危害公共安全，我们就是划了一下船。”

“那还不叫危害公共安全？你会游泳啊？好，就算你会游，小姑娘会游泳吗？黑灯瞎火的，她要掉水里你救她不？你万一救不起来反倒把自己也淹水里了怎么办？公园公园，就是给老百姓游玩的地方，你们俩要是在公园里出个事，大家心里多膈应！还怎么上公园玩去？还能玩得开心吗？以后还有人敢划船吗？这不是危害公共安全是什么？”

民警同志滔滔不绝一口气说完，这才呷了一口保温杯里的热茶，说：“来，姓名住址工作单位电话！”

我和苏悦生对望一眼，咬紧牙关，打死也不说。

“怎么？怕丢人啊？爬公园墙的时候怎么没想过丢人？”民警同志继续滔滔不绝地教育我们，主要是教育我，“什么叫遵守公共秩序，公园墙那是能爬的吗？小姑娘，男人靠不靠得住，就看他对你怎么样。你看看爬那么高的墙，多危险！他带你做这么危险的事情，这种男朋友还能要吗？我告诉你，我闺女和你差不多大，她要敢带这种男朋友回家，看我不打断她的腿！”

苏悦生气得额角直暴青筋，我在桌子下用力捏了捏他的手，然后弱弱地反驳那老警察：“他……对我挺好的……”

“对你好能带着你去爬墙？你看看你衣服都挂烂了……”老民警直摇头，上下打量我，“鞋也弄丢了吧？啧啧，男人靠不靠得住，就看他对你什么态度，你鞋都丢了他还带着你满世界乱跑……”

我理直气壮地说：“刚才他一直背我呢！”

老民警横了我一眼：“对你好就有用啊？对你一时好那不算好，对你一辈子好才有用！”他重新拿起那张纸头，“姓名住址工作单位电话！带没带身份证，拿身份证出来！不要以为不说我们就查不出来啊！”

太丢人了，让学校知道我还活不活啊！我急得快哭了，苏悦生突然说：“对不起，我们知道错了，您别生气，给个机会，是我心血来潮硬拉着她一块儿爬墙的，这样吧，您先放她走，我押这儿，教育罚款我都认了。”

民警乐了："哦，还挺爷们的啊！把你押这儿放她走？你以为到这儿了还能演英雄救美？想得美！说，你们俩哪个大学的？"

苏悦生闭上嘴，我嗫嚅着想要说话，被他在桌子底下拧了一把，只好也闭上嘴。

"就知道你们俩是大学生，大半夜的不回宿舍，在外头晃荡啥？虽然现在治安还好，但万一遇上歹徒怎么办？"

老民警滔滔不绝又将我们俩训了一通，我们俩只得态度诚恳地认错，再三说明是一时冲动，保证以后绝对不敢再犯。民警同志终于看在我们是初犯的分儿上同意放我们一马，不通知学校不罚款，前提是通知家长来接。

我的脸再次垮了，今天能出来我可是骗我妈，说同学给我庆生所以我住寝室，三更半夜我要给她打电话让她来派出所领人，她非撕了我的皮不可。

苏悦生急中生智："我们都是外地的，家长都不在这里，您看同学来可以吗？"

也许我们俩楚楚可怜，也许老民警真有个女儿如我这般大，最后他还真同意了。

苏悦生被获准打电话，他都不敢把手机拿出来，怕露馅，就借了派出所的座机。我听见他一拨通就说："小许，你来公园派出所，事情很紧急，坐出租车来，是的，打车来。你和我同学这么多年，一定不能见死不救啊！”

苏悦生还挺有急智，小许也挺有急智，虽然不知道发生什么事，但他十分钟就赶到了派出所，自称是我们的同学，顺顺当当把我们领出来。

这个生日过得，真是……特别有意义。

我们坐出租车兜了一个圈子，回到小许停车的地方，在派出所折腾了大半宿，又累又饿又困，在车上我就睡着了，还是苏悦生把我抱下车。他的怀抱真暖和，他家的地毯真软，我从他怀里挣扎着跳下地，他家我来过一次，所以熟门熟路，打着呵欠就跑到浴室去洗澡，首先得把我在公园里弄得脏脏的脚丫子洗干净，我用沐浴露洗了一遍又一遍，终于连指甲缝都洗干净了，苏悦生家的花洒真好用，水又大又细密，洗澡特别舒服，我琢磨回头得问问他是什么牌子，好在自己家里也装一个。

洗完澡出来，看到外头不知什么时候放着一套干净衣服，还有一双拖鞋，或许都是苏悦生的，我穿上去太大了，袖子要折好几折，裤子也像裙裤似的，得挽起来，拖鞋也太大，走起路来踢踢踏踏的，我就那么踢踢踏踏地下楼。

苏悦生不在客厅里，厨房里亮着光，我走过去一看，他正穿着浴袍在煮面。我压根没想到他还会做饭，都震惊了。

他一回头看到我，说：“马上就好。”

我坐在餐桌边打量他，他头发没有完全吹干，鬓角碎发软软的，半贴在脸上，越发显得稚气年轻，怪不得派出所的人会觉得他是我同学，其实他比我大好几岁，就是脸嫩，显不出来。

“看什么？没见过帅哥？”他头都没抬，却知道我在看他。

我捧着下巴答：“没见过帅哥煮面。”

“哼，我煮的面还很好吃呢。”

我半信半疑，没一会儿他就煮好了，将一只大碗放在我面前：“尝尝看。”

异香扑鼻，我尝了一口面汤，真是不错，不由连眼睛都眯起来了：“你还有这一手，真看不出来。”

“长寿面，不可以咬断。”他把叉子递给我，“慢慢吃，烫。”

我小心地吃着面条，努力不将它弄断。苏悦生自己也有一碗，他吃得很斯文，吃到最后，我在碗底发现鲍鱼，怪不得这么香。

“前天就用火腿和鸡汤炖上了，炖了两天。”苏悦生微笑，像是想起什么开心事，“以前我过生日，我妈妈一定亲自下厨给我做长寿面，提前两天就炖上汤，然后把鲍鱼埋在面底，因为老话说，鲍鱼是元宝，长寿面吃到碗底有宝，很吉利。我妈一直说，把谁当宝，就煮这样的面给谁吃。”

我脸颊微微发烫，过了几秒钟才俯身亲吻他，他的唇齿间也有清冽的芳香，他用的洗发水味道真好闻，植物的香气连鲍鱼的浓香都压下去了，他紧紧搂着我，这个吻热烈而持久，缠绵得让我们都不愿意放开对方。

他的脸颊滚烫，我的也是。我忽然就明白过来，我是喜欢他的呀，当发现他喜欢我的时候，其实我心里很高兴吧。这和他是什么人没有关系，你孤独了许久许久，一直在一个人走，突然遇上一个人，你和他在一起的时候做什么都高兴，他比所有人都更让你放心倚靠，那就是这个人啊！

我也许怔住了，因为苏悦生微微凝视着我，他问我："在想什么？"

我问："你爱我吗？"

他的瞳仁里有我小小的倒影，他很坦诚："爱。"

"我也爱你。"我将脸贴在他的胸口，小声说，"我真的爱你。"

他所有动作都静止了，过了大约几秒钟，他突然将我抱起来，把我搁在餐桌上，注视着我的眼睛："你说什么，我没听见，再说一遍！"

"不说！"

"再说一遍！"

"不说！"

我是真的恼羞成怒了，那么肉麻的话，我怎么再说一遍，他却哈哈大笑，一弯腰将我抱起来，我差点撞到天花板上垂下来的灯，他一边用手揉着我的头发，一边问："你说不说？"

“不说！打死也不说！”

他突然将我按倒在餐桌上：“这样也不说？这样也不说！”他的吻又密又急，最开始我胳肢他，他一边笑一边躲，也不停地反击胳肢我，但吻到后来，他的吻就像火一般，在我全身蔓延。这是怎么样一种奇妙的感受啊，你爱的人正好也爱着你。我想全世界最大的奇迹就是这样，成千上万的人，你正好遇见你爱的人，而他也正好爱你。

就像全世界都燃起焰火，就像成千上万颗流星穿过夜幕，就像万里的花海开在明媚的阳光下，就像一重重彩虹在眼前绽放。

没有什么比这更美好的事情了。

我搂住苏悦生的脖子，他稍稍用力就将我重新抱起，他像抱着珍宝一般，一路走一路转圈，不停地轻吻着我，我们两个都并没有喝酒，却像微醺一般。爱情就是这样吧，让人晕乎乎有一种醉酒般的感觉。

我们吻得太久，我突然发现他身体发生了一些奇妙的变化，好像让他非常难受，但似乎他又非常享受似的。我胆子越来越大，手到处乱摸。男人这种生物好奇怪，是以前我从来没见过的事物，真让我觉得好奇。

他抓住了我的手，我越发大胆，得意地仰脸亲吻他，吻得他额角有微微的汗意，似乎实在是忍不住了，他紧紧攥着我的手，问我：“可以吗？”

我故意睁大眼睛看着他："不可以！"

"妖精！"他咬牙切齿，抱着我上楼。一上楼我就甩掉拖鞋，踮起脚尖在他脸上亲吻了一下，然后踩在他的脚背上。我的脚尖微凉，他连脚背都是滚烫的。他反手搂住我，不知道什么时候就扭开了门，我们俩一块儿跌在床上。

他的床真软，他的手臂真有力，他的吻真烫。我被他吻得意乱情迷，他的手就像火炬，在我身上点燃一簇簇火花。

他在我的耳边喃喃又问了一遍："可以吗？"我浑身酥软，说不出半句话来，他滚烫的脸颊就贴在我胸口，我听见他的心跳，也听见自己的心跳。我仰起脸来亲吻他。

这个吻点燃了一切，所有的一切都比我想象中更完美，尤其当他喃喃叫着我的名字，真正和我融为一体的时候，我觉得整个人都被打碎，然后重新被塑造，一点一滴，从骨与血，从痛和泪中带出欢愉，是真正的新生。就像蝴蝶挣扎着从茧中爬出，慢慢展开翅膀，所有的一切都和从前截然不同，那是另一种新的生命，是有蜕变，有光彩，有崭新的燃烧。

一切都和从前不一样了。

我返回学校的寝室时已经是中午时分，大家都去食堂吃饭，我担心被同学们看出什么不同，于是拉开被子，独自窝在床上。到了此时此刻，新鲜的烙印渐渐退却，我不由得有一丝害怕，班上也有女同学会跟男友在外面租房同居，但我总觉得那是很遥远的事情，起码跟我没关系。

我没有提防自己会这么快和苏悦生走到这一步，或者说，我对恋爱的全部想象还停留在亲吻，王子吻了公主，从此过着幸福的生活。我这时候似乎才缓过神来，毕竟和以前不一样了。

我在床上躺了差不多整天，晚上室友打水回来，对我说：“底下有人找你。”

“是谁？”

“不认识，一个男的，长得还挺帅的。”

我有些害羞，拿被子蒙过头，说：“我病了不舒服，就说我不在。”

宿管阿姨不会放任何一个男生进楼栋，原来我觉得宿管可讨厌了，现在我全部希望就寄托在宿管上，幸好还有宿管阿姨，不然苏悦生要是能上楼来，我可没别的办法拦住他。

室友大约以为我在跟男朋友吵架，以前她和她男友掉花枪的时候我也帮她传过话，所以她很快就下楼去了。

过了一会儿我听见寝室门被推开的声音，想必是室友回来了，所以我问：“他走了吗？”

脚步声越来越近，我突然觉得不对，女孩子虽然穿高跟鞋，走路的声音也不会这么重，我一骨碌从床上坐起来，果然是苏悦生。我一看到他就不由自主地往被子里一缩，仿佛那被子就是个壳，我就是只蜗牛。

幸好苏悦生没上来掀被子，不然我可就真不活了。我闷在被子里，听见他问：“要不要紧？要不要去医院看看？”

我脸上发热，哪有为这种事情去医院的，他在床前站了一会儿，又拿过一张椅子坐下来，我心里发急，又担心室友回来看见，于是叫他：“你走吧！”

“你把被子揭开，我看一看你就走。”

我仍旧蒙着头，也不肯答话，过了几秒钟，被子被揭开了，他半躬着身子看着我的脸，看得很仔细，好像在看什么重要的文件似的。我板着脸说：“现在看也看了，你可以走了。”

他说：“我们结婚吧。”

我愣了一下，我没想到他会说出这句话，虽然我知道将来我们一定会结婚，但我还没毕业呢。

我说：“别闹了，等会儿我同学回来了。”

他松了口气似的：“那你不生气了？”

当然生气，早上要不是他腻腻歪歪，也不会害得我旷掉整整半天的课。尤其回到寝室，熟悉的校园环境提醒了我自己，我还是个学生，我觉得愧疚，好像自己做错了事。但这愧疚没法跟人说，就觉得懊恼。

我和苏悦生闹了几天的别扭，主要是我觉得别扭，他每天还是会给我打电话，我在学校不肯出去，他就来看我，也不知道他是怎么让宿管阿姨破例，但有时候他也上不了楼，只能托室友替我捎东西上来。他办事情特别周到，昂贵的进口零食总是买一堆，每个室友都有份，渐渐地同学们都知道我男朋友很体贴，总来学校看我，室友们都被那些零食哄得很开心，老在我面前说他好话。

我跟苏悦生拗了几天脾气，最后他还是把我哄好了。他着意赔小心，一而再再而三，我也不好意思老给他冷脸看。只是那句话怎么说来着，食髓知味，苏悦生就想天天能和我在一起。

那时候我太年轻，实在不能理解他的热情，回避敷衍的时候多，实在跑不掉也会让他称心如意，那段时间他好像上瘾似的，天天琢磨让我搬出来跟他一块儿住。我那时候脾气很坏，很不愿意迁就他。

我说："那是绝对不可能的。"

"你怎么这么别扭呢？难道将来结婚了你也不跟我一块儿住？"

我装作满不在乎："将来的事将来再说，何况，我跟你还不一定会结婚呢。"

也许这句话把他刺激到了，他立刻说："那我们马上就结婚。"

我还以为他是开玩笑，说这话的时候是周三，等到周五的下午，他就在校门口等我，送我回家。我挺不愿意搭他的车，我想他说是送我回家，待会儿在车上一定会说服我周六周日想办法出来见他，我老往外跑，我妈会起疑心的。

结果一上车他就递给我一个小包，我好奇地打开一看，里面竟然是他的户口本。他说："我前天回了一趟北京，把户口本拿过来了，你也把户口本拿出来，明天咱们去民政局登记，我打听过了，周六他们也上班。"

我都傻了，他拉住我的手，往我无名指上套了个戒指，说："本来应该隆重一点儿，可是我一想你又不见得喜欢单膝跪地那一套，所以……"他大约是看我傻呆呆的，所以把我拉过去吻了吻我的额头，"我就当你答应了啊。"

我看了看手指上的戒指，素面光圈，镶着一点碎钻，是我挺喜欢的样子，尺寸也刚刚合适，可是……我哭笑不得："我都还没毕业呢，再说结婚怎么能这么儿戏……"

"怎么儿戏了？"他说，"我连户口本都偷出来了，怎么能叫儿戏呢？你要觉得不够隆重，今天晚上我也订了餐厅，要不到餐厅我再求一次婚？今天晚上吃完饭我就送你回去，你赶紧把户口本偷出来，明天我们去领证。"

"那不行的。"

"你不愿意嫁给我？"

他突然问出这么一句话，叫我怎么答呢，其实我自己心里还一团乱。我都还没有毕业呢，结婚对我而言，真是太遥远的事情了。

看我沉默不语，他似乎明白了什么似的，自嘲般地笑了笑，他说："你还是喜欢程子良。"

我被这一激，直觉得血往头上涌，眼圈发热，鼻尖发酸，我看了他一眼，他也看着我。我并不喜欢程子良，我自己明明知道，那一切已经结束了，他也明明知道，但他知道怎么让我难受，他说这话就是想让我难受。只有你爱的人，才会知道怎样才能伤害你。

我把脸仰一仰，说："你要是这么觉得，我们就分手好了。"

我下车甩上车门，沿着马路往前走，初夏的太阳晒在裸露的手臂上，微微生疼。我走得很快，一会儿工夫就拐过弯，前面就是公交站，搭公交到我家还得换乘两次，但没关系，我可以先搭公交到地铁站。我牙齿咬得紧紧的，这时候才觉得嘴唇疼，原来我一直咬着自己的下嘴唇。我松开了，有公交车来了，我视线模糊，眼睛里都是眼泪，也没看清楚是多少路就自顾自跑着追上去，也许是我要搭的那趟，不，不是我要搭的那趟我也得上车，马上上车离开这里。

我没有追上公交车，因为有人拽住了我的胳膊，我回头一看是苏悦生，下意识想要甩开他，他的手指用力，硬生生拉住我，我不愿意在马路上跟他拉拉扯扯，就说："放手！"

话说出口才觉得自己声音哑得可怕，他的声音十分暗哑，仿佛带着某种钝痛似的，他说："我错了。"

"你放手！"

他硬把我拉进他怀里，我把他胳膊抓红了他也没放手，他说：

“对不起，我错了。”

我扁了扁嘴，很委屈。

他说：“你叫我怎么不在意呢？七巧，只有在意的时候才会做错事，说错话。”

我觉得挺难过的，我说：“你以后不许再提他。”

他点点头，答应说：“以后我再也不提了。”

大约是担心我生气，晚上在餐厅的时候，苏悦生真的又求了一次婚。这一次非常隆重，他怀抱鲜花单膝跪地，问我是否答应嫁给他。

整间餐厅都被他包下来，虽然没有别人看着，我也觉得怪难为情的。我说：“等我考虑考虑。”

“那就考虑一晚上吧，明天我们去民政局。”

我嘴上没答应，其实心里已经松动了。

等晚上我妈睡着了，我就溜进书房开保险柜，书房保险柜里全是些证件，什么房产证、股权证，还有我和我妈的户口本也搁在里面，我也不敢开灯，就按亮手机屏幕照着保险柜的按钮，我妈跟我说过保险柜的密码，但我也没想到自己有一天会来偷偷摸摸拿户口本，所以手心里全是汗。

幸好户口本就放在最上面一格，我一摸就摸到了，打开看看没错，就揣进怀里，然后关上保险柜，溜回自己房间。

那一晚上我都没睡好，老做噩梦，一会儿梦见我妈发现我偷了户口本，大发雷霆，一会儿梦见我把户口本弄丢了，苏悦生急得冲我直嚷嚷。

等我被电话吵醒，已经是早上九点多了，苏悦生打来的电话，他催我：“怎么还没出来？我已经在街口了。”

我胡乱爬起来洗漱，匆匆忙忙还记得化妆——其实也就是涂了点口红。衣服是苏悦生替我挑好的，他说登记要郑重一点儿，所以昨晚送给我一条红色的小礼服裙子，有点像旗袍的样子，但又没有旗袍那么老气，裙摆上斜斜绣着一枝花，很素雅却又很喜气，照例又十分合身，听说是在北京替我定制的。

我又欢喜又惆怅地想，他这给女人选衣服的本事不知道是怎么练出来的，幸好以后都只替我选了。

我把裙子穿上，没忘记配套的红宝石耳环，然后从枕头底下拿出户口本，还有那枚戒指，也被我从枕头下拿出来戴上，我妈还睡着没起床，所以我顺顺当当就从家里溜出来了。

苏悦生在小区出来拐弯的那个街口等我，今天他也穿得挺郑重，领带颜色正是我裙子的颜色，明显是精心搭配好的，看到我踩着高跟鞋遥遥地走出来，他就朝我笑。

在路上我们俩都没怎么说话，苏悦生开车开得特别慢，一边开车一边还说：“早知道就该叫小许送我们。”

我也觉得，我手心里都是汗，也不知道在紧张什么。

到了民政局，那里已经有很多新人在排队，流程指示很清楚，先拿号，再拍照，然后就去登记。

拍照的时候我都紧张得笑不出来了，苏悦生紧紧攥着我的手指，也板着脸孔。拍照的师傅就逗我们俩："哎！靓女啊！笑一笑，你看这位先生，你女朋友长这么漂亮，你们俩又这么般配，怎么能不笑啊？我要是你啊，早就笑得连牙都掉了！来！来，笑一个！"

我看苏悦生，他正好也在看我，我们俩都觉得特别不好意思，同时转开头，对着镜头倒是笑了。拍照的师傅已经按下快门，然后从电脑屏幕上调出来给我们看："你们瞧瞧，行不行？"

很像两个人合拍的登记照，大小也和两张登记照拼在一块儿差不多，但我们的表情都不错，两个人都是十分腼腆的那种笑，像一朵花刚刚绽开，还没有完全盛放，就是花瓣斜斜露出来一点花蕊，特别浅特别浅，带着一抹晕彩似的光华。我觉得挺满意，苏悦生也觉得不错，就立刻冲印了。我们拿着照片和登记表重新排队，登记的手续办得很快，没多久就轮到了我们。主持登记的是个年轻的女工作人员，看上去也比我大不了几岁，白白净净的一张脸，梳着马尾辫戴着眼镜，说话挺和气的。我看了眼她的工作牌，她叫"康雅云"，越是紧张我越是注意这种无关的细节，我想的是，这个人发给我们俩结婚证，多么重要的一个人，虽然素不相识，但我一定要知道她的名字。

她循例问了我们几个问题，最重要的问题是："你们是否自愿结婚？”

苏悦生答得特别快：“是。她也是。”

“得她本人回答。”

我定了定神，说：“是。”

苏悦生这时候才松了口气似的，转过脸来朝我一笑，我今天才知道，原来苏悦生真正笑开的时候嘴角会有一点特别浅的笑窝，像酒窝似的，以前都没见他这样笑过。

康雅云把我们的照片贴到打印好的结婚证上，然后拿下来盖钢印，正在这时候，她突然停下来，重新拿起我的身份证仔细看了看，问我：“你是1986年出生？”

我点了点头，康雅云说：“没满二十周岁，不能登记结婚。”

我和苏悦生都傻了，康雅云直拍胸口，一脸庆幸地说：“差点没注意犯了大错，哎，你们俩也真是的……”她正了正脸色，对我们说，“婚姻法规定，男方得二十二周岁，女方得二十周岁，才符合婚姻登记条件。”

苏悦生茫然地看着我，我也茫然地看着他，最后还是我接过证件和登记材料。康雅云大约是怕我们着急，所以特意拿了一本《婚姻法》送给我们，说：“回去学习学习，得到合法年龄才能登记。你们明年再来吧。”

走出婚姻登记处，苏悦生的脸色简直跟暴雨前夕的天色一样难看，我安慰他：“明年再来就是了。”

“不行，我找人想办法。”

“不合法你想什么办法？”

他把材料都从我手里拿走：“你别管了，反正我有办法。”

我们在年轻的时候都对这个世界充满了信心，总觉得自己有办法得到想要的一切。那时候，苏悦生是如此，我亦是如此。我们都对前路信心满满，以至于太过于纠结一些琐碎的细节，反倒不觉得未来会有任何问题。

虽然没能拿到结婚证，可是结婚已经成了十分笃定的事情，我终于从学校里搬出来，住进苏悦生的房子，那里成了我们甜蜜的小家。以前没觉得，和苏悦生一起住才觉得原来自己有这么多东西，苏悦生又特别爱给我买东西，衣服，鞋子，化妆品，很快偌大的房子都被塞得满满当当。

那时候过日子真是有点稀里糊涂，可是很甜蜜。两个人天天在一块儿都不觉得腻，每天都很短暂，每天都很漫长，每天我的时间都被分为两部分，一部分是在学校里，没有苏悦生；另一部分是在家里，有苏悦生。

有苏悦生的那部分生活，多么充实喜悦。他那么挑食的人，我做的饭都能面不改色地吃下去，还违心地夸好吃，哄着我好做下一顿。偶尔他也自己下厨房，给我做西式的菜肴。我们像一对鸽子，成天除了玩就是吃。

趁我们放校庆假，苏悦生还带我去了一趟北海道。机票酒店是他早就预订好的，原本打算领证之后给我惊喜度蜜月。结果结婚证没有拿到，但他还是死皮赖脸让我陪他一起去，就算是度假。他喜欢滑雪，我之前也没有想过自己会那样喜欢雪，我甚至学会了驾驶雪地摩托，每天开着雪地摩托在雪道上横冲直撞，摔了也不怕，反正摔不痛，再爬起来就是了。我们在北海道住了好多天，春天来了，这里已经是淡季，人非常少。酒店坐落在山顶，房间的落地玻璃面朝着太平洋。世界那样广袤而寂静，到处都是茫茫的白雪，更远处是悠远蔓延的海，除了安静飘落的雪花什么都没有，就像全世界就只剩下我们两个人。

那些夜晚真美好，特别晴朗的夜晚，天蓝得发紫，透得像是水晶果冻。细碎的星星是洒落的银箔，世界甜美得像梦境一般，海浪声模糊，我把脸贴在玻璃上看星星，也不觉得冷。苏悦生从花瓶里抽出一朵玫瑰花，轻轻替我簪在鬓边。我回过头来，他深深地吻我。我的手指贴在玻璃上太久，触到他的脸时大约让他感到冰凉，他把我的手合在掌心，慢慢替我暖着，问我："这么喜欢这里，要不我们搬来住好不好？"这样纯白美好的世界，我是真的动心想要永远留在这里，可是我妈妈只有我，我不能这么自私，扔下她独自跑掉。想到我妈，我心里就说不出地烦恼，但我不愿意这烦恼被苏悦生觉察，我笑嘻嘻地说：“这里连瓜子都没有，太不适合人类居住了。”

我从国内带了一包瓜子，准备在路上打发时间，搭火车到北海道的时候分给邻座，他们都礼貌拒绝，我才知道原来日本人是不吃瓜子的。他们看我嗑瓜子，就像看天方夜谭。后来苏悦生告诉我说，日本的瓜子只用来喂鸟，当时我恼羞成怒，他搂一搂我的肩：“你就是我养的小鸟儿，但哪里也不准去，就只准跟着我。”

傻吧？但人在热恋中，怎么会觉得傻呢？再傻的情话听起来，都会觉得甜蜜。

就像现在，苏悦生明知道我是在瞎扯，可是他什么都没说，只是笑着刮一刮我的鼻梁。

在苏悦生的电话里，我的号码排在第一个快捷键，而且昵称是老婆。我的手机里却仍旧没有他的号码，因为我怕被我妈发现。

我妈要是知道我跟苏悦生在一起，一定会非常非常失望的，我不知道该怎么说服她，只好逃避去想这个问题。

跟苏悦生住到一块儿，我才发现他早上一定赖床，无论怎么叫就是不起床，哪怕天都要塌下来，他还要磨磨叽叽在床上多待一会儿，不仅他自己赖床，还不许我起床。

就因为他这样的毛病，所以我好几次都差点上课迟到，上午的课又多，很多重要的课都排在上午第一节，每天早上我几乎都是慌慌张张出门，苏悦生跟在后面一路追出来：“我开车送你！”

他的车子太招摇了，我才不愿意被同学们看到，传来传去传走样，会说得很难听。眼看来不及了，我也只让他把车子停在离学校比较远的地方，然后自己跑过去。

我踩着高跟鞋一路飞奔的技巧大约就是那会儿练出来的。

我气喘吁吁地跑到教室，还好没有迟到太久，大学课堂纪律松散，老师睁只眼闭只眼，也只当没看见。

坐下来听了一会儿课，教室后门那边的同学辗转传给我一只热乎乎的纸袋，打开一看竟然是包子和豆浆，手机嗡地一响，苏悦生发来短信，说："偷偷咬一口。"

这条短信被帮我占座的室友看到了，她抿着嘴笑，说："你男朋友对你真好。"

包子我还是没好意思偷偷咬一口，等到了下课我才吃早饭，一边吃一边恼羞成怒地给苏悦生发短信："你能不能别在上课的时候给我递早饭，影响不好！"

"空着肚子上课才不好！"

我气呼呼不搭理他，要不是他早上赖床，我能迟到吗？可是他发短信的耐心有限，我要是再回一条，他怕是会直接打电话来的。

就这样他还觉得是破例——他从来对别人都是电话来电话去，只有我因为要上课，他还迁就我，肯给我发短信。

那天的包子是青菜香菇馅的，我为什么记得这么清楚，因为那一天发生了太多太多的事情。如果说人生是一条表面平静的河流，当它经过峡湾的时候，会突然涌起咆哮跌宕的浪花，常常令我们粉身碎骨而不自知。

Chapter 12
痛苦

那天上午有四节课，等中午下课的时候就是十二点了，一般我都会先去吃饭，然后回寝室午睡，但那天下午本来就只有两节选修课，又因为老师去开会，这两节课临时取消，所以我想着中午可以回去吃饭，给苏悦生一个惊喜。

初夏的天气已经略有暑意，中午又是一天中最热的时候，学校大门是新近重建的，门内门外都是大面积的绿化草坪，连棵树都没有。宽大的马路被太阳晒得热气蒸腾，我拦不到出租车，想了想就给苏悦生打电话。平时我打电话他很快就会接，但这次电话响了数声就被挂断了，我心里觉得奇怪，早上出门的时候苏悦生也没说今天有什么重要事情，我正犹豫要不要再打过去，突然有个陌生的号码打进来。

对方很有礼貌，也很客气，彬彬有礼地对我说："邹小姐您好，我是苏先生的助理，我现在和司机在您学校附近，您方便出来吗？"

我心里觉得很奇怪，因为我平时跟苏悦生在一起，除了司机很少见到其他的人。我都不知道他还有助理，我问："苏悦生呢？"

"苏先生临时有点事情，您方便出来吗？"

"我在学校门口。"

"好的，麻烦您稍等，我和司机马上过来。"

我只等了大约几分钟就看到一辆车驶过来，中规中矩黑色的奔驰，司机穿着制服，戴着白手套，下车首先打开车门，那位助理先生也西装革履，这么热的天气，衬衣领带西服外套整整齐齐，见了我也很客气："邹小姐好，请上车。"

我觉得事情有点怪怪的，可是哪里怪又说不上来。我又问了一遍："苏悦生呢？"

"苏先生来了，所以小苏先生在陪他吃饭。"

我脑子里要转一转，才明白他口里的苏先生和小苏先生分别是谁。原来苏悦生的父亲来了，我一想到他父亲就是程子慧的丈夫就觉得脑子发晕，程子慧那样不喜欢我，她丈夫也一定不会喜欢我。

我上了车，车里冷气很足，令人暑意尽敛。车子平缓地启动了，那位助理先生这才自我介绍："邹小姐您好，我是苏啸林先生的私人助理，我姓董。"

我没想到他不是苏悦生的助理而是苏悦生父亲的助理，不由得愣了一下，见他伸出手来，我才反应过来跟他握手。

我定了定神，说："董先生你好。"

“邹小姐，请原谅我开门见山，苏先生派我来，是希望邹小姐明白一些事情。苏先生不是不明事理的人，也没有所谓的门第之见，单纯从身份上来说，苏先生并不觉得小苏先生跟邹小姐的交往有任何问题。可是小苏先生做的一些事情，让苏先生觉得邹小姐可能并不是适合与他相伴终生的人。”

我很安静地看着他，问：“说得更直接一些，就是苏悦生的父亲派你来，让我离开苏悦生？”

“并不是这样，”那位董先生十分沉得住气似的，他甚至轻轻笑了一声，“苏先生不会做这么无聊的事情，但有些事实邹小姐一旦知晓，还会不会继续和小苏先生交往，恐怕是邹小姐自己才能决定的事情。”

我心底掠过一丝阴影，虽说和苏悦生在一起是真的快乐，但这快乐正因为幸福得过了头，所以常常让我有一种不真实的感觉。就像是黑夜里穿行在山林中，没有灯，头顶有细碎的星光，远处有悠远的鸟鸣。但山林里会不会突然有猛兽蹿出来，却是我一直恐惧却无法言说的隐忧。

我反问：“你到底什么意思？”

“苏先生发现小苏先生在今年春天的时候，调动超过数千万的资金——做了一个很严密的商业陷阱，您知道这个陷阱是什么，针对的是谁吗？”

我下意识地摇头。虽然我明知道他说的是什么事情，但在这一刻，仿佛只要摇头就可以否认一切。

“苏家在商业界的人脉与关系非同小可。苏先生只有小苏先生这一个儿子，未免失于骄纵。苏先生曾经有一次叹息着说，悦生从小到大，从来不曾体会过‘得不到’，所以失之太过执着。其实说句大话，以苏家的实力，小苏先生还没有什么东西得不到，除了几个月前，邹小姐，他可能觉得，他是真的得不到您了。”

我竟然没有愤怒，也没有失望，只是十分安静地听他诉说。

“所以您可能也猜到了，那个圈套是针对您母亲的，所谓李志青父女，也不过是他的棋子而已。老实说，苏先生听说这件事情之后并没有觉得过分，合纵连横不择手段，不过是商业本能而已，虽然没用在正途上，顶多算得不务正业。但后来发生的事情就不能不让苏先生注意了——小苏先生托人在办理结婚手续，据说是因为您没有到法定年龄，所以他希望可以尽快与您结婚。一旦办成，那您和他即将是合法夫妻。所以苏先生派我来，是想清楚明白地当面询问您，在您明知小苏先生使用商业陷阱逼迫您的母亲，使您就范的情况下，您还打算和他结婚吗？”

如果说程子慧对我说的时候，我还不过是半信半疑，那么今天再次从别人的口中得知这件事，我无法说服自己不相信。其实我一直是明白的，起初我以为我会恨苏悦生，恨他这样霸道，这样不择手段。

我都以为我会做出什么事情来毁掉一切，但真正和他在一起的时候，我又很轻易地选择忘记。因为……等我真正爱上他的时候，我就明白，他没有办法不爱我，正如我没有办法不爱他。他做的事情十分过分，但我们在爱情中总会有过分的时候。也许是因为我终究对他有不一样的感情，所以日久天长，我保持了沉默，装作这件事和他没有任何关系。如果说每一段感情都会有小小的瑕疵，那么这瑕疵是我努力忘却的。

沉默了片刻，我不想对一个外人解释种种，我只是说：“这是我和苏悦生的事情。”

“是的，这是您和小苏先生的事情，但苏先生非常关心，您在明知小苏先生采用了这样的手段之后，还愿意和他交往并结婚，您没有任何怨怼和其他的想法？”

我终于被激起了一丝怒意：“你这是什么意思？”

“邹小姐，做父亲的当然爱儿子，小苏先生对您的感情让苏先生觉得不安。如果您是真心爱小苏先生，没有问题，苏先生不会反对你们结婚。但问题是，您是真的爱他吗？”

我按捺着怒气又重复了一遍：“这是我和苏悦生之间的事情。我不必向任何人交代。”

那位董先生朝我微微笑了一笑：“既然邹小姐不肯说，我们也不会勉强您。不过，您的母亲支持您和小苏先生的交往吗？”

我冷冷地答：“你们要是敢为这件事去找我妈妈的麻烦，我一定会让你们后悔的。”

“看，邹小姐，明显您对您母亲的感情，远远超过对小苏先生的感情。”

我嘲讽地说：“苏悦生爱我，但他也没有抛弃他父亲啊，你总不能要求我因为苏悦生从此就跟我妈脱离母女关系。”

董先生大约被我的话噎住了，他只是淡淡地笑了笑。我那时候很生气，压根就没有多想，所以过了好久之后才明白他那一笑的意思。

原来是笑我不自量。

我从车上下来，车子其实一直绕着我们学校在转圈，我要求下车的时候，车子就停在学校的南门边。那里有个公交站，我下车就直接搭了公交回家去。不是回我和苏悦生的小家，而是回我和妈妈的家里去。

苏啸林既然派了人来找我，说不定就会找我妈妈的麻烦，我十分担心，所以不假思索就回家去了。到家之后才觉得自己有点乱了阵脚，我妈还在美容院那边上班，一切都平静得很，似乎什么事情都不曾发生。

苏悦生一直没给我打电话，我现在心里乱得很，董先生口口声声问我爱不爱苏悦生，似乎我只要说一个“爱”字就万事皆休，但那毕竟是不能轻易说明的事。我和苏悦生之间的感情，走了太多太绕的弯路，而且掺杂着那么多的人和事，我怎么会对一个外人解释，也怎么能对一个外人解释。

我疲惫地半躺在沙发里，只觉得厌烦，和程子良交往的时候程子慧反对，那时候我就觉得厌烦，我总不能一辈子跟程子慧斗智斗勇，可是到了今天，苏悦生的父亲似乎也十分反感我们的交往。

我躺在沙发里怔怔地出神，一直发呆到了我妈回家。今天她提前回家了，我听到钥匙转动门锁的声音就站起来，我妈气冲冲走进来，我心里不由一咯噔，还没等我反应过来，我妈已经一耳光打在我脸上："你怎么就不学好！"

我被这一耳光打蒙了，我妈双眼通红，像是喝醉酒似的，她的眼神里满是心碎和绝望："你怎么就和那家人纠缠不清！"

我知道我妈是知道了，苏啸林都派人找我了，怎么会不派人找她。我嘴角微动，说不出话来。我妈的失望我知道，她是希望我找一个门当户对，真正爱我的人。她既不希望我高攀，也不希望我俯就，但这世上的缘分，哪里是我想简简单单，就可以简简单单。

尤其是到了今时今日，我对苏悦生的感情已经复杂得不是一句话两句话可以说清楚的了。

当初程子慧告诉我那是苏悦生做成的圈套时，说实话我心里还是有怨气的。可是人心会变，时间久了，连我也不知道自己原来会变成这个样子。我无法告诉我妈我爱苏悦生，到了今时今日，我已经深深爱上他，就如同他爱我一样。

说我贱也好，说我不自重也好，说我不自量也好，但我就是爱他。这种爱是没有理由的，就像当初他先喜欢我一样。我和他都是世上孤孤单单的两个人，我们好不容易才找到彼此，让我此时此刻抛开他，我做不到。

那是痛苦万分的事情，我做不到。

我没有说过假话，当苏悦生问我爱不爱他的时候，我明明白白说了爱。那一刻我是真心的，这一刻我也是真心的。就像我也知道，他对我是真的爱。

我妈在我背上拍了好几巴掌，她放声大哭起来。我想我是做了错事，可是这错误没办法改正，感情就像水一样，泼出去就再也收不回来。我爱苏悦生，这是没有办法停止的事情。不管我妈怎么伤心，我都没办法停止啊。

我妈哭着问我："你怎么就这么不懂事？你谁不好惹，你去惹那一大家子。"

我心里发苦，嘴里也发苦，我妈抹了抹眼泪，突然放柔了声音："乖女，别被男人骗了，现在他对你好，过了三年五载，他哪还会再对你好？不过是看上你年轻漂亮罢了。妈这一辈子，吃这苦头还没吃够吗？你可别糊涂。"

我看着她，一句话也说不出来。

我妈絮絮叨叨，不停地说话，说她怎么辛苦把我养大，说她自己怎么上了男人的当，说这社会这人心怎么艰险。

“你现在年轻，对你好你就以为真好？真好又能好多久？就是哄你玩罢了。”

我终于忍不住说：“我们打算要结婚的。”

我妈歇斯底里地抓狂了：“你还跟他结婚？年纪轻轻你连大学都没毕业，你结什么婚？结婚是一辈子的事你知道不知道？你天天在学校里我也管不到你……”她突然狐疑起来，“你最近天天在学校里不回来，双休日还往外跑，你跟他……你……你……”我妈突然扬手又打了我一耳光，这一耳光又狠又重，打得我半边脑袋都木了，耳朵里嗡嗡直响。我妈满脸都是泪痕，绝望般哭骂：“你怎么能这么不要脸！”

我哭得说不出来话，我妈说：“怎么就生了你这么不要脸的东西，早知道当年还不如把你扔进河里淹死！看我今天不打死你！”她回身拿到鸡毛掸子，狠狠抽在我背上，我也不闪避，只觉得背上火辣辣地疼，我妈大约嫌打得太轻，扔了掸子又去找别的东西。家政阿姨看我们这次吵架不同寻常，早就避得远远的，这时候她才从厨房里探出头来，看我还站在那里哭，连忙走出来朝我使眼色：“走啊！快走！别等着你妈出来打你啊！”

我还没动，我妈已经从地下室里寻了种花的铁铲出来，阿姨吓得连忙推了我一把："快跑啊！"

我迟疑地往门外走，我妈看到更生气，举手就一铲子抡过来，正好砸在我肩膀上，铁铲锋利的尖刃划破我的脖子，血顿时涌出来，我用手按住伤口，心想这次我妈是真的要打死我了。我终于回身跑了，我妈还想捡了铁铲追上我，但被阿姨拉住了，她们两个拉拉扯扯。我跑出门还听到我妈尖厉的嗓音："别拉我！我今天就要打死这不要脸的东西！"我心里发慌，看到我妈的车子没熄火就停在家门口，上了车子就把车开走了。

我什么都没带出来，在路上只得找了个公用电话亭打电话给苏悦生，电话亭的老板看我浑身是血，吓坏了。苏悦生没有接电话，我顿时绝望了，他为什么不接电话？难道真的和妈妈说的一样，我都快要死了，他还不接我的电话。

那一刻的灰心没有任何言语可以形容，电话亭的老板看我狼狈的样子，一个劲儿地问我："要不要我帮你打120？"

我抹了一把脖子上的血，伤口不深，可是血还是在不停地流。天气灼热，到处都是明晃晃的太阳，路上车来车往，热气蒸腾，我一阵一阵发晕。我绝望地想，是真的等不到苏悦生了，他不会来救我，也许是他父亲绊住了他，可是他真的不会来救我了。

我是被救护车送进医院的，在外科手术室里被缝了十一针，医生说："真侥幸没划破大动脉，这是怎么弄的？"

我说是自己不小心摔倒正好划在铁铲上，医生也就信了。可是做完清创护士让我交钱，我连钱包都没带，要是打电话给我妈，我没脸。打电话给苏悦生，可是他今天一直没有接我电话。我麻木地想，也许这辈子他都不会接我电话了。

最后我打给同寝室的室友，她们听说我出了意外，连忙跑来医院看我，还给我带来了医保卡。我的样子把她们都给吓着了，她们围着我七嘴八舌地追问："疼吗？""你怎么正好摔在铲子上？""哎呀会不会留疤？"

我勉强笑了笑，要是这件事发生在昨天，也许我也会忧心忡忡地想会不会留疤，但现在还有什么要紧呢？

我还要挂几瓶消炎的药水，所以还得留在观察室里。我劝室友们回去，她们给我买了一些水果，又给我买了晚饭，本来她们还想留一个人照顾我，但我说："我打完针就回寝室了，没事。"

"你今天晚上不回你男朋友那里去啊？"

"咦，他怎么没来看你？"

我说："他出差了。"

"怪不得呢。"

"我们都在纳闷，他平时那么标准的二十四孝男朋友，怎么今天没飞奔过来守着你。"

室友们还在嘻嘻哈哈地开玩笑，我心里像刀割一样难过。

好不容易等室友们都走了，我的药水才挂到一半。室友们买给我的盒饭都冷了，但我只有一只手比较灵活，所以把它小心地放在膝盖上，用左手拿勺子。

鱼香肉丝盖浇饭，本来我挺喜欢这道菜，但冷了之后又油又腻，吃得我胃里像塞了一坨猪油，特别难受。那可能是我这辈子吃过最难吃的一顿饭，坐在消毒药水味道浓重的医院急诊观察室，周围都是呻吟病痛的病人，我的手背上带着点滴药管，一口一口硬往自己嘴里塞着不知滋味的饭菜。

那顿饭吃得我实在太难受了，所以针还没打完我就吐了，急诊医生被护士叫来，替我量了体温，翻看了我的眼皮，觉得不像是药物反应，于是又让护士给我抽了一管血去检查。

我刚拔掉点滴检查结果就出来了，护士让我去趟医生的办公室。急诊医生是个男的，年纪不大，晚上的急诊室又特别忙碌，所以我在他办公室坐了一会儿他才匆匆忙忙走进来，拿起那份报告，对我说："看病历你是XX大学的？"

"是的。"我有些忐忑不安，医生的表情挺严肃，不会是查出什么大毛病了吧？

"那还没结婚吧？"

我有些莫名其妙，医生已经自顾自翻着那份检查结果："HCG偏高，从数值上看，怀孕40天左右，怎么样，这孩子你要不要？"

我彻彻底底愣住了，过了好几秒钟才觉得全身发冷，像浸在冰水里。医生说：“要不你回去跟家里人商量一下？”

我听到自己的声音，很小，像在很远的地方说话。

我好像是说：“谢谢。”

我从医生手里接过报告，都不知道自己是怎么出的医院。我在医院门口拦了一辆出租车，司机问了我好几遍，我才说了地址。

那是我和苏悦生的家，就算是死，我也要死得明白。

室友给我的钱我差不多都在医院花完了，剩下一点儿还不够付出租车的车费，我用钥匙打开门，在玄关柜上拿了零钱出来给出租车司机，我重新返回屋子里，并没有人，只有我刚刚拿钱时打开的那盏灯孤独地亮着。

苏悦生不在这里。

我用家里的座机给他打电话，一遍遍，犹如困兽一般在屋子里走来走去，我没想到事情会在一天之内天翻地覆，似乎什么都不对了，我原来笃定的一切，都被这短短的一天，不，只是短短的一席谈话，击得粉身碎骨。

我找不到苏悦生。

我给司机小许打电话，他支支吾吾，也不肯告诉我苏悦生在哪里。我心里发冷，难道苏悦生真的打算这样抛弃我吗？

我开始给认识苏悦生的所有人打电话，比如他很久以前曾经介绍我认识的朋友。我知道我是疯了，但是发生这么多的事情，他不出来跟我说个清楚，就算是分手，他也得出来跟我当面说啊。

如果他说不在一起了，我掉头就走，再也不烦他。

我打了不知道多少电话，到最后我哭了，如果苏悦生真的不打算见我，那么我找谁都没有用。

我在那里哭了很久很久，已经是半夜时分，偌大的房子里只有我一个人，也只能听到我自己的抽泣声。

我最后给程子良打电话，我都没指望他会接我的电话，但也许因为是座机号，他还是接了。

他说："你好。"

我的喉咙哽住了，我半天说不出话来，但不知道怎么的，他猜了出来，他在电话那端问："七巧？"我没说话，他又问，"七巧？是不是你？"

我吸了吸鼻子，装作若无其事地问他："你知不知道苏悦生在哪儿？"

他沉默了几秒钟，说："我不知道。"

我心里像针扎一样痛，我说："你知道我不是死缠烂打的人，真的要分手，只要他当面对我说一句话就行了。"

他不能就这么不声不响地走开。

程子良仍旧不说话，我很努力不让自己哭出声，我说："你要是有机会见到他，就跟他说，只要他跟我说我们不要在一起了，我马上就走，不会问他第二句话。”我说着说着，听着自己的哭音越来越重，到最后不管是怎么掩饰，我都是在哭。我把电话挂上，觉得自己真是丢人现眼。

电话重新响起来，我把脸上的眼泪胡乱擦了一擦，是程子良打过来，他说：“你放心，如果能见到他，我一定跟他说。”

我把电话重新挂断，抱着膝盖坐在沙发里，才发觉自己一直在哭，有什么好哭的啊，苏悦生现在的态度难道还不能说明一切吗？

我所求的不过是见一面，彻底死心。

我应该哭了很久，因为后来就在沙发里睡着了，醒来的时候天已经大亮，我在沙发里蜷了一夜，浑身骨头酸疼。我跑到浴室里洗澡，一边冲凉一边刷牙，不就是苏悦生不要我了，有什么了不起，我还得活下去。

我把凉飕飕的漱口水吐掉，只觉得一阵阵恶心，昨天中午只吃了两个包子，晚饭又全吐掉了，要吐也只能吐出一些清水。我伏在马桶边干呕了一阵子，只觉得天旋地转，只好就势坐倒。

我不知道抱着马桶坐了多久，也许把胃里的胃液都吐空了，才爬起来重新洗澡，我把自己收拾得整整齐齐，在做这些事情的时候，其实我心里是空的。就像去黄山爬山，一直往上爬，一直往上，累得连一小步都挪不动了，最后终于到了山顶，可是四处白茫茫一片，全是蒸腾的云海。

没有太阳，没有植物，没有树，没有光。不知什么时候已经是四面漆黑，连云都没有了。

我肿着眼皮胡乱往脸上抹了些护肤品，衣柜里还有崭新的裙子，是苏悦生前几天给我买的，他就是喜欢给我买东西，那时候我就觉得他对我挺好的，现在想想不知道他把我当什么人。也许就和从前他那些女人一样，他买，她卖。

我本来不想把自己想得如此可怜和难堪，但一个人在偌大的屋子里待着，禁不得我不胡思乱想。时间一晃就下午了，太阳照在西边的窗子上，落地大玻璃，屋子里热得像蒸笼一般，但我只是如同困兽一般走来走去，连空调也不想打开。

我想起妈妈，也许她着急了，我妈虽然打我打得凶，但她到底是为了我好，只是我让她又灰心又伤心。

我正犹豫要不要给我妈打个电话，突然听到大门响，我从起居室里跑出来，看到苏悦生站在玄关那里。

在刚刚看到他的那一刹那，我就心软了。我不想知道他一天一夜为什么不接我的电话，也不想问他到底去了哪里，我甚至不想诉苦，不想告诉他我挨了我妈的打。

其实只要他伸开手臂，我就会扑进他的怀里，哪怕海角天涯都跟着他去。不管将来要吃什么样的苦头，不管谁反对谁阻挠，哪怕我妈打死我，我跪下来求我妈十天十夜，哪怕把自己的膝盖跪断，也会恳求她同意让我们在一起。

可是苏悦生并没有动，他就站在那里，只不过短短一天没见，我就觉得他整个人仿佛瘦了一圈似的，或许是他离我太远，可是我忽然从心底里涌起一层寒意，就像是预知到什么似的，我竟然不敢朝他走过去。

他没有看我，也没朝我走过来，他在门口站了片刻，对我说：“我们分手吧。”

我曾经对程子良说，只要苏悦生对我说分手，我再不纠缠，掉头就走。可是当他真的到我面前对我说出这五个字时，我实在是无法形容自己的感觉。就像得了绝症的人总是抱有最后一丝希冀，希冀这世间有新药，希望能够遇上奇迹。

可是没有奇迹，我到处找他，他真的来了，然后跟我说分手。

我完全忘记自己说过的话，我只觉得眼泪迅速地涌出来，我问：“为什么？”

“我觉得我们在一起不合适。”

我觉得脑子里像是有一根线，绷得极紧，就快要绷断了，我听见自己像疯子一样歇斯底里：“不合适！你为什么不早说？不合适你为什么说喜欢我？不合适你为什么要跟我在一起！不合适你为什么说爱我？”我扑上去抓着他的袖子，“你说谎的是不是？有人逼你来对我说分手是不是？”

“我们两个在一起真的不合适。”他把我的手拉开，扯得我的手指生疼，我都不知道他有那么大的力气，可以一用力就挣开我。我扑上去抱住他：“苏悦生你对我说实话，是你爸爸逼你来的是不是？你说过爱我，你说要和我结婚！你不能说话不算话！”

他再次把我的手臂拉开，我抱着他的胳膊号啕大哭，我不相信他是真的要和我分手，他曾经那么爱我。他用力将我推开，他对我说：“七巧，我们好聚好散，你不要这样子。”

我背后是冰冷的白墙，其实我什么退路都没有了。这辈子我都没这么狼狈过，这辈子我也没这么不要脸过，我抱着他的腰死活不放，他挣脱了一次又一次，最后他再也挣不脱，终于用力将我抵在墙上，几乎是咆哮：“邹七巧，你要多少钱，你开个价。”

我的心像是被人捅了一刀，我终于放开手，我知道自己的样子像疯子一样，可是真的很难过啊，我这么爱他，怎么能让我放开手。

我哭得一塌糊涂，眼泪微微一震就纷纷扬扬往下落，我说：“你以为多少钱能买到我对你的爱？多少钱？你要付多少钱？”

他回避了我的问题，他往我的手里塞了一样东西，然后说：“七巧，我们好聚好散。”

我扬手狠狠给了他一耳光，这一耳光他没有躲闪，就正正打在他脸上，清脆响亮，打得他的脸立刻红肿了起来，却像是打在我心上一样，让我的心揪着疼，连喘一口气都疼。

我心里清楚地明白，不管我怎么闹，不管我怎么哭，事情是没办法挽回了。苏悦生挨了打也没有还手，他嘴角微微动了动，最后却是什么都没说，转身就走了。

我手里还捏着那团纸，像捏着一团药，如果是毒药就好了，我可以一仰脖子喝下去，气绝而死。我把那纸团展开，才发现是一张支票。没有想到，我这么辛苦终于等到他，最后却等来一张支票。

我看着支票金额上的那些零，只觉得自己真是幼稚得可笑。

我把自尊都踩在了脚底，换来的原来不过是一张支票。

我曾经那样爱过他，可是连这句话我都是在骗自己，我不是曾经爱过他，到现在我还爱他，这么爱，爱到我自己都觉得绝望。

我把那张支票扔得远远的，门外响起熟悉的引擎声，苏悦生正在启动车子，他要走了，我也许永远也看不见他了。这个事实让我心如刀割，我实在没有办法想象没有苏悦生的人生，我以为自己将来所有的一切都是有他参与的。

我挣扎了几秒钟，令人窒息的痛苦和绝望最终占了上风，我实在无法屈从自尊，就算是把自尊踩在脚底下，就算是苦苦哀求，我也不能失去他。我从屋子里跑出来，看到他正在倒车，我奔过去拦在车头的引擎盖上，他没有下车，只是隔着挡风玻璃看着我。

我像一条离开水的鱼，只觉得窒息与痛楚，可是水不在我这里，水在另一个世界里，现在他就要把那个世界拿走了。我不惜一切也得挽回，不然我会死的。我把手从车窗里伸进去，想要拔他的车钥匙，他伸手想要阻止我，我的手指碰到了他的手指，也不知道为什么，他像是被溅到热油一般差点没有跳起来，我趁机夺走了钥匙，他只能下车："把钥匙给我。"

我带着哭腔哀求他："你不要走好不好。"

"刚刚不都跟你说清楚了，我们两个不合适。"

"那你以前为什么觉得合适？"我大声痛骂，"骗子！你以前为什么说喜欢我？是假的吗？"

"是假的。"他的眼睛终于肯看着我，在路灯昏黄的光线下，他的目光像隔着一层纱，也许是因为我自己泪光盈然，他的话那么残忍，一字一句，清清楚楚地说，"是假的，我就是跟你玩玩罢了，以前说的话也都是哄你的。你拿了钱走吧。"

我没有办法再骂他，就觉得浑身没力气，好像随时会倒下去，我说："我怀孕了。"

他像是被什么利器扎到一般，脸色顿时变了，变得煞白煞白，我不知道他会说什么，可是……他几乎是立刻回身，低头在车子里寻找什么，一边找，一边对我说："多给你十万，你去把孩子打掉。"

我从后视镜里看到自己，头发蓬松脸色苍白，衣服皱皱巴巴，就像路边的疯乞丐一样。今天晚上我豁出去自尊像乞丐一样乞求他，却连最后一丝希望都被他打破。

他从车里头找到了支票簿，掏出笔来往上头填数字：“十万块钱手术费，五万块营养费，一共给你十五万，找家好点的医院。”

我听到自己的声音小小的，像辩解一样：“我不是问你要钱。”

我只是乞求他能够留下来，可是他连头都没抬：“除了钱，也没什么别的给你了。”

这个时候，我是真的彻彻底底死心了，我吞了吞口水，把嗓子眼里的腥甜压下去，我问他：“你是不是真的没有爱过我？”

他没有吭声。

我说：“你抬起头来看我，对着我的眼睛说，你说了我就放你走。”

他把支票簿扔在副驾上，冲我大声说：“邹七巧，你别幼稚了好不好，都说了不合适，你怎么就这么腻腻歪歪，好聚好散不行吗？拿了我的钱，快滚！”

我很固执地问：“你是不是真的没有爱过我？”

他看着我的眼睛，说：“没有。”

我的眼泪唰唰地掉下来，他很快伸出手，我把车钥匙放在他手里，他往我手里又塞了一张支票，我哭着把支票扔掉，他也没多看一眼，就发动车子走掉了。

我蹲在草地上一直哭一直哭，那么多的蚊子围着我嗡嗡地转，我哭得都快要闭过气，但苏悦生是真的走了。

我也不知道自己哭了多久，也许是几十分钟，也许是几个钟头，因为我的腿上被蚊子咬了密密匝匝的红肿包块。我蹲在那里一直哭一直哭，直到有车灯的亮光转过来，雪白刺眼，我才发现天早就已经黑透了。

车灯在我身边不远处停下来，我还蹲在那里一动不动，我知道苏悦生不会再回来，也许是邻居，也许是其他人，可是这世界已经和我没有关系，我拥有的那个世界已经分崩离析。

过了一会儿有人打开车门走下来，我想还是邻居回来了吧，有时候进进出出，他们也认识我，偶尔跟我打招呼。有人知道苏悦生姓苏，所以也会叫我苏太太。那时候听着是甜蜜，现在觉得就是赤裸裸的讽刺，但我懒得去想怎么应付，或者我就应该收拾东西离开这里，再也不回来。

那个人一直走到我身边才停住，他也蹲了下来，过了一会儿，递给我一条手绢。我这才抬头看了他一眼，原来是程子良。

他说："七巧，别傻了。"

我吸了吸鼻子，问："你是来看我笑话的吗？"

他说："有什么笑话可看的。"

是啊，我也不觉得这是一个笑话，但事实就是这样可笑。我还以为我和苏悦生会恩恩爱爱白头到老，但是就是一天，短短一天，就变成了这样。

他说：“你怎么连鞋都没穿？”

我这才低头看了看自己的脚，当时出来得太急，我赤着脚就跑出来了，但就是这样，苏悦生也没有理我，他仍旧不顾而去。

他说：“走吧，我陪你进去穿鞋。”

我其实已经不太能想事情，他让我进屋我就站起来进屋去，我觉得自己全身的力气都哭得没有了，腿也发软，站不住的样子。我进屋子找到自己的鞋，胡乱收拾了一下，其实也没什么可收拾的，因为大部分东西都是苏悦生给我买的。我只拿了自己的包，就对程子良说：“走吧。”

他没问我去哪儿，而是主动问：“要不要帮你订个酒店？”

我摇了摇头，说：“我回寝室。”停了一停我又说，“我手头没现金，麻烦你送我。”

程子良把我送到了学校门外，我下车朝校门走去，他叫住我，似乎欲语又止的样子，最后他说：“有事给我打电话。”

我摇了摇头，我不会再给他或者苏悦生打电话，从头到尾，都不过是一场笑话。我自己这么可笑，何必还要继续可笑下去。

我在寝室里睡了两天，最后是我妈找到学校里来，她的眼皮也肿得老高，眼圈发青，跟我一样没睡好，她也没说什么别的话，只说：“回家。”

我的拗脾气上来了，我说：“你就当我死了，我不回去。”

我妈也来了气，她大声说：“你还嫌不够丢人啊？你今天要是真死了，我半个字也不说……”没等她说完，我打开纱窗就爬上窗台，我妈尖叫了一声，我一条腿都已经跨出去了，她死活拖住了我，我的手腕都被她捏青了，才被她从窗台上拖下来。我妈哭了：“我把你养到这么大，你不看看妈受了多少罪，吃了多少苦，哪个男人值得你不活了。”

我以前也没想过，自己会为一段感情寻死觅活。跟程子良分手的时候只是难过，跟苏悦生分手却像是一场噩梦，就像是被摘去了心肝，整个人都像行尸走肉，我都不知道自己会这样，而且清清楚楚地知道自己不会再好了，我以后不会像爱他一样再爱别人，他的离去把我的一切都带走了。

我妈抱着我还在那里哭，我却觉得厌倦，我说：“别哭了，我跟你回去。”

我妈似乎都被我吓着了，她一边抹眼泪一边替我收拾东西，不过是一些换洗衣物，我妈胡乱替我塞进大包里，她说：“我已经跟你们班主任请了假，说你病了休息一段时间。”

她收着收着，突然从衣服底下翻出医院那份报告，我看到她愣了一下，我心里都豁出去了，等着她再打我。但我妈愣了很久，最后却什么都没说，只是把那份报告折起来塞进包里。

下楼的时候我妈一直牵着我的手，好像我是幼儿园的孩子似的，她把我一直拉到车上，给我系好安全带，系安全带的时候，妈妈的眼泪滴在我的手上。我说："有什么好哭的，我又没有怎么样。"

我妈并没有再说话，可是我自己心里明白，我实在是难受。也许正因为知道我难受，我妈在路上都没有说话。一直到回到家，我妈才说，你休息一段时间吧，回头妈妈给你找家好点的医院。我说："这孩子我要生下来。"

我妈半晌说不出来话，过了好一会儿，她才说："你这么年轻，将来要走的路还长……"

我说："这孩子我要生下来，苏悦生不要，我要。"

我妈终于忍不住了，她说："乖女，你别糊涂了！你看妈把你养这么大多不容易，你怎么还能走妈妈的老路。"

我说："你放心吧，我才不会跟你一样。"

我妈大约觉得我平静得可怕，怕我再做出过激的举动，所以忍住了没再多说什么，她只是劝我："你休息两天，想明白了再说。"

是啊，我太累了，这几天夜里其实我都没怎么睡着，最后苏悦生绝情的样子像放电影似的一遍一遍在我脑海中闪回。他说"没有"两个字的时候，我浑身发抖，像是有刀子在割我的肉。我只要一想起来，心里就像空了一个大洞，那里面汩汩地流着血，最可怕的是，我还没办法停下来。

他说只是玩玩罢了，我却到此时此刻，仍旧绝望般爱着他。

我倦得连眼皮都抬不起来，可是睡不着。躺在床上我就会想起苏悦生，一想起他眼泪就会不知不觉流出来。就像有人在我眼睛里放了冰，又酸又痛。真是没出息啊，我喃喃地劝着自己，有什么事明天再想吧，明天会好起来。

可是我其实是知道的，明天不会好，明天甚至会更糟糕，因为苏悦生离开我的时间越来越久，越来越长，但他的样子却还是那么清晰，我永远没有办法忘掉他。

我在家里休息了一个礼拜，说是休息，可是每天吃不下，睡不着，每天半夜醒来，枕头总是湿的，我只好爬起来坐在客厅里，一杯接一杯地喝水，可是早孕反应越来越严重，我吃什么吐什么，连喝水都吐。

我妈十分焦虑，我的态度却越来越坚定，我坚决不肯去医院，我妈哭了几次，又劝了几次，最后终于被我说服了，其实她只是被迫妥协，因为我虽然精神恍惚，却陷在某种狂热中，我妈一定觉得我是疯了，可是只要我不再寻死，她会答应我的一切要求的。

她说："你真的想好了，妈就替你办休学手续，送你到国外去生。这样谁也不知道。"

我说："知道了又怎么样，反正这孩子是我一个人的。"

我妈不再说那些关于将来的话，因为她知道我听不进去。她开始替我办出国的手续，我心情也略微好了一些。

在家里没有事的时候，我也常常想将来会怎么样，我嘴上说不在乎，心里却像油煎似的。以前看小说看电视，总觉得里面的女人太蠢，不就是一段感情，拿得起放得下。可等到自己亲身经历才知道，真正的感情是拿不起更放不下的。

怀孕50天的时候我自己去医院做了一次检查，各项指标都挺正常，医生还在B超屏幕上指给我看小小的胚胎。我说不出心里是什么滋味，我不知道妈妈当年知道我的存在是什么样一种心情，她说她在河边走来走去，连跳河的心都有了。那毕竟是二十年前，现在二十年过去了，我却又走了她的老路。

在回家的路上我接到急救医院的电话，我妈替我拿护照，结果刚从出入境管理处出来就被一辆车给撞了。路人把她送进医院，急救医生在她手机里翻到我的联络方式，因为上头存的名字是宝贝女儿。

我妈总是这么肉麻，其实我和她相依为命，她再没有别人，就只有我一个。我是她真正的心肝宝贝，但我从来不听话，老是做惹她生气的事情。而且接到医院的电话我都不相信，还以为是新闻里讲过的诈骗。

医院给我打了两次电话，后来是交警给我打，我将信将疑，跑到医院去，我妈已经独自躺在医院里，呼吸机维持着她的生命，医生说已经脑死亡，没有抢救的可能性，但现在就看家属需要维持多久。

我一滴眼泪都没有掉，我觉得这一定是假的，我一定是在做噩梦，早上我妈出门的时候还叮嘱家政阿姨给我煮汤，她说我最近瘦了好多，煮牛肉汤给我补补。我最近吃什么都吃不下，我妈说："这孩子没有你当年乖，我当年怀你的时候吃什么都吃得下，一顿能吃三碗饭，喝汤一喝就是半锅。"

我妈本来是一点也不想要我生这个孩子，但我坚持，她也就认了。世上没有能拗得过儿女的父母，除非父母是真的不爱孩子，不然孩子哪怕大逆不道丢人现眼，父母还是想着要好好哄她吃饭，不要再瘦下去。

但现在我妈躺在病房里，浑身插满了管子，巨大的机器维持着她的呼吸，她还有心跳，但没有了意识。我怎么唤她，她都不会再醒来睁眼看看我。

医生费劲地跟我解释，我妈不是变成植物人了，植物人还有苏醒的可能，我妈已经脑死亡，但在中国的临床上，脑死亡不能认定为死亡，所以现在只能维持，等着我的决定。

交警虽然是个男的，但脾气性格都挺温和，特别同情地看着我，说："还有没有亲属要通知？让他们来陪着你吧，后面还有好多手续要办。"

我说："我没亲戚。"

我连我爸是谁都不知道，我妈早就跟她的娘家断了往来。我们母女两个孤孤单单活在这世上，我妈到了现在，也只有我。

交警问：“肇事者的律师想要和你谈谈，你要不要见他？”

肇事者的律师？

我问：“肇事者是什么人？”

“一个年轻人，才拿到驾照不久，又是酒后驾驶，对方全责。”交警说，“家里挺有钱的，你看已经出了这样的事，你要不跟对方先谈谈，让他们先把医药费拿出来。”

我说：“我不要钱。”

交警可能也见过像我这样受到严重刺激的家属，所以安慰了我几句就走了，过了片刻两个人走进来，其中一个是律师，他先安慰了我几句，然后说：“事已至此，也是没办法的事，有任何要求，您都可以提出来。”

我说：“我什么都不要，只要我妈好好活着。”

律师又跟我谈了一会儿，得不到我的任何回应，只好又走了。

那天晚上我就住在医院里，ICU不让陪床，我就租了个折叠床睡在走廊里，走廊里亮着灯，还有医护人员不停地走来走去，但我很快就睡着了。在梦里我像是回到小时候，天气太热，我和我妈就睡在外面的竹床上，我妈拿着扇子给我赶蚊子，我睡得迷迷糊糊，还听到我妈在唱歌哄我睡觉。

如果不长大该有多好，如果十八岁后的人生都不过是一场梦境，该有多好。幸福就像是沙滩上的海市蜃楼，那样栩栩如生，等到你真的相信它，它就会随风消逝，再也不见。

我大约是真的睡着了，因为梦见苏悦生到医院来看我，就坐在我的床边，我眼泪濡湿了头发，贴在脸颊上，他替我将那湿漉漉的头发拨开，我甚至能听见他叹气的声音。这个梦这样真实，我想我自己还是忘不了他，这样伤心难过的时候，我第一个想到的还是他。

我从梦里醒来，走廊的灯光雪白刺眼，我还是独自躺在狭窄的折叠床上，因为睡得不舒服，我的四肢发麻。有个护士经过我床边，我轻声地询问她几点了，她说已经是凌晨三点了。

我试图重新入睡，但再也睡不着，我躺在那里眼睁睁等着天亮。我想天亮后应该怎么办，应该去筹钱。我妈的医药费是笔巨大的数字，她躺在ICU里每分钟都是钱，可是如果能救醒她，就是倾家荡产，我也心甘情愿。

清早的晨曦令我打起了一些精神，我打电话给我妈的一个律师朋友，咨询了一些法律上的事情。他很热心地解答了我的疑问，还说如果有任何需要都可以找他。跟律师通话之后，我决定不和肇事者和解，不管他是出于什么样的原因，酒后驾驶致人伤亡，如果我不跟他达成协议，他就会坐牢。他让我失去了母亲，那是一条活生生的性命，他应该记住这个教训，老老实实去监狱里蹲几年。我不打算原谅他，所以我也不会拿他的钱。

早上查房之后，我获准进入ICU，探视时间就只有短短十分钟，我站在那里什么也没法做，只能摸一摸我妈的手，她的手因为输液冰凉冰凉的。我忍住了不哭，我要坚强。

我去我妈的美容院找到财务总监，她这才知道我妈出事了，所以十分慌乱。我问她能筹出多少钱来，她反问我要多少。我其实也不知道，只得把我妈第一天的抢救费用告诉她，我强调说："每天都得这么多钱，每天。"

财务总监姓李，在我妈的美容院干了很多年了，我也见过她几次，我说："李姐，你得帮我想办法。"

她说："你放心吧。"

我带了钱回到医院，心里觉得安定了些。肇事者的律师又来找我，他婉转地提出，要停止我妈的生命维持系统。我很冷静地叫他滚。

早上我问过律师，他提醒我对方可能会提出诉讼，要求停止对我妈的生命维持，因为将来这些费用都会由肇事者承担，这么大一笔钱，对方可能会不愿意付。

我说："他们不付我付。"

医生和我谈过话，我也知道这没有意义，但我妈躺在那里一天，我总是有希望，希望奇迹发生，希望医生是诊断错误，希望我妈可以醒过来。医学上有那么多奇迹，有什么理由就让我相信，我妈真的从此就不能醒了。

对方的律师见我完全不配合，冷笑着说："到时候你别后悔。"

有什么可后悔的，我要救的是我妈，我在这世上唯一的亲人，生我养我的妈。

在医院的那些日子过得很快，也过得很慢。每天我看到护士在吃饭，就给自己也叫一份外卖。其实吃不下去，吃完也就是抱着马桶吐。晚上的时候我躺在折叠床上，总是幻想医生把我叫醒，告诉我奇迹出现了，我妈苏醒了。

那段时间我压力巨大，耳朵里一直嗡嗡响，像是有一百架飞机在起降。我跑到门诊去挂了一个专家号，专家说是压力过大，担心我会神经性耳聋。他说你得放轻松，可是我怎么轻松得起来。

生活已经把我推进了深渊，它却还觉得不够，又往深渊里狠狠砸下巨石。

我妈的财务总监李姐跑了，据说她买地下彩票挪用公款，还借了高利贷。她把账面上那几万块钱支给我之后就卷款逃跑了。我接到美容院出纳的电话赶过去，财务室里乱糟糟的，出纳也没想到会发生这样的事情，坐在那里急得直哭。

我报了警，然后让律师帮我找了人来查账，最后查出来的亏空让我倒抽一口凉气。警方对经济犯罪追查得很严，但李姐据说已经偷渡出境，想要抓住她遥遥无期。最要命的是，只怕抓住她，那些钱也追不回来了。

上次被李志青父女折腾之后，美容院本来就元气大伤，现在差不多就是个空架子。再被李姐这么一弄，雪上加霜，离关门倒闭也不远了。

我心力交瘁，终于跑回家去睡了一晚上，那天晚上其实我也没怎么合眼，我想的是，要不要把房子卖了。

当年我妈买这别墅的时候特别得意，跟我说："将来你结婚就从这房子里出嫁，多风光体面。"

我妈其实没读过什么书，有时候我也嫌她俗，但她一直努力想要给我这世上最好的东西，但荣华富贵，原来也不过是镜中花，水中月。

肇事者有权有势，大概也听说我这边出了事情，怕我向他们索赔巨额的医药费，立刻向法院提出诉讼，要求撤掉我妈的生命维持系统。我接到起诉书的时候，真正是走投无路，心灰意冷。

人在困境中的时候，会特别脆弱，有时候我也想不如一死，一了百了。但马上又会劝自己，我妈当年那么难都过来了，我有什么理由不好好活着。

可是活着就要面临一切困难，解决一切问题。肇事方的律师大约知道我不会善罢甘休，也不会与他们和解，所以态度越来越强势，还透过我妈的一个朋友向我递话，说给我五十万，让我再不追究。

我笑着反问中间人："要是给您五十万买您母亲的命，您愿意吗？"

中间人知道谈不拢，反倒劝我说："七巧，谁都不愿意发生这样的事，但已经发生了，只能尽量弥补……”

我说：“什么都不能弥补，我只要我妈好好活着，倒给他们五十万五百万我都愿意。”

谈判就这样陷入了僵局，但美容院的麻烦事一桩接一桩，最重要的是，我没有钱。

没有钱医院就要给我妈停药，停止一切维持生命的仪器，我终于把我妈的房子挂出去卖，很快中介就打来电话，说有人想要买。

“买家很有诚意，你也知道，现在别墅总价太高，又是二手房装修过，不好卖。但这个买家很爽快，看了一次房就决定要买，连价都没还。”

我说：“我要全额现金，一次性付款。”

“说了，您早就交代过，所以我一开始就跟对方说了，对方说没问题。”

我想了想，说：“你把这买家约出来，我要见面交易。”

“那当然，好多合同得您本人出面签。”中介大约以为我是担心他在价格上弄虚作假，所以拍胸脯保证，“您哪天有时间，我把买家约出来，三方见面签合同。”

我说：“明天就行。”

第二天我开车到中介去，买房的那个人其貌不扬，什么都没有多问，只说可以立刻付款，一次性现金。

我打量了他片刻，突然冷笑，说：“你回去告诉苏悦生，这房子我卖谁也不会卖给他，叫他死了这条心吧。”

那人十分意外，过了几秒钟才笑起来，说：“邹小姐果然机智，但我真不是小苏先生派来的，我是苏啸林先生派来的。”

又是苏悦生的父亲，我不知道他到底有多少助理，也不知道他为什么要买这房子，我冷冷地说：“反正姓苏的我都不卖。”

我站起来要走，那人唤住我，慢条斯理地问我：“邹小姐不是急等着用钱吗？为什么不肯卖呢？”

我也说不清自己是什么样一种心态，起初我一直疑心这幕后的买家是苏悦生，我没拿他的支票，或许他觉得内疚，找人来买我的房子。但得知真正的买家是苏悦生的父亲之后，我也觉得不可以卖给他。

我不知道中间发生了什么事情，但是苏悦生的父亲派人来，一切就变了。苏悦生要跟我分手，那是他软弱，我不会受任何人的挟制，在苏悦生父亲的面前，我有微妙的自尊心。是啊，我妈是个暴发户，我是暴发户的女儿，也许我这辈子都配不上他的儿子，但是有些事情我是可以自己做主的，比如膝盖硬一硬，不跪下去。

哪怕走投无路，我想我妈也不会乐意我把房子卖给苏家人。她和我一样，骨子里是有点硬气的。对于看不起她女儿的人，她宁可死也不会乐意跟这家人打交道。

那人见我不悦，反而又笑了笑，问：“苏先生很想见一见邹小姐，但不知道邹小姐是否愿意见一见苏先生。”

我说：“没时间。”

那人说道：“邹小姐不好奇吗？为什么苏先生要买邹小姐的房子，为什么苏先生想要见一见邹小姐。”

我说：“没兴趣。”

那人又说道：“我来之前，苏先生特意嘱咐我，说如果邹小姐什么都不问，把房子卖了，那么我什么都不用说，付钱过户就是；如果邹小姐猜出来买房子的另有其人，那么苏先生很愿意见一见邹小姐。邹小姐，这世上只有聪明人才有机会，你为什么要拒绝自己的聪明换来的机会呢？”

我不知道苏啸林到底是怎么样一个人，但我觉得他的助理都挺会说话的，威胁利诱，简直是炉火纯青，我也因此生了警惕，一个真正的商界大亨当然会有他的手段。

我看了那个人几秒钟，说：“好吧。”

苏啸林又不是老虎，我不怕他吃了我。

我跟苏啸林见面的地方在一个私人会所里，老宅子特别幽静，从外面看就像一座普通的私宅，其实花木扶疏，曲径通幽。

苏啸林和苏悦生长得并不十分相似，他穿着休闲舒适，怎么看都像是一个和蔼的人，并没有锋芒毕露，对我也挺客气，嘱咐人给我榨新鲜的石榴汁。

他不动声色，我却觉得他深不可测。我喜欢石榴汁，没什么人知道，因为外面餐厅很少有石榴汁，苏悦生知道是因为我们偶尔自己做饭，我总是买成箱的石榴回来榨汁喝。苏啸林为什么知道，也许他将我调查得很清楚，毕竟我差一点儿就跟他儿子结婚呢。

苏啸林自己喝白茶，配着精致的茶点，他问我："邹小姐要不要尝一尝？"

我告诉自己沉住气，但我还是笑不出来："苏先生为什么要见我？"

"邹小姐的事情是我这边没处理好，其实悦生像我年轻的时候，做事情太冲动，所以容易出错。他是我的儿子，有什么不周到的地方，我这个父亲也有责任。说这些也是向邹小姐道歉，房子是我诚心想买，邹小姐卖给别人和卖给我，都是一样的。价高者得，我们在商言商。"

我没想到他开口就会向我道歉，而且态度诚恳，我说："没什么，已经过去了。"我稍微顿了顿，说，"房子我不会卖给你，因为我不想再跟你们家里扯上关系。"

"邹小姐说不想跟我们家里扯上关系，但现在邹小姐怀孕八周半，似乎正打算将这孩子生下来……这跟我们苏家怎么会没有关系呢？"

我腾地一下子站起来，打算要走，就在这时候，门被人推开了，苏悦生突然闯进来，他不知道从哪里赶过来，步履匆忙，额头上都是汗，我一见了他就觉得心里一酸，自从那天晚上之后，我就再没有见过他。不过是短短数天，却像是十年那么久。

古人说，一日不见，如隔三秋。我不知道旁人是怎么想的，可是离开自己爱的人，每一分，每一秒都那么漫长。

苏啸林明显也没想到苏悦生会闯进来，不由得怔了一下。苏悦生拽住了我的手，说："走。"

我说："不要碰我！"

苏悦生怔了一下，慢慢放开手，我觉得他应该也不会觉得愉快，因为他的手捏成拳头，慢慢放下垂到了腿边。我对苏啸林说："钱我不要，孩子我一定会生，你不用操心。"

苏啸林却似乎轻松起来，对苏悦生说："你来了正好，你劝一劝邹小姐。我去给兰花浇水。"

他站起来，把地方让给我们，竟然就那样自顾自地走了。我觉得心里很难过，拼命想要忍住，可还是掉了眼泪。

苏悦生走到了窗边，眼睛也没有看向我，他说："你拿了钱把孩子做掉吧。"

我的心里一寒，反反复复，来来去去，原来还是为了这句话。

"我不会要你的钱。"我说，"这孩子也跟你没关系。"

苏悦生长久地沉默着，我也觉得筋疲力尽，他说："你为什么这么执着？"

我说：“那是我自己的事。”

他说：“如果你不要钱，要别的也可以。我知道你妈妈现在躺在医院里，你特别恨肇事者，对方其实不仅酒驾，他是嗑了药才会撞到你妈妈，但他是家族独子，他的父母会不惜一切保他。你斗不过他们。”

我第一次听说，十分震惊。

“你把孩子做掉，我保证肇事者下辈子都会待在监狱里，再也出不来。”

我看着他，也不知道看了有多久，最后我说：“你真让我觉得恶心。”

我从那幢建筑里走出来，也并没有人拦阻我。公平正义只是笑话，命运它也只是一个笑话。我自己都觉得好笑，一路走一路笑，路边的人都像看疯子一样看着我，我也觉得自己是真的疯了。

我将房子重新挂牌，但这次乏人问津，我妈的美容院终于关张，因为我连员工工资都发不出来。好一点的技师都已经跳槽，我想我真不是做生意的料啊。

我从医院出来的时候遇到一次抢劫，天其实还没黑，我刚走出医院大门不久就有一辆摩托车从我身后驶近，我听到引擎的声音，不知道为什么心里突然有点异样的感觉，于是立刻走向人行道上靠内侧的一边，那里种了一排大树，就是那排树救了我的命。当时摩托车骑手从后面猛然拽住了我的包，我第一反应是松开包并护住肚子，这个本能的动作也救了我，摩托车手抢到包后使劲一抡，正好打在我的肚子上，我的手被打得发木，那个摩托车掉转头来，笔直地朝着我撞过来，我本能地一闪，摩托车撞在了树上，摩托车立刻退回去又加大油门，遥遥对我冲过来，似乎还想撞第二下，恰好有个保安路过，高喊了一声："抢劫！"并且朝我们跑过来，摩托车手犹豫了一下，加大油门逃跑了。

我的脸和手都火辣辣地疼，被好心的保安送回医院，脸是被树皮擦破的，手被包底的防磨钉打紫了。外科医生给我做完检查都说万幸，我自己却知道这事情不对，如果是抢劫，对方抢到包就够了，绝不会掉转车头撞我，而且一次没撞到还打算再撞一次。

我在派出所录了口供，他们也觉得不对，反复问我最近有没有结仇。我说我妈躺在医院里，想要我死的大约只有肇事者了。

派出所的民警觉得不可思议，我也觉得不可思议。我心里有个特别特别黑暗的想法，我觉得摩托车手也许并不是想要我的命，因为他是朝我肚子撞过来的，我有这样的直觉。但我不许自己往那个最黑暗的方向想，因为我不愿意相信。

我在医院观察室里睡了一觉，然后又继续去ICU外面睡折叠床。第二天医生告诉我说，有人替我妈交了巨额的医药费，足够我妈好几个月用的，我问："是谁？"他们说不知道，因为交费窗口只要报病人姓名和住院号就可以缴费了，没有人会查是谁交的钱。

也许杀人凶手内疚了，所以想用这样的方式欲盖弥彰。

我还是查到是谁替我妈交了钱，因为对方用的是现金支票，医院缴费处有留底单，我看到上头秀气的签名，是“程子慧”三个字。

我做梦也没想到会是她。

可是这钱也是苏家的钱，我并不打算留下。

我把美容院的门店转让出去，退回的租金和转让费，差不多正好是这么一笔款项。我约了程子慧见面，把支票还给她。

她说：“你还挺硬气的。”

我说：“我妈教过我，人穷不能志短。”

程子慧说：“我是可怜你妈，她养了你这么个女儿，却没能享到福。”

我说：“我们母女都不需要人可怜，我妈尤其不需要。”

程子慧突然笑了笑，说：“再瞒着你，我真是不忍心了。你还不知道吧，你父亲是谁。”

我突然觉得耳朵里“嗡”地一响，是我的神经性耳鸣又发作了。她的声音就像是在飞机巨大的轰鸣声中，嗡嗡的听不太清楚，可是每一个字又都那么清楚，她说：“你是苏啸林的女儿，苏悦生是你同父异母的哥哥，所以苏家现在急了，急着把这事掩下去。”

我茫然地看着她。

她说：“你这孩子万万不能生，有悖伦常。你快点把孩子打掉，拿了苏家的钱，出国去吧。”

我说：“我父亲不是苏啸林。”

她说：“你不信的话，回去问问你妈。当年她在苏家做保姆，离开后就生了你。哦，你妈现在昏迷着……对不起，但这是事实。你不信也是真的。”

我说：“我妈不是昏迷，她是脑死亡，再也醒不过来了。”

她十分同情地看着我，最后怜悯地说：“你还是拿了苏家的钱，远走高飞吧。”

远走高飞，多么轻松的四个字，可我的翅膀早就被折断了，我飞不起来，也离不开。

程子慧似乎担心我不信，又说：“你妈美容院的那个财务总监，就是被人设的圈套。苏家为了逼你，什么事都做得出来。你不信就去打听一下，你妈的那个财务总监欠的高利贷，背后是谁主使的。她原本不赌博，连边都不沾。苏家要对付你，办法可多了。你走投无路，自然会拿他们的钱。何必呢，敬酒不吃吃罚酒。”

我突然笑起来，笑着笑着又流下眼泪，程子慧诧异地看着我，她一定觉得我是疯了。

我问：“你为什么要告诉我？”

她说：“就是看着你可怜。”

我说："你不是看着我可怜，你就是寻找优越感，你不喜欢苏悦生，更不喜欢我，所以你巴不得看到我们痛苦。"

程子慧说："那又怎么样？我告诉你真相，总比你一辈子都被蒙在鼓里好。换个人我还不操这样的心呢。苏悦生我是巴不得他倒霉，但你对我有什么威胁？我就是不想看你被他们瞒住。事情都到了这地步，你爱信不信。"

她把那张支票还给我，说："你留着给你妈当药费吧，那笔钱也不是我出的，是苏啸林心里过意不去，让我拿去的。"

她说完就走了，我自己在那里坐了好久好久，只觉得深重的疲惫从心底里一直透出来。我在想怎么办，我要怎么办。

到了第二天，我终于下定决心给苏悦生打电话。最开始他没有接，我就给他发短信说，出来谈谈，我再不执着了。当我用手机按键拼出"执着"两个字的时候，其实心里像刀剐一样，那次苏悦生说你怎么这么执着，我其实心里想的是，我怎么这么爱你。

我再不执着了，我也再不爱你了。

真的，我是再也不爱他了。当我这样想的时候，比死了还要难过。

也许是这句保证起了作用，苏悦生答应了同我见一面。

我刻意要求在我们同居过的别墅里见面，他也答应了。

第二天是我先到了那房子里，屋子里跟我走的时候差不多，钟点工来做过清洁，但照例并没有动我们俩的东西。只不过隔了短短十几天，在这屋子里发生的一切，恍惚中却像是上辈子的事情。

我在厨房里给自己煮面，苏悦生回来了。我听到他的脚步声近了，却连头也没抬，说："你等会儿，我饿了，你知道孕妇总是容易饿的，什么事等我吃饱了再说。"

苏悦生最知道怎么样伤害我，因为我爱他。我也知道怎么样最能伤害他，因为他爱我。

果然我说了这句话，他的脸色就十分难堪，但也没说什么。

我煮了一大碗清水面，吃得干干净净。我把碗扔在碗槽里，然后在餐桌边坐下来。我招呼苏悦生："坐啊，你太高了，你这样站着我有压迫感。"

苏悦生沉默地坐下来，我对他说："以前你曾经说过，答应我一件事，等我想好了就告诉你。这个承诺，你一直没有兑现。"

我看了看他的表情，说："你放心，我不会要求你跟我结婚的。我都知道了，我们两个人不可以在一起。你别问我怎么知道的，反正我知道了。"

他嘴角微动，我却笑了笑，说："孩子我不生了。不过我有条件，首先，你们家手眼通天，肇事者的事我交给你们办，也没什么过分的要求，就要求按法律来，该判几年判几年，不能让他家里帮他在里头待个一年半载就保外就医。"

苏悦生没有说话，他只是看着我，像不认识我似的。

我其实豁出去了，人一旦豁出去，还有什么好伤心的呢。

我自顾自地说：“第二，这十天你陪着我，也不为什么，就觉得太伤心了，我们出国旅行，随便去哪儿，你以前答应我的，统统不作数了，但我还是想做一场梦。这十天我就当做梦好了，十天后我们分道扬镳，从此后男婚女嫁，各不相干。”

苏悦生仍旧没说话，我说：“第三，我要两千万。你知道我妈现在是什么状态，我要维持她一辈子，再说了，让我闭嘴，两千万不多。苏家多么体面的人家，出了这样的乱伦丑闻，你们不惜一切也得花钱买我不作声吧？”

最后一句话终于刺得他站起来，我看着他紧紧握着的拳头，轻松地笑了笑：“怎么，想杀人灭口？怎么用得着你大少爷亲自动手，花钱雇人用摩托车再撞我一次不就得了。一尸两命，简单干净。”

苏悦生怔了一下，他问：“谁用摩托车撞你？”

我别过脸：“我不知道，说不定就是意外呢。”

他却冲我咆哮：“谁用摩托车撞你？你为什么不报警？你为什么不给我打电话？”

我冲他吼回去：“打电话你会接吗？报警有用吗？对方只是抢走了我的包！我妈出事的时候你在哪儿？我最难过的时候你在哪儿？你躲什么？你什么都不跟我说，你好像最受委屈一样，你有没有想过我的感受？我和你一样！我和你一样啊！你以为只有你觉得天塌了吗？

你以为只有你自己觉得疼吗？你以为只有你自己的心是肉长的吗？你有没有想过我？我多么难过，难过到不想活了。你以前口口声声说爱我，但出了事你自己先跑了，你这个懦夫！胆小鬼！骗子！”

我们像两只受伤的野兽，气咻咻地隔着桌子对峙。我像只刺猬一样，如果背上有刺，我一定把它们全部竖起来，然后狠狠扎进对方的心窝。可是我不是刺猬，我没有背刺，我唯一能做的，不过是伤害我爱的人而已。

我的眉毛本来皱得紧紧的，但不知什么时候，有水滴落在了锃亮的桌面上。唉，还是这样爱哭，真是没有出息啊。我吸了吸鼻子，苏悦生沉默了片刻，终于说：“对不起。”

他抬起眼睛来看我：“我以为不告诉你，你就不会觉得那么痛苦，对不起。”

我想起很久很久以前，初遇的那个炎炎下午，在浓荫匝道的马路上，他也是跟我道歉。我理直气壮地说：“道歉有用的话要警察干吗？”

那时候我们多好啊，无忧无虑，都没有想过对方会成为自己生命里最大的劫数。

我擦了擦眼泪，说：“没什么对不起，你答应我的三个条件，我们就两清了。”

苏悦生没有说话，我又刺了他一句：“怎么，你嫌贵啊？”

他说："我都答应。"

他声音里满满都是痛苦，我只装作听不出来。

医药费很快打进我妈在医院的住院账户，而我也很快挑中了地中海做目的地。机票行程什么的都是苏悦生订好的，我们一块儿出去十天。

在飞机上我对他说："在国外没有人认识我们，你能对我好一点儿吗？"

他没有说话。

迎接我们的司机以为我们是度蜜月的新婚夫妇，所以给我们准备了鲜花，我拿着花束高兴极了，苏悦生订了总统套房，双主卧两次卧，光睡房就是四间。他这么订房大约也就是考虑到我最近的古怪脾气，怕订两间房我不高兴当场发作。我倒没说什么，酒店却也以为我们是新婚夫妇，还特意送了香槟巧克力。

我很高兴，叫苏悦生打开香槟，他说："喝酒不好。"

"你怕酒后乱性啊哥哥？"

这是我第一次叫他"哥哥"，他就像被捅了一刀似的，而我觉得心里痛快极了。

我一边喝香槟一边吃羊排，整个地中海的灯火俯瞰在窗下，外面的景色美极了，羊排也特别鲜嫩可口。

苏悦生没吃多少，我看他盘子里还有大半，说："吃不完给我，不要浪费。”

以前我们也经常这样，有一次我煎牛排煎多了，吃不完自己那份。他把我面前的盘子端过去，说吃不完给我，不要浪费。

那时候甜甜蜜蜜，现在全都成了心上的刺，按一按就痛，不按，还是痛。

他说：“我替你再叫一份。”

我没说什么，他替我又叫了第二份，其实我吃不下去了，不过当着他的面，我还是高高兴兴把那一整盘羊排吃掉。

半夜的时候我胃里难受得睡不着，只好爬起来吐。本来每间卧室都有独立的洗手间，两重门关着，但不知道为什么，苏悦生在隔壁睡房里还是听到了，他走出来给我倒水，还试图拍我的背，我冷冷地甩开他的手，说：“别碰我。”

浴室晕黄的灯光里，他站在那里，进退两难。

我其实心里很难过，只好拼命伤害他。

早餐我一丁点儿也吃不下，躺在床上发愣。酒店服务生送来的早餐，也许是苏悦生吩咐特意做的中式，有漂亮的白粥和热腾腾的包子，但我吃不下。

十天已经少掉一天，生命的倒计时，分分秒秒都像钝刀子割肉。

下午我有了一些精神，苏悦生问我要不要去附近走走，我说随便。

他带着我去逛市集。本地有历史悠久的传统市集，一个接一个的店面摊位，卖各种各样的香料、手工艺品、布料、衣物、传统饰品。

这样热闹的地方，其实我心里是一片冰凉的。熙熙攘攘的人流挤来挤去，从前苏悦生一定会牵住我的手，怕我走丢，但现在不会了，他只是会站在不远的地方，回头等我。

我有一些奇怪的想法，比如就这样走散在茫茫人海，从此再不相见。他一定也不会找我了吧，不，还是会找的，他知道我语言不通，身上也没有钱。

世间最痛苦的不是不爱了，而是明明还相爱，却已经决定分开。

我在摊贩那里买了一条亮蓝色的围巾，学着本地的妇人，用它包着头发。

摊主给我举着镜子，让我照前照后，我问苏悦生：“好看吗？”

他没有回答我的话，我知道他不会回答，所以我也就自顾自地照着镜子，那里有清楚的反光，映着他饱含痛楚的眼睛。现在爱情就像一把冰刃，深深地扎进我们俩的心里，拔出来的话会失血过多而死，不拔出来，只能眼睁睁看着它慢慢融，慢慢化，然后把心蚀出一个巨大的空洞。

我知道他有多难过，因为我和他一样。

黄昏时分我们走进了一家古老的店铺，里面卖一些古旧的工艺品，和不知道真假的古董。四面货架上堆满了各种各样的铜器银器，就像《一千零一夜》里描述过的洞窟一样。我随手拿起一盏烛台来看，上头落满了灰尘，我一拿手指上就全是黑灰，老板接过去，夸张地长吹了一口气，灰尘被吹散了些，他笑着对我说了句话，我没听懂，苏悦生翻译给我听，说："他说这是历史的尘埃。"

不知道以前在哪里看过，说，每一粒爱的尘埃，都重于泰山。

当时只道是寻常，看过也就忘了，现在才知道，爱真的是有千钧重，随时随地都会把人压垮。

我放下烛台，老板笑嘻嘻地打来一盆水示意我洗手，盛水的盆子也是古物，上面錾满了漂亮的花纹。也许是看我怏怏不乐，在我洗完手后，老板突然拉住我的手，示意我跟他走。

我望了苏悦生一眼，他不动声色地跟在我们后面，我们三个人上了阁楼，原来阁楼上放置的是一些珠宝。想必他将我和苏悦生当成了情侣，以为我们会对珠宝感兴趣，所以特意引我们上楼。

但我对这一切都觉得意兴阑珊，我示意苏悦生告辞，老板见我们要走，连忙阻止，又从怀里掏出一柄钥匙，打开墙壁上的小木橱，取出一只匣子。

我不知道里面是什么，但老板的表情郑重其事，他打开匣子，原来里面是一只古旧的油灯。上面积满了污渍，看上去很是普通的样子。

老板叽里呱啦说了一长串话，翻来覆去地重复某个单词，我终于听懂了，是"阿拉丁"。

原来老板说这是传说中的阿拉丁神灯，他做了一个擦灯的动作，然后又叽里呱啦说了一长串话，苏悦生翻译给我听，说：“他说灯神可以满足你三个愿望，但你不可以贪心。”

我摇了摇头，老板执意拉着苏悦生不放，又说了一长串话，苏悦生很是无奈的样子，对我说：“他说这盏灯能给你带来快乐，你太不快乐了。”

我和他都心知肚明，快乐是那么遥不可及的事情。也许这辈子，我和他都不会像从前那样快乐。无忧无虑的时光已经是过去，每一寸痛苦，都会长伴在今后漫长的岁月里。

那个老板还在那里说着什么，苏悦生似乎没有了耐性，他问了问价格，就掏钱将那盏灯买下来。老板十分开心地将灯递给我，还再次示意，做了个擦灯的动作。

我摇了摇头，老板挠了挠他自己的大胡子，将灯重新装回匣内，然后郑重地递到我的手上。

那个匣子很重，我拿回酒店后就随手放在了桌子上，苏悦生问我：“我们明天去哪里？”

我说：“出海吧。”

苏悦生没想到我会有这样的提议，但他也没说什么。

第二天我们租了游艇出海，海上风很大，我想起第一次跟他到船上去，那天有那么多人，还有李志青的女儿李云琪，那天我得意扬扬，对她长篇大论，说自己终于爬到了食物链的顶端。

多么可笑，小鱼和鲨鱼是能共存，因为小鱼太渺小了，鲨鱼游得太快，瞬间就会不见。

在如此广阔的海洋里，一条小鱼也许穷其一生也只会遇见一次鲨鱼，但鲨鱼是不会记住它的，每一条鲨鱼，最终会跟另一群鲨鱼一起生活。

苏悦生以为我晕船，他不停地走过来看我，给我新鲜的柠檬片，让我放在鼻子的下方，我俯身看着湛蓝的海水，而他担忧地看着我。

我回头时，他仍旧在看着我，远处有海鸥不断地盘旋，追逐着我们的船只，海岸成了遥远的一线，海浪砸上船身，发出哗哗的声音，在广袤无垠的海洋里，船显得如芥子般微小。

天地这么大，却容不下我们两个人。

我说："你放心，我不会跳海的。"

这句话原本是赌气，但说过之后，我自己却禁不住难过起来，于是扭开脸。苏悦生坐在我身边，他说："我们两个就留在这里，买两幢房子，做邻居。"

我没有搭腔，他说："我想了好多天了，看不到你的时候会觉得很难过，真的看到你的时候，又觉得更难过。我知道你心里跟我一样难受，所以才每天对我说那样的话。我也接受不了，这也不是我的错，你说男婚女嫁再不相干，那是我办不到的事情。我只要想一想将来你嫁给别人，就会觉得难过，也许你真的能忘记我，但我做不到。所以我们留在这里吧，就当什么事情都没有发生过，做两个最普通的朋友，买两幢房子，比邻而居，一直住到老，住到死。这样你每天早上起来就可以看到我在后院里种葵花，晒干了，给你当瓜子嗑。”

那些傻话，我一本正经地说，他原来也曾认真听过。

我伏在船舷的栏杆上，太阳热烘烘地晒着我的背，我知道那是不行的，痴人说梦。是我提出来到这里来，就当做了一场梦，可是梦终究会醒。

我下到船舱，把那盏油灯拿出来，苏悦生不知道我要做什么，但在海上他很是担忧，所以一直寸步不离地跟着我。我坐在船头，将那盏灯擦了擦，喃喃许愿：“第一个愿望，希望我妈妈可以醒过来。”

“第二个愿望，希望我可以忘记苏悦生。”

我的眼睛里满含着泪水：“第三个愿望，希望我可以永远永远永远忘记苏悦生。”

我将永远重复了三遍，我看着苏悦生苍白的脸，还有他失神的双眼，我伸出手臂，用力将油灯掷进海里，海风猛烈，我绑在头上的那条亮蓝色围巾被风吹散，也飘飘拂拂，跌落下去。

苏悦生似乎大惊失色，他立刻伸手去捞那条围巾，只差一点点，围巾擦过他的指尖，最终跌落海面，转瞬就被浪花扑噬。他的手还长久地探在那里，身体保持着刚才瞬间的姿态，一动不动。

不知道他在想什么，我想，也许这就是命运的谶语，我和他终究是差了那么一点点，所以再没办法继续。

我说："我们回国去吧，我不想再看见你。"

是谁说，命运如果给你青眼，那么一定会有另一次白眼等着你。

我所有的好运，都用在了遇见苏悦生。

以至于再没有另一次好运，可以跟他走到最后。

返程的航班是深夜登机，上飞机不久就熄灯了。那是一架新式的大飞机，半包围式的睡椅，我像婴儿般蜷缩在那里，觉得自己像躺在茧子里，一层层细密柔软的茧丝缠绕着我，让我沮丧到无法呼吸。

苏悦生特意换了两个分隔很远的座位，和我隔着前后三排座位，还有一条走道。但飞机头等舱里人很少，隔得那么远，只要我回头，还是可以看到他。

我悄悄走过去，坐到他身边紧邻的座位，自顾自拉起毯子重新躺下。他的眼珠在迅速转动，也许是已经陷入深层睡眠，也许是压根没有睡着。

我很小心地躺在他旁边，他的呼吸有熟悉的淡淡的气息，他的睫毛在微微颤动，就像孩子一样。但我已经不可以像从前一样伸手摸一摸他的睫毛，我的呼吸软软拂在他的脸上。

天涯不过也就是这么近，而天涯也已经那么远。

我沉沉地睡着了。

航班快要降落的时候，我被空乘走动的声音吵醒。这才发现自己窝在苏悦生怀里，他脸色苍白，眼窝泛青，明显一夜未睡。我若无其事地坐起来，尽量小心不碰到他的手臂。他说："你以后真的会忘记我吗？"

我说："会。"我告诉他，"我会跟别人结婚，生两个小孩子，做一个贤妻良母。每天晚上煮饭，等着老公回来。"

他看了我一眼，说："我不会。"

我沉默不语，他说："我不会忘记你的，我会把你的东西全都埋在一棵树底下，等我老了，死了，烧成骨灰，我会留遗嘱，叫人把我也葬在那棵树底下。这样也许下辈子，我还能遇见你，那个时候你也许真的不记得我了，但我们可以重新开始，不像现在这么糟糕。"

我说："谁要跟你约下辈子，这辈子已经受够你了。"

我站起来去洗手间刷牙，关上门我才咬住自己的手，我坐在马桶上一直哭一直哭，在九千米的高空，密闭四合的空间，连眼泪都纵横无声。

如果此时此刻飞机突然坠毁，我和他都摔得粉身碎骨也好，那么永远都不分开了。

但不会有一座陷落的城池来成全我，也不会有一架坠毁的飞机来成全我。航班飞行将近九个小时，最后平安落地。

在机场分别的时候，我对苏悦生说："如果我将来真的忘记你，你不要再告诉我。"

他没有说话，但我知道他是答应了的。

Chapter 13
梦魇

我搬到几百公里外的另一座城市去住，每周返回医院看我妈。只是我拖延着没有去做手术，最佳的时间是三个月内，但我一天天拖延下去。

我不知道我妈骗了我，还是她说的都是真话。

比如我的父亲到底是谁，她是跟青梅竹马的男友一起私奔有了我，还是所有的故事都是她编来骗我，我的父亲真是苏啸林。

我每天不停地考虑这些事情，其实办法很简单，去找苏啸林做个亲子鉴定就行了。但我迟疑着没有走这一步，因为我害怕的事情太多。

我在焦虑中渐渐失常，独自坐着的时候深深泪流满面，一个人进进出出，总是吃很多东西，然后不停地呕吐。

我住的那个地方其实名字很美，叫凤凰路，那是一条开满凤凰花的大道，火红的花朵像火炬一般，燃放在绿色的枝叶间。

我每天在街上乱走，买很多东西，拿回家去连拆都不拆。

我也知道自己快要疯了，但疯就疯吧，反正我早就已经一无所有。

时间就这样一天天过去，转眼怀孕已经四个多月，腰身宽大的衣服也已经快要遮不住肚子，小区保安本来叫我邹小姐，现在也改口称我邹姐，他们总帮我拿东西帮我叫车，说您一个人身体又不方便真是太不容易了。

我想再不能拖了，也就是这时候，苏啸林亲自出面，找我来了。

打开门看到他时，我心里说不出是什么感觉。我很冷淡地招呼他："进来坐。"

他自己一个人，也许司机助理都在楼下，我倒茶给他喝："没有白茶，绿茶行吗？"

他说："你挺执着的。"

我笑了笑，上次是苏悦生说我执着，这次是他父亲。

我说："有什么话就说吧。"

我将茶杯放在桌子上，他碰也没碰那杯茶，只是端详了一下我，说："你和你母亲长得并不相似。"

我说："忆旧不必了，我妈现在虽然没死，但也和死了差不多。你要有心，早干吗去了？"

他说："我听说你和苏悦生约法三章，所有的事他都替你办好了，肇事者终审判决都下来了，判了十年监禁。这是最重的判法，连双方律师都认为判得太重。可以保证他家里人再使劲，十年内也捞不出来他。”

他眼睛看着我：“所有的事，他都遵守了承诺，你为什么不遵守承诺？”

我沉默了片刻，问他：“如果我不是你的女儿，你会答应我和苏悦生在一起吗？”

他说：“你是我的女儿，所以没有如果。”

我讽刺地笑：“你们苏家人做事情那么周到，为什么连亲子鉴定都不做一份。”

他说：“你要是想看，我让司机拿上来给你看。”

我看着他，他说：“人人都觉得命运对自己不公平，我知道你不甘心，我也觉得命运对我不公平，年轻的时候忙于事业，奋斗几十年才有今天。可是一个人，一句话，一件事，就可以轻而易举地毁掉所有的一切。你觉得命运公平吗？”

我说：“不是我的错。”

他说：“没有说你错了，所以我才一直忍到了今天才来找你。你要是再这样拖下去，可就是大错特错了。”

我说：“我是真的不甘心，所以我要求再做一次亲子鉴定。我妈妈告诉过我，我父亲并不是你。”

“愚蠢！”他冷笑着呵斥我，“你还有没有廉耻？”

我突然明白过来，难以置信地明白过来，我注视着他，紧紧盯着他，他脸上的笑容那么嘲讽，可是我忽然就明白了，我慢慢地说："其实你知道，你做过亲子鉴定所以你知道我不是你的女儿，但你不希望我和苏悦生在一起，所以你用这种方式拆散我们。"

他眼神微敛，我轻轻笑了笑："真是下作。幸好我不是你的女儿，不然有你这样的父亲，我还不如去死。"

他忽然长长叹了口气："如果你这样想心里好过一些，那么你就这样想吧。如果你觉得再做一次亲子鉴定有意义，那么就再做一次吧。"他微微摇头，怜悯般看着我。

"其实事到如此，我也希望你并不是我的女儿，因为我的儿子为了你已经快要死了。他每天都在全世界各处乱走，我问他到底要怎么样，他说要找一棵树，一棵最大的树。我虽然没有问他在说什么疯话，但也知道，总有一天他会厌倦了这样活着，只怕那时候他就会把他自己埋进那棵树底下。

"我也年轻过，那个时候，我也真心实意地爱过一个人，失去她的时候，我觉得很难过，就像身体的一部分也失去了一样。但苏悦生不是这样，那个时候，我失去的或许只是一只手，他现在失去的却是整个心脏。"

他将自己的一根头发交给我，对我说："你自己找人去做亲子鉴定吧。即使你不是我的女儿，作为一个父亲，我也不会希望你和我的儿子在一起，因为他实在是太爱你，这种爱对他而言，对你而言，都太辛苦了。辛苦到终有一天，你或他都再无法承受。”

苏啸林走后，我独自坐在窗前，楼底下长满高大的绿色乔木，枝叶葳蕤，郁郁葱葱。苏啸林的头发被我装在一只塑料夹袋里，我将自己的头发也装在另一只袋子里。生活真是奇怪啊，所有的一切到最后都拧成细细的发丝，悬于一线。

我还是害怕，害怕另一个结果，如果我和苏悦生真的是兄妹，那么我大约只有不活了。

就在突然之间，孩子在肚子里微微动了动，这是他第一次动弹，非常轻微，轻微得我都形容不上来，像是春天里风触过池塘，又像是花枝斜逸，终于触到了蝴蝶，我惊吓得站起来，手放在肚子上。

可是他没有再动弹，就像刚才那一下只是偶然，只是我的错觉。

也许他是告诉我，我确实犯了大错，也许他是想告诉我，不要怕。

可是我真的不敢选啊，如果是可怕的结果，那让我怎么办呢？

周末的时候，我再一次去看我妈妈，她的病情没什么变化，仍旧只能靠仪器维持。医院将她换到单人房间，还有一个护工专门照料她，但她既没有好起来，也没有再恶化。

我坐在妈妈的病床前，握住她的手，我问她：“妈妈，你说呢？”

妈妈不回答我。

我自言自语：“要不我扔硬币吧，扔到有花的那面向上，我就去做亲子鉴定。”

我在包里找硬币，找来找去只有纸币，于是我走去护士站，跟她们换。护士们很忙，但我来熟了，她们对我也很照顾，有个护士翻了一下钱包，对我说：“没有呢，要不你出去买瓶水，让他们找给你。”

我也不好意思麻烦她们，就下楼去买水，刚买了水走上来，就遇见程子慧，但她并没有看见我，而是正和一个医生模样的人说话。

我没有当回事就走开了。

在妈妈的病房里，我扔了三次硬币，三次都是花朝上，我想那么就去做鉴定吧。最难堪的结局我也早就想过一千一万遍，天意如此，还怕什么呢。

这里是本地最大的医院，这里遗传实验室的DNA鉴定也最具权威性，第二天，我将头发送到实验室去，正巧看到墙上挂的医生公示，其中有一位医生非常面熟，他就是那个和程子慧说话的人。

我突然做出一个连自己都想不到的决定，我对实验室的人说：“鉴定我不做了，麻烦把标本还给我，谢谢。”

实验室的人大约也见惯了犹豫不决的鉴定者，所以没多问就将头发标本还给了我。

我搭火车去了很远的城市，在路上差不多十八个小时，虽然买了软卧，但还是很难受。好在车厢里的人看我一个孕妇独自出门，十分照顾。帮我买饭打开水，还有热心的大妈问我："你咋一个人在路上跑来跑去？孩子他爸呢？"

我说："出差。"

"真不容易啊！"大妈感叹。

我只是笑了笑。

到了目的地之后，我将头发标本分成三份，分别送到三所有鉴定资格的医院。

一周后，三份报告我都拿到了，我把它们搁在桌子上，都没有拆封的勇气。

我跑到超市去买了一堆食物，回来给自己做了四道菜，一边吃我一边拆那些报告。

第一份报告是就着红烧牛肉拆的，上面一堆复杂的图表我压根看不懂，就看到最底下一句鉴定结论：标本甲与标本乙没有亲缘关系。

我继续吃炒蛤蜊，拆第二份报告，图表样子差不多，鉴定结论是标本A与标本B没有生物学亲缘关系。

我夹了一筷子冬瓜炒海米，拆第三份报告，最后的鉴定结论依然是没有亲缘关系。

我一边流泪一边喝排骨汤，自己也不知道自己在哭什么，哭得稀里哗啦，不可抑制。

我搭火车回家去，带着那三份报告，我谁也没告诉，就约了程子慧见面，我把那三份报告扔在她面前，然后她的反应还挺惊讶的。

她问：“这是什么？”

“我和苏啸林的DNA鉴定结果。”

她愣了几秒钟，最后脸上浮起一缕嘲讽的笑容：“那真是太好了，恭喜啊！你们有情人可以终成眷属。”

“为什么？”

“什么为什么？”

我注视着她的眼睛：“每次看到你，我都觉得害怕，我想，是因为你不喜欢我，而我又和程子良在一起，你是他姐姐，所以我怕你。但后来我跟程子良分手了，每次见到你，我仍旧害怕，我心里觉得很奇怪，一直不明白自己在怕什么。后来我终于想明白了，这种怕就像是见到了响尾蛇的那种怕，一看到它我就潜意识里知道有巨大的危险，所以不寒而栗。”我一字一顿地问她，“程子慧，你为什么要这样害我？”

“谁害你了？”程子慧若无其事，“我为什么要害你？”

“这正是我想问你的。”我说，“苏啸林告诉我他做过亲子鉴定，结果是我是他的女儿，我很好奇，谁将虚假的DNA鉴定结果给了他。现在我手上有三份报告，苏啸林如果不信，还可以亲自去做第四份。”我将“亲自”两个字咬得极重，我问，“苏太太，你有权有势，我是斗不过你的，可是你的丈夫看上去也不像个糊涂人，对于你敢这样欺骗他，你觉得他会有什么想法？”

程子慧咬紧了牙齿，她的声音发冷：“你竟然敢威胁我？”

我说：“不管你从前想要做什么，现在都离我远一点儿！离苏悦生远一点儿！”

程子慧慢慢地微笑起来，她说：“你以为你拿着报告就能威胁我？我告诉你，苏啸林也拿我没办法，他顶多发一顿脾气，绝不会为了你这外人将我怎么样。反倒你妈妈还躺在医院里，我随时随地，能让人撤了她的维生系统。”

我说：“你敢！”

程子慧露出迷人的微笑：“你还不知道吧，为什么我这么讨厌你？因为你实在是太惹人讨厌了。子良竟然迷恋你这样的女人，你压根就配不上他。”

我冷笑：“你真是爱你的弟弟。”

“不啊，告诉你实话也无妨。子良根本就不是我的弟弟，他是我的儿子，我十八岁就生了他，当时苏啸林的原配还没有死，我父母和我迫不得已，只好说子良是我的弟弟，再后来我虽然嫁给苏啸林，也不好改口了。但是苏悦生一直讨厌我，他觉得是我气死了他母亲，因此他对我百般刁难。他不知道他越是对我刻薄，苏啸林越是会觉得亏欠了我，亏欠了子良。这么多年，连苏悦生都没能拿我怎么样，你以为你拿着所谓的把柄，就能威胁到我？我告诉你，没有用！苏悦生是他苏啸林的儿子，子良也是他儿子，苏悦生什么都有，所以他欠子良的，他不会因为你将我或子良怎么样，你别做梦了。当初我怂恿你和苏悦生在一起，不过是想要看如今的好戏！那时候我还以为你真是苏家女儿，所以我不惜一切要拆散你和子良，但后来我想明白了，我拆散你和子良，为什么不将你和苏悦生拉到一块儿呢？首先子良会对你彻底失望，然后等苏悦生发现你是他同父异母的亲妹妹，那才真是有好戏看呢！哈哈哈！你看现在，他不就立刻甩了你？你以为苏悦生当初为什么看上你？还不是因为你是子良的女朋友！他处处跟子良作对，总是想抢他的东西，什么都要抢，那就让他抢好了！现在终于自食苦果了吧？！你以为苏悦生是真的喜欢你？我告诉你，别做梦了！他就是习惯了抢子良的东西而已，现在他不就乖乖回陆敏身边去了，你还在为他要死要活，还想着要破镜重圆，他却早就有别的念头了！想要一段爱情很简单，想要毁掉一段爱情就更简单了。你以为什么东西牢不可破？你以为生个孩子能拴住他？真是幼稚啊！男人就是男人，你把感情当一切，他却早就转头忘记你。你就乖乖地找个最阴暗的角落待着，不要痴心妄想了。”

我十分震惊地看着她，我没想到事实这样龌龊，简直肮脏得令人作呕。尤其她那样的心思，真是恶毒得令人觉得浑身发冷，可是她说苏悦生的那些话，我一丁点儿也不相信，不不，我是宁愿自己一丁点儿也没有听见。我说：“我才不会待在阴暗的角落里，倒是你这样的人，会一辈子待在最阴暗的角落里，见不得光，过着最肮脏的生活！”

她哈哈大笑，简直像个疯子一样。她说：“就凭你也来教训我？苏悦生教训我，不过仗着他是苏啸林的儿子，我忍气吞声，好不容易熬到今天，他占据了子良应该有的一切，一切！”她歇斯底里，“我不会再让他夺走属于子良的任何东西！所有的一切我都会让他还回来！”

我起初只是以为她有病，现在觉得她可能是真的疯了。我迅速地离开，拿着那三份鉴定报告，我决定去找苏悦生。

回家的路漫长而遥远，可我还是踏上了回家的路。熟悉的街景从车窗边掠过，就像电影镜头一般悠远虚幻，可是还怕什么呢，如果需要与全世界为敌，但只要我爱的人站在我这边，我就再不惧怕。

到苏悦生的别墅外边的时候，天已经快要黑了，我拿出钥匙打开房门，屋子里静悄悄的，一点光都没有，我突然想起苏啸林的话，他说苏悦生满世界乱走，也许他不在家里，也许他压根就不在国内。

我的心里忽然生了一层恐惧，我不知道自己在怕什么，我应该什么都不再怕了。程子慧就是个疯子，我压根就不应该理会她的话。我悄无声息地往楼上走，心想就算他不在这里，我可以在这里等他，一直等到他回家。

书房里有一线光露出来，我推开门，才发现苏悦生其实在这里，哦，还不止他一个人。窗台上坐着一个人，这个人我认识，是和他订过婚的陆敏，苏悦生半跪在那里，将头埋在她的膝盖上，我突然想起程子慧的话，心就像被狠狠捅了一刀。我拼命说服自己不要相信，不要相信，程子慧说那些话，就是想要离间我们而已。而陆敏看到了我，她似乎被吓了一跳，苏悦生大约觉察到她的异样，他回头来看到是我，却显得十分平静，他站起来，对我说："你来做什么？"

我忽然觉得自己这一趟来得有些多余，也许苏啸林的话是对的，我们两个本来就不相配，在一起会有更多的猜忌和痛苦。

我问他："当初你为什么要追求我，是因为我是程子良的女朋友吗？"

他想了很长的时间，每当他的沉默多一秒，我就会觉得心里冷一分，就像过了半个世纪那么久，他对我说："是的。"他望着我的眼睛，说，"对不起。"

这是他第三次对我说对不起，而我只觉得可笑，我失态地对着他吼："你骗人为什么不一直骗下去？你就算是当骗子，为什么不一直骗下去？"

他站在那里没有动弹，我觉得包里的那些亲子鉴定突然不必再拿出来，我痛快地对着他冷笑："骗我很好玩啊？你从来没有打算跟我结婚是不是？"

他并不辩驳，只是沉默地看着我。我心里觉得痛极了，不是像以前的那种痛，我痛得连呼吸都吃力，但我只能硬挺着站住。我问他：“你到底哪句话是真的，哪句话是假的？”

他慢慢地说：“都是假的。”

我鼻尖发酸，心里也发酸，可是哭不出来，连泪腺都干涸，什么都是空荡荡的，我的人也是空荡荡的，五脏六腑都像是被摘了去，我问他：“就算我们没有血缘关系，你也不会跟我在一起了，是吗？”

他很冰冷地说：“是。”几乎是很突然的，流利的话语一长串地从他嘴里吐出，“我没有爱过你，所有的事情都是骗你的，所以你不用再执着了。你走吧，我也不想再看见你。”

我说不清心里到底是伤心还是愤怒，只是觉得有一种疲惫似的绝望，我看着他，就像看着一个陌生人，他说的话这样狠，可是我还是不肯相信，连假装相信，我都说服不了自己。我问他：“如果我也是骗你的，你会难过吗？”

他没有回答，也没有动弹。我说：“我就是一直骗你，我并不喜欢你，你也知道，是程子慧让我去北京阻止你订婚，那时候我妈欠了那么多钱，走投无路。这局不是你设的吗？那时候你在想什么，是想看着我自投罗网，然后再把我的自尊践踏在你脚下？还是纯粹因为，程子良的东西你都想去抢？”我嘲讽似的说，“不过我很有职业道德，骗人我都会骗到底。你要演梁山伯与祝英台我都陪你演，不就是钱嘛！你以为我想为你生孩子啊？这孩子我怀着就是为了钱！”

我说："我回来拿钱。"

他借着从窗子里透出来的光线看着我，他很仔细地看了我一会儿，说："要钱？"

我继续说："是，知道为什么我一直坚持不去医院？因为我知道这孩子是我的筹码。有他在，你就得给我钱。"

他嘴唇发紫，也不知道是不是光线的原因，还是被我的话气到。大约沉默了片刻，他才说："钱在老地方，你自己拿。"

我走去主卧室，拉开床头柜，里面果然放满了钱，我拿起成捆的钞票，胡乱塞进包里。我关上柜门，转身看到苏悦生站在门口。

我说："我走了。这钱不够，你再准备几百万，回头我再来取。"

经过他的时候，我说："别傻了，我根本就不爱你。在地中海的时候也不过是骗骗你，所以我不会跟你一起离开这里的，也不会跟你去国外，你们家的人太烦人了，我也受够了。"

他说："嗯？"

我冲他吼："我说我受够了！受够你们一家子浑蛋！离我和我妈远一点儿！你愿意找哪个女人找哪个女人去！不要再说爱我，我觉得恶心！恶心你知道吗？这孩子我马上就去打掉，跟你有孩子，让我觉得恶心！"

我回头就走，他一直跟着我下楼，到了楼底下，看我打开大门，他才说："你要走吗？"

我回头看了他一眼，他一个人站在那里，似乎整个人疲累无比，我也不知道他是不是喝了酒，但他的样子跟孩子一样，懵懂而无知，似乎我刚才的话，他都像没听见似的。

我说：“一个人心伤透了，是没办法补回来的。我从前是真的爱过你，但现在，是真的只想要忘记你。”

这句话才是真话，我心里知道，他心里也知道。他说：“原来是这样啊……”他的眼睛里有薄薄的泪光，他说，“那你回来是跟我道别的吗？”

我忍住眼泪掉头就走，他没有追出来，而是站在那里看着我离开。我走下台阶，看到苏悦生的跑车停在那里，我满心愤懑，却不知道该如何发泄。我拧动车钥匙就启动了那辆车，从前的一幕幕在我脑海中闪现。

命运没有告诉过我，假如一个人用力爱，也会爱得累了，爱到没有办法再继续。

我沿着多弯的山路往下行驶，天已经黑透了，孤独的车灯照亮茫茫的暗夜，风吹过山林，我想起一首歌。

当年我如何遇见他？在我最好的青春年华。把一次次相逢，都当成最美的童话。

是风吹乱了沙，还是沙上筑起的坝。朝和夕，心和岸，原来就只是两两天涯。

就这样算了吧，可是不甘心啊，谁会把一生的挚爱，撒开手放掉它。

就这样忘了吧，可是缘分太浅，泪痕太深，每一个日子，都不可重温。

把思念结成痂，把真的变成假，把往事变成傻……

才能说服自己，那是一个，永远讲不完的，童话……

山路狭窄，我将油门踩到底，跑车的引擎在咆哮，最后一个急转弯，我没能转过去，也许是故意，也许只是单纯的没有踩好刹车。

树木的枝叶迎面撞来，稀里哗啦砸碎挡风玻璃，我最后的意识是，苏悦生说要找一棵树，把我所有的东西都埋下去。

那么，就选这棵树吧。

血色涌上瞳孔，我再也看不清任何东西，就此陷入沉寂的黑暗。

Chapter 14
感激

苏悦生的脸庞渐渐清晰，水汽蒸腾的浴室，我和他赤裸相对，却相顾无言。

隔着这么多年的辛苦路，让我再对他说什么？

那些爱过的岁月，失去过的时光，就像旧梦一般被我尘封。

“当时我开车追出去，却迟了一步。你的车已经撞在树上，我惊恐万分，只知道想要把你从车里弄出来，最后是陆敏赶到才打了120。我那时候像疯子一样，陆敏都没办法说服我放开你，医生最后为我注射了镇静剂，才可以为你做手术急救。你在医院躺了很久，一直没有醒过来。我从你的包里发现了那几份亲子鉴定报告，才知道我和你并没有血缘关系，那时候我真的非常非常难过，我不能去想我们最后一次交谈，你回来或许是来告诉我真相，我却愚蠢地伤害了你。在医院的时候，我日日夜夜受到煎熬。你的心肺功能日渐衰弱，腹中胎儿却一直存活。医生很担忧，既不敢替你做引产，又不敢让你继续怀孕，决定权交到我这里，最后在怀孕26周时，情况很糟，医生冒险替你做剖腹，生下小灿。他在保温箱里，你在ICU里。医生说你们两个的状态都很差，很可能都活不了。

“那时候我每天每天都在懊悔，那辆车的刹车有问题，我一直知道，一直没有去修，我在想哪天运气不好，就让我冲到山崖下去好了。可是我没想到你会开着那辆车走，是我害了你。如果我早一些去修车，就不会这样了。如果我不说那些蠢话，也许就不会是这样了。是我将你害成那样子。你一直住在医院里，我不知道用什么办法，可以让你们两个都平安无事。后来小灿的情况渐渐稳定，你却一直昏迷不醒。医生说最好的办法是做心肺移植，可是配型很难。我最后想到你的妈妈。

“手术单上是我签的字，是我停止了你母亲的维生系统，是我找律师办完复杂的法律手续，让我可以代表家属签字，同意她将自己的心肺移植给你。医生说你的求生意识很差，也许潜意识里不想活了。那个时候我就想，这是报应，是上天对我的惩罚，所有的罪孽让我来背负吧，如果有报应，就报应到我身上好了。如果你知道是我中止了你母亲的生命，你一定会恨透了我。你那么执着一个人，也许宁可自己不活了，也不愿意你妈妈因为你而死。

“结果你终于醒来，再不记得我，也不记得我们之间的事情。那时候我想，也许这世间真的有神灯，你擦过灯，许了愿，它就如了你的愿，你从此就真的忘记了我。可是上天毕竟待我不薄，他把小灿给了我，那是你的一部分，但我总是担心，你会随时将这一部分也收回去。所以我把小灿藏起来，也许藏起来不让你知道，你就没办法将这部分拿回去。”

“七巧，”他用浴巾裹住我，声音低微，“上一次你来见我，是对我道别。每一次你来见我的时候，我都在想，你是不是又来跟我道别……你会离开我吗？再一次？”

我看着他，说不出来话，他将衣物一件件替我穿上，然后自己也穿好衣服，他说：“和小灿在一起的时候，我一直想，这段时间是偷来的吧，总有一天你或许会想起来，然后带着他离开我。”

我完完全全没办法说话，事情来得太突然，我实在是不知道该怎么办才好。

他将防寒服替我裹在身上，然后带着我下楼，我们经过客厅，小灿很奇怪地看了我们一眼。苏悦生朝他招招手，他很快朝我们飞奔过来，兴奋地问：“我们是要出去吗？”

他的脸庞那样清晰，那样柔软，而我竟然不敢伸手摸一摸他的脸。

儿子，我的。

当他还是小小的胎儿，在我腹中第一次胎动的时候，我在想什么呢？

生死大难，我竟然差一点点就失去他，差一点点就再也没有机会见到他。可是我没有办法将他揽进怀里，他亮晶晶的眼睛看着我，像两丸宝石一样。

我怕号啕大哭会吓着他，只能用力微笑，想让自己的嘴角上弯。

我听见小灿的声音，模糊而遥远，他说："邹阿姨你的样子好奇怪。"

我没能答话，因为我身边的苏悦生突然倒在地上，小灿惊叫一声冲过来，我蹲下去试图扶起苏悦生，他的哮喘发作了。

我飞奔着去找药，我的包里应该有药瓶，我飞快地跑到楼上找到我随身携带的小包，从里面翻出喷雾，又飞快地冲下楼。我扶起苏悦生，小灿十分机灵，立刻替我捧住苏悦生的头，我哆嗦得都快打不开喷雾了，手指头都在发抖，最后好不容易找着喷嘴的方向，立刻朝着苏悦生连喷了好几下。

我和小灿都目不转睛地看着苏悦生，他喘息得厉害，一次比一次短促，我心里焦急，让他侧躺着，他的呼吸急促得就像是一颗嘀嘀倒数的定时炸弹，听得我心烦意乱，我都快把他手腕上的皮肤掐破了，他才渐渐地缓过来。

我想一定是因为太冷了，今天下午他还在屋檐上铲雪，呼吸道受了冷空气的刺激，才会这样。我问他："你的药呢？"

他额头上全是冷汗，声音还很微弱："前天……吃完了。"

真是屋漏偏逢连夜雨，我知道没有药物维持的状况下，最容易突发这种急性症状。我将枕头垫在他腰侧，让他躺得更舒服一点儿，我说：“我送你到医院去。”

“不。”

我没有理睬他，拿起座机拨急救电话，可是座机不通。一定是固定电话线被雪压断了。我用手机打了911，谢天谢地第一时间就有人接听，我用结结巴巴的英文说明情况，老是记不起想说的单词，最后对方换了个人来，用流利的普通话询问我：“请问需要什么帮助？”

我三言两语说清楚苏悦生的状况，对方说：“我们可以派救护车，但现在积雪太厚，道路状况不明，路上需要时间。”

我立刻做了决定：“我开车送他，在路上跟你们会合。”

我挂断电话就收拾东西，给车子加固防滑链，还带上了铁锹。我烧了一大壶开水带上，又给小灿带足了防寒的外套，雪地箱子里最后几包零食都被我翻出来带上了，我还冲到酒窖去，拿了我能找到的最近的一瓶酒。

苏悦生想要反对我的决定，但他连说话都上气不接下气，我和小灿一起替他穿上厚重的外套，他气息微弱地说：“不要……”

“爸爸你就听话一点儿吧！”小灿戴上围巾和帽子，然后努力穿上自己的外套，“我们就送你去医院。”

苏悦生那么大只的越野车，我从来都没有开过。还好车子油箱里还有大半箱油，我定了定神，小灿坐在儿童安全座椅里，所以苏悦生只能斜躺在后座，幸好车里头还是挺暖和，密封性好，又有暖气，他仍旧有点喘不上来气，但状况并没有恶化。

我努力镇定着自己的情绪，发动了车子。晚上雪下得更大了，被车灯照到的地方白茫茫一片，车灯没有照到的地方黑压压的，什么都看不到。无数雪花迎着车灯撞上来，像是白绒绒的蛾子，灯柱就是两团巨大的光球，里头飞舞着千只万只白蛾。

我从来没有雪地驾驶的经验，所以开得特别特别慢，小心翼翼地行驶着。这一段都是山路，山风凛冽，什么都看不见，什么都听不到，就听见风声呜咽，还有积雪不停地从树枝上滑落，打在车顶上的声音。

我很努力地分辨方向，车子导航仪可以正常使用，但全部是英文，小灿替我看着，我们朝着道路更密集的市区方向去，只是速度实在是太慢了。

车子在茫茫雪夜中行驶着，我脑子里乱哄哄的，想起许多乱七八糟的事，比如看过的吸血鬼电影，又比如哈利·波特、伏地魔，在这遥远的异国他乡，我都不敢再想下去。

我问小灿："我唱歌给你听好不好？"

小灿看了我一眼，问："你唱歌好不好听？"

"过得去吧。"

小灿狐疑地又看了我一眼："会不会引来狼啊？"

我的心里微微发酸，小灿真是苏悦生的亲生儿子，不说别的，就这毒舌，简直是一模一样！

我对小灿说：“上次电话里你不是听过吗？”

“可是那时候我麻药都没过去，人还烧得迷迷糊糊的，我都记不住你唱得怎么样了……”

我这时候实在不能够再继续这样的话题，不然只怕我会抱着孩子哭，我问：“你想听什么？”

小灿却迟疑了片刻，才说：“我还是想听……摇篮曲……”

摇篮曲……好吧，摇篮曲我也是会唱的，至于我会唱的那些歌，大多是情情爱爱，不适合唱给小孩子听。

我说：“摇篮曲就摇篮曲，我唱给你听！”

我会的摇篮曲其实也蛮有限的，就是小时候我妈妈常常唱来哄我睡觉的那首。

“月亮月亮来唱歌，阿依阿依来过河，河里无风起了浪，金尾鲤鱼游上坡……板栗开花结子窠，花椒开花结子多，阿依阿依吃板栗，一甜甜到心窝窝……”

我一边唱歌，一边小心翼翼地开着车。大凉山的冬天会不会也像这样，茫茫白雪覆盖了所有的地方，就像天地之间洁白得只余雪花，我们的车就像小小的甲虫，一直向前爬啊爬啊……在这广袤无垠的纯白世界里，好像永远也没有边界和尽头，就像那一年的北海道。

所有伤感的、甜蜜的回忆都一齐涌上心头，年轻的时候只想不顾一切和爱人远走天涯，隔了这么多年的辛苦路，回头望时，原来天涯也不过就是短短咫尺。我并不是脑子发热才开车出来，我只是不能再失去任何重要的人和事。哪怕现在冒着风险，可是我们三个人都在这小小的车厢里，温暖的、密闭的小小世界，外面风雪再大，我们还是在一起，有过太久的孤单，我实在不愿意再与任何人分开。虽然我还没有彻底想明白，但这短暂的团聚如此令人眷念，就像暗夜里的光，就像这车内温暖的空气，就像走了许久许久都以为自己是一个人，但到底并不孤独。

我越唱声音越大，车厢里回荡着我自己的声音，车窗玻璃上凝结了薄薄的霜雾，我找不到除霜在哪里，只好努力将暖气调得更高一些。最后小灿也跟着我唱起来，他一开始只是很小声地跟着我哼哼，然后我们俩越唱越大声，越唱越来劲，我们开始轮流唱歌，我唱中文的，小灿唱英文的，他唱的我都没有听过，他一首一首教给我，都是他小时候在幼稚园里老师教的。

有一首歌的歌词很奇怪，说一只老虎和兔子的故事，老虎爱上了兔子，兔子问老虎，你可不可以不吃我，老虎说可以啊，从此老虎和兔子开始吃胡萝卜。

小灿教了两遍我就会唱这首童谣了，只是我英文发音不标准，屡屡要小灿纠正我。我们不知不觉已经行驶了很远，雪越来越深，到最后没过了轮胎，车子虽然是四驱的，但这时候也有点吃力。

我驾驶得更加小心，我不再唱歌，十分专注地开车，让小灿看着导航，确认我们并没有偏离道路。在一个漫长的下坡的时候，车子突然失去动力，我手忙脚乱，幸好我们速度并不快，可是雪实在是太滑了，我们直直朝着山崖底下冲过去，我整个人都快吓傻了，拼命地踩刹车，车身整个都横了过来，越发无法控制地朝一边侧倾，千钧一发的时候车速突然慢下来，我这才能够用力转过方向盘，车子不可避免地翻滚，车里的东西稀里哗啦砸下来，最后轰一声不知道撞在什么东西上，停了下来。

这一切不过短短数秒钟，我回过神来的时候才发现苏悦生紧紧拉着手刹，原来刚刚是他拉起手刹，所以才能够减速，但现在车子仰翻，我用力打开车门，爬了出去，然后将小灿抱出去，他非常胆大，竟然一声不吭，帮我跪在车身上拉扯苏悦生。

直到把苏悦生也从车里弄出来，我才有一种劫后余生的感觉，苏悦生站不住，他太重了，我也扶不住，最后我腿一软，我们俩都坐倒在雪地里。我大口大口喘着气，车灯还亮着，车子被卡在两棵树之间，也幸好如此，才没有掉到山崖底下去。我想到这里，更觉得害怕，下意识抱住小灿，紧紧搂住他。

他用那只没受伤的胳膊搂着我，然后叫：“爸爸！”

我伸出手抱住苏悦生，有些焦虑地问：“怎么样？”

他呼吸急促，也不知道是冻得还是又发作了，不管怎么样，情况不太好，我小心地爬进车里头去找到我自己的药瓶，又给他喷了一次药，然后用围巾将他的脸围起来，让他能够更暖和一点儿。

可是我找不到自己的手机了，也不知道刚才那一撞，手机被甩到哪里去了，我努力让自己镇定下来，拼命安慰自己，这是去往城里的唯一公路，救护车在赶来的路上，他们一定能找到我们的。

我重新爬回车子里去找手机，我刚钻进车里，小灿就大声冲我喊："阿姨！爸爸叫你回来，他说太危险了，也许油箱会漏油，车子会起火。"

我没想到有这种可能，只好匆匆又看了遍车里，重新爬出去，小灿紧张地看着我，好像下一秒车子真会起火爆炸似的，我只好飞快地从车身上跳下来，朝他飞奔而去。

我找到一棵树，选了个避风的方向，让苏悦生倚靠着，小灿紧紧依偎着他，苏悦生呼吸得很吃力，病情发作的时候，冷空气会令哮喘更严重，我心里着急，可是又想不出来办法，即使找到电话打给911，他们还是得一段时间才能赶到，在这前不着村后不着店的野外，旷无人烟的茫茫森林里，虽然我们都穿得很多，但再冻两个小时只怕都得完蛋，何况还有苏悦生。

车灯很亮，像两柄刺刀，刺破沉沉的夜幕，一直照到很远的地方，但很远的地方也只是雪影幢幢，一棵又一棵的松树像是一个个沉默的巨人，伫立在洁白萧索的天地之间。

苏悦生十分艰难地想要说话，我半抱半扶起他，小心地凑近他的脸颊，他喘息得厉害，几乎是一个字一个字断断续续地说：“我……回……车里……”

“你不是说车可能漏油？”

他摇了摇头，我心里突然明白过来，车里暖和，也许待在车里会让他更好受一些，这个险值得冒，我于是又和小灿一起，将他弄回车内。

车子几乎是90度直角被卡在两棵树之间，他只能半倚半靠窝在车里面，但狭小能遮蔽风雪的地方果然暖和，他喘得不那么厉害了，他说：“你带小灿，往前走。”

我说：“我不能把你一个人留在这儿。”

他突然伸手抓住我的衣襟，我只觉得他的手指在微微发抖，他说：“带……带……孩子走。”

“我不能把你一个人留在这儿。”我坚持，车子里是稍微暖和一点儿，但我跟小灿不知道走多远才能找到住户求救，我怎么能把他一个人留在这儿。

小灿也趴在车窗玻璃上，他大声说：“爸爸，我不会走的！”

苏悦生喘了一口气，他闭了一下眼睛，仿佛是在积蓄力量，然后他睁开眼睛，看着我：“带孩子走……前面……有社区……”

我还要说什么，他的手指突然用力，他的嘴唇贴在我耳边，他说：“你是小灿的妈妈。”

我眨了一下眼睛，他说：“你是小灿的妈妈，这世上除了你，我不放心把他交给任何人。如果我们都被困在这里，会死的。”

我傻呆呆地看着他，他的眼眶里饱含着热泪，只要轻轻一触，就要落下来，我已经完全蒙了，我抬头看着小灿，他什么都没听到，也还什么都不知道，因为他还在车子后备厢那边，他隔着后车厢玻璃看着我，他的眼睛亮晶晶的，像是两颗黑葡萄。

我得缓一缓，我得想一想，可是一切都已经容不得我多想了，苏悦生说：“带孩子……往前走……我们全家不能都冻死在这儿。”

我擦了一把眼泪，“我们全家”四个字刺激了我，我说：“不！我不能把你留在这儿。”我钻进后车厢，拼命地翻找，小灿看到了，他飞快地从轮胎上爬进来帮忙，他问：“阿姨，你在找什么？”

“阿姨”两个字让我眼泪又掉下来了，我哽咽着说：“手机。”

小灿身形小，更灵活，他钻进了后备厢，没一会儿又钻出来，我把车厢里头都翻了一遍，小灿突然叫起来：“手机！”

他举着手机从前排爬过来，将电话交给我，我搂着他，打给911，我英文说得磕磕巴巴，小灿很干脆地把电话又拿过去了，非常流利地用英语将我们的处境说明了一遍，然后还依据导航仪报出了我们大概的方位。

简直像个小英雄，最后挂断电话他告诉我说：“他们说已经通知最近的社区，雪太大了，他们会派消防队员来。”

我一瞬间不知道该哭该笑，只好伸手搂住他，他不作声地让我搂着，过了短短片刻，又将我的手放到了苏悦生的胸口。

他还有几分不好意思似的，说：“你看看爸爸的心率……”

一瞬间我想，从前发生过的所有事情都不重要了，这世上有对我而言如此重要的人，而我竟然毫不知情。

我真是太蠢了，太蠢了。

我的眼泪纷纷扬扬落下来，只有苏悦生明白我在哭什么，他手上无力，只能轻轻捏住我的手指，我哽咽着说：“我们都不会走，我们都不会再离开你，我们全家要死也死在一块儿。”

他没有太多力气说话，只能目不转睛地看着我。“我们全家”四个字让小灿瞪大了眼睛，他看了看我，又看了看苏悦生。我已经顾不上孩子是怎么想的，我爬到后备厢，找到那瓶红酒，倒了一些出来，用它按摩苏悦生的四肢。小灿帮着我做这些事情。我一边擦一边流眼泪，大约是我哭得太凶了，小灿不停地看我，到了最后他不安起来，他说：“你别哭啦，我唱歌给你听好不好？”

我哭得更凶了，我凶巴巴地说：“不要！”

小灿的眉头微微皱起，他还是很像苏悦生啊，我一点儿也看不出自己的任何影子，我做梦也没想过，自己会有一个孩子，而这个孩子，他已经长这么大了。在他成长的漫长岁月里，我一丁点儿也不知情。我甚至没有给他喂过一次奶，没有给他换过一次尿不湿。我错过了什么？

我错过了全部。

小灿看我哭得稀里哗啦，他终于忍不住了，用他的小手牵住我的手，安慰我说："好了好了我都知道了，你看我也没猜错，你就是我妈，但你别哭啦，眼泪会冻住的。"

我哽咽得说不出来话，小灿大声说："爸，你管管我妈啊！你还说我小时候就是个爱哭鬼，你看就是因为基因不好！"

我应该笑的，但真的笑不出来啊，我所爱的人，这世上对我最重要的人，全都在我身边，可是天地风雪成了困局，我真的真的不能再一次失去他们。

也不知道过去了多久，雪似乎小了些，世界安静下来，只是冷，冷得我五脏六腑都快被冻住。我拼命地想让苏悦生保持清醒，又想让小灿更暖和一些。孩子窝在我怀里，已经没什么力气说笑，他搂着我的脖子，像个小小的婴儿，带着无限的依偎和眷恋："妈妈，好冷啊。"

我拼命地吻他的额头，可是我的嘴唇也是冰冷的，我都没力气再动弹了，我说："别睡，千万别睡着了，妈妈唱歌给你听。"

小灿迷迷糊糊答应了一声，我用尽力气，声音却还是细细的，被凛冽的寒风吹散在茫茫暗夜。

雪花敲打着车窗，天地之大，竟然容不得我再一次寻找回来这个世界。

尾声

六个月后。

苏悦生终于取出了颈椎和大腿骨里的钢钉，但他行走还是不便，得拄着拐杖。

小灿耸肩说："有个伤残人士在家里实在是太不方便了。"

我也觉得。

比如找工人在院子里翻地重新种草坪，伤残人士却坚持要让我把他推到院子里去。

北美的夏天清凉而爽利，绿树成荫，玫瑰盛开，窗下的粉色蔷薇像一道瀑布，开得粉溢流彩。

我推着轮椅穿过整个院子，最后打开篱笆的一道木门。

"就是这棵。"伤残人士指了指一棵参天大树。

"什么？"

"挖吧。"

我莫名其妙，小灿适时在旁边递上一把铁锹，然后幸灾乐祸地看着我。

我只好用铁锹挖起来。夏天的土地松软肥沃，一锹下去就是一大块土，铁锹很快碰到了金属，叮地一响。

我蹲下去，用手扒开泥土，那是一只盒子，我小心地掀开满是锈迹的盒盖，里面满满全是各色的东西。

我的照片，我用过的杯子，我的牙刷，我的旧手机……我蹲在那里一样样翻检，终于看到熟悉的小小丝绒盒，打开来，正是当年苏悦生向我求婚时送我的那枚婚戒。

我蹲在那里无法作声，苏悦生站起来，拄着拐杖小心地走到我身边，他吃力地蹲下来，在那些乱糟糟的什物中翻找，最后终于找到两个小小的红本。

我打开来，上头贴着我们俩的照片，这张照片我还记得，拍照的时候我们俩都多腼腆啊，那一瞬间的幸福，就被镜头定格成永远。

我渐渐地视线模糊，眼泪滴落在照片下的字迹上。

姓名，身份证号，登记时间，还有那深深的，烙在照片上，也仿佛烙进生命里的钢印。

隔了这么多年，我一直在找，却原来，我真正的爱情从来都藏在这里，从来都不曾不见。

我号啕大哭，紧紧捏着那两本结婚证，就像重新找回遗失了很久的自己。

苏悦生说："你哭什么啊，是不是嫌我选的这棵树不好，要不要我重新找一棵？"

我拼命哭拼命哭，掩着嘴抬起头，树木枝叶葱茏，阳光透过树叶的间隙洒下来，像碎金子一般照在我的脸上。

不换！

再也不换！

【下部完】

外传
值得

你会不会爱一个人，一爱就是二十五年？

有一次我装作无意问苏悦生，他冷冷地说，神经病。过了一会儿又说，二百五。再过了一会儿，他微微叹了口气。

我和苏悦生是在幼儿园的小班认识的。我上幼儿园第一天很乖很听话，据说都没有哭，坐在那里认真听老师讲故事。有个男孩子一直哇哇大哭，全班小朋友都被他带得哭起来。后来听到阿姨哄他，才知道他的名字叫苏悦生。不过听说早在那之前，我们就已经见过面了。

我们在同一家医院出生，据说连接生的助产士都是同一个。他爷爷和我外婆是大学同学，我们的父母也走动频繁，是很好的朋友关系。

幼儿园时代我并不喜欢他，甚至觉得他可讨厌了。我是老师眼中的乖宝宝，他却随便就可以获得老师更多的关注，因为他太调皮了。

小学我们还是同班同学，有好长一段时间他请假没来上学，听说他妈妈病得很严重。我妈妈还曾经带我去医院看望过徐阿姨，她还是那样温柔漂亮，和声细气地让看护切水果给我吃。不过苏悦生不在，据说他牙疼，被带去拔牙了。

过了两天苏悦生回来上课，果然腮帮子都是肿着。我跟他都在换牙，谁也不敢大声说话，免得一张开嘴就露出少掉的门牙。所以我很小声地问他："阿姨好点没有？"

他没有回答我的话。我觉得我可能不应该这样问，因为他好像很难过。

初中我们仍旧是同班同学，那时候他妈妈刚刚去世。他跟谁也不说话，整个人就像变了一个人似的，连班上那些调皮的男生撩拨他，他都不搭理。我觉得他像一棵小松树，孤零零的，全身都长满了针。下课的时候他也不出去玩，就坐在课桌后，一径地转着手里的笔。

我偷偷从家里带了馄饨来，将饭盒放在他的课桌里。因为我妈妈跟他妈妈都是上海人，都会裹馄饨，他爱吃干拌馄饨，我知道。

晚上放学的时候，我发现饭盒原封不动被放回我的课桌里，一个馄饨也没少。

我一点也不气馁，第二天继续给他带。

粢饭、生煎、青团、排骨年糕、素包子、八宝饭、锅贴、虾饺、豆沙包……我想总有一样他会吃的吧。

我妈那时候觉得我们学校食堂很差劲，所以换着花样给我做各种点心找补。

我偷偷把这些点心都放进苏悦生的课桌里，可是他仍旧原封不动地将我的饭盒还到我的课桌里。

大约过了一两个月，班上有个调皮的男生江世俊发现了我的秘密。那天上完体育课，趁着教室里没人，我把饭盒放进苏悦生课桌里，突然江世俊就冲进来，一把就将那饭盒掀出来，起哄叫嚷：“哦哦！爱心便当！哦哦！好有爱——心！”

他怪腔怪调拖长了声音，我又气又窘，想要夺回饭盒，但他伸长了胳膊，我根本就够不着。全班男生都涌进教室，他们哈哈大笑还朝我吹口哨，我急得眼泪都快掉下来了。这时候苏悦生回来了，他一看这情况，二话没说，上去就将饭盒夺回来。江世俊还在嚷嚷：“哟！挺维护你小媳妇的！”苏悦生一拳就打在他脸上。

教室里顿时一片大乱，他们两个人扭打在地上，劝架的人怎么也分不开，最后班主任赶来了，问他们为什么打架，苏悦生还是一声不吭。最后是江世俊哼哼了半天，才撒谎说：“上体育课的时候他没把球传给我。”

班主任狠狠地批评了他们，鸡毛蒜皮的事情竟然打架，罚写检讨，罚做整个清洁区的卫生，还要请家长。

苏悦生的家长没有来，班主任也没说什么。都知道他家情况特殊，他妈妈刚走，他爸爸满世界地飞来飞去，忙得很。

江世俊的鼻梁上贴着橡皮膏，一直贴了好长时间，但他和苏悦生奇迹般地变成了朋友。下课的时候还经常像小狗似的哈着苏悦生去玩，苏悦生照旧不搭理他，但全班男生都不再作弄我，他们都待我挺客气。

我也不知道这是什么状况，过了多年之后，江世俊说起这件事，满是自嘲：“其实当年你长得漂亮成绩又好，是全班男生心目中的女神啊，女神怎么能天天给苏悦生带盒饭，我们那是嫉妒，嫉妒你懂吗？”

我只好笑了笑。

江世俊说：“我可真服了苏悦生，你给他带了那么久的盒饭，他竟然丝毫不为所动，铁石心肠！不开窍！”

苏悦生进大学后，跟变了个人似的。他父亲生意越做越大，富甲一方，并且再婚，又生了个女儿。苏悦生把日子过得跟公子哥似的，五花马，千金裘，呼儿将出换美酒。我看他成天换女朋友，每次跟我吃饭，带来的姑娘都不一样。

每当他烦了某个姑娘，就会带来跟我吃饭，向那姑娘介绍我说：“这是我正牌女朋友。”

小姑娘们一听到他这样说通常都哭哭啼啼，掩面而去。

我时常劝他：“作孽作多了，小心报应啊！”

他毫不在乎：“反正我这辈子是不打算结婚了，就这样吧。”

他父母当年的事我也听说过一点儿，所以他才这么不待见婚姻吧。

没过多久，我听说他那个继母生的小妹妹因为先天性疾病夭折了。他父亲分外痛心，继母产后抑郁，将女儿的夭折当成是被苏悦生害死的，一见了他就歇斯底里。

有好长一段时间，他都不出门。我去找他，他一个人躲在家里看录像带。都是小时候他妈妈替他拍的，屏幕上的他还在蹒跚学步，圆乎乎胖头胖脑的娃娃，朝着拍摄的方向伸开双臂，牙牙学语地叫：“姆妈……”

我看他没喝酒，也很清醒的样子，就劝他出去走走，散散心。

他淡淡地说：“伤心又不是散得走的。”

放映室里窗帘密闭四合，只有屏幕上一点光，照见他瘦削的脸。我突然觉得以往那么强大的他就像缩到很小很小，小到录像里那么小，是个非常可怜的宝宝，却没有人伸出双臂抱一抱他。

在这一刹那，我大概明白过来，原来我是爱他的。不知不觉，不动声色，就爱了这么多年。

可是这种爱无法言说，因为我知道自己一开口，就跟他再也不能做朋友。

那就这样吧，他游戏人间，我冷眼旁观。

等待是个很残酷的词，谁知道会等来什么样的结果呢？或许会变好，或许会变坏。但“暗恋”这两个字甜蜜又苦涩，它和等待一样，一旦有了结果，就会烟消云散。

有时候我会忐忑不安，但我觉得，总有一天他会玩得累了，会歇下来。这时候他或许觉得，我才是他最后真正的港湾。

我终于等到那一天，他回到北京来，约了我吃饭，却一直在走神，也不知道在想什么。

最后他终于说："陆敏，不如我们凑合一下得了。"

他不知道，我等这句话等了二十多年。

他也不知道他说的凑合，其实是我一直以来可望而不可即的幸福。

但我也知道，这幸福脆弱而不可知，我很小心地问他发生什么事，他说："没什么，就是烦了。"

一个男人从不肯结婚，到决定跟一个自己并不爱的人结婚，这中间一定是有个女人改变了他。

我知道这个女人并不是我。

但我决定赌一把，因为我知道，这是最后的机会。他终于真的爱上一个人，这个人或许不爱他，或许并不适合他，或许已经离开他，所以他才会来对我说这样的话。

我同意订婚，两家家长很高兴，开始着手准备。我知道苏悦生最不耐烦仪式，但也知道长辈们的想法跟我们不同，他们看重的是"苏陆联姻"，所以拟了特别长的宾客名单，请了公关公司做特别盛大的典礼。我心想再这么下去，苏悦生怕是要被闹烦了。

但苏悦生难得挺配合，我想他是真伤了心，所以认真专注地演这场戏，给所有人看，给他自己看。

但是有一天，他突然对我说对不起，想要解除婚约。

我心里一冷，突然就明白，他遇见的那个人一定是回来了。

我若无其事地笑着说："可以啊，但你得把那姑娘带来给我看看。"

他考虑了片刻，答应了我的要求。

见了面我很失望，这姑娘我其实见过一次。有一次我跟苏悦生开车出去，有台车子坏在前边堵住了路，一个很年轻的女孩子在跟交警说话，苏悦生下车就去替她挪车了。

那时候我以为是他某个普通女友，因为那女孩子长得很漂亮，他选女朋友，首先要漂亮。但除了那张脸，一瞥之下，我觉得那女孩儿没什么别的优点，气质也一般般，还有点傻乎乎的。

这一次真正的见面我很失态，我装作很高兴的样子，说了太多话，苏悦生都看了我好几眼，他大约也觉察到我的反常。我觉得我演砸了，但就是控制不了自己。

他们一走，我就哭了。

从小我就好强，成绩最好，家世最好，那么多男生追我，长大后还是那么多男人追我。但我偏偏只喜欢苏悦生。

我妈怕解除婚约这事让我塌了面子，劝我出国去散心。

我嘴上说得轻描淡写："多大点事啊，我正好也不想嫁他，都是你们赶鸭子上架。”

心里忽然就明白了，很多年前，苏悦生说：“伤心又不是散得走的。”

是真的，真正的伤心是哪里也不想去，不想动弹，就像整个人都被掏空了，只余躯壳。灵魂都没有了，躯壳在哪里又有什么重要。

苏悦生很怜惜他的小女朋友，总觉得她笨笨的，傻傻的，需要人保护。

苏悦生却总觉得我像《倚天屠龙记》中的赵敏，精明厉害，又有脾气。

我说：“我才不像赵敏呢，喜欢张无忌那种人，品味差，傻到家。”

你看，我爱一个人二十多年却说不出口，更是傻到了家。

苏悦生跟他的小女朋友终于要结婚了，他托我找人去给他办结婚证，因为小女朋友还不够领证的年龄。

我说：“这么急不可待啊？”

他说：“等你真的遇见那个人，就会明白，实在是一秒也不能等。”

我没有办法对他说，我早就遇见了那个人，那个人却爱上了别人。

我实在不懂苏悦生看上她哪一点，也许她就是给他下了降头。我输了，输得一塌糊涂，输得实在是不服气。

二十多年，我一直安静地待在离他不远的地方，他却选了别人。

二十多年，我从来没有在任何方面输给任何一个人，不论是家世、成绩、容貌……旁人都是我的手下败将。我却输给一个样样都不如我的女人。

我知道他家里一定会反对他这个小女朋友，因为我打听过了，那女孩子出身并不好，还是单亲家庭，她妈妈的名声更是一塌糊涂。

我不动声色，将苏悦生找我帮忙办结婚证的事情有意无意透露给苏家的人。我知道有人一定会去多嘴，告诉苏悦生的父亲。

而他一定会阻止苏悦生娶这样一个女人。

果然苏悦生跟家里翻脸，闹得天翻地覆。到最后不知怎么的，他突然屈服，离开了那个女人。

我找到他的时候，他一个人住在北海道。茫茫大雪，他就坐在和式的屋檐下看雪，就着一瓶烧酒，在吃章鱼。

我看他还在吃东西，不由得松了口气。我还以为他会死去活来，能吃东西，说明其实也没什么大不了。

可是他吃完了章鱼，把酒喝干了，连理都没理我，就跑到屋子里睡觉去了。

我在那里待了三天，他才跟我说了一句话，是问我："你几时走？"

我担心他知道是我泄露了消息，但这事情也不能怪我。就算我不说，以他父亲的能耐，迟早会知道。我表现得很镇定，说："我只是来看看你，你能照顾自己我就放心了。"

然后我就当着他的面打电话订机票。

他情绪和缓了一些，等我打完电话，还对我说对不起。他整个人状态有点迷糊似的，连说话都是喃喃的：“我最近脾气不好，你不要见怪。”

他每天还是按时吃饭睡觉，但最常做的事是坐在屋檐下看雪，一看就是一整天，冻得脚都肿了还不肯进屋子避寒。

我觉得他又回到某一年的那个状态，仿佛躲在整个世界之外，游魂一般。

有时候他跟没事人一样，还做火锅招待我。我问他：“怎么想起来跑到这里买房子？”

他说：“种向日葵。”

过了一会儿，他仿佛非常惋惜：“这里的树都不够大。”

那个女人真是有办法，这么短暂的时光，她已经将苏悦生所有的一切都摧毁了，现在活着的，不过是个孤魂野鬼。

我打电话给苏悦生的父亲，他也非常担心苏悦生的状态。最后我小心地说服苏悦生跟我一起回国。在飞机上他睡着了，像个乖宝宝，盖着毛毯，睡得特别香。

他的睫毛很长，睡着的时候都像两弯小扇子。我从来没有在这么近的距离看到他的睡颜，他呼吸的声音均匀，可是很浅。我撑着手肘看了好久，却不敢伸手去碰一碰他的脸。最后我轻轻地替他拉齐了毛毯，也许，我能做的只有这些。

回国后他住了很长一段时间的医院，胰腺炎，也不知道他成天吃什么吃出来的毛病。我每天都去看他，他恢复得很快，表面上跟从前没什么不同。见了我，还跟我开玩笑："有没有找到新的男朋友？"

我第一次鼓起勇气，很认真地问他："要不我们凑合一下得了？"

他说："不啦，我就别祸害你了。"

他说这话的时候笑嘻嘻的，我不由自主也跟着笑，好像我们俩都在开玩笑似的。其实我知道，他和我心底都在流眼泪。只不过，他是为了另一个人，我却是为了他。

程子慧来找我的时候，我其实并不想搭理她。

但她用一句话打动了我，她说："他确实是爱别人，但别人只会伤害他，只有你能够治愈他。"

程子慧就是个疯子，却有着疯狂的机智。而苏悦生需要人照顾，我担心他又在继母手里吃亏。程子慧会做出什么事来，我真防不到。所以我时时刻刻总是和苏悦生在一起，我想有我在，程子慧就算疯，也得有点忌惮。

我知道她是防着那个邹七巧回来找苏悦生，但说实话，我实在对邹七巧没有好感。小丫头乳臭未干，却折腾得苏悦生死去活来，最后还为了她搞成现在这样子。而她若无其事，一走了之。

我跟苏悦生在一起待久了，他总嫌我烦："你又不是没有事做，为什么成天看着我。"

“我就是陪陪你。”

“怕我想不开啊，我想不开的话早就死了。”他说，“你知道吗，北海道有个酒店就在山上，正对着太平洋，一跳下去，冰冷刺骨，任何人在那种海水中都坚持不到三分钟，一了百了。”

他说得轻描淡写，我听得心惊胆战。

我知道他一定是这么想过，才会随口就说出来。

我脱口问：“值得吗？”

他看了我一眼，我突然就心虚了。

我很认真地想，如果某一天他突然真的不在了，我会不会跑到北海道去，找到那家酒店，从天台上跳下去，跳进冰冷刺骨的太平洋。

不不！这种事是绝对不会发生的，光想一想我就浑身冒寒气。

我不能想象这个世界没有苏悦生。

最后邹七巧真的回来了，她来找苏悦生。看到她的第一眼，我突然明白过来，其实她也是爱着苏悦生的，因为她的眼神那样深情而绝望。

他们在屋子里吵架，说是吵架，不如说是因为绝望所以伤害对方。我从来没有觉得自己这么多余。最后我安静地避开，把地方让给他们，他们并没有争执太久，她就驾车离开了。苏悦生开着另一辆车追出去，我终于觉得不对，也开车跟出去。

我想我永远不会忘记那天晚上发生的事，七巧的车撞在树上，苏悦生抱着满脸鲜血的七巧，就像疯子一样。我打了急救电话，又拼命想让苏悦生将七巧放下来，因为她有可能伤到颈椎，这样抱着她不行。但他死也不放手，我觉得完了，如果七巧死了，他也真的会死的，死在冰冷刺骨的太平洋里，悄无声息，永远离去。

我觉得自己做错很多事，包括那个夜晚，如果我不在苏悦生身边，也许他们不会吵得那样厉害。也许我不告诉苏家人结婚证的事，他们就不会那么快被迫分开。

这世间有一个人，会比你自己的性命还要重要。我明明知道，却想要让他舍弃比他性命更重要的东西。

我错了，错得厉害，错得离谱。

七巧住在医院里，情况危急。苏悦生还没有崩溃，因为她还维系着一线生机。我把结婚证交给他。他接过去看了看，话语里满是遗憾："也许用不上了。"

我捂着嘴哭起来，他反倒安慰我："别哭啊，我现在就只能相信你了。要是她死了，你可千万记得，把我们俩埋一块儿。我们家的人肯定不会答应，也只有你能办到了。"

我站在医院走廊里号啕大哭，二十余年的人生里，我从来没有这样失态过。从小我妈妈就教育我，好女孩儿不能失态，随时随地，要一丝不苟，就算再难受，也要等到回家之后再掉眼泪。

而我就像个被抛弃的孩子，站在那里号啕大哭。

我知道我已经失掉整个世界。

那一刻我终于决定放手，不是我的，得不到，那么我爱的人，应该拥有他爱的人。

大约是我这次失态的痛哭终于让苏悦生明白，或者是从前他一直都明白，只是装作不明白。

在七巧情况稳定之后，他带我去加拿大。他在那里买下了大片森林，还有一幢房子。在森林的另一边是大片开阔的土地，种满了金灿灿的向日葵。

我第一次看到那片金灿灿向日葵海洋的时候，整个人都惊呆了。从直升机上俯瞰，那些向日葵被种成巨大的双心图案，被深藏在森林的包围中。我从来没想过，苏悦生还会这样浪漫。

他说："你看，这是我为她种的。陆敏，你值得更好的，一定也会有个人愿意为你种更多的花，愿意为你做更多的事。那才不辜负你。"

这是我听过的最动人的拒绝。

在返回的途中，我真诚地对他说："我会找到这样一个人。"

这样，才不枉我这一生。

外传
人生经历一言难尽

姓名：邹七巧

绰号：邹小姐

爱好：看美人

人生经历：一言难尽。

人生感想：从前言情小说里头只有女主带球跑，谁知道后妈笔下还有男主带娃跑。突然多出个老公还多出个儿子，突然就从邹小姐变成拖家带口的苏太太，真是人生处处有惊喜啊！

姓名：苏悦生

绰号：苏先生

爱好：不说

人生经历：一言难尽。

人生感想：其实最开始操纵我和七巧命运的后妈想的根本不是大

团圆吧，不然前面能写成那样别扭？幸好后来她突然就想开了。

姓名：苏澟

乳名：小灿

爱好：找妈妈

人生经历：一言难尽。

人生感想：不好意思我的名字有点难记。澟字是按家族排行来的，据说我爸翻《康熙字典》翻了老半天才给我取了这个名字。我出生100天的时候，我爸请摄影师来家里给我拍百日照，结果我睡着了，怎么整我我也不醒。闭着眼睛可怎么拍照呢？后来我爸急了，拿着奶瓶轻轻拱我的嘴，想用吃的把我哄醒，结果我还是没醒，仍旧闭着眼睛，不过在睡梦中舔了舔奶瓶咧开嘴笑得好灿烂，于是我就有了个乳名叫小灿，灿烂的灿。

我们家的悲剧吧，主要是我爸造成的。你说他这个死心眼，我妈说她忘了就千万别再告诉她，他就真闷着不说啊？后来我想想，觉得他是有私心的，你看他后来那么些年里，还换了那么多女朋友，我才不相信他跟那些女朋友只是拉拉小手散散步什么的，我要是我妈，早就翻脸走人了。是真男人就得守身如玉！

我爸我妈那结婚证也不知道是真的还是假的，反正我妈看上去厉害，其实有点笨，要是我，我非得说那结婚证是假的，我爸想结婚啊，就得重新追求她一次。不就是在树底下埋点儿东西，就搞定我妈了，我妈真是一如既往地年轻不懂事啊！你们说将来可怎么办哪……比摊上一个不懂事的爹更惨的，就是摊上一个不懂事的妈……

咳，说起我妈这人吧，还真有点迷糊。自从知道我是她儿子，她就母性大发，彻底愧疚了。成天念叨我从小没在她身边，动不动就觉得我可怜，以为没妈的孩子像根草。我都不忍心告诉她，小时候我爸可惯着我了，我作为一个富三代，根本！就！没有！吃过苦！而且虽然我是草，但长得帅，人家其实是学校的校草啦，太多女孩子喜欢我了。我妈听见我这么一说，立刻跑到学校去看我们放学，接我回家的路上还问我："喜欢你的是洋妞多，还是华裔多？"

我真懒得理她，她又忧心忡忡："你不会喜欢那个韩国来的金允慧吧？她妈妈可是女明星，摊上个娱乐圈的岳母，你将来要做公众人物怎么办？"

拜托！金允慧只是暗恋我！我对她没感觉好不好？

而且金允慧的妈妈真的很漂亮！难得没有整容，看金允慧长得特别像她妈妈就知道。

我妈听我这么一说，彻底神经过敏了，第二天早上我在楼梯上，听到她在楼下问我爸："我要不要去整个容？省得儿子未来的丈母娘嫌弃我？"

还是我爸有办法，他什么都没说，搂住我妈的肩膀，然后“叭”一声狠狠亲了我妈一下，然后我妈就红着脸啥话也不说了，也不提整容的事了。

唉！Frailty，thy name is woman！

说我妈脆弱吧，她还真脆弱，但她有时候刚强起来，也真是刚强。比如那回暴风雪我们被救了，我爸被直升机送到医院里，马上要动紧急手术。医生说风险比较大，连律师都赶来了，就我妈敢力排众议签字手术。

我爸进手术室之前，我妈说你要敢死，别人可就花你的钱睡你的老婆打你的儿子了。都不忌讳我还在旁边站着呢！什么叫别人花我爸的钱？我爸的钱都有律师看着呢！

至于我爸的老婆——妈你那会儿还不知道你跟我爸是有结婚证的好吗？

至于打我爸的儿子！妈你敢给我找后爸我也敢跟他对打！

总之把我给郁闷的！我也不知道我爸听见没有，不过后来手术成功，我妈也不提这话了。

我想我是这世上少有的，可以亲自出席父母婚礼的孩子。

不过他们的婚礼挺简单的，就是个普通的仪式，赵昀叔叔给他们当证婚人，我和金允慧给他们当花童。亲朋好友一共才十几个人，不过大家好像都挺激动，我妈在婚礼上哭得稀里哗啦，赵叔叔搞得像嫁妹妹似的，最后他跟我爸都喝醉了。我爸还问他：“你是不是暗恋我老婆啊？”

这叫什么话？我要是赵叔叔，就往我爸脸上揍一拳了！幸好赵叔叔很淡定，说：“全天下只有你这样的白痴才会觉得你老婆好。”

唉，我知道赵昀叔叔的伤心事，他喜欢的那个阿姨我见过照片，长得比我妈漂亮多了。

关于我妈长得漂不漂亮这件事，真是见仁见智。我爸是真的觉得我妈长得好看！他都换过那么多女朋友了，就只喜欢我妈。

记得我三四岁的时候，我爸端详我半天，忽然说：“为什么越长越像我了？”

我是你亲生儿子好不好？不长得像你还能像谁？

气得我！

别以为我年纪小就不会计较这种没头脑的话！气得我三天没理他。

后来我爸说，他希望我长得像妈妈。因为儿子长得像妈妈，遗传学上会更聪明。

得啦，别用遗传学哄我了，你不就是因为爱我妈所以巴不得我长得像她好铁证如山我就是你们俩的爱情结晶吗？

唉，男人幼稚起来，比女人更可怕。

我妈在四川出车祸的时候，我爸紧张死了，飞到北美来带我回国，还哄我说有要紧事得回国内办，就怕我妈真出事了我赶不上看她最后一眼。后来我妈转危为安，我爸也不紧张了，把我扔给赵叔叔，自己跑去医院偷偷看我妈。

白痴！

叫我说什么好呢？

我妈虽然大难不死，但你还是把我藏起来，究竟几个意思啊？

幼稚！

但我爸再幼稚也比不上我妈。我妈看上去挺精明的，有时候简直就是三岁小朋友。比如我过生日，她提前三天就折腾起来，用各种材料煮什么鲍鱼，最后把那只鲍鱼藏在面碗底下，端上来给我吃，还一脸期待地看着我。

唉，她不知道我爸每年都煮给我吃吗？

唉，她不知道她煮得比我爸煮得难吃多了吗？

唉，难为我还要装作特别惊喜地吃到鲍鱼，然后听她讲我是她心里的宝。

唉，难吃得我眼泪都快流出来了，只好仰起脸泪花闪闪地扮感动：“妈你煮得真好吃！”

反正再难吃也一年就这么一次，就哄哄我妈高兴好了。

不过我爸挺感激我的配合，所以等我不动声色地演完感动大戏，他就宣布给我买卡丁车当生日礼物。

还是我爸比较了解我。

令人愤慨的是卡丁车买回来，后院跑道修好了，我爸载着我妈开着卡丁车玩得大呼小叫，我在旁边眼巴巴地看着他们玩了一圈又一圈，就不让我玩一下，原因是我功课没做完。

以前都是保姆管我做作业，现在变成我妈管我做作业，她可比保姆厉害多了。

每次我被她气到，总是反驳她："我以前的保姆是儿童心理学博士！"

我妈总是一句话扔过来："我是你妈。"

好吧，看在她生我一场的分上，我不跟她计较。

我妈每次都是痛心疾首地教训我："你一个富三代不好好学习，将来怎么办？"

我故意气她："每天就挥霍啊！挥金如土！"

"那你钱也得花得出去，花得有品味吧？"

"我爸我妈品味都这么糟，我的品味怎么能好呢？"

"你爸的品味也不算糟，你总要比他进步一点！"

我都懒得说金允慧的妈妈有多么温柔了。

我怕刺激得我妈真以为我要找个韩国女朋友。

但有爸爸妈妈还是很幸福，我一直担心毕业的时候我爸还孤孤单单去参加我的毕业典礼。现在好啦，他们一定会一起在台下看我和同学们一块儿唱校歌！

哎，我妈怀孕了，我爸现在又神经过敏了，他希望有个小妹妹，但B超结果还看不出来男女，于是他成天发愁：“万一再生个儿子怎么办？”

说得好像他一点也不爱我似的！

外传
可不可以不勇敢

那一年夏天的时候，我决定离开北海道，回国生活。那时候日本的互联网比国内发达许多，已经有人尝试在网上出售不动产。我也把不动产出售的消息放到了网上，在写出售信息的时候，也许是脑子发热，我有意无意地加了一句话：“中国人优先。”

不动产出售的消息放在网上许久，一直没有人联络我。日本那时候经济萧条，我的房子在北海道很偏僻的乡下，乏人问津，日本人都不想买，更别说中国人了。

终于有人给我打电话问起这处房产，对方竟然说着一口略带京腔的普通话。这几年来我难得说中文，好半天才捋直了自己的舌头，交谈了片刻，他似乎很有兴趣的样子，说希望能来看看。

我说欢迎。

没过一天，他就从中国飞到札幌，然后直接搭了出租车过来。

一见面，他愣了一下，我也愣了一下，觉得他有几分眼熟。还是他先认出我，问：“你是赵昀吧？”

我点头，我终于想起来这个人是谁，他是我的大学同学，但我们不同班，也不同系，所以只见过面，没说过话。大学里我在学生会，跟不少人都熟。

我终于叫出他的名字：“苏悦生。”

他朝我露出个微笑，但这笑容很快就没有了。我觉得他有心事，但他乡遇故知还是挺高兴，又是大学同学。我去买了酒，回来做了日式的寿喜烧，跟他一块儿喝酒。

酒一喝上，气氛自然又不一样了。我们聊了聊大学那会儿的傻事，然后又说了说还在联络的那些同学们。最后他问我：“你怎么跑到这儿来了？”

“说来也就话长了。”我把酒杯搁下，“你呢？你怎么跑到这儿来买房子？”

“说来也话长。”他把杯子里的酒慢慢喝完，说，“不提不开心的事了，讲点高兴的。对了，你们家不是刚在南美买了矿山吗？都上新闻了，你是不是打算过去帮忙？”

我吃了块牛肉，说：“跟老头子赌气，不跟他说话都有一年多了。帮什么忙，他那摊子破事我是不管了。”

苏悦生说：“为什么啊？你要不管，岂不便宜了别人？”

我是长子，继母生了两个弟弟，继母将我视作眼中钉肉中刺，恨不得将我赶出家门才好。我们家的事苏悦生都知道，他家里也是差不多的情形，反正糟心。

我告诉苏悦生：“我认识了一个姑娘，老头子棒打鸳鸯，把我们俩给拆散了。一赌气，我就跑到日本来了。”

没想到苏悦生竟然哈哈大笑，笑得连眼泪都出来了，大约看我有点生气，他连忙举起酒杯，说：“同是天涯沦落人！干了！”

没想到他也遇到这样的破事，我们俩端起酒杯走了一个。

喝干了杯中酒，我拿起酒瓶又替他斟上：“你也被拆散了？”

“比拆散还惨呢。”他语气里有无限凄凉，“老头子把我叫去，跟我说那是我妹妹，同父异母。”

我倒抽了一口凉气。他喝干了杯中酒，问我：“我这是没治啦，你呢？怎么宁可赌气都不去挽回？”

“她嫁给别人了。”

苏悦生愣了一下，拿起酒瓶替我斟上酒，一时竟无语。

我们俩那天喝了太多，倒在榻榻米上就睡着了，睡到半夜我口渴，爬起来喝水，苏悦生坐在外头房檐下，也不知道在发什么愣。北海道空气好，漫天都是星星。我拿着水瓶晃出去给他，他接过去一口气就喝了半瓶。

夜深人静，不知道哪里有小虫唧唧叫着，这时节别的地方都是夏天，北海道的花却正好，是春天的时气。晚风吹来却有秋意似的，萧萧瑟瑟。

苏悦生问我：“你怎么能忍她嫁给别人？”

我说：“不能忍又怎么样，又不能去杀人。”

我们两个坐在漆黑的夜里喝着白开水，一杯接一杯，长夜漫漫，真是难以忍耐的寂静。最要命的是，知道天会亮，天会蓝，云会白，花会开，花会谢，时间会过去，而希望却永远不会再来。

最后我以很便宜的价格将房子卖给苏悦生，他说他要在这儿待一阵子，种向日葵。

我不知道他为什么要种向日葵，但估计跟要了他半条命的那个妹妹有关吧，反正他不说我也不问。

收拾好行李，订好机票，临行前想了想，我还是跟苏悦生说：“北海道的海水，即使是夏天也是冰冷的。据说普通人跳进去，就算是会游泳也坚持不了几分钟，会因体温过低失去知觉沉入海底。我以前也想过太难熬了，是不是跳进太平洋，从此一了百了，无忧无虑。可是后来我想明白了，我要是真死了，就跟她不在同一个世界里了。你说最后就剩我和她还都活着，同在一个地球上这点奢望了，干吗还要自己把这点奢望给掐了？”

苏悦生点了点头，我知道他是听进去了。

因为这层缘故，我回国内之后也一直跟他保持联络。反正伤心人对伤心人，也不提那些伤心事，就随便聊几句，我知道他后来又去加拿大买了地，还种向日葵。

看来那个妹妹真是要了他的命了。

再后来，好长时间我都挺忙的，偶尔给他电话，他也忙，似乎家里什么重要的人病了，总在医院里，不方便讲电话。直到有天他突然找我，让我回去喝酒，说是要给孩子做百岁。我们北方的风俗，孩子满一百天要做百岁，遍邀亲友，以望孩子长寿。我大惊失色，连忙飞回去，见了面才知道，他还真有了一个儿子。

孩子长得不错，胖乎乎被裹在襁褓里，他抱着儿子，脸上终于有了几分喜色。

我都不好问孩子谁生的，孩子妈在哪儿，怎么不见人。

最后还是他自己跟我说："妹妹不是我妹妹，所以孩子生了。"

我都跟着开心："这还不好！全解决了！"

他眉宇间的愁色又回来了："孩子妈还在医院里，没醒呢。"

我宽慰他："医学这么发达，哪有治不了的病。"

又过了好几个月，苏悦生带孩子来看我，跟我说："孩子妈醒了，什么都不记得了。"

我愣了一下，说："那不正好，重新开始。"

苏悦生却摇了摇头。我不知道从前发生过什么事，但他满是倦容："太累了，她要是不记得我，就算了吧。你不知道，从前她最后的一个愿望，是要永远忘记我。"

我叹了口气，每个人都有自己的伤心事。从前苏悦生问我，怎么能忍受所爱的人嫁给别人。就是因为我不愿意看着她再痛苦，如果她觉得那样更好，可以将我遗忘得更彻底，那么就那样吧。

走掉的人或许永远不知道，留在原地的那个人才是最痛苦的。因为他不肯放弃回忆，而回忆只会让人深陷在过去，却永远回不到过去。

小灿一天天长大，他学会的第一个词是“爸爸”。

苏悦生疼他到心尖子里，每天抱着他不肯放，洗澡哄睡觉，亲力亲为。

也是那时候，我第一次见到邹七巧。

她出院已经差不多大半年，比照片上胖了一些，还能看出原来明媚鲜妍的底子，但是毕竟是大病初愈，总有几分憔悴的样子。

她对任何人都似乎没什么戒心，苏悦生说什么就是什么。苏悦生说我是他的好朋友，她就笑嘻嘻地招待我。

她做人其实挺周到，爽朗又大方。

送我出门的时候，苏悦生对我说：“这样岂不也好？”

我点了点头，这样也好。如果她记起从前的事，也许会突然离去，也许就会觉得累得不愿意再继续。

苏悦生已经不愿意再冒一点点风险，他愿意在这样偷来的幸福里短暂地喘息。

那天我一直把车开到海边，落日正徐徐降入海面，波浪涌起，扑上沙滩。

我爱的人离我不过一百多公里，我却不能去看她。

也不是不能，就是自己没勇气罢了。

忽然就明白苏悦生为什么不肯告诉邹七巧，自己是她曾经深爱过的人。也不是不肯，就是没有勇气罢了。

不过日子长了，慢慢过着，总有一天他会说的吧，总不能就这样让孩子一直没有妈妈。而日子长了，总有一天她会想起来的吧，总不至于这样真的忘了一辈子。

而且，从前我爱的那个人说过一句话，她说："真正相爱的人，即使失散在人海，即使真的忘记了对方，一旦他们重逢，他们仍旧会再次爱上对方的。"

所以我才能日久天长地等下去，等着一个渺茫不可及的希望，等着某一个重逢的日子，也许，会有那么一天。

外传
十二月记

一月

北美又下了大雪。闷在屋子里哪儿也不能去，只好天天换着花样做吃的。幸好早先赵昀从国内给我们空投了花椒，终于凑齐了佐料可以煮火锅。晚来天欲雪，正好吃火锅。没想到我起油锅的时候，火警竟然响了。花椒都还没爆香呢，厨房天花板上已经哗哗地开始喷水，火警呜呜地叫，苏悦生穿着浴袍就冲下楼来，胳膊底下还夹着只穿着短裤的小灿。我一看到他们爷俩这副模样就乐了，笑得不可开交。苏悦生看我安然无事地站在厨房里，才知道是起油锅引发了火警警报。他不知道为什么板着脸说：“过来！”

我把头摇得像拨浪鼓，凶巴巴的，我才不过去，一定又要骂我。上次我带小灿偷偷去开雪地摩托就被他好一顿教训，害得我在儿子面前失面子，几天都抬不起头来。

他放下小灿，不知道从哪里抽了条大毛巾，走过来往我身上一裹，就将我拖出了厨房："淋得像落汤鸡，还呆呆站在那里不过来，傻啊？"

我这才想起来："哎呀我的花椒！"

"还管什么花椒！上楼洗澡把衣服换了！"

"那是赵昀从国内托人捎来的。"

不知道为什么，苏悦生一听到赵昀的名字就有点不高兴，也不知道吃错什么药。他说："明天开车去华人超市买！"

"华人超市买的不是这个味。"

"花椒还能有什么味啊？"

唉，怎么能向他解释清楚某一种特定的青花椒对我们四川人的重要性。

算了，只能托赵昀再捎了。

二月

北美还是在下雪，我跟小灿都迷上了雪地摩托，每天都非得开着它出去兜一圈。

左边第三家邻居是个白人，我英文烂，每次都是小灿跟他说话打招呼，我只是在旁边微笑。邻居大叔人挺好的，有时候会驾自己的雪橇出来跟小灿玩儿。

今天他送了小灿一块鹿肉，据小灿说因为大叔有打猎证，所以可以进森林打猎，猎到鹿了吃不完，所以送给我们一份。

我向他道谢，他又送了我一瓶酒。我推辞不肯要，他硬塞进我手里，同时还塞给我一张小纸条。

我觉得莫名其妙，回家打开纸条一看，竟然是含情脉脉的约会邀请。虽然我英文不好，但这么几句简单的句子，我还是看得懂的。

原来这位大叔把我当成小灿的新保姆了，以为我是单身，见过我几次，就被我的东方美给迷住了，他又听说东方人很含蓄，所以没有当面表白，写了小纸条诉衷肠。

苏悦生对这事嗤之以鼻。

第二天却特意拖着我，带了红酒和火腿去给邻居还礼，郑重地向他介绍："这是我的太太。"

邻居大叔很窘迫，我只好站在一旁笑眯眯。

回来后我批评苏悦生太小家子气，哪怕过阵子再说也没有这么尴尬啊。

他说："被人觊觎不可忍！"

哼，只许州官放火，不许百姓点灯。以前那么多人觊觎他，我还不是忍了。

三月

北美倒是没有下雪了，可是积雪一点儿也没融化。

苏悦生的腰围长了两寸，好多裤子都穿不得了。北美没什么吃的，每天一到餐桌上，小灿就皱眉头。他爹跟他一个德性，我煮饭的手艺又只能说将就，材料又少，巧妇都难为无米之炊。

吃的时候苏悦生虽然不抱怨，但也没觉得他吃得有多香，但他怎么能长胖这么多！腰都长了两寸啊！两寸！

我比画了一下，想想如果我腰围长两寸，只好不活了。

幸好男人胖一点儿，根本不明显，视觉上就觉得他壮了一些，也不难看。

开车进城去买菜，我就顺便钻进一家小店，给苏悦生买了两条牛仔裤。晚上回家的时候他看到了，说：“这是什么东西，难看死了！”

“牛仔裤啊！”我说，“你不是好些裤子都穿不得了，先将就将就，回头再去买新的。”

他正装都在英国订，据说都是手工裁缝慢工细活地做，做一件就得大半年。但这会儿上哪儿找英国裁缝慢工细活去？

他说：“难看死了，反正我不穿！”

不穿就不穿，我也没搭理他。

过了两天，看他穿着那裤子带孩子出去砍树。

我吹了声口哨，指了指他的腿。

他“哼”了一声。

知道怎么样才能让一个男人穿他不愿意穿的衣服吗？

叫他睡两天书房就够了。

他坚持不到第三天的。

四月

阳光明媚。

还是国内的春天来得早，迎春花一开开一整条街，像瀑布似的。路两旁还有桃花与李花。玉兰花已经开过了，只有尾声余韵般的一两朵，像酒杯的盏，绽放在枝头。

很少这个季节到北京来，烟柳满皇都，天高云白，特别好看。

小灿对到北海里划船这件事，觉得索然无味。他坐在鸭子船上百无聊赖地弄着水，咕哝说："都没有天鹅可以喂……"

国内公园的湖里都不怎么兴养天鹅。倒是动物园里有，但动物园里的湖不让划船。

小灿实在不能理解，苏悦生和我为什么非要带他到北海里来划船。

最后还是苏悦生跟他说："小时候我最希望的事，就是爸爸妈妈带我来公园划船。"

小灿扭过头来，忽闪着大眼睛问我："那妈妈你呢？"

我笑着说："我小时候最希望的事，也是这个啊。"

小灿恍然大悟："哦，原来你那么早就认得我爸了，还天天想在公园里遇到他。妈，你暗恋我爸二十多年了？啧啧！太厉害了！"

我愤然反驳："谁说我小时候就认得他！暗恋他二十多年的，明明是别人！"

小灿朝苏悦生做了个鬼脸，说："看见没有，我妈还是挺在乎你的。"

我这才发觉上了这小鬼的当。

哼，没大没小，没轻没重。

五月

细雨绵绵。

江南一直在下雨，这时节是梅雨季，正是吃杨梅的时候，也正好泡杨梅酒。

全家人一齐动手，其实主要是我泡杨梅酒，那两个人负责吃杨梅。

我怕小灿吃太多杨梅伤到胃，所以他吃了一会儿，我就打发他去给我刷酒瓶。

小灿这一点习惯养成得很好，家务事他还是愿意做的，像北美长大的小孩，并不娇惯。

所以他老老实实去厨房刷酒瓶子了。

苏悦生看我拣杨梅，捂着腮帮子皱着眉。

我以为他牙疼，连忙问："怎么啦？"

"好像酸倒牙了。"

“是吗？没看你吃几个啊？”我选了一个杨梅，打算尝尝，“是不是特别酸？”

没想到他以迅雷不及掩耳之势突然抬起我的下巴，一手扣住我的后脑勺就给了我一个长吻。

这个吻好长好长，我都差点缓不过气来。

最后他轻轻挪开嘴唇，问我：“甜不甜？”

这个偷袭的小人。

用计偷袭的小人。

不过……

杨梅确实挺甜的。

六月

晴空万里。

西湖看腻了，又跑到西溪去。晚上的时候划船夜游，最有意思。

船行水上，远处另一条画舫上有歌吹，隐隐传来飘渺的歌声，隔得远，细细听，又像是昆曲，又像是越剧。

橹摇得越来越慢，歌吹的声音越来越远。苏悦生问我：“要不要追上去看看？”

我摇了摇头，说：“花开七分，情到一半。隐隐约约听歌弦，就是最美的时候。”

他倒是瞥了我一眼，说：“你还真不愧做过餐饮娱乐业，挺高明的。”

那当然，当年濯有莲也是非常高端的会所好不好！

不高端怎么伺候得了他们这班大爷。

不过濯有莲的生意已经转出去好久了，想起来还是蛮惆怅的。

不知道阿满与陈规现在怎么样。阿满找女朋友不难，陈规找有情人，还是挺难的。

苏悦生见我这样的表情，于是问我：“要不要哪天抽空回濯有莲看看？”

我摇摇头。

他说：“当年做这个会所，也就是觉得要给你一些事情做，不然好像你整个人空荡荡的，没着落似的。”

生命里的大段空白，被一些人和事填得满满当当，十年光阴，花亦是开到七分，情却浓到了十成。

我也知道，将来的人生不会再有空白，因为将来的人生里，已经有了更重要的人和事。

七月

晴空万里。

北京的夏天其实并不热，但小灿闹了一场热感冒。我也被传染，发烧，咳嗽，浑身乏力，原本想硬扛，最后还是去了医院，打针吃药。

在医院里遇见程子慧。

狭路相逢，她的眼睛里简直要飞出刀来。

我的第一个念头是，幸好没带小灿。他的感冒已经好得七七八八，医院里又满是传染源，我就没有带他来。

程子慧上来还没有说话，司机已经不声不响地挡在我面前。

我说："别挡了，她又不能拿我怎么样。"

说来也奇怪，见到程子慧我并不觉得害怕，也许是时日久了，已经看透她的伎俩；也许是明知道，她不过也就是个可怜的疯子。

程子慧说："别得意！苏悦生不会有好下场！你也不会有好下场！"

我怜悯地看着她，忽然就明白过来。只有心中没有爱的人才会这样胆怯，总担心失去。

恨一个人也需要力气。

我已经不打算再恨她。

八月

细雨绵绵。

北美的秋天非常美，叶子已经开始泛黄，森林里苔藓厚得像地毯一样。一下雨，长出一些蘑菇。

不知道能不能吃。

苏悦生听我这么说，立刻狠狠瞪了我一眼。大约真怕我一时嘴馋，误食毒蘑菇中毒。

唉，北美什么都好，就是吃得差了一些。虽然有华人超市，但到底比不上国内方便。

不过水果还不错，后院的桃子熟了，一棵树上结了几百个，树枝都被沉甸甸地压弯，垂到了地上。

每天吃桃子，大家都腻烦了，我只好开始做桃子果酱。

小灿说：“知道吗，人生最惆怅的是暑假一眨眼就过去了。”

我说：“你可以期待寒假啊！”

“圣诞节还那么遥远……”他十分沮丧。

我说：“比起国内的孩子你可幸福多了，国内的寒假可是过春节。”

小灿跑去用电脑查了农历，高兴地回来对我说：“是啊！圣诞节要比春节早两个月呢！”

苏悦生说：“来，我给你讲个故事，从前有一群猴子，每天早上吃三个桃，晚上吃四个桃。猴子们不干，嫌吃的桃少了。于是养猴子的人说，那么改成早上吃四个桃，晚上吃三个桃，于是猴子们就很高兴了！”

小灿说：“这不就是成语朝三暮四嘛，我懂的。不过天天吃桃，谁会高兴啊！”

于是无良的爹妈，捧腹大笑。

可怜不是在中文语境中长大的孩子，虽然懂成语，但还是没懂双关啊。

九月

天气晴朗。

开车穿越大半个美国，难得抛下孩子出来玩，又是自驾，本来很开心，但最后却成天惦记孩子。

我问苏悦生："小灿不知道吃不吃得惯新保姆做的饭。"

苏悦生说："我都给他请了个中国保姆了，有什么吃不惯的啊！"

"我还是不放心，我们赶紧回去吧！"

"今天上午你不是刚跟他通完电话，他不是说一切都很好，一点儿也不想你吗？"

我慢吞吞地说："那可不一定，这孩子像你，在这种事上最是口是心非。"

没想到苏悦生竟然脸红了。

开车又跑了百来公里，他说："我们还是回去吧。"

过轮渡的时候，我们俩在船甲板上看水鸟。

他说："那时候还真是挺想你的。"

我故意问："什么时候啊？"

他说："你不在我身边的时候。"

他很少这样直白地说话，我都不由得愣住了。

“以前我觉得，有些事不用说，做就行了。可是现在觉得，想一个人的时候，就应该说出来。”

我伸开双臂，他将我揽入怀里。湖风吹动我的鬓发，我却一点儿也不觉得冷。

真的。

十月

小雪霏霏。

早起看到下了第一场雪，小灿高兴坏了。穿了崭新的雪地靴，跑到雪地里去踩雪。

我在楼上都听得到他的笑声，像铃声一样清脆。

无忧无虑。

雪下得并不大，边下边融化，路上变得泥泞难行，苏悦生开车送他去学校，我留在家里熨衣服。

有些事虽然有帮佣，但我还是很乐意自己做。

比如熨衣服。

不过刚熨了两件就直犯恶心，也许是早餐的三明治吃坏了，我还是不怎么喜欢西式的早餐，尤其是冷的。但苏悦生吃三明治，我也就陪他吃了半块。

干呕了一阵，最后也没吐出什么东西。漱口之后歇了会儿，突然想起来去找验孕棒。

两道杠出现的时候，也不知道心里是什么样一种滋味，反正酸甜苦辣，一应俱全。苏悦生一进门，就看到我坐在壁炉边发呆。

他估计被吓着了：“怎么了？出什么事了？你的脸色怎么这么难看？”

我把两道杠递给他看，他看了足足有十几二十秒钟，这才反应过来。

他大叫一声就跑到门外去了，我纳闷地跟在后头，看着他在院子的雪地里，竟然连续两个侧手空翻，快活得像早上的小灿。

十一月

北美普降大雪。

我跟邻居辛普森太太学会了织毛线，于是立下宏图大志，给小灿织毛衣。不过毛衣也太难织了，还是简单点吧，于是变成了给小灿织围巾。

12磅羊绒线，织了好久，围巾还是短短的一截。

关键是苏悦生那个人很啰唆，稍微织得久一点儿，他就拦着不让。

外面成天下雪，又不能出去。每天除了看电视织毛线，还能干吗呢？

但他不能理解。

等到周日的时候他开车进城回来，我发现他给小灿买了一打羊绒围巾，各种颜色各种样式都有。

当然，比我织的好看多了，也软糯多了。

于是我愤怒了：“你究竟什么意思！”

他说：“别生气啊，围巾当然要织，不过你可以织给我。我一条羊绒围巾都没有！”

胡说！他衣柜里明明也有一打！

苏悦生说：“早就捐了，不信你去看，半条围巾都没有。所以你别急，慢慢织，我也不急着用。”

算了，孕妇没有力气跟他计较。

他这点小心眼儿，竟然连条围巾都要跟儿子争。

十二月

北美暴雪。

特别特别馋，就想吃水煮鱼。

苏悦生看我馋得都掉眼泪了，毅然借了朋友的私人飞机，带我和小灿飞回国内。

赵昀去机场接我们，开车带我们直奔川菜馆子，叫了两盆水煮鱼，告诉我：“本城最好的川菜师傅有两个，据说难分伯仲，所以我让他们一人做了一盆，你尝尝哪个好吃。”

结果我也没辜负大家的期待，把两盆水煮鱼都吃完了。

当然有点夸张，众人都有动筷子，我只是吃得比较多，大部分鱼肉都是被我吃掉的。

吃完可舒坦了，感激地对赵昀说：“不管生男生女，这娃一定认你当干爹！”

结果惹得苏悦生生了一场闲气，回酒店的路上一直数落我：“都不跟我商量一声，乱许愿！”

“认人家当个干爹怎么了？”

“为了两盆水煮鱼，你就把我们孩子给卖了！”

这话说得多难听啊！

我愤然反驳：“你还十年都不告诉我小灿的存在呢！这账怎么算？”

结果当然是苏悦生赔礼道歉，连绝招都使出来了，还没能哄得我开心。

哼，一辈子的把柄，哪有这么轻易算了的。

后记

写完《寻找爱情的邹小姐》的最后一稿，正在茫茫大海上，万顷碧波无边无际，早起本来是晴天，可是等我抬头望去，舷窗外已经是阴云密布，沉沉欲雨。

人生或许也就像一条船，你会在船上遇见很多人，有的人遇见也就只是遇见，有的人会与你度过很愉快的一段时光，有的人会陪你走完整个旅程。你不知道什么时候会有人中途下船，但最终靠岸之后，都是曲终人散。

好像有些伤感啊，但世事便是如此，无常而无情。

所以才要讲温暖的故事，像一盏烛光，在万古长夜中，照见自己，也照见相遇的人。

在这部小说还没有写完的时候，有一次专访，记者问起这部小说，我说还没有写完，想了一想又说，如果写完我一定会为它写一篇后记，因为它是我父亲离世之后，我写完的第一部长篇小说。

说完这句话，对着陌生人，我的眼泪就毫无预备地落了下来。

有些事情我们以为过去很久，久到终于可以平静地提起，但最后还是会失态，因为明明知道，失去就是失去，永远不会再来。

在父亲走后，很多很寻常的日子，总是会想到他。有一次天很蓝很蓝，我从武昌家中返回汉口去，看到很多很多的白云，也是那样毫无预备，就泪流满面。

我妈不再在我面前提起，你爸爸怎么怎么样。我也很少在她面前，再说起父亲。我们两个人，都担心对方太伤心，所以努力装作这件事情已经过去。

但这世间有很多事情，不是你清楚明白地接受现实，它就真的不再让你流泪。

《寻找爱情的邹小姐》的主题词是寻觅，这部书的写作过程也非常痛苦，中间我一度崩溃，觉得自己无法再从事写作，陆陆续续休息了长达半年之后，我终于还是写完了这个故事。我对朋友说，这个故事不仅是邹小姐寻找爱情的过程，它的写作过程，其实是我寻回自己的过程。

不是我们长大了，就不会再迷失自我。成年人的压力与诱惑更多，很容易就不知道自己到底想要什么。

幸好我将自己找了回来，虽然过程很艰辛，也很曲折，可是所有的困苦与压力，都只能选择勇敢面对。在各种胶着与挣扎中反反复复地思索，最后确认，其实抛开一切不谈，我还是狂热地爱着写字。那么就写吧，勇敢地写吧。

小说的后半部分，其实我自己写得很开心，因为我知道，虽然这是一个有着悲欢离合的故事，但最后的结局一定是光明与温暖。

因为我已经决定做拿着蜡烛的那个人，世事这般无常，人心这样叵测，每个人都只能在茫茫黑暗中孤独前行，我愿以文字为烛，照见你脚下的路，照见你我的相遇。

东九区2014年8月11日10：26AM

于邮轮Costa Atlantica

图书在版编目（CIP）数据

寻找爱情的邹小姐／匪我思存著. -- 北京 : 九州出版社，2023.5

ISBN 978-7-5225-1495-6

Ⅰ. ①寻… Ⅱ. ①匪… Ⅲ. ①长篇小说－中国－当代 Ⅳ. ①I247.5

中国版本图书馆CIP数据核字（2022）第229981号

寻找爱情的邹小姐

作　　者　匪我思存　著
责任编辑　王　佶
出版发行　九州出版社
地　　址　北京市西城区阜外大街甲35号（100037）
发行电话　（010）68992190/3/5/6
网　　址　www.jiuzhoupress.com
印　　刷　三河市中晟雅豪印务有限公司
开　　本　870毫米×1280毫米　32开
印　　张　16
字　　数　300千字
版　　次　2024年10月第1版
印　　次　2024年10月第1次印刷
书　　号　ISBN 978-7-5225-1495-6
定　　价　68.00元